**HEYNE**

**Das Buch**
Das Shooting Star Mountain Resort ist der absolute Geheimtipp der Reiseagentur von Sarah und ihrer Tante Lynn. Als Kind verbrachte Sarah hier in den schneebedeckten Bergen ein unvergessliches Weihnachtsfest. Doch nun häufen sich die Beschwerden von Gästen, die das weihnachtliche Flair vermissen. Als Tante Lynn auch noch verkündet, dass Sarah dieses Jahr Weihnachten alleine feiern muss, ist klar, wo die Reise für Sarah hingeht. Angekommen in den Rocky Mountains, stellt sie erschrocken fest, dass das Resort offenbar vor dem finanziellen Ruin steht. Kein Wunder, wenn der Besitzer sich wie der Grinch höchstpersönlich aufführt. Warum nur weigert sich Will, Schneeballschlachten zu veranstalten und Weihnachtsdeko aufzuhängen? Sarah will dem Resort wieder zu altem Glanz verhelfen. Doch dazu muss sie dem Weihnachtsmuffel erst mal zeigen, wie schön Weihnachten wirklich sein kann.

**Die Autorin**
Für Zara Stoneley gibt es nichts Schöneres, als über Freundschaft, Liebe und Happy Ends zu schreiben. Mit ihrer Familie, ihrem Hund Harry und ihrer Katze Saffron lebt sie in Cheshire, einer Kleinstadt im Nordwesten Englands. *Wenn Weihnachten so einfach wär* ist ihr erster Roman bei Heyne.

ZARA STONELEY

# Wenn Weihnachten so einfach wär

ROMAN

Aus dem Englischen von
Jens Plassmann

WILHELM HEYNE VERLAG
MÜNCHEN

Die Originalausgabe erschien 2018 unter dem Titel
*No One Cancels Christmas* bei HarperImpulse.

Sollte diese Publikation Links auf Webseiten Dritter enthalten,
so übernehmen wir für deren Inhalte keine Haftung, da wir
uns diese nicht zu eigen machen, sondern lediglich auf deren
Stand zum Zeitpunkt der Erstveröffentlichung verweisen.

Verlagsgruppe Random House FSC® N001967

Deutsche Erstausgabe 11/2019
Copyright © 2018 by Zara Stoneley
Copyright © 2019 der deutschsprachigen Ausgabe by
Wilhelm Heyne Verlag, München in der Verlagsgruppe
Random House GmbH, Neumarkter Str. 28, 81673 München
Printed in Germany
Redaktion: Rabea Güttler
Umschlaggestaltung: Nele Schütz Design, München,
unter Verwendung von Shutterstock / © rangizz (Schneeflocken);
Shutterstock / © Mikael Damkler (Haus); Shutterstock / © Lilkar
(Lichterkette); Shutterstock / © Pink Panda (Paar)
Satz: Vornehm Mediengestaltung GmbH, München
Druck und Bindung: GGP Media GmbH, Pößneck
ISBN 978-3-453-42383-1

www.heyne.de

*Für meine wundervolle Schwester Lynn,
die mindestens so großherzig und liebenswert ist
wie ihre Namensschwester in diesem Buch*

# Teil 1

# Weißglut und Rauschgold

## 1

*Sehr geehrte Miss Hall,*
*normalerweise zähle ich nicht zu den Menschen, die sich beschweren, aber* (wer schon so anfängt, zählt in der Regel genau zu diesem Typ, und das »aber« ist der Beweis) *in diesem Fall kann ich nicht anders.*
*Wir haben in den vergangenen Jahren zahlreiche Reisen über Ihre Agentur gebucht, und Ihre Tante hat stets dafür Sorge getragen, dass wir die absolut besten Angebote bekamen. Wir haben einander zu Weihnachten sogar Karten geschickt!*

»*Und obwohl es mir fernsteht, Ihnen die Schuld geben zu wollen* … Pah! Verdammter Heuchler! Das ist doch passiv-aggressiv in reinster Form.« Die laute Stimme direkt an meinem Ohr lässt mich zusammenschrecken.

»Lies es nicht auch noch vor, Sam! Mir langt's völlig, es selbst vor Augen zu haben. Außerdem dachte ich, du bist damit beschäftigt, diese Kreuzfahrt für die *Nifty Fifty's Gin Drinkers Association* zu buchen.«

»Bin ich auch. Oder war ich. Aber dann hast du diesen Untersetzer regelrecht zerstört, und da war mir klar, dass etwas nicht stimmt.«

»Es ist schon wieder wegen diesem dämlichen Will Armstrong aus dem Shooting Star Mountain Resort – am liebsten würde ich den Kerl erwürgen!« Kundenbeschwerden erhalten wir eigentlich nur selten, aber diese Urlaubsanlage und ihr unfreundlicher Betreiber haben in letzter Zeit gleich für mehrere gesorgt. Und diese letzte Beschwerde wiegt besonders schwer, da ich darin persönlich für die Mängel verantwortlich gemacht werde, obwohl ich gar nichts dafür kann. »Dem Depp genügt es nicht, seinen eigenen Laden gegen die Wand zu fahren, der richtet uns gleich mit zugrunde.«

»Ach, komm, so schlimm wird's schon nicht werden. Der Typ allein kann doch nicht *Making Memories* in Schwierigkeiten bringen. Oder?«

Ich richte den Zeigefinger auf den Bildschirm, antworte aber lieber nicht.

Prompt nimmt Sam ihren Vortrag wieder auf: »*… können wir nicht nachvollziehen, warum Sie ausgerechnet das Shooting Star Mountain Resort empfohlen haben, da es doch eindeutig übertüert und personell unterbesetzt ist. Bei Lynn sind die Reisen früher immer ihr Geld wert gewesen, und wir haben ferner herrliche Urlaube verbracht.* Ferner? Wer redet denn so?«

»Jemand, der ganz und gar nicht zufrieden ist. Lies weiter. Übrigens klingst du ein bisschen wie deine Mum.«

Sie ignoriert meinen Einwurf bezüglich ihres aufgesetzten Tonfalls – der dem eines stark angesäuerten Cottage-Besitzers aus feinstem Londoner Umland gleicht – und fährt fort: »*Unser Zimmer war, offen gesagt, regelrecht ekelhaft. Die Bettwäsche war zwar sauber, aber ungebügelt.*« Sam unterbricht ihre

Tirade. »Ungebügelt? Wovon spricht der Mann? Ich verstehe überhaupt nicht, was ihn daran so anwidert. Du etwa? Ich bügele meine Bettwäsche nie. Das ist wie mit Socken oder Slips. Wer hat schon Zeit, Sachen zu bügeln, die nie jemand zu Gesicht bekommt? Bügelst du deine Bettwäsche?«

»Bekommt nicht zumindest Jake deine Bettwäsche zu sehen? Zusammen mit diesen anderen kleinen Wäschestücken?«

»Na ja, schon, aber Knitterfalten verschwinden doch beim Dehnen, hab ich recht?«

»Ich bügele alles. Ich finde immer, ein frisch gebügelter glatter Slip mit der Naht akkurat in der Mitte besitzt einen gewissen Sex-Appeal.«

Sie starrt mich mit offenem Mund an.

Ich muss schallend lachen. »Mein Gott, Sam, glaubst du im Ernst, ich würde *irgendwas* bügeln? War doch nur Spaß. Lies weiter.«

Sie mustert mich misstrauisch und räuspert sich. »Du bügelst nicht wirklich deine Slips, oder?«

»Nein. Ganz ehrlich nicht. Und jetzt los, bevor noch Kundschaft kommt.«

»*Das Essen war von stark schwankender Qualität und in der Regel lauwarm. Wir setzten unsere letzte Hoffnung auf ein Gespräch mit dem Manager, der sich jedoch kurz angebunden und mürrisch bis an die Grenze zur Grobheit gab und nur vorschlug, dass wir den Aufenthalt in unserer Hütte vorzeitig abbrechen könnten, sollte es uns im Resort nicht gefallen. Wie soll uns der Aufenthalt dort gefallen, wenn einer seiner bösartigen Huskys unsere Tochter Ruby angegriffen hat? Der Vorfall hat – da bin ich mir sicher – langwierige Folgeschäden bei ihr verursacht. Sie schreit seitdem, sobald sich ein Hund auch nur nähert (und das gilt auch für unsere kleine Pippin, die keiner Fliege etwas zuleide tut). Wegen dieser Angstschreie unserer Tochter hat Pippin sogar meine Frau gebissen, und jetzt ist der Hund so nervös und unberechenbar, dass wir ihn in tierärztliche Behandlung geben mussten. Auch Ruby ist bereits für eine Therapie angemeldet. Meine Frau kann währenddessen mit ihrer bandagierten Hand nur unter großen Schmerzen Klavier spielen – und sie ist Musiklehrerin! Ich habe Ihren Empfehlungen bislang stets vertraut, hege inzwischen jedoch den Verdacht, dass dieser Fehlschlag Ihrer mangelnden Erfahrung ...«*

Als sie diese Stelle vorliest, entfährt mir unwillkürlich ein Aufschrei. Sam und ich starren einander an. »Mangelnde Erfahrung! Ich weiß gar nicht, wen ich mehr hasse, ihn oder Will Armstrong.«

»*... geschuldet ist. Da wir keinen früheren Rückflug finden konnten und die Hotels in der Nähe alle ausgebucht waren, mussten wir den Rest unseres Urlaubs in bedrückender Atmosphäre und tief begraben unter mächtigen Bettdecken verbringen, da die Heizung bei Weitem nicht den Erfordernissen entsprach.* Na, immerhin haben sie Decken bekommen.«

Wie gewöhnlich betrachtet Sam die Sache von der positiven Seite. Ich verdrehe die Augen und deute auf den Bildschirm.

»*Ich bin mir sicher, dass Ihr Dachverband ABTA oder die Fernsehredakteure von* Watchdog *den hier aufgelisteten Mängeln mit größter Bereitwilligkeit nachgehen würden. Als Zeichen des guten Willens bin ich jedoch bereit, Ihnen zuvor Gelegenheit zu geben, uns eine Rückerstattung der gesamten Reisekosten sowie eine angemessene Entschädigung für alle entstandenen Unannehmlichkeiten anzubieten. Angefügt finden Sie eine komplette Aufstellung der angefallenen Kosten. Um baldmöglichste verbindliche Antwort wird gebeten. Sollte ich innerhalb der nächsten sieben Werktage keine Antwort erhalten, werde ich die Angelegenheit meinem*

*Anwalt übergeben. Mit freundlichen Grüßen. Stephen Latterby.* Bla, bla, bla«, fügt Sam an. Den erbosten Spießerton hat sie abgelegt. »Scheiße, schau dir das an, Sarah! So viel verlangt ein Hundepsychologe? Wow, ich glaub, ich schule um.«

Ich werfe einen Blick in den Anhang, was ich besser hätte bleiben lassen. »Hast du gesehen, was er insgesamt von uns fordert?« Mir wird schwindlig. »Wenn wir das berappen müssen, sind wir pleite. Lynn bringt mich um!«

»Aber die Sache ist doch nicht deine Schuld. Ich denke, an dieser Stelle dürfte ein kleiner Zucker- und Koffeinschuss angebracht sein. Ich spring rasch zu Costa rüber und hol uns etwas zu trinken und einen Schokobrownie. Unternimm nichts, bis ich wieder zurück bin!« Sie fixiert mich mit erhobener Braue. »Ich meine das ernst. Versprochen?«

»Gar nichts?«

»Na, atmen und solche Sachen schon, aber antworte bitte nicht auf diese Mail. Darüber solltest du erst sehr genau nachdenken.« Sie weiß, wie impulsiv ich reagieren kann. »Und sprich mit Lynn. Ich meine, was ist, wenn dieser Kerl uns tatsächlich verklagt? Wenn die in *Watchdog* über uns berichten, wird meine Mum mir das bis ans Ende ihrer Tage unter die Nase reiben.«

Eine Weile verfallen wir wieder in Schweigen und starren uns an. Wahrscheinlich geht ihr gerade das Thema Hundepsychologie durch den Kopf. Mich dagegen beschäftigt vor allem die Frage, wie viel körperlichen Schaden man jemandem zufügen darf, ohne dafür in den Knast zu wandern.

»Ich werde nicht antworten«, versichere ich, womit mir gewisse Optionen allerdings weiter offenstehen. So erlaubt es mir durchaus, stattdessen Mr. Will Armstrong eine satte Ladung aufs Fell zu brennen.

Jetzt geht es nicht länger bloß darum, endlich mal ein paar Stechpalmenzweige als Weihnachtsdeko aufzuhängen oder die Kamine zu befeuern (was ich ihm beides bereits mehrmals empfohlen habe – ohne jede Resonanz). Dieser Fall ist weit ernster.

Ich krempel die Ärmel hoch. Was auch immer der Typ für ein Problem hat, uns wird er jedenfalls nicht mit ins Verderben ziehen. Wenn hier jemand Klageschriften einreicht, dann nicht Mr. Latterby oder irgendein anderer unzufriedener Kunde, sondern wir.

Wir müssen als diejenigen auftreten, die agieren. Mein Blick wandert zum Foto von Tante Lynn an der Wand. Sie sieht darauf so glücklich aus, so voller Lebensfreude. Genau so, wie sich jeder nach einem gelungenen Urlaub fühlen möchte. Wir müssen zeigen, dass wir uns dafür einsetzen.

*Sehr geehrter Mr. Armstrong,*
*anbei ein Brief, den wir soeben von einem geschätzten*
*Kunden erhielten.*

Und wie weiter? Ich google nach gesetzlichen Vorschriften für die Haltung gefährlicher Hunde.

*Bitte richten Sie Ihre Aufmerksamkeit doch einen Moment auf den Absatz, der Ihren Hund betrifft. Ich wäre Ihnen dankbar, wenn Sie mir Ihre Risikobewertung zukommen lassen könnten, was die Haltung dieser Tiere angeht. Meines Wissens sollten gefährliche Hunde stets einen Maulkorb tragen, und Kontakt mit Fremden sollte nur unter Aufsicht erlaubt sein. In diesem Fall macht es jedoch den Anschein, als hätte keiner dieser Punkte Berücksichtigung gefunden, was*

*für uns wiederum Anlass zu großer Sorge ist, da wir (ebenso wie Sie) für das Wohlergehen unserer Kunden Verantwortung tragen, und wir daher erwarten, dass gefährliche Tiere nicht einfach frei und unbeaufsichtigt herumlaufen.*
*Des Weiteren bemängelt unser Kunde den Zustand der zugewiesenen Blockhütte sowie die Qualität der angebotenen Mahlzeiten. In diesem Zusammenhang würde ich Sie gerne an die Beschreibung in Ihrem Prospekt (und die darin abgedruckten Abbildungen) erinnern, die ausdrücklich eine »wohlige, komfortable Unterbringung, prasselnde Kaminfeuer und ein Restaurant, das mit seinen Speisen und Getränke einen perfekten Tag abrundet« verspricht.*
*Lassen Sie mich abschließend auch noch meine Bedenken hinsichtlich des Auftretens des Personals zum Ausdruck bringen. Während der Umgang mit den Gästen in der Vergangenheit meist als aufmerksam und herzlich beschrieben wurde, klagt unser Kunde nun über die grobe Behandlung. Mängel in Ihrem Service fallen stets auch auf uns zurück, und ich habe leider den Eindruck, dass sich unsere geschäftlichen Beziehungen derzeit einem Punkt nähern, an dem eine Fortsetzung untragbar ist.*
*Dies ist eine äußerst schwerwiegende und ernste Angelegenheit, und ich wäre für eine möglichst umgehende Antwort dankbar, da ich mich andernfalls gezwungen sähe, rechtliche Schritte einzuleiten.*
*Mit freundlichen Grüßen*
*Sarah Hall*
*Reisebüro Making Memories*

Ich klicke auf »Senden« und starre zum Fenster hinaus. Und jetzt? Will Armstrong reagiert grundsätzlich nicht auf E-Mails, nicht einmal auf betont lockere der Art »Gemeinsam findet sich schon eine Lösung«. Warum sollte er ausgerechnet auf eine Beschwerde reagieren? Vielleicht hat Sam recht, und es wäre besser, Tante Lynn anzurufen. Aber das will ich nicht. Diesmal nicht. Diesmal muss ich es alleine regeln.

Ein helles *Ping* vom Computer. Der Posteingang. Mein Gott, eine Mail vom Shooting Star! Verdammt, wenn er antwortet, bedeutet es, dass die Sache offenbar tatsächlich ernst ist und dass er ebenfalls der Ansicht ist, dass wir aktiv werden müssen. Auweia, wenn uns das nicht mal in den Ruin treibt! Tante Lynn wird mir das nie verzeihen.

*Sehr geehrte Miss Hall,*
*ich habe den Eindruck, Sie überreagieren da ein wenig. Die Familie Latterby hat keinerlei begründeten Anlass, Sie zu verklagen oder eine Erstattung sämtlicher Kosten für sich selbst oder ihren Hund zu verlangen (wobei der Hund gewiss dringend psychologische Hilfe benötigen dürfte, wenn er tagtäglich dieser häuslichen Situation ausgesetzt ist). Auch auf die Gefahr hin, unprofessionell direkt zu klingen, würde ich Mr. Latterby der Kategorie »chronische Nörgler mit überzogener Erwartungshaltung« zurechnen.*
*Unsere Huskyhündin Rosie befand sich zum Zeitpunkt des besagten Zwischenfalls in ihrem Gehege. Die Tochter der Latterbys hat sich nicht davon abhalten lassen, dorthin zu gehen und die Hunde mit den Resten ihres Abendessens (das lauwarme, mit der stark schwankenden Qualität) zu füttern, obwohl überall Schilder hängen, die dies ausdrücklich untersagen, und weitere Schilder darauf hinweisen, dass den Gästen ein Betreten des Bereichs, wo die Hunde untergebracht sind, nur in Begleitung des zuständigen Personals gestattet ist.*

*Rosie, die kurz zuvor erst Welpen bekommen hat, reagierte auf die Störung, indem sie gegen den Zaun sprang, woraufhin das Kind der Latterbys ausrutschte, auf ihr wohlgepolstertes Hinterteil fiel und das ganze Haus zusammenschrie. Es wurde kein Blut vergossen, obwohl ich gute Lust verspürte, daran etwas zu ändern, da mir das Wohlergehen unserer Tiere sehr am Herzen liegt.*
*Was den groben Ton betrifft, so fällt es in der Tat schwer, die Beherrschung zu wahren, wenn Gäste beharrlich Wellnesseinrichtungen und Feinschmeckermenüs einfordern, obgleich aus unserem Prospekt und Internetauftritt unmissverständlich hervorgeht, dass so etwas nicht zu unserem Angebot zählt. Und wer im Winter nach Kanada reist, sollte der nicht mit frostigen Temperaturen rechnen? So gerne ich auch Petrus spielen würde, aber an den Wetterverhältnissen kann ich leider Gottes nichts ändern.*
*Ich schlage vor, Sie benutzen all Ihr taktisches und diplomatisches Geschick und all Ihre Sozialkompetenz dazu, die Herrschaften davon zu überzeugen, das nächste Mal besser nach Australien zu reisen. Ich für meinen Teil bin jedenfalls nicht gewillt, irgendwelche Entschädigungen oder Rabatte zu gewähren. Allerdings kann ich Ihnen, so Sie das möchten, gerne die Adresse eines guten Anwalts geben.*
*Antwort ernst genug für Sie?*

*Grüße*
*Will Armstrong*

»Ach, du meine Güte. Wie ist der denn drauf?«
Ich habe Sam gar nicht zurückkommen gehört.
Zu der Frage kann ich allerdings auch nichts sagen, weil

mir selbst völlig unklar ist, wie dieser Mensch tickt. »Jedenfalls scheint er es einfach nicht kapieren zu wollen.«

»Na ja, um seine Hunde wirkt er schon besorgt.«

»Stimmt.« Und gerade der Punkt stört mich. Wohlgemerkt nicht die Tatsache, dass er um seine Hunde besorgt ist (wer würde einem Mann einen Vorwurf daraus machen, wenn er seine Haustiere liebt und schützt?), sondern vielmehr, dass er mit seiner Antwort doch nur demonstriert, wie wenig ihm sein eigentliches Fehlverhalten bewusst ist. »Er hat schlicht keinerlei Sinn für Kundenservice, hab ich recht? Ich meine, natürlich können Kunden mitunter Nervensägen sein ...«

»Wem sagst du das?«, wirft Sam ein und verdreht dabei die Augen.

»Aber er arbeitet nun mal im Dienstleistungssektor. Selbst wenn dieser Beschwerdebrief nichts als ein Haufen Quatsch ist«, was ich selbst für durchaus wahrscheinlich halte, »und hier nur jemand möglichst dick aufträgt, um seinen Schnitt zu machen, entbehren doch nicht alle Kritikpunkte zwangsläufig jeder Grundlage, oder? Schau dir doch nur die Bewertungen im Internet an ...«

»Mich musst du nicht überzeugen, Sarah.«

»Ich weiß«, sage ich stöhnend. »Vielleicht sollte ich ihm mal ein Bündel davon zukommen lassen. Aber bestimmt würde er die nur ungelesen in den Papierkorb schieben, und irgendwelche konstruktiven Änderungsvorschläge sind von ihm sowieso nicht zu erwarten.« Will nervt mich wirklich ungeheuer. Auch wenn er sich um gewisse Dinge durchaus zu kümmern scheint und nicht in allem unrecht haben mag. »Dann stinkt es ihm eben, wenn Leute ankommen und eine Rundum-Wellnessumsorgung erwarten oder zehn verschiedene Ginsorten an der Bar, aber warum kapiert er nicht, dass es die vielen

kleinen Dinge sind, die den Unterschied ausmachen? Und –«
Ich fühle mich plötzlich schrecklich erschöpft und massiere mir die Augen. »Vor allem begreift er kein bisschen, was er uns damit antut. Seinetwegen gehen wir noch pleite! Und«, ich fixiere noch einmal die E-Mail, »er könnte wenigstens einen höflichen Ton anschlagen.«

»Na schön, er klingt angefressen, aber wirklich grob ist der Ton nicht. Eher sauer eben. Oder auch bloß bestimmt. Vielleicht ist er nicht gewohnt, mal selbst einen Fehler einzugestehen.« Sam drückt meine Schulter und gibt mir einen Kaffee und einen mächtigen Heidelbeermuffin. »Mit dem möchte ich mich lieber nicht anlegen, du etwa?«

»Ich fürchte, mir wird nichts anderes übrig bleiben.« Mit solch einem polternden Typen, der glaubt, selbst stets im Recht zu sein, wird man wahrscheinlich am ehesten fertig, wenn man ihn frontal attackiert und ihm sein Fehlverhalten direkt vor Augen hält.

## 2

*Sehr geehrter Mr. Armstrong,*
*zu meinem größten Bedauern muss ich Ihnen auf diesem Wege mitteilen, dass Sie mir tatsächlich extrem auf die Nerven gehen. Den Kopf einfach in den Sand zu stecken, ist weder ein Zeichen von menschlicher Größe noch ist es besonders clever. Wenn Sie unbedingt den Weihnachtsverächter spielen wollen, dann ruinieren Sie sich gefälligst Ihr eigenes Fest, aber lassen Sie das pubertäre Gehabe, und denken Sie auch mal an andere Menschen und nicht nur an sich selbst. Einfach mal runterkommen vom Sockel, der Herr. Das Geld unserer Kunden nehmen Sie doch auch mit Freuden, also verkneifen Sie sich die Scrooge-Nummer von wegen Weihnachten ist Humbug, schmücken Sie Ihre verflixten Hallen mit festlichem Stechpalmengrün, und beantworten Sie verdammt noch mal die Mails, die ich Ihnen schicke!*
*Herzlichst und mit*
*vorweihnachtlichen Küsschen*
*Sarah xxx*
*Reisebüro Making Memories*

Ich hämmere den letzten Buchstaben auf den Bildschirm und lehne mich zurück. Unwillkürlich schießen meine Arme im Triumph nach oben und streifen etwas Weiches, Nachgiebiges, das dort nicht sein sollte, und ein Aufschrei folgt.

»Autsch!« Sam presst eine Hand auf ihre Nase und verzieht gequält das Gesicht.

»Was machst du denn da, mir einfach so über die Schulter zu sehen?«

Sie ignoriert die Frage und drückt stattdessen prüfend ihre Nase, was ihren Worten einen komischen Klang verleiht. »Das kannst du unmöglich abschicken, Sarah!«

»Warum nicht? Ich fange wirklich an, den Kerl zu hassen.« Unmittelbar nach der gestrigen Drohung, auf Schadensersatz verklagt zu werden, ist heute Morgen im Büro gleich die nächste Katastrophe über mich eingebrochen. Meine letzte Mail mag Will Armstrong vielleicht nicht sonderlich ernst genommen haben, aber heute werde ich sicherstellen, dass das nicht noch mal passiert. Selbst wenn es dem Stil ein wenig an professioneller Sachlichkeit mangeln sollte.

»Trotzdem kannst du doch nicht einfach –«

»Du meinst, ich hätte was anderes als ›auf die Nerven gehen‹ sagen sollen? War das noch zu zahm? Bei dem Teil bin ich auch unsicher gewesen.«

»Herrgott, Sarah. Du kannst so was überhaupt nicht schreiben. Was würde Lynn dazu sagen? Lösch es! Alles! Sofort!« Ihre Stimme wird immer schriller.

»Hör auf, so an meinem Stuhl zu zerren.« Ich kralle mich inzwischen bereits mit den Fingerspitzen am Schreibtisch fest und fürchte, dass ich auf den Rollen durch den ganzen Raum bis in die große Topfpflanze rausche, sobald ich loslasse. Es wäre nicht das erste Mal. »Findest du es zu heftig?«

»Viel zu heftig.« Sie hat ihre Versuche eingestellt, mich vom Schreibtisch wegzuziehen. Jetzt nickt sie nur energisch und reibt sich zeitgleich die Nase.

»Alles okay?«

»Klar.« Es klang eher wie *Klee*. »Alles war super, bis du am Ende deine Arme hochwerfen musstest und mir dabei mit dem Ellbogen eine verpasst hast.«

»Hab ich das?«

»Du wirfst immer die Arme in die Luft, wenn du besonders zufrieden bist mit dem, was du getan hast.«

»Tu ich das?« Ich bin mir zwar ziemlich sicher, dass ich das nicht tue, aber da ich meiner besten Freundin gerade die Nase plattgehauen habe, ist dies wohl nicht der angemessene Zeitpunkt für Widerspruch. »Aber du hast herumgeschnüffelt. Du wirst deiner Mum mit jedem Tag ähnlicher!« Ich liebe ihre Mum, und das weiß Sam. Uns ist allerdings auch beiden klar, dass Ruth die beeindruckende Fähigkeit besitzt, sich wie ein Ninja anzuschleichen, um die privaten Gespräche anderer zu belauschen.

»Nein, werd ich nicht! Sie hört ständig mit bei Dingen, die sie nichts angehen. Das hier *geht* mich etwas an. Das ist rein geschäftlich, und du kannst es unmöglich abschicken. Was ist denn jetzt schon wieder vorgefallen?«

Sie hat recht. Es ist rein geschäftlich. Und in Bezug auf die E-Mail liegt sie womöglich auch nicht ganz falsch.

»Stimmt schon. Viel zu viele Küsschen. Immerhin kenne ich den Mann kaum.« Ich lösche das letzte X und muss mich bremsen, nicht wieder die Arme in die Luft zu reißen. »Was ganz sicher nicht an mir liegt. Hätte der Mann auf meine Kontaktversuche reagiert, würde es mittlerweile bestens brummen zwischen uns beiden. So aber bekomme ich ihn einfach nicht gepackt, den Deppen.«

Sam zieht sich kichernd an ihren Schreibtisch zurück, womit sie eine Armlänge Abstand zwischen uns schafft.

»Sehr lustig«, schiebe ich nach. »Du weißt genau, dass ich das nicht so gemeint habe!«

Obwohl meine beste Freundin und geschätzte Arbeitskollegin Sam mich inzwischen schon einige Jährchen kennt, nimmt sie meine Sprüche noch immer viel zu ernst. Sie ist zu leichtgläubig. Oder weise. Womöglich ist sie ja derart weise, dass sie genau durchschaut, wie sehr es mir im Zeigefinger juckt, bei dieser E-Mail auf »Senden« zu klicken, auch wenn man denken könnte, ich würde nur herumalbern.

Was sie allerdings nicht weiß, ist, *warum* der Kerl mich so auf die Palme gebracht hat. Ich gehe zwar möglichst cool damit um und mache meine Witzchen, aber innerlich frisst es an mir.

Es fühlt sich an, als würde ein Teil von mir zerstört, und heute Nacht im Bett habe ich den Entschluss gefasst, es nicht zuzulassen, dass ein völlig Fremder mir so etwas antut. Uns so etwas antut.

Sam schiebt eine Packung *Hobnobs* in meine Richtung. »Wahrscheinlich hat er Angst vor dir.«

Ich merke, wie ich die Zähne aufeinanderpresse. Das mache ich immer, wenn ich sauer bin. Meine Therapeutin meinte, es sei wichtig, dass ich mir das abgewöhne, weil ich sonst beim Sprechen wütend klinge. Gleichzeitig sagte sie aber auch, ich solle meine Gefühle offen zum Ausdruck bringen. Wie passt das bitte schön zusammen? Ich fühle mich wütend und zeige es eben, indem ich durch zusammengebissene Zähne spreche. Langsam verfestigt sich bei mir der Verdacht, dass das meiste, was diese Frau erzählt, blanker Unsinn ist.

Ich atme tief durch, entspanne mich und reagiere meinen Frust an einem der knusprigen Kekse ab. »Vor mir muss keiner Angst haben. *Richtige* Männer wissen diese direkte Art vielmehr sehr zu schätzen.« Ich versuche, die Krümel von der Tastatur zu blasen. Das *D* schwächelt bereits ein wenig, wenn jetzt noch *E* und *P* den Geist aufgeben, kann ich eins meiner Lieblingsworte nicht mehr tippen.

»Vielleicht ist er in Wirklichkeit sogar ganz nett«, spekuliert Sam. »Ich sehe mir mal deren Website an. Wie heißt er noch?« Sie piekt mich in die Seite, als ich nicht sofort antworte.

»Armstrong.«

»Vorname?«

»William.« Ich kann mir ein genervtes Aufstöhnen nicht verkneifen.

Sam wirbelt auf ihrem Stuhl zurück in Richtung Computer und tippt in rasanter Folge ein paar Tasten.

Das Klappern bricht ab, und ich ahne schon, was nun kommt.

»Oh, wow. Der ist …« Sie verstummt, neigt den Kopf zur Seite und studiert den Bildschirm. Dann stützt sie das Kinn auf die Hand und schweigt.

»Na, gerätst du ins Schwanken?«

»Quatsch.« Sie straft mich mit ihrem besten Schuldirektorinnenblick. »Aber hast du ihn dir mal angeschaut? Ich meine, sieh dir das an! Wenn ich meinen Jake nicht schon hätte, würde ich sofort selbst hinfliegen und einchecken, ganz egal, was für beschissene Bewertungen der Laden hat. Sieh nur!«

»Hab ich bereits.« Ich spiele die Gelangweilte, obwohl ich in Wahrheit das Foto von William Armstrong schon mehr als einmal betrachtet habe. Ich werde aus dem Mann nicht schlau. Kurz nachdem ich das erste Mal über diese Aufnahme von ihm gestolpert bin, hab ich ihn angerufen, in der Annahme, dass er freundlich und charmant sein würde. War er aber nicht. Er war kurz angebunden, barsch und brummte nur etwas wie »Dafür knüpf ich ihn an seinen Christbaumkugeln auf«, bevor er kommentarlos die Verbindung kappte.

»Aber ziemlich sexy sieht er schon aus, das gibst du doch wohl zu.«

»Hast du sie noch alle?« Nie im Leben würde ich dem zustimmen, obwohl er tatsächlich etwas Interessantes an sich hatte. »Sorry, nicht mein Typ.«

»Ach komm. So stark unterscheidet er sich gar nicht von … Dingsda, dem Kerl, den du vor Callum gedated hast.«

Ich verdrehe die Augen. »Eben. Sieht aus wie einer, den du in der Pfeife rauchen kannst.« Ich werfe einen Blick auf das Foto. »Und eingebildet dazu.« *Dingsda, der Kerl vor Callum* verbrachte den halben Tag damit, sein eigenes Spiegelbild zu bewundern, und seitdem bin ich eher skeptisch bei gutem Aussehen. Ich meine, was willst du mit einem Kerl, der sich sogar beim Sex im Spiegel beobachtet?

Ich dachte immer, er zählt im Kopf das Alphabet rückwärts auf oder lenkt sich mit sonst irgendwas ab, um das unweigerlich Nahende hinauszuzögern, aber wie sich herausstellte, kontrollierte er bloß, ob sein gegeltes Haar noch richtig saß. Das war's dann für mich. Tschüss und Ende.

»Er sieht richtig gut aus, total süß!«

»Was ihm nur zu bewusst ist.«

»Quatsch, wie willst du das denn von einem Foto ablesen? Mich erinnert er an diesen *Mentalist*-Typen.« Sie starrt gebannt auf den Bildschirm und beugt sich dabei so weit vor, als würde sie gleich anfangen, ihn abzuschlecken.

»*Mental* ist sicher das passende Wort, aber von wem quatschst du jetzt schon wieder?«

»Ach, du weißt doch. Wie heißt der Schauspieler noch?« Sie googelt ein paar Sekunden. »Hier haben wir ihn, Simon Baker. Mit diesem spitzbübischen Funkeln in den Augen, verschmitzt und ein wenig aufsässig.« Wir studieren beide die Fotos.

»Pff.«

»Er sieht süß aus.« Vermutlich meint sie jetzt wieder unseren Mr. Armstrong, aber wer weiß das schon? »Und diese Grübchen. Ich wette, mit ihm kann man Spaß haben.« Keine Ahnung, welche Grübchen sie entdeckt haben will, doch das schert mich gerade auch herzlich wenig.

»Mich interessieren weder seine Grübchen noch sein süßes Aussehen. Dann ist er eben janusköpfig.«

»Klingt antik.« Ich erkenne an Sams neugierig vorschießenden Fingern, dass sie erneut das Internet zurate ziehen will, und zerre sie mitsamt ihrem Stuhl vom Schreibtisch fort. Diese rollenden Bürostühle sind wirklich sehr praktisch. Eine lohnende Investition.

»Glaub mir, es stimmt.« Wie kann sich jemand selbst als so ... na ja, zwanglos locker und amüsant darstellen und dabei das genaue Gegenteil sein? »Sein Gesicht verstößt schlicht gegen das Gesetz zur korrekten Warenkennzeichnung von 1976.«

»Sein Gesicht?«

»Sein Gesicht. Er ist definitiv kein freundlicher Zeitgenosse, ganz egal wie sympathisch er sich auf diesem Bild gibt. Wahrscheinlich ist er das überhaupt nicht selbst, oder die Aufnahme ist schon zig Jahre alt, und er ist mit den Jahren verbittert und bösartig geworden.«

»Vielleicht steckt er mitten in einer Midlifekrise und begreift gerade, wie sinnentleert sein Leben ist.« Sam seufzt und stützt das Kinn erneut auf die eine Hand, während sie mit der anderen nach dem nächsten Keks greift. Ich schüttle den Kopf. Nicht wegen ihrer Naschsucht, sondern wegen ihrer blühenden Fantasie.

»So einen Betrieb zu führen, ist doch nicht sinnentleert.«

»Wenn man immer davon geträumt hat, mit Delfinen zu

schwimmen oder auf einem Kamel durch die Wüste zu reiten oder in einem Ferrari nach Monte Carlo zu fahren, schon.«

»Sam, das ist deine Liste von Dingen, die du im Leben noch tun willst, nicht seine. Findest du wirklich, er sieht aus, als würde er mit Delfinen schwimmen wollen?«

»Nicht unbedingt, aber weiß man's?«

»Und die Frage interessiert mich, ehrlich gesagt, auch nicht die Bohne. Er sackt das Geld unserer Kunden ein, beschert ihnen als Gegenleistung ein beschissenes Weihnachten und weigert sich dann auch noch, vernünftig mit mir zu reden.« Ich weiß nicht, was mich am meisten ärgert: dass er uns das zugkräftigste Festtagsziel, das wir im Programm hatten, im Alleingang und ohne jede Not vollkommen ruiniert hat; oder dass er nicht mit mir am Telefon darüber sprechen will. »Was ist aus dem Grundsatz ›Der Kunde ist König‹ geworden? Der Mann ist einfach ein ungehobelter Klotz.«

Wir stecken gerade mitten in den Vorbereitungen zur Wintersaison, und die hässliche E-Mail von gestern ist nicht der einzige Querschläger. Die Buchungen für das Shooting Star Mountain Resort brechen dramatisch ein. Und das sollte eigentlich nicht so sein, denn einen perfekteren Ort, um Weihnachten zu verbringen, kann man sich kaum vorstellen. Prasselnde Kaminfeuer, ein Riesenbecher heiße Schokolade, Schlittenfahrten mit einem Rudel Huskys vorneweg und ein wenig »Ho, ho, ho« vom Weihnachtsmann, während man ein echtes Rentier mit einer Karotte füttert. Ganz abgesehen von all dem Aprèsski, bei dem man sich nach stundenlangem Herumtollen im Schnee wieder aufwärmen kann. (Da ich keine Skifahrerin bin, bleibt mir nur Herumtollen und Hinfallen.)

»Ein Urlaub dort sollte der absolute Hammer sein. Im Prospekt und auf der Website sieht alles wie im Bilderbuch aus.«

»Kann natürlich ein wenig veraltet sein, das Material«, meint Sam mit besorgter Miene. Der Gedanke ist mir auch bereits gekommen. »Aber deshalb brauchst du ihm noch lange nicht so eine Mail zu schicken.«

»Und ob! Es ist doch nicht bloß dieser Latterby, der mit dem Anwalt droht. Es ist weit schlimmer. Erinnerst du dich an die Wilsons, die kürzlich hier waren?«

»Klar, reizendes junges Paar. Sie haben sich schon riesig auf die Reise gefreut, obwohl es noch eine ganze Weile hin ist bis Weihnachten. Und wie verliebt die beiden gewesen sind ...« Sams Augen nehmen wieder diesen verträumten Ausdruck an. Sie und der gute Jake sind derzeit selbst ganz schön verknallt, und es könnte sein, dass sie im Unterbewusstsein bereits die Hochzeit des Jahres plant. »Kannst du dir vorstellen, in solch einem Winterwunderland zu heiraten?«

Genau das habe ich getan. Und in Gedanken habe ich bereits ein Plakat mit der Überschrift »Traumhochzeit im Winterwunderland« ins Schaufenster gestellt, sobald sie mir die schönsten Bilder ihrer Reise zuschicken würden. Eingewickelt in Decken, würden sie darauf inmitten von Geschenken auf einem wunderschönen, von Rentieren gezogenen Schlitten sitzen. Und sich küssen. All das Schönste, was Weihnachten und Hochzeiten zu bieten hatten, in einem Foto vereint.

Sie würden sich vor einem lodernden Kaminfeuer aneinanderkuscheln und einen Becher heiße Schokolade teilen, während draußen sanft die Schneeflocken tanzen, und die ganze Szene wäre in Kerzenlicht getaucht, das sich in einem üppig mit Kugeln und Lametta geschmückten Christbaum spiegelt.

Und Freunde und Verwandte würden mit ihnen feiern, würden einander Geschenke überreichen und sich schließlich um eine reich gedeckte Tafel versammeln, wo sie ein grandieser Weihnachtsschmaus erwartet, bei dem absolut alles aufgefahren wird, selbst die Sachen, die man eigentlich gar nicht mag.

»Tja.« Ich blinzle, und das Traumbild verschwindet. »Daraus wird nichts.«

»Was meinst du damit? Sie haben doch so toll zusammengepasst. Er war ...«

»Oh nein, heiraten werden sie schon noch, bloß nicht im Shooting Star. Sie haben heute Morgen storniert und bereits online ein anderes Resort gebucht.«

»Was?«

»Hier.« Ich wechsle auf eine andere geöffnete Seite und klicke den Videolink an, den sie mir geschickt haben. »Matt Wilson hat sich Bewertungen angesehen und ist auf dem Blog *Mein schrecklichstes Weihnachten* über das gestolpert. Es stammt aus dem vergangenen Jahr.«

Das Video macht einen richtig professionellen Eindruck. Untertitel werden eingeblendet, und im Hintergrund läuft Musik, wobei der Titel »Do they know it's Christmas?« besonders treffend ausgewählt wurde.

Ich habe mir den Streifen bereits mehrmals angesehen. Es ist wie mit einem dieser Horrorfilme, bei denen man genau weiß, dass sie einen zu Tode erschrecken, die man aber dennoch anschaltet. Man muss den Film einfach sehen, selbst wenn man nur, halb abgewandt, vorsichtig hinüberschielt und im Nachhinein die schlimmsten Passagen mehrmals wiederholt.

Sam und ich schauen stumm zu. Die Familienmitglieder tragen Partyhüte, was ein wichtiger Fingerzeig ist, da man sonst kaum gemerkt hätte, dass Weihnachten ist. Außerdem tragen sie alle dicke Jacken. Und Schals. Mit Lametta geschmückt.

An der Oberfläche von etwas, das unter Umständen eine heiße Schokolade sein soll, treibt ein einsames Marshmallow, und jemand stochert hartnäckig in einem Glühweinbottich herum, bis endlich eine einzige mit Nelken bespickte Orange nach oben schwappt.

Eines der Kinder nimmt ein Röschen Rosenkohl und lässt es auf den Tisch plumpsen, wo es herumspringt wie ein Flummi und eine Katze mit ihm zu spielen beginnt.

Das Kaminfeuer sieht aus, als hätte es schon zwei Tage zuvor zu prasseln aufgehört, und der Truthahn schien vor seinem Tod auf strenger Diät gehalten worden zu sein.

Und dann erst der Baum! Über ihn möchte ich eigentlich lieber nicht reden. Ein Christbaum muss prächtig sein. Es sollte der größte Baum sein, den man noch nach Hause tragen kann, und er sollte mit allem behängt werden, was sich an Dekoration auftreiben lässt. »Zu viel« ist hier überhaupt nicht möglich. Der Baum im Video jedoch wirkt wie von Weihnachten verstoßen. Ein Vollwaise, der noch nie etwas von Weihnachtsstimmung gehört hat.

Niemand hat sich seiner angenommen, und so ist er praktisch nackt bis auf eine magere Lamettagirlande und einen Restposten Zuckerstangen.

»Wow, sieh nur die Zuckerstangen.« Sam deutet überflüssigerweise auf den Bildschirm. »Hast du jemals so viele an einem Baum gesehen?«

»Nein. Und ich will auch nie wieder so viele auf einem Haufen sehen.«

Die Kamera schwenkt zum Fenster. Draußen schneit es, und an der Scheibe verkündet ein Zettel in Großschrift: *FEIER AM ZWEITEN WEIHNACHTSTAG ENTFÄLLT.*

Ich breche das Video ab und wechsle zurück auf die Seite

mit meiner Mail. »Das ist richtig übel. Jetzt bucht allenfalls noch einer, der nicht weiß, wie man Google benutzt. Ich möchte das Shooting Star Mountain Resort wirklich ungern als hoffnungslos einstufen und aus unserem Angebot werfen, aber ganz im Ernst, Sam: Was bleibt uns anderes übrig? Wir können den Leuten doch keine Reise verkaufen, von der wir wissen, dass sie beschissen wird.« Wie kann ein Mann mit diesem Aussehen bloß ein derartiger Schnarchsack sein? Pure Verschwendung.

»Schon richtig, aber vielleicht ist es nach dem letzten Weihnachten ja besser geworden.« Ich liebe Sams optimistische Ader. »Womöglich hat er eine neue Weihnachtsdekoration besorgt.«

Ich fahre den Cursor auf das »Senden«-Feld und lasse den Zeigefinger eine Weile theatralisch über der Maustaste schweben, um den panischen Ausdruck in Sams Gesicht zu genießen.

»Das wagst du nicht!«

»Der Kerl hasst Weihnachten, Sam! Ein lupenreiner Scrooge, bloß jünger!«

Sam ist nicht wie ich. Sie ist einerseits ein wenig durchgeknallt, andererseits aber auch liebenswürdig, rational und vernünftig. Alles Eigenschaften, die mir für gewöhnlich nicht unterstellt werden. Und jetzt gerade bin ich sauer. Bin auf hundertachtzig oder drüber. Dieser Mr. Armstrong raubt mir einfach den letzten Nerv, was eine durchaus beeindruckende Leistung ist angesichts der Tatsache, dass ich dem Mann noch nie persönlich begegnet bin.

Er vergrault uns nicht nur die Kundschaft, viel schlimmer ist, wie sich Tante Lynn seinetwegen aufregt. Als sie gestern von dem neuesten Beschwerdebrief erfuhr (erzählen musste ich es ihr, da ich vor Tante Lynn einfach nichts verheimlichen oder ableugnen kann, obwohl ich das mit der Schadensersatzklage unerwähnt ließ), hat sie vor lauter Ärger glatt den Backofen gereinigt. So hab ich sie noch nie erlebt. Und darum braucht Mr. Armstrong mal einen anständigen Schuss vor den Bug. Mich regt er natürlich auch auf, aber das ist hier nebensächlich. »Willst du mich wirklich herausfordern?«

»Nein, nein. Das war nicht so gemeint. Ich nehme alles zurück. Sicher hast du den Mut, aber tu's bitte nicht!« Sam ist klar, dass ich auf Herausforderungen grundsätzlich sofort anspringe. Wenn mir jemand sagt »Das wagst du nicht«, wirkt das auf mich so unwiderstehlich wie auf sie »warme Schokoladencremetorte«.

»Dem Mann muss mal jemand in den Hintern treten. Hat der überhaupt eine Ahnung, was wir seinetwegen an Provision verlieren? *Ich, ich, ich* – etwas anderes kümmert solche Menschen nicht.«

Sie kichert und wedelt mit einem Keks vor meiner Nase herum. »Haha. Statt *du, du du,* wie? Du nimmst das alles viel zu ernst. Ist doch nichts Persönliches. Noch'n Keks? Sind Hobnobs mit Schoko.«

Und ob ich das persönlich nehme. Dieses Reisebüro in bester Innenstadtlage hat Tante Lynn aufgebaut, und unser Alleinstellungsmerkmal liegt darin, die angebotenen Reiseziele genau zu kennen. Klein, kundenfreundlich, außergewöhnlich – darauf haben wir uns konzentriert. Boutique eben. Soweit ich weiß, war Tante Lynn in ihren jungen Jahren so etwas wie ein Hippie. Ich nenne das immer ihre Vor-mir-Zeit. Also die Zeit, bevor ich bei ihr einzog und sie den Platz meiner Mutter einnahm.

Sie liebte es, zu reisen und die Welt zu entdecken. Sie lebte das Leben auf eine Weise, wie es die meisten Menschen nur aus Büchern kennen.

Ihrer Meinung nach ist alles da draußen etwas ganz Besonderes. Genauso wie Urlaub etwas ganz Besonderes ist.

Unser Geschäft ist es, Sehnsüchte zu erfüllen, sagt sie immer. Daher stehen wir in der Pflicht, dafür zu sorgen, dass Träume nicht in Albträume umschlagen. Individuelle Kundenbetreuung ist unser großes Plus. Wir verkaufen den Menschen einen Urlaub, der haargenau auf ihre Wünsche zugeschnitten ist.

Doch dank Mr. Armstrong kann davon inzwischen nicht mehr die Rede sein.

Früher habe ich mich immer gefreut, wie begeistert die Kunden von ihrem Aufenthalt im Resort berichteten. Wie viel ihnen dieses Erlebnis bedeutete. Dann ist mir oft ganz heiß und schwummerig geworden, so als wäre ich irgendwie dafür verantwortlich. Und die gemeinsame Lektüre der Bewertungen hat Tante Lynn und mir regelmäßig ein verstohlenes Lächeln ins Gesicht gezaubert. Dem hat Mr. Armstrong nun ein brutales Ende gesetzt, und das stinkt mir gewaltig.

»Die Angelegenheit ist sehr wohl persönlich«, erkläre ich und versuche dabei, mit zusammengekniffenen Augen den Bildschirm zu paralysieren. »Das Shooting Star ist einer der ersten Orte, die Tante Lynn bereist hat. Sie hat sich sofort in das Resort verliebt. Er zerstört also nicht nur unseren guten Ruf, sondern auch ihre glücklichen Erinnerungen.«

Meine Tante hat dieses Geschäft gegründet, um hier für Orte zu werben, die sie selbst besucht hat. Es sollten Orte sein, die sie selbst liebte und deren Schönheit sie gerne auch anderen erfahrbar machen wollte. Als das Angebot später wuchs, legte sie großen Wert darauf, jedes Reiseziel persönlich in Augenschein zu nehmen. Sie wollte selbst erleben, was es konkret zu bieten hat, und in vielen Fällen durfte ich sie auf diesen Testreisen begleiten. Sie nannte uns bei diesen Gelegenheiten oft die zwei Musketiere. Allerdings habe ich mich bisweilen gefragt, ob es für sie nicht schöner wäre, für diesen Bund noch einen dritten zu finden.

Aber zurück zu Herrn Nervensäge-Armstrong. Der Versuchung nachzugeben und bei dieser E-Mail auf »Senden« zu klicken, wäre natürlich das Eingeständnis, dass er mich aus der Fassung gebracht hat. Es gelänge ihm, mich zu einem unprofessionellen Ton zu verleiten. Um es mir leichter zu machen, sollte ich mich also stattdessen lieber gleich auf die Suche nach einem anderen, besseren Resort machen.

Doch so einfach ist das Ganze leider nicht.

Der Anblick der hübschen Blockhütten mit ihren gemütlichen Kaminfeuern, den dampfenden Bechern heißer Schokolade und der weißen Pracht vor den Türen hat uns früher scharenweise Kunden beschert, die in den kanadischen Rockies dann ein zauberhaftes Weihnachten verlebten, an das sie sich noch ewig erinnerten. Und manchmal braucht jeder von uns solch glückliche Erinnerungen, um den Glauben an gute Zeiten nicht zu verlieren.

»Es ist einfach ärgerlich.« Ich weiß, ich nöle schon wie ein verzogener Balg. Aber ich bin halt angefressen. »Die Anlage war einfach perfekt, ohne jeden Kommerz, und jeder, der da war, hat das ähnlich empfunden. Alle kamen sie mit diesem verträumten Blick zurück und erzählten, dass sie das beste Weihnachten aller Zeiten erlebt hätten. Bis dieser Kein-Bock-aufs-Fest-Kerl aufgetaucht ist.«

Im vergangenen Jahr war das Weihnachtsangebot schon sehr dürftig gewesen, und selbst die Kunden, die zum Skifahren oder Snowboarden angereist waren, hatten schaurige

Erfahrungsberichte über das ausleihbare Material und den Zustand der Sportanlagen verfasst. War der Aufenthalt für Outdoorbegeisterte damit schon ziemlich durchwachsen – für Weihnachtsurlauber war er ein Grauen.

»Um ehrlich zu sein ...« – Sam ist stets darum bemüht, ehrlich zu sein – »... ist das Niveau in den letzten Jahren tatsächlich stetig gesunken. Vergangenen Winter hat jemand erzählt, dass die Huskys eine Pinkelpause eingelegt hätten, statt den Schlitten zu ziehen, und die Mistelzweige wären aus Plastik gewesen.« Der Glanz vergangener Tage trübt sich immer weiter ein, da hat sie recht. »Aus altem verblichenem Plastik.«

Kunststoff-Mistelzweige! Und dann auch noch abgenutzt und verblichen! Wer bitte stellt sich mit kussbereiten Lippen unter so was?

»Wir könnten den Leuten stattdessen Lappland anbieten«, fährt Sam mit einem Achselzucken fort. »Oder sonst irgendwas, wo man das Polarlicht sehen kann. Polarlicht liegt derzeit voll im Trend. Ich hätte selbst nichts dagegen, mir das mal anzuschauen. Willst du den letzten Keks?«

»Gerne, schließlich hast du alle anderen gefuttert.« Ich greife danach. »Verdammt!« Eben noch hatte ich den letzten Keks gewollt, jetzt nicht mehr. Mir ist gerade der Appetit vergangen. »Mist, verfluchter! Wie konnte das bloß passieren?« Oh nein, warum musste ich den Cursor unbedingt genau an dieser Stelle platzieren? Und warum liegt die dämliche Maus genau da, wo mein Ellbogen sie erwischen muss? Und warum gibt es überhaupt Kekse?

»Was ist?«

»Scheiße, scheiße, scheiße! Jetzt bin ich echt im Arsch. Ich hab auf ›Senden‹ gedrückt!« Ich schiele vorsichtig durch die Hände, die ich mir vors Gesicht geschlagen habe. Erfolgreich versendet. Unwiederbringlich weg. Selbst wenn ich sie aus dem Fach für gesendete Nachrichten lösche, dürfte mir schon bald jemand in Erinnerung rufen, dass ich sie abgeschickt habe. Tante Lynn bringt mich um! »Alles in Ordnung. Es ist alles in Ordnung.« Tief durchatmen, Sarah. »Er liest das Zeug doch sowieso nicht. Normalerweise liest er keine meiner Mails.« Gestern war eine Ausnahme. Ich knabbere verzweifelt an dem Keks in meiner Hand, wie ein gestörter Hamster.

»Was machst du auch für einen Blödsinn!«, bemerkt Sam, und wie von Zauberhand liegt plötzlich eine Packung Oreos auf ihrem Schreibtisch. »Notfallvorrat, zur Behandlung akuter Schockzustände.«

»Oh neiiiiin!«

»Ich dachte, du magst ...«

Ihre Stimme bricht ab, vermutlich weil ich entsetzt auf meinen Bildschirm deute. Das darf doch nicht wahr sein. Ich brauch einen Gin, keine Oreos. »Ich hab eine Antwort bekommen!«

»Bestimmt bloß eine automatische Eingangsbestätigung. *Bin gerade nicht im Büro* oder so etwas. So schnell kann kein Mensch tippen.«

Von wegen automatisch.

Ganz offensichtlich gibt es Menschen, die tatsächlich so schnell tippen können.

## 3

*Liebe Sarah,*
*herzlichen Dank für Ihr letztes Schreiben. Wie schön, so rasch wieder von Ihnen zu hören!* (Ironisch gemeint, vermute ich.) *Da in unseren Breiten leider kein Sand zur Verfügung steht, in den man den Kopf stecken könnte, muss dazu hier Schnee herhalten, wodurch das Hirn jedoch leicht einfriert und man vorübergehend beim besten Willen außerstande ist, selbst die einfachsten Verrichtungen zu bewältigen wie z. B. Anrufe entgegenzunehmen.*
*Im Übrigen unterziehe ich gerade unsere »verflixten Hallen« und andere Kundenwünsche einer intensiven Überprüfung, kann mich in diesem Zusammenhang aber nicht daran erinnern, dass jemals ein Gast im Beurteilungsformular irgendein »pubertäres Gehabe« gerügt hätte.*
*Vielen Dank jedenfalls für das große Interesse, das Sie unserem Resort entgegenbringen, und wir würden uns natürlich sehr freuen, Sie eines Tages einmal bei uns als Gast willkommen heißen zu dürfen.*
*Beste Grüße, Will Armstrong (Weihnachtsverächter)*
*Shooting Star Mountain Resort*

»Na, immerhin hat er Sinn für Humor.«

»Irrsinnig komisch.« Trockenen Humor nennt man das wohl. Ich hämmere bereits wieder in die Tasten, während ich antworte. Was für eine Unverfrorenheit! *Willkommen heißen,* ach ja? Der Mann weiß doch gar nicht, was das bedeutet.

*Lieber* Will *Mr. Armstrong,*
*herzlichen Dank für Ihre rasche Antwort. Sofern Sie nicht gerade an Hirnfrost leiden, wäre ich Ihnen sehr verbunden, wenn Sie die Zeit erübrigen könnten, mal das Telefon in die Hand zu nehmen, damit wir Gelegenheit haben, über besagte Qualitätsanforderungen zu sprechen.*
*Außerdem berichten unsere Kunden, dass sie eher unfreundlich willkommen geheißen worden sind, ja, in einem Fall wurde der Empfang sogar als »frostig« bezeichnet. Und in letzter Zeit ist wohl auch sonst im Resort keine höhere Temperatur zu vermerken gewesen. Das einzige Werbeversprechen aus Ihrem Prospekt, das Sie tatsächlich einlösen, scheint der Schnee zu sein. Vielleicht sollten Sie in Ihrem Beurteilungsformular die Kundenmeinung mal etwas detaillierter erfragen.*

»Das kannst du unmöglich abschicken!« Sam schielt mir schon wieder über die Schulter und bröselt dabei Oreo-Krümel in meinen Ausschnitt.

»Sagtest du schon.« Ich trommle mit den Fingern auf der Schreibtischplatte, meide allerdings die unmittelbare Gefahrenzone der Maus. Stattdessen fische ich mir mit der anderen Hand die Krümel aus dem BH. »Weißt du, was ich in diesem Moment tatsächlich ernsthaft versucht bin, zu tun?«

Sam sperrt erschrocken die Augen auf und schiebt zugleich verstohlen die Maus aus meiner Reichweite. »Was immer es auch ist, dein Ton verheißt nichts Gutes.«

»Hinzufahren.«

»Was meinst du mit *hinfahren?*«

»Hinfahren. Ins Resort. Er hat doch geschrieben, dass er sich freuen würde, mich eines Tages dort willkommen zu heißen. Womöglich ist das ja die Lösung. Ich meine, wenn ich direkt vor ihm stehe, kann er mich schlecht ignorieren, richtig?« Ich minimiere das E-Mail-Postfach und logge mich ins Buchungssystem ein. »Dann könnte ich mir mit eigenen Augen ein Bild davon machen, wie gastfreundlich unser Mr. Hirnfrost ist und ob noch Hoffnung besteht, irgendetwas von dem früheren Zauber des Ortes zu retten. Falls nicht, storniere ich umgehend sämtliche Buchungen unserer Kunden und biete ihnen etwas anderes an.«

»Nein! Du kannst nicht weg, dafür haben wir viel zu viel zu tun. *Du* hast zu viel zu tun!« Sam starrt mich verzweifelt an. »Und überhaupt, die guten Resorts sind mittlerweile alle bereits ausgebucht. Du kannst also niemanden einfach umbuchen, sollte die Situation dort wirklich so beschissen sein. Dafür ist es zu spät.«

»Da fällt mir schon was ein.«

»Das meinst du doch nicht im Ernst, oder?«, fragt Sam stirnrunzelnd und beißt sich auf den Daumenrand. »Hast du jetzt völlig den Verstand verloren?«

In dem Punkt mag sie durchaus recht haben, dennoch bin ich nicht bereit, das zuzugeben. »Ich könnte die Hotelinspektorin spielen, die undercover in all seinen verborgenen Winkeln herumstöbert und die Wahrheit ans Tageslicht bringt. Ich wollte immer schon mal mein Talent zur Schnüfflerin unter Beweis stellen.«

»Eben hast du noch gesagt, du würdest dich direkt vor ihn hinstellen, damit er dich nicht ignorieren kann.«

Das stimmt. »Nimm doch nicht jeden Spruch gleich so übergenau. Dann kommt das eben, nachdem ich überall herumgeschnüffelt und einen ebenso geistreichen wie vernichtenden Bericht über den Zustand seiner Skilifts und Fußleisten verfasst habe.«

»Fußleisten?«

»Anscheinend sammelt sich da der Staub besonders an.« Nicht dass ich Ahnung davon hätte, ich bin selbst keine große Freundin des Saubermachens.

»Haben Blockhütten überhaupt Fußleisten?«

»Sam!«

»Sorry, ich versuch bloß, zu helfen.«

»Außerdem bekomme ich Mitarbeiterrabatt.« *Betrachte die Dinge immer von der positiven Seite,* wie Tante Lynn zu sagen pflegt, und zu den positivsten Seiten einer Anstellung im Reisebüro zählt nun mal, dass man selbst für kleines Geld reist.

»Im Grunde sollten sie dir dafür Geld geben, dass du da hinfährst«, erklärt Sam. Sie tippt kurz auf ihrer Tastatur, dann schnappt sie laut nach Luft. »Hör dir das an.« Kann ich mir eigentlich sparen, da ich die beschissenen Bewertungen mittlerweile auswendig kenne, aber vorlesen wird sie mir das Zeug so oder so. »*Das schrecklichste Weihnachten, das wir je hatten. Das einzig Gute daran war die heiße Schokolade –*«

»*Bis ihnen auch noch die Marshmallows ausgingen*«, beende ich den Kommentar für sie. »Aber davon könnte ich notfalls welche mitnehmen.«

Sie ignoriert meinen Vorschlag. »Wie können einem denn Marshmallows ausgehen? Das ist, als ...«

»Würde dem Restaurant der Wein ausgehen?«

»Wie eine Margarita ohne Salzrand am Glas.«

»Also richtig ernst.«

»Na, du würdest dir bei so etwas doch auch verschaukelt vorkommen, oder? Und hier: *Wohlige Gemütlichkeit strahlt das*

*Haus nun wirklich nicht aus – es sein denn, man ist mit Eisbären verwandt. Draußen war es jedenfalls wärmer als drinnen.«* Sam hebt den Kopf, um zu kontrollieren, dass ich noch zuhöre. *»Auf der Website werden Fahrten mit von Huskys gezogenen Schlitten versprochen. Bei uns kam dem am nächsten, dass uns erlaubt wurde, einen der Hunde bei einem Spaziergang auszuführen.* Ach, aber die Vorstellung finde ich schon schick. Jake spielt gerade mit dem Gedanken, Harry darauf abzurichten, einen Schlitten zu ziehen. Dafür bräuchten wir hier bloß irgendwann richtig Schnee.« Ich spare mir jeden Kommentar. So süß der Hund ihres Freundes auch ist, ich bin mir ziemlich sicher, dass Schlittenhunde gewöhnlich mindestens doppelt so groß wie Harry sind. »Und hier vom letzten Weihnachten: *Der Bergführer weigerte sich, mit uns auf Skitour zu gehen, weil es schneite! Käsefondue war spitze, doch ein ungepflegter Speisesaal und eine unfreundliche Bedienung verleideten das Vergnügen komplett. Herrliches Anwesen – eine Schande nur, dass unter den neuen Betreibern das Niveau derart in den Keller gesackt ist. Zauberhafte Weihnachten sehen anders aus.«*

»Spricht alles dafür, dass ich fahre, oder? Schließlich ist der Laden lange Zeit unser absolutes Topangebot gewesen. Nirgendwo war es zu Weihnachten malerischer, märchenhafter, magischer …« Mir fallen keine Worte mit M mehr ein, aber sie versteht schon, was ich meine.

»Und jetzt ist alles eben nur noch mangelhaft und großer Mist, aber es ist doch nicht unser Job, solche Häuser wieder auf Vordermann zu bringen, Sarah. Wir empfehlen einfach andere Ziele. Du musst da nicht unbedingt hin.«

»Tante Lynn hat das aber auch immer gemacht.« Ich habe den Verdacht, langsam etwas arg trotzig zu klingen.

»Um die jeweiligen Häuser zu begutachten und abzuwägen,

ob sie tatsächlich ein Urlaubserlebnis garantieren, wie sie es verkaufen möchte. Nicht, um dort für Ordnung zu sorgen. Mensch, Sarah, warum schmeißen wir das Shooting Star Resort nicht einfach raus und suchen uns was Besseres?«

»Weil ...« Na ja, nicht zuletzt, weil ich ein Dickschädel bin und mich nicht gerne geschlagen gebe. »Zum einen hat es Tante Lynn dort besonders gut gefallen.« Völlig überraschend steigt mir das brennende Kitzeln von Tränen in die Augen. Ich atme tief ein und beschäftigte mich kurz mit den Büroklammern auf meinem Tisch, um nicht aufschauen zu müssen. »Zum anderen haben sie und ich dort unser erstes gemeinsames Weihnachten verbracht.« In meinem Hals sitzt ein Kloß, der dort nicht sein sollte, und meine Augen blinzeln schneller als das rote Männchen an einer defekten Fußgängerampel. Ich schlucke einmal schwer. »Mit anderen Worten: Ich möchte Will Armstrong einfach gern eine runterhauen.«

»Ach Gott. Warum hast du das nicht gleich gesagt? Nicht das mit dem Runterhauen, meine ich, sondern das mit eurem Weihnachten.« Sam drückt mir die Hand, und ich ziehe sie rasch zurück, weil Mitgefühl mich immer ganz fertigmacht. Ich möchte nicht in Tränen ausbrechen. Nicht hier, nicht auf der Arbeit. Also eigentlich überhaupt nirgendwo. Weinen ist etwas, das ich mir schon vor langer Zeit abgewöhnt habe. Es bringt einfach nichts.

Unser erstes Weihnachten im Shooting Star Resort ist traumhaft schön gewesen. Und ich glaube, dass Tante Lynn es gezielt deswegen ausgesucht hatte.

Sie und ihre Schwester, meine Mutter, haben sich nie sonderlich nahegestanden. Sie waren wohl zu verschieden. *Camembert und Brie,* wie Lynn gerne sagt. Mum hat jung geheiratet, mich bekommen und mich im Camper-Kleinbus auf so manche Magical Mystery Tour mitgeschleppt. Lynn dagegen war Single, aus Überzeugung kinderlos und trieb sich gern in den entlegensten Ecken der Welt herum. Von Fernweh waren sie offenbar beide erfüllt, aber was und wie sie suchten, wich so stark voneinander ab, dass sie sehr unterschiedliche Wege einschlugen.

Tante Lynn habe ich damals im Grunde genommen kaum gekannt. Begegnet waren wir uns vor diesem Weihnachten nur sporadisch.

Es war das Weihnachten, an dem sie eigentlich versuchen wollte, meine kleine Familie zu retten. Stattdessen stand sie auf einmal mit mir allein da, weil meine Eltern sich nämlich aus dem Staub gemacht hatten. Ohne mich. Um mal etwas »kinderfreie Zeit« zu haben, wie Mum es lachend formulierte. Ich habe sie nie wiedergesehen. Dieser Spruch und ihr kicherndes Lachen sind das Letzte, das mir von ihr geblieben ist.

Parfüm benutzte sie keins, daher gibt es auch keinen typischen Duft nach Lavendel oder Chanel N° 5, den ich mit ihr verbinde und der mir etwas von ihr zurückbringen könnte. Nicht einmal einen ausrangierten Pulli oder ein viel getragenes Schmuckstück hinterließ sie mir. Das Leben ist eben nicht immer so, wie es in Filmen geschildert wird. Da war einfach nichts. Kein Teil von ihr, an das ich mich hätte klammern können. Nur der Klang ihres Lachens und die vage Erinnerung an ihre großen grünen Augen.

Es wurde mein letztes Weihnachten mit Mum und Dad, und mein erstes mit Tante Lynn.

Eine Woche haben wir damals noch dort verbracht. Nur wir beide. Ich war verwirrt, fühlte mich verloren, wartete ständig darauf, dass meine Eltern in der Tür erschienen und alles wieder auf normal zurückspringen würde. Aber sie kamen nicht.

Inzwischen ist es Mum nicht mehr möglich, an irgendeinen Ort zurückzukommen, sie schläft bei den Sternen. Und Dad? Tja, für mich ist mein Dad damals ebenfalls gestorben.

An diesem Weihnachten verbrachten wir unsere Tage damit, Schneemänner zu bauen, durch den Schnee zu stapfen, die Huskys zu streicheln und die Rentiere zu füttern. Und abends kuschelten wir uns in unserer Blockhütte eng aneinander, schauten ins Feuer und flüsterten uns gegenseitig Wünsche ins Ohr. Später habe ich jahrelang noch dieselben Wünsche gehegt. Bis ich endlich begriff, dass Wunschträume sowieso nie in Erfüllung gehen.

Ich zwinkere die Vergangenheit entschlossen fort und ignoriere die eine winzige Träne, der es gelingt, sich durch die Barriere zu quetschen.

»Egal. Darum geht es hier doch gar nicht.«

Sam mustert mich mit fragender Miene und wirkt keineswegs überzeugt. Also ignoriere ich auch sie und haue lieber weiter in die Tasten, was in erster Linie die Chance bietet, dass ich mir unbemerkt die Wange trocken wischen kann.

»Aber was ist mit Lynn? Ihr habt doch Weihnachten immer zusammen verbracht.«

Wieder ein Punkt, in dem Sam recht hat. Seit diesen ersten gemeinsamen Feiertagen im Shooting Star Mountain Resort sind Tante Lynn und ich an Weihnachten stets zusammen gewesen. Sie ist meine Familie, meine gesamte Familie, die einzige, die ich habe, und sie ist toll.

Ich liebe Tante Lynn. Von ganzem Herzen. Ohne sie wäre mein Leben vollkommen anders verlaufen. Ich wäre eine ungeliebtes, unsicheres Häufchen Elend und mit Sicherheit komplett langweilig *und* gelangweilt. Tante Lynn hat mich mit viel Wärme, Zuneigung und Einfallsreichtum großgezogen, und sie hat mir gezeigt, dass man sich nicht dafür schämen muss, wenn die eigene Erziehungsberechtigte auf Elternabenden die Einzige ist, die bunte Strähnen im Haar trägt und eher an meiner Sicht der Dinge interessiert ist als an der der Lehrer. Das ist vielmehr etwas, über das man sich freuen sollte.

»Über die Weihnachtstage selbst fahre ich ja gar nicht.« Nie im Leben werde ich noch einmal ein Weihnachten dort verbringen. Selbst wenn alles ebenso perfekt wäre wie früher. Ich denke nicht, dass ich das ertragen würde. »Ich fahre kurz davor. Oder erst danach. Im Grunde wäre gleich jetzt wahrscheinlich am besten.« Was du heute kannst besorgen … »Auf die Weise könnte ich noch ein paar Änderungen anschieben, bevor er dazu kommt, einem weiteren Schwung Gäste das Weihnachtsfest zu verderben. Eine weitere vermasselte Saison und der Laden ist endgültig nicht mehr zu retten. Das werde ich verhindern. Kein Mensch hat das Recht, Weihnachten einfach abzublasen!«

»Aber du kannst doch nicht holterdiepolter hier weg und mich allein lassen!«

»Du bist doch nicht allein. Ich werde das mit Tante Lynn klären. Sie hat vor einer Weile selbst angeregt, dass wir die Häuser aus unseren Angeboten häufiger besuchen sollten. Sie will sogar eine Aushilfe anstellen, die einspringen kann, wenn wir mal weg sind. Du würdest dann auch mehr in der Welt herumkommen.« Ich werfe ihr einen vielsagenden Blick zu. »Sie weiß, dass du gern mehr reisen würdest.«

Sam läuft wieder rot an. Sie glaubt zwar, es gut überspielt zu haben, aber sie zählt nun mal zu den Menschen, die ihre Gefühle unmöglich verbergen können. Sie stehen ihr ins Gesicht geschrieben. In letzter Zeit hat sie sich verändert. Zu ihrem Vorteil verändert. Vor allem, nachdem sie ihrem saufenden, fremdgehenden Ex den Laufpass gegeben und ihren schnuckeligen Jake kennengelernt hat. Sie ist eindeutig stärker und selbstbewusster aus dieser Erfahrung herausgekommen. Sie hat weiterhin ihre alberne Seite, die ich so an ihr liebe, aber jetzt ist sie zugleich wesentlich entschlossener, ihr Leben so zu leben, wie *sie* es will. Und sie möchte sicher nicht auf ewig bloß geruhsam in diesem Goldfischglas hier hocken.

»Lynn möchte dicht nicht verlieren, Sam. Und ich auch nicht.« Ein Leben ohne Sam könnte ich mir gar nicht vorstellen. Wir sind zwar völlig verschieden, kommen aber prima miteinander zurecht. Sie schaut mich an, als wollte sie mich gleich umarmen, aber umarmt zu werden, vertrage ich gerade gar nicht. »Sekunde mal, die schmeißen mich gleich aus dem Vorgang raus, wenn ich die Buchung nicht abschließe.«

»Lass es«, sagt sie und zerrt erneut so lange an meinem Stuhl, bis ich nicht mehr an die Tastatur komme. »Die werden schon nicht gleich ausgebucht sein, wenn du ein paar Minuten wartest. Und musst du nicht erst die Tage abklären?«

»Ich kann unverbindlich reservieren.« Dringend notwendig erscheint das jedoch nicht – Verfügbarkeiten bestehen noch an allen Tagen, die ich ausprobiere. »Danach rufe ich Tante Lynn an.« Sam gefällt mein Hang zu impulsiven Aktionen nicht sonderlich. Er macht sie nervös. Sie weiß gerne genau, woran sie ist. Wohingegen ich, passend zu meiner unsteten Vergangenheit, mich lieber kopfüber in jeden neuen Tag stürze. Und im Augenblick klingt die Aussicht, sich in den kanadischen Rockies mit Mr. Armstrong anzulegen, nach einer guten Ablenkung.

»Warum rufst du sie nicht zuerst an?«

»Okay, okay. Wenn es dich glücklich macht, gebe ich ihr erst Bescheid.« Sams Vorschlag ist natürlich vernünftig, allerdings ist es im Geschäft derzeit ruhig, und ich bin sicher, dass meine Tante nur zu gerne ein paar Tage für mich einspringt. Schließlich möchte sie unbedingt *den Finger am Puls der Zeit* behalten, wie sie es immer nennt.

»Ja, das würde mich glücklich machen.«

Also wähle ich die Verbindung über den Geschäftsanschluss und schalte auf Lautsprecher, damit Sam die Reaktion von Lynn gar nicht erst anzweifeln kann – wobei ich davon überzeugt bin, dass Lynn die Idee gutheißen wird. Reisen erweitert den geistigen Horizont und reduziert das Sitzfleisch, sagt sie immer. Keine Frage, sie wird zustimmen.

»Tante Lynn?«

»Ach, schön, dass du anrufst, Liebes.« Das klingt, als würden wir nur alle Jubeljahre miteinander sprechen, obwohl wir mindestens einmal am Tag telefonieren. »Ich wollte sowieso etwas mit dir bereden.«

Sam hebt eine Braue, und ich frage mich, ob ich den Lautsprecher besser nicht aktiviert hätte.

»Im Augenblick bin ich allerdings ein wenig in Eile«, fährt Tante Lynn rasch fort. »Aber komm doch auf Kaffee und Kuchen vorbei.« Ich starre erst auf den Hörer und dann zu Sam, die ratlos die Schultern hochzieht.

»Äh, gerne. Ich wollte dich nur kurz –«

»Hat das vielleicht Zeit bis Mittwoch, Liebes?«

Da ich den Eindruck habe, dass sie mir ohnehin nicht richtig zuhört, nicke ich nur, obwohl sie das natürlich nicht sehen kann. »Klar«, schiebe ich nach. Was machen die zwei Tage schon für einen Unterschied? »Oder morgen?«

»Ach, Sarah. Morgen bin ich doch bei der Igelhilfe, schon vergessen?«

In ihrer Stimme schwingt ein Hauch von Vorwurf mit.

Wie konnte ich nur die *Igelhilfe* vergessen? Ganz zu schweigen von *Katzen in Not,* dem Projekt *Hygieneartikel für obdachlose Frauen* oder der Aktion *Baby im Paket.* Letzteres hat mich zuerst ein wenig beunruhigt, bis ich erfuhr, dass es sich dabei um Startersets für junge Eltern handelt. Diese Information vermochte allerdings nichts an dem Bild zu ändern, das sich bei dem Namen unweigerlich in meinem Kopf formt: *Heute bestellt, morgen geliefert – der praktische Service bei plötzlichem Kinderwunsch.*

Tante Lynn glaubt an das Pay-it-Forward-Prinzip, nach dem es einen Mensch, dem Gutes widerfährt, besonders stark danach drängt, seinen Mitmenschen ebenfalls Gutes zu tun. Und da sie nun einmal so nett ist, dass die Leute ihr ständig kleine Freundlichkeiten erweisen, kommt sie mit ihrem ausgleichenden Engagement kaum hinterher.

»Morgen ist großer Igeltag. Da werden die Tiere gewogen, und anschließend grillen wir.«

»Sehr igelfreundlich klingt das aber nicht.«

Sie lacht auf ihre tiefe, herzliche Art. »Sarah! Du und deine Sprüche! Wir können dann am Mittwoch mal ganz in Ruhe über alles reden, und ich erzähle dir, was ich vorhabe.«

»Was du vorhast?«, erwidere ich verwirrt.

»Sagen wir um drei, in Ordnung?«

Sie beabsichtigt offenbar nicht, mich vorab schon in irgendetwas einzuweihen. Tante Lynn lässt sich grundsätzlich nicht zu übertriebener Eile drängen, und ich kenne niemanden, der so wenig von Neugier angetrieben wird wie sie. Wenn mir jemand sagt, er müsse mir etwas erzählen, dann grübel ich sofort darüber, analysiere den Ton seiner Stimme, liste alle denkbaren Gründe auf und mache mir Sorgen. Lynn dagegen würde es sofort wieder vergessen. »Klar, wenn es früher –«

»Ich muss los, Liebes! Tut mir leid, aber ich bin irrsinnig spät dran.«

»Soll ich Kuchen mitbringen?«

»Nein, nein.«

»Das wäre wirklich kein Problem, ich kann welchen aus dem Café gegenüber von uns mitbringen.«

»Nicht nötig, du allein genügst völlig. Nimm dir den Nachmittag frei. Sammy schmeißt den Laden schon, da bin ich sicher. Jetzt muss ich aber wirklich auflegen. Lionel, der alte Abenteurer, baumelt gerade vom Lüster herab!«

Sam prustet Kekskrümel in alle Richtungen. Ich sage rasch »Tschüs« und ramme den Zeigefinger auf die rote Taste, als würde die Verbindung dadurch schneller getrennt.

»Streng gar nicht erst deine schmutzigen Fantasien an«, warne ich Sam. »Lionel ist bloß der Kater der Nachbarin.«

»Aha.« Beim Anblick ihres breiten Grinsens muss ich unwillkürlich zurückgrinsen. Sie kennt meine Tante inzwischen gut genug, und uns geht beiden durch den Kopf, dass Lionel durchaus auch ein Mann hätte sein können, den sie mit nach Hause genommen hat. Betulicher lässt sie es jedenfalls nicht angehen, selbst wenn sie im Bus mittlerweile Anspruch auf den Seniorentarif hat.

Eine Weile hängen wir beide schweigend den amüsanten Bildern im Kopf nach. Sam vertreibt sie als Erstes mit einem energischen Kopfschütteln. »Glaubst du, er übersteht das? Der Kater, meine ich.«

»Oh ja, das hat er schon öfter gemacht. Er wartet ab, bis sie die Leiter hochsteigt, dann lässt er sich fallen und stolziert davon.«

»Gut, sehr gut«, sagt sie erleichtert, zieht aber unmittelbar darauf wieder die Stirn in Falten. »Das mit dem Kaffee und

Kuchen klang allerdings reichlich sonderbar. Zum Kaffeekränzchen lädt sie doch sonst nie ein.«

Tatsächlich ist das höchst merkwürdig, sogar merkwürdiger als die Sache mit Lionel, und beunruhigt mich gleich in mancherlei Hinsicht.

»Stimmt.« Mit Lynn verabredet man sich nicht *zum Kaffee*. Ich komme auf einen Sprung bei ihr vorbei oder sie ruft mich zu Hause an und kommt auf ein Gläschen oder gelegentlich auch mal zum Abendessen, aber wir laden einander nie zum Kaffee ein. Und zu »Kaffee und Kuchen« schon gar nicht. Das ganze Gespräch war seltsam. Irgendwas ist da nicht in Ordnung, und es fühlt sich eindeutig nach schlechten Neuigkeiten an. Mir wird mulmig.

Worüber muss sie unbedingt mit mir reden? Was ist so schlimm, dass ich anschließend nicht mehr zu arbeiten in der Lage sein werde? Verkauft sie alles? Ist sie krank? Um Himmels willen, sie wird doch wohl nicht heiraten, oder?

Jetzt ist mir richtig schlecht.

Ich hole tief Luft. Aber furchtbar dramatisch kann es eigentlich nicht sein, da es Zeit bis Mittwoch hat und seine Bedeutsamkeit unterhalb der Igelhilfe rangiert. Aber will das wirklich etwas heißen?

Sie weiß genau, wie heikel es sein kann, Sam die alleinige Verantwortung im Geschäft zu übertragen, selbst wenn mittwochs derzeit nicht viel los ist.

Sam versteht es zwar meisterhaft, Kunden Reisen zu verkaufen, nach denen sie gar nicht gefragt haben, aber sie lässt sich auch leicht ablenken, und dann drückt sie versehentlich die falsche Taste – was mir natürlich *niemals* passieren würde. Warum also sollte Lynn vorschlagen, dass ich mir freinehme, wenn es nicht etwas extrem Wichtiges ist, was sie mir erzählen will, etwas, das sich auf keinen Fall am Telefon besprechen lässt?

Und backen tut Tante Lynn schon mal überhaupt nicht. Ihre sporadischen Backversuche in der Vergangenheit haben stets zu ausgefallenen Ergebnissen wie »Scones auf fragmentierte Art« oder »Madeira-Biskuittorte in Kraterform« geführt. Natürlich ist ihr selbst klar, dass es diese Varianten nicht gibt, aber so sahen sie nun einmal aus. Wer jetzt meint: Aber genau für solche Fälle wurden doch Rezepte erfunden, die unmöglich misslingen können – tja, denkste, Mr. Superchefkoch!

Als Kind dachte ich noch, ihre Kreationen wären nur besonders kunstvoll. Immerhin hatte außer mir keiner in seiner Brotbox Dinge wie »Sandwich mit zerdrückter Banane und Kartoffelchips an Pfannkuchenfetzen«. Ich war einzigartig.

Die Tatsache, dass wir uns bei ihr zu Hause treffen und nicht etwa in einem Café, wo Backwaren bequem in garantiert gesundheitlich und produktionstechnisch unbedenklicher Form erhältlich wären, steigert daher mein Unbehagen nur noch mehr.

»Und du meinst nicht, dass sie bloß keine Lust hatte, über deine Pläne zu sprechen, ausgerechnet in dieses Resort zu fahren?«

Ich schüttle den Kopf. »Zu dem Thema bin ich doch gar nicht gekommen. Sie beschäftigen ganz offenbar nicht *meine* Pläne, sondern *ihre*. Sie will mir erzählen, was *sie* vorhat, hat sie gesagt.« Das ist der letzte und schwerwiegendste Anlass zur Sorge. Welche Pläne sollen das sein? Lynn plant normalerweise nicht lange. Lynn macht einfach. Und sie spart es sich auch nicht auf, mich später über irgendetwas zu informieren, sondern wir klären das, während wir schon loslegen.

Sam und ich runzeln synchron die Stirn. »Bestimmt ist es

völlig harmlos«, versichert sie mir. »Sie möchte nur ein wenig mit dir plaudern, das ist alles.« Sam klingt nicht überzeugt, und ich bin es ebenso wenig.

Was hat Lynn mir verschwiegen?

## 4

Bei Tante Lynn ist es warm und heimelig, und es riecht nach frisch Gebackenem. Ich habe in diesem Haus gelebt, bis ich zwanzig war. Dann hielten wir es beide für an der Zeit, dass ich ausziehe. Lynn tendiert weitaus stärker in Richtung freie Liebe, als ich das tue, und es wurde immer unangenehmer und ehrlich gesagt auch ein wenig peinlich, ständig ihren splitternackt herumlaufenden Liebhabern über den Weg zu laufen. Vor allem, da einige von ihnen erheblich attraktiver aussahen als die Männer, die ich so nach Hause brachte. Und interessanter. Und in einem denkwürdigen Fall sogar jünger.

»Bedien dich.« Sie schiebt mir einen Teller mit Törtchen von äußerst befremdlicher Farbe zu. Das Streifenmuster darauf sieht aus wie ein versteinerter Goldfisch, der in einem Meer aus eigentümlich glasiger Puddingmasse feststeckt. »Zitronencreme mit Zitrusmarmelade – allerdings sind mir die Zitronen ausgegangen. Aber Orangen und Zitronen passen doch prima zusammen, oder?«

Ich beiße vorsichtig hinein. Sofort erfüllt eine herbe Süße meinen Mund, und ich spüre, wie ich auf etwas Festem kaue, vermutlich ein Stück Orangenschale. Während meine Zunge taub zu werden beginnt, steigen mir Tränen in die weit aufgerissenen Augen, und mein Kiefer verkrampft.

»Es gibt da etwas, das ich dir erzählen muss.« Trotz ihres Lächelns entgeht mir nicht, dass sie mich aufmerksam mustert und ein wenig nervös wirkt, als befürchte sie, dass ich jeden Moment ohnmächtig werde. »Das ist jetzt alles ziemlich abrupt gekommen, daher wollte ich darüber reden und es dir erklären.« Von ihren Kochkünsten spricht sie definitiv nicht. Es geht um diese Pläne, die sie erwähnt hat.

Eine lange Pause tritt ein. Ich hasse Pausen. Auf lange Pausen folgen in der Regel schlechte Neuigkeiten. Und das Wort »erklären« gefällt mir ebenso wenig. Ich lege das Törtchen aus der Hand.

»Ich fahre weg über Weihnachten.«

Mein Unterkiefer erschlafft abrupt. Nun wird mir auch ihre Nervosität verständlich. Mit ihren Backversuchen hat die nichts zu tun. »Aber wir fahren doch nie weg über Weihnachten«, wende ich ein. »Wir bleiben immer hier.« Wir besorgen uns den größten Baum, den wir finden können, dazu einen Haufen Glitzerzeug und reichlich Kunstschnee aus Watte, sofern der echte mal wieder ausbleibt. Wir machen uns Glühwein und gewaltig schiefe Mince Pies, und um Mitternacht besuchen wir in Gummistiefeln die Christmette und schenken uns vor dem Schlafengehen gegenseitig etwas ganz Persönliches. Wir helfen bei der Speisung der Obdachlosen, gehen mit Hunden aus dem Tierheim spazieren, sehen uns die Ansprache der Queen an und spielen Monopoly.

»Ich weiß, Liebes.« Sie seufzt. »Aber ich muss in diesem Jahr leider weg und Ralph besuchen.« Sie betont dabei das »Ich«; das muss mir vorher entgangen sein. *Ich* wie in *sie*, nicht in *wir*. Also ohne *mich*. Ein schmerzliches Gefühl der Leere erfasst mich, und mein Herz beginnt zu rasen, als hätte es erkannt, dass ich weglaufen und mich verstecken muss. Genau so hat es sich in der Schule angefühlt, wenn ich wusste, dass mich keiner für seine Mannschaft auswählen würde.

»Du verbringst Weihnachten ohne mich?«

Sie beugt sich vor und drückt meine Hand, und mir wird klar, dass ich mich wie eine Fünfjährige anhöre, nicht wie die selbstständige Frau, als die ich mich vor anderen gerne gebe. Doch Tante Lynn gehört eben nicht zu den anderen. »Du lässt mich einfach allein?«

»Nur für ein paar Tage.«

»Und wer ist Ralph?« Ist Ralph ein Hund? Warum habe ich noch nie von Ralph gehört?

»Er lebt in Australien.«

»*Australien?*« Ich merke schon, dass ich ständig ihre Worte wiederhole, aber sie sagt auch andauernd die falschen Sachen.

»Ja, Liebes. Und das ist etwas, das ich ganz allein tun muss.« Lynn lehnt sich zurück. Gebannt verfolge ich, wie sie in ihrem Becher Tee rührt, während ihre letzten Worte noch in mir herumwirbeln. »Ralph ist ein alter Freund.« Die Art, wie sie »Freund« sagt, lässt mich aufschauen. Ich sehe ihr in die Augen. »Er ist todkrank. Dies werden seine letzten Weihnachten sein, und ich möchte sie wirklich gerne mit ihm verbringen. Du weißt doch bestimmt noch, dass ich in Australien gewesen bin, kurz bevor du zu mir gezogen bist.«

Ich nicke. Ich erinnere mich vage daran, dass davon mal die Rede gewesen ist, aber ich war damals noch ganz klein und weiß im Grunde nur, wie sonderbar sie aussah. Tante Lynn war damals merkwürdigerweise braun gebrannt und trug auffallend schrille Kleidung mit knalligen Farben und wilden Mustern. Weite Röcke, die beim Gehen rauschten, und Ketten mit dicken Glasperlen, die klimperten und mit denen ich spielte, wenn ich auf ihrem Schoß saß.

Bei ihr zu Hause roch es anders als da, wo ich vorher gewohnt hatte. Überall Duftöle und Räucherstäbchen. Auch sie selbst verströmte einen anderen Duft, warm und einladend. Sie drückte mich an ihre Brust, sang mir etwas vor, und sogar die Umarmungen unterschieden sich von allen, die ich bis dahin gekannt hatte. Tante Lynn war der einzige Mensch, der mich auf diese Art umarmte. Als wollte sie mich nie wieder loslassen.

Ein alberner Kloß hat sich in meinem Hals festgesetzt. Stumm blinzle ich sie aus großen Eulenaugen an.

Weihnachten hat bisher immer wir beide bedeutet. Wie sollte es ohne sie funktionieren?

Mein Gott, ich kann doch Weinachten nicht ganz allein verbringen! Ich habe nicht einmal eine Katze, die mir Gesellschaft leisten kann!

Sicher doch, ich könnte auf Callums Einladung zurückgreifen. Er hat mir erst heute Morgen eine Nachricht geschickt und gefragt, ob ich Weihnachten nicht mit ihm bei seinen Eltern verbringen möchte. Das Angebot hat mir einen Mordsschrecken eingejagt, und ich war kurz davor, ihm auf der Stelle abzusagen mit der Entschuldigung, dass ich bei Tante Lynn sein müsse, weil wir diesen Tag eben schon immer gemeinsam feiern. Aber irgendetwas hat mich davon abgehalten, spontan zu antworten. Ich blinzle noch eine Runde. Mit Callum will ich auf gar keinen Fall feiern. Wenn ich ihm jetzt zusage, würde das aus den völlig falschen Gründen geschehen. Dann würde ich ihn nur benutzen.

»Damals bin ich deinetwegen zurückgekommen und habe Ralph verlassen. Aber jetzt wird es Zeit, dass ich hinfahre und ihn besuche. Ihn ein letztes Mal sehe.« Sie spricht mit sanfter Stimme und drückt erneut meine Hand. Ihre Augen, deren einst so stechendes Blau inzwischen durch Alter und Lebensmühen an Schärfe verloren hat, studieren weiter mein Gesicht.

»Es tut mir wirklich leid, Sarah. Ich weiß, wie viel dir unser gemeinsames Weihnachten bedeutet; mir ist es genauso wichtig. Hast du vielleicht Lust mitzukommen? Ralph wird das sicherlich nichts ausmachen. Ich habe nur gedacht, dass dir danach nicht der Sinn steht: Weihnachten an einem fremden Ort, im Hause eines sterbenden Mannes, den du überhaupt nicht kennst. Natürlich wäre das nicht wie Weihnachten hier, aber –«

»Schon in Ordnung. Ehrlich.« Auch wenn ich Weihnachten grundsätzlich lieber irgendwo auf der Welt mit ihr verbringe als ohne sie zu Hause, habe ich doch begriffen, dass dies eine Sache ist, die man nicht gemeinsam machen kann. Ralph braucht sie. Und irgendwie werde ich das Gefühl nicht los, dass sie auch ihn braucht.

»Ihm bleiben nur noch wenige Wochen, vielleicht schafft er es nicht einmal bis ins neue Jahr, daher muss jetzt alles so schnell gehen. Der alberne Kerl hat es mir natürlich erst auf den letzten Drücker gebeichtet, sonst wäre ich schon früher geflogen.« Aufrichtiger Ärger vermischt mit Tränen schwang in ihrer erstickten Stimme. »Ich hoffe bloß, ich komme nicht zu spät.«

Ich habe sie bislang nie als alt oder bedrückt wahrgenommen, aber als sich nun der Nebel meiner Selbstsüchtigkeit lichtet, wird mir bewusst, dass sie noch etwas anderes ist als nur meine Tante Lynn. Sie ist eine Frau mit einer Vergangenheit, die nichts mit mir zu tun hat.

Tante Lynn hat nie viel über ihr anderes Leben geredet. Ihr Leben vor mir. Bevor meine Eltern verschwanden. Aber als ich größer wurde und den Fotos mehr Beachtung schenkte oder dem in der hintersten Ecke ihres Kleiderschranks verstauten Rucksack oder den vielen kleinen Erinnerungsstücken, die überall im Haus verteilt auf irgendwelche fremden Menschen und Orte verwiesen, da reimte ich mir ihr früheres Leben, so gut es ging, zusammen. Und es entstand das Bild eines unbeschwerten, fröhlichen Hippielebens, das sie, ohne zu zögern, aufgegeben hatte und nach dessen Verlust sie extrem bedacht darauf gewesen war, dass ich nie Schuldgefühle deshalb verspürte.

Wie könnte ich jetzt etwas dagegen haben, dass sie noch einmal Anschluss an dieses Leben zu finden sucht? Ich bin schließlich erwachsen, also kann sie wieder tun und lassen, was sie will. Dennoch kostet es mich einige Mühe, den Drang zu bezwingen, »Bitte geh nicht weg« zu rufen, und ich schäme mich dafür, wie schwer es mir fällt. »Erzähl mal von Ralph.«

Und sie erzählt. Und während sie in einem sanften und melodiösen Ton spricht, umspielt ein wehmütiges Lächeln ihre Lippen. Sie verliert sich in Gedanken, scheint endlos weit entfernt von unserem gemeinsamen Leben hier.

»Du hättest ihn nicht verlassen sollen.«

»Ich hatte dich, Liebes. Außerdem war es an der Zeit. Sind die Törtchen dir zu sauer? Ich wollte vermeiden, dass die Orangenschale ihren Biss verliert, aber ich hatte nur diese Marmelade mit ganzen Stückchen. Willst du vielleicht einen Haferflockenriegel dazu? Sie sind mir allerdings etwas sehr knusprig und fest geraten. Ich hatte mir schon überlegt, sie zu zerbrechen und Müsli daraus zu machen.«

Mir steht im Augenblick nicht der Sinn nach Müsli. Mich beschäftigt vielmehr die Vorstellung, mit welcher Willenskraft Tante Lynn ihre eigene Trauer überspielt haben muss. Und dass ich an Weihnachten allein sein werde.

Lynn lächelt etwas unsicher.

»Ehrlich gesagt, habe ich selbst auch etwas vor«, rutscht es mir heraus. Was rede ich da? »Ich werde ein paar Tage verreisen.« Was werde ich? Wie kann ich das einfach behaupten?

»Ach ja?«

»Ja.« Ich nicke. Mit reichlich Nachdruck. Inzwischen ist mir zwar recht flau im Magen, aber jetzt, wo ich schon mal angefangen habe, kann ich nicht mehr zurück, oder? »Ich fahre nach Kanada!« Genau! Das wird sie beeindrucken! Ich bin jetzt richtig erwachsen und komme an Weihnachten auch allein zurecht. Die Festtage mit Callum zu verbringen, wäre ganz sicher ein Fehler. Tief in meinem Innern ist mir schon eine Weile klar, dass es zwischen uns nicht unbedingt perfekt läuft und wir in eine Sackgasse geraten sind. Nein, nein. Mit ihm werde ich Weihnachten nicht verbringen. Ich werde die Gelegenheit am Schopf packen und diesem Will Armstrong ein für alle Mal zeigen, wo es langgeht.

»Kanada?«, erwidert sie verwirrt, was ich gut nachvollziehen kann, da ich kaum weniger durcheinander bin.

»Ich habe vor, uns den ständigen Ärger mit dem Shooting Star Mountain Resort vom Hals zu schaffen. Deswegen wollte ich auch mit dir sprechen. Vorläufig gebucht habe ich schon mal. Jetzt muss ich nur noch bestätigen.«

»Im Shooting Star Resort? Da, wo wir ...«

Ich nicke. Meine Selbstsicherheit schwindet. Das mulmige Gefühl im Magen wächst.

»Na, damit hätte ich nun nicht gerechnet. Aber das freut mich für dich. Noch einmal zurückgehen und ...«

»Ich gehe nur dahin zurück, weil die Verrisse im Internet überhandnehmen und weil dieser Idiot, der den Laden jetzt führt, fest entschlossen zu sein scheint, alles gegen die Wand zu fahren, und wir seinetwegen am Ende noch verklagt werden.«

»Verklagt?«

Offenbar habe ich mich ein wenig mitreißen lassen und Dinge erwähnt, die besser ungesagt geblieben wären. Meine Arme in die Luft zu werfen, um die Sache als Belanglosigkeit abzutun, dürfte die besorgten Falten auf ihrer Stirn zwar auch nicht vertreiben, aber versuchen kann man es ja mal. »Ach, nichts Ernstes, bloß leere Drohungen.« Sie wirkt nicht beruhigt. »Aber das ist der Grund, warum ich fahre.«

»Meinst du wirklich *das* Shooting Star Resort?«

Ich nicke.

»Und du kommst da ganz allein zurecht?« Ihre Sorgenfalten haben sich eher noch vertieft, und ich habe nicht den Eindruck, dass es mit der drohenden Gefahr einer Schadensersatzklage in Verbindung steht.

»Auf jeden Fall. Wofür bin ich inzwischen groß und stark?« Allerdings fühle ich mich innerlich gerade eher wie ein einsames, kleines Kind. Reiß dich zusammen, Sarah. Das schaffst du schon.

»Ich würde ja mitkommen, aber ich muss das jetzt für Ralph tun. Und, um ehrlich zu sein, auch für mich. Er braucht mich, Sarah.« Das ist mal wieder typisch Tante Lynn: Stets sofort zur Stelle, wenn jemand sie braucht, genau wie sie immer für mich da gewesen ist. »Warum wartest du nicht bis Anfang des Jahres, und dann fahren wir zusammen?«

»Ich komm schon zurecht, ganz im Ernst.« Warum Weihnachten allein verbringen, wenn ich stattdessen auch Mr. Alles-scheißegal-Armstrong auf die Finger sehen kann? »Das sollte so schnell wie möglich geklärt werden.« Ich glaube, ich versuche mich gerade selbst davon zu überzeugen, die richtige Entscheidung gefällt zu haben.

Was mache ich hier eigentlich? Wenn ich da hinfahre, lege ich mich doch nicht nur mit Mr. Scrooge höchstpersönlich an, ich bin auch wieder an diesem Ort! Genau da, wo alles in die Brüche gegangen ist. Wo ich herausfand, wie wenig ich den beiden Menschen bedeutete, die mein Ein und Alles waren. Die mein ganzes Leben waren.

Tante Lynn hat recht. Allein werde ich nicht zurechtkommen. Lieber wäre es mir, sie käme mit und würde mich an der Hand nehmen. Ich habe keine Lust, ganz allein warme Fäustlinge überzustreifen und mir ohne sie die Stelle anzusehen, wo wir gemeinsam den größten Schneemann aller Zeiten gebaut haben.

Ich will nicht auf dem Fell vor dem Kamin liegen, in die Flammen starren und das Bild vor Augen haben, wie meine Eltern mir zum Abschied zuwinken.

Ich kann nicht einfach so zurückkehren an den Ort, der mir das Herz gebrochen hat. Außerdem habe ich sogar geschworen, niemals dorthin zurückzukehren. Ich hatte diese Tür für immer zugeschlagen.

Der Schmerz steigt brodelnd in mir auf. Ich spüre, wie er droht, jeden Moment in einem unkontrollierten Schwall an Worten hervorzubrechen: »Ich schaff das nicht. Das kann unmöglich funktionieren. Ich kann nie wieder dorthin zurückkehren.«

Aber nichts geschieht.

Ich kann nicht erwarten, dass Tante Lynn bis in alle Ewigkeit an meiner Seite ist und mich vor allen Schwierigkeiten beschützt. Das hier ist jetzt mein Kampf, nicht ihrer.

Und im Grunde geht es ja auch nicht um Vergangenes oder um mich. Ich fahre aus geschäftlichen Gründen, und weil ich Lynn und mir selber beweisen will, dass ich mittlerweile erwachsen bin.

Vor meinem inneren Auge sehe ich dennoch weiter diesen

Husky, der mir die Hände leckt und dessen Fell mich im Gesicht kitzelt, bis ich kichere und Mum lacht. Bis Mum mich hoch in die Luft schwingt. Ich blinzle mehrmals, um das Bild aus meinem Kopf zu verbannen.

»Ich möchte gern fahren.« Ein kräftiges Schlucken vertreibt den Kloß im Hals, und meine Fingernägel in meine Handflächen zu bohren, hilft bei der Lüge. »Wenn ich jetzt nicht fahre, wird es zu spät sein.«

»Okay.« Ein lang gedehntes *Okay*. »In diesem Fall werde ich die Agentur einfach über die Feiertage schließen, damit du dir keine Sorgen machen musst und es auch ein wenig genießen kannst.« Sie steht auf, als wäre sie zu einem plötzlichen Entschluss gekommen, und geht zur Anrichte. »Ich hab da noch eine kleine Überraschung für dich. Betrachte es einfach als vorgezogenes Weihnachtsgeschenk.«

# 5

Tante Lynn und ich haben eine Gemeinsamkeit mit der königlichen Familie. Ich bin mir ziemlich sicher, dass es die einzige ist, aber wer weiß? Jedenfalls haben wir vor vielen Jahren ebenfalls vereinbart, uns nur Dinge zu schenken, die wenig kosten und lustig sind. Wir haben eine strikte Preisgrenze festgelegt, und es geht in erster Linie darum, etwas zu finden, worüber der andere sich amüsiert, was ihm zugleich aber auch gefällt und in seiner ganz persönlichen Art etwas bedeutet.

Tante Lynn hat von ihren Reisen immer irgendwelchen Krimskrams mitgebracht, behauptet aber, dass jeder dieser Gegenstände, so wertlos er auch erscheinen mag, mit einer Erinnerung verbunden ist und Bedeutung für sie besitzt. Und allein das zählt in ihren Augen. Denn welcher Sinn liegt darin, viel Geld für etwas auszugeben, das keinerlei emotionalen Wert hat?

Ich habe damals eine Weile gebraucht, zu verstehen, was sie damit meinte – weswegen sie es mit der Einschränkung auch nicht immer ganz so genau genommen hat, als ich noch klein war. Später dann wurden die Geschenke, die sie mir machte, immer vielsagender und bedeutungsvoller. Einiges bekam großen Wert für mich. Ich hebe nicht viele Dinge auf, bin nicht so der Sammeltyp, der sich von nichts trennen kann, aber alle Geschenke, die sie mir gemacht hat, stehen für eine bestimmte Erinnerung, einen Ort oder ein Gefühl, und ich habe sie alle behalten. Würde sich jemand die Mühe machen, das wilde Sammelsurium an Dingen auf meinem Frisiertisch zu studieren und zu analysieren, könnte er meinen ganzen inneren Werdegang darin wiederfinden.

Inzwischen lachen wir immer schon, wenn wir das Geschenkpapier aufreißen, aber hinter diesem Lachen verbirgt sich auch das Wissen um die gemeinsame Nähe. Ein erwartungsvolles Wissen. Jedes dieser witzigen Geschenke beweist eben auch, wie gut wir einander kennen und wie eng unsere Leben miteinander verwoben sind.

Heute jedoch fühlt sich irgendetwas daran falsch an, und mich beschleicht eine schreckliche Angst. Dies ist nicht der Morgen des ersten Weihnachtstags, und der Umschlag, den sie gerade aus der Schublade fischt, wirkt weder lustig noch wie eine Kleinigkeit. Er macht eher einen unheilvollen Eindruck. Es fühlt sich an, als würde sich etwas Furchtbares anbahnen, als würde die eine Tradition, an der wir stets festgehalten haben, diese eine unverrückbare Sicherheit in meinem Leben, gleich zerbersten und mir in tausend kleinen Stücken um die Ohren fliegen.

»Ich bewahre es auf bis …« Eigentlich neige ich nicht zu Ängstlichkeit und auch nicht zu Theatralik, aber die Sache behagt mir überhaupt nicht. Schon die Tatsache, dass wir Weihnachten nicht zusammen verbringen werden, setzt mir gerade schwer genug zu. Da kann ich weitere Tiefschläge, noch mehr Veränderungen, nicht gebrauchen.

»Mach ihn jetzt gleich auf, Liebes.« Sie hält ihr Ende des Umschlags unbarmherzig fest, als würde sie wissen, dass ich ihn andernfalls sofort in meiner Tasche verschwinden lassen würde. Eine Weile geht es hin und her zwischen uns, bevor ich ihr direkt in die Augen schaue und sie in meinen erkennt, dass ich ihrer Bitte nachkommen werde. »Es ist nicht einmal ein richtiges Geschenk, eher eine Art Versprechen«, meint sie noch beruhigend.

»Ein Versprechen?« Der Umschlag brennt mir zwischen den Fingern.

Ich will ihn nicht öffnen, aber ich weiß auch, dass ich keine Wahl habe. Ungeachtet all ihrer hippiemäßigen Lockerheit, ihrem Freie-Liebe-Credo und ihrer heiter unbeschwerten Ausstrahlung ist Lynn in entscheidenden Momenten nämlich knallhart. Und extrem willensstark. Vom äußeren Erscheinungsbild sollte man sich eben nicht täuschen lassen.

Der Umschlag ist noch nicht einmal zugeklebt. Die Lasche nur eingesteckt. Dennoch brauchen meine unbeholfenen Finger schier endlos, um ihn zu öffnen.

Und noch mal so lange, um das Blatt Papier herauszuziehen.

»Oh.« Damit habe ich nun allerdings gar nicht gerechnet. Nicht dass ich konkrete Vorstellungen gehabt hätte. Schließlich lässt sich ein komplettes Weihnachten mit allem Drum und Dran schwerlich in einen Umschlag zwängen.

»Aber …« Verstehen kann ich es nicht. Mit dem, was wir uns gewöhnlich schenken, hat das nichts zu tun. Lustige Erinnerungen lassen sich damit nicht verbinden. Das ist eher schrecklich.

Meine vertraute Welt gerät ins Wanken. Schon Lynns Einladung zu Kaffee und Kuchen ist höchst wunderlich gewesen, jetzt habe ich das Gefühl, dass das alles eigentlich jemand anderem passiert. »Warum?« Das eine Wort erschüttert mich. Sie hat überhaupt nicht versucht, Weihnachten in den Umschlag zu stopfen, sondern Verantwortung und Verpflichtung. Die Zukunft. Sie verlässt mich nicht nur für Weihnachten. Sie verlässt mich für immer.

Ach, du Scheiße. »Bleibst du …« Ich gerate ins Stocken und nehme einen zweiten Anlauf. »Bleibst du etwa da? In Australien? Oder bist du krank?«

»Sei nicht albern, Sarah! Ich bin nicht mehr die Jüngste, das stimmt, aber weder wandere ich deshalb aus noch habe ich vor, bereits in absehbarer Zeit meinen letzten Schnaufer zu tun.«

»Aber du machst doch Schluss mit –«

»Mit gar nichts mache ich Schluss. Es geht hier nur darum, mir etwas mehr Luft zu verschaffen, bevor sie mir endgültig ausgeht. Ich bin noch nicht dazu gekommen, die juristischen Formalitäten zu klären, aber das leite ich vor meiner Abreise in die Wege, und dann können wir nach meiner Rückkehr Nägel mit Köpfen machen. Das Jahr startet neu, wir starten neu, einverstanden?«

»Aber ich kann doch nicht ganz allein …«

Sie richtet das Blatt Papier auf dem Tisch exakt zwischen uns aus und legt ihren Arm auf meine Schulter. »Es bedeutet nicht, dass ich dich alleinlasse, Sarah. Es bedeutet, dass ich etwas mit dir teilen möchte, dass wir an uns beide denken und an die Zukunft.«

Ich starre auf das Papier und glätte es mit zittrigen Fingern, die ein Eigenleben zu führen scheinen.

Diesem Schreiben zufolge bin ich jetzt beziehungsweise werde ich demnächst Miteigentümerin der Reiseagentur *Making Memories*. Über die nächsten fünf Jahre hinweg wird mein Anteil von fünfzig Prozent nach und nach ansteigen, bis das Geschäft völlig in meine Hand übergeht.

Meine Unterlippe zittert inzwischen mit meinen Fingern um die Wette, und ich komme mir reichlich bescheuert vor. »Ich dachte schon, damit ist gemeint … O Gott, entschuldige,

Tante Lynn.« Ich schlinge die Arme um sie und bemühe mich darum, meine Rotznase nicht an ihre Schulter zu pressen. »Das ist so nett von dir, so ...« Ich wische mir mit dem Handrücken übers Gesicht und hätte ihn fast wie ein kleines Kind an meiner Jeans abgeputzt. Mein Hals ist wie zugeschnürt, jedes Schlucken tut weh, und mein Hirn kommt einfach nicht darauf, was jetzt zu sagen ist.

In meinen Augen brennen die Tränen, die mit Macht darauf drängen hervorzubrechen. Aber ich will nicht das jämmerliche Bild einer gefühlsduseligen Heulboje abgeben. Allerdings bin ich mir ehrlich gesagt auch nicht sicher, was ich gerne sein möchte. Das ist ein gewaltiger Schritt. Mir einen Job in ihrem Geschäft anzubieten, ist eine Sache, aber mich zu einer Miteigentümerin zu machen? Es ist großzügig, ungeheuer nett, sehr vertrauensvoll und ... absolut verrückt.

Ich meine, bislang habe ich nicht einmal für das Gießen der Zimmerpflanzen Verantwortung getragen, geschweige denn für die Geschäftsführung. Moment, das ist nicht ganz richtig. Einmal hat mir jemand einen Weihnachtsstern geschenkt, was sich jedoch als ziemlicher Reinfall erwies. Formulieren wir es mal so: Bereits beim großen Festtagsschmaus am ersten Weihnachtstag machte die Pflanze einen noch schlafferen Eindruck als ich, und das will einiges heißen. Ich denke, ich bin einfach mehr der Kaktustyp. Ein Minimum an Pflege und Verpflichtung. Aber das hier ist kein Plan für die nächsten fünf Jahre – das ist für immer! Callum wird sich kaputtlachen, wenn ich ihm davon erzähle.

O Gott, wie soll ich das bloß hinbekommen? Geschäftsführerin! Von Tante Lynns Geschäft. Sie zu enttäuschen, wäre das Schlimmste auf der Welt. Andererseits kann ich unmöglich ablehnen, und um Hilfe schreien bringt ebenfalls nichts.

Also lächle ich und hoffe, dass es selbstbewusst wirkt, nicht durchgeknallt. Wie genau ich die neue Rolle meistern soll, darum werde ich mir später Gedanken machen, wenn ich allein bin und ungestört Selbstgespräche führen kann.

Sie legt mir einen Finger unters Kinn und sieht mir offen in die Augen. So hat sie es auch immer getan, wenn ich aus der Schule nach Hause kam und einen besonders beschissenen Tag hinter mir hatte. »Wem sonst sollte ich unseren kleinen Betrieb anvertrauen, Sarah? Wir haben das gemeinsam auf die Beine gestellt, und ich bin stets davon ausgegangen, dass du eines Tages die Leitung übernehmen wirst.« Plötzlich liegt ein Lächeln auf ihrem Gesicht, und sie macht einen erleichterten Eindruck. »Im Grunde ist das eine wundervolle Idee von dir, ins Shooting Star zu reisen, Sarah. Ich wollte sowieso vorschlagen, dass ihr damit beginnt, euch selbst einige unserer Häuser anzusehen und auch nach neuen Objekten Ausschau haltet. Es ist dringend an der Zeit, die eingefahrenen Gleise ein wenig zu verlassen. Daher ist es eine tolle Idee, dass du dahin zurückfährst.«

»Meinst du wirklich?« Ich bin froh, dass wenigstens eine von uns so denkt.

»O ja. Und jetzt ist auch genau der richtige Augenblick für dich, um deinen Frieden mit der Vergangenheit zu schließen, findest du nicht? Einen Schlussstrich ziehen und«, sie macht eine Handbewegung, »zu neuen Ufern aufbrechen.«

»Meinst du wirklich?« Frieden mit der Vergangenheit zu schließen, steht eigentlich nicht auf meiner Agenda. Schließlich würde das umfassen, gewisse Dinge zu akzeptieren, mich mit meinem Dad auseinanderzusetzen und den beiden zu verzeihen, was sie mir angetan haben. Ich bezweifle stark, dass ich dazu jemals in der Lage sein werde.

Ihre Stimme ist sanft und scheint von ganz weit weg zu kommen. »Ich halte den Zeitpunkt für ideal, du nicht? Ist das nicht etwas, das du hinter dich bringen musst? Noch einmal zurückzufahren?«

»Ich fahre hin, um die vielen Probleme zu klären, die es gibt, und es so wieder zu einem Traumziel zu machen.« Ich höre selbst den trotzigen Unterton in meiner Stimme.

»Ach, Sarah, in erster Linie geht es hier doch nicht um die Probleme dieses Resorts, hab ich recht?« Sie spricht so ruhig und liebevoll, dass es ein dämliches Prickeln in meinen Augen auslöst. »Es geht hier um dich. Um die Vergangenheit.«

»Mich kümmert die Vergangenheit nicht. Mich kümmert allein die Zukunft«, erwidere ich. Der Blick zurück hat mir noch nie geholfen, sondern mir nur Schmerz bereitet.

»Manchmal, meine Liebe, findet man seine Zukunft erst, wenn man Frieden mit der Vergangenheit geschlossen hat.«

Was das bedeuten soll, hab ich noch nie kapiert. Frieden mit der Vergangenheit? Wie kann man denn mit der Wut, die man empfindet, einfach Schluss machen? Ich meine, da ist doch kein Schalter, den man einfach umlegen kann.

Soll man sich etwa einfach hinstellen und sagen: Ja, null Problem, war ne super Idee, euer Kind einfach im Stich zu lassen und die Fliege zu machen. Auf Nimmerwiedersehen. Die Kleine völlig aus der Bahn zu werfen und dermaßen zu verstören. Ihr das Gefühl zu geben, unnütz zu sein und aussortiert wie ein oller Mantel, der euch nicht mehr gefällt.

Wir reden hier wohlgemerkt über eine dauerhafte Zurücksetzung, nicht nur über eine kurzfristige an Weihnachten. Wenn ich bloß daran denke, rührt das schon wieder all den Zorn und die Verbitterung in mir auf, all die Gefühle, die ich sonst versuche, nicht an mich heranzulassen. Ich spüre auch kein Selbstmitleid mehr, ich erlaube nicht, dass es mir zu nahe kommt. Und wenn mir das nicht gelingt, dann brodelt es in meinem Innern. So sieht mein »Frieden« aus.

»Aber ich habe doch Frieden gefunden«, lüge ich, um sie zu beruhigen. »Ich habe dich, die Arbeit, im Grunde alles.« Mein Leben funktioniert. Mir gefällt es. Ich bin ständig beschäftigt, und die Menschen, mit denen ich mich umgebe, sind da, weil sie es wollen. Und wenn ich je den Verdacht habe, dass sie das nicht tun, dann zieh ich rasch weiter.

Ich lass mich von dem Verhalten meiner Eltern nicht länger kirre machen. Das ist aus und vorbei. Ich habe mit ihnen und der ganze Sache endgültig abgeschlossen.

Die Reise ins Shooting Star Resort dient allein der Zukunftsbewältigung, nicht der meiner Vergangenheit.

Tante Lynn tätschelt mir lächelnd die Hand. »Schön, dann ist ja alles in Ordnung. Du weißt, was du tust, und somit wird dies eben deine erste Dienstreise als Vertreterin der Geschäftsführung!«

Ach du meine Güte, noch mehr Druck! Jetzt fahre ich nicht nur hin, um Will Armstrong gehörig die Meinung zu geigen und all seine Schmuddelecken zu inspizieren, jetzt steht auf einmal meine gesamte Zukunft auf dem Spiel. Was bedeutet, dass ich noch professioneller auftreten muss, als ich das eh schon vorhatte.

»Und da du mich nun sowieso eine Weile los bist, ist die Zeit doch ideal für ein kleines Abenteuer. Zudem liegt mir dein Erfolg auch ganz persönlich am Herzen, diese Anlage bedeutet mir ungeheuer viel, und es würde mir leidtun, wenn wir uns im Unfrieden von ihr trennen und sie aus unserem Angebot nehmen müssten.« Ihre Stimme hat wieder ihren normalen forschen Ton angenommen.

Ich werfe noch einmal einen Blick auf ihre Absichtserklärung. Nun bleibt mir keine Wahl mehr. Ich muss ins Shooting Star Resort, denn es ist *meine* Firma, der hier Schaden droht.

Fehlt nur noch meine verbindliche Buchung für eine All-inclusive-Reise für eine Person. Schließlich will ich sämtliche Katastrophen, von denen unsere Kunden berichtet haben, am eigenen Leib erfahren, einschließlich eines frostigen Empfangs durch Will Armstrong und einer Hütte, in der es zieht. Ich werde mir ein objektives, professionelles Bild davon machen, ob man das Haus unseren Gästen tatsächlich nicht mehr länger empfehlen kann.

Sobald ich zurück im Laden bin, wird die Reise fest gebucht. Sam habe ich zwar bereits erklärt, dass ich fahre, um mir Will Armstrong vorzuknöpfen und den Mängeln ein Ende zu bereiten, aber dabei war nie von Weihnachten direkt die Rede gewesen. Nie und nimmer hätte ich in Erwägung gezogen, ausgerechnet diese Zeit dort zu verbringen und zu riskieren, damit die Erinnerung an jene Weihnachtstage wachzurufen, die mir das Herz brachen und meine Welt für immer veränderten. Dieser Teil meiner Biografie bleibt am besten vollkommen unberührt, damit ich mir in meinem Kopf allein das Schöne in Erinnerung rufen kann, all das Wohltuende und Heilende statt der alten Wunden.

Keine Ahnung, wie das nun funktionieren soll. Oder was ich empfinden werde, wenn ich Weihnachten noch einmal dort erlebe. Ich weiß nur, dass es anders sein wird. Ich muss Tante Lynn beweisen, dass ich sämtlichen Aufgaben gewachsen bin. Und mir selbst gegenüber muss ich das wohl auch. Und dann ist da natürlich noch Will Armstrong, dem ich ein für alle Mal beibringen muss, wo's langgeht. Ganz egal, was Sam gesagt hat, diese Angelegenheit ist jetzt persönlich.

Niemand macht mir meinen Laden kaputt! Klingt gar nicht schlecht: *mein* Laden.

»Du schaffst das, da bin ich mir sicher, Liebes«, sagt Lynn und drückt meine Hand. »Erinnerst du dich noch, wie es damals dort aussah? Die hübschen kleinen Blockhütten? Es war wundervoll, meinst du nicht?« Ihr Ton ist inzwischen so wehmütig wie ihr Lächeln. »Und dann dieses wahnsinnig nette Ehepaar, das damals das Resort führte. An die beiden kannst du dich bestimmt nicht mehr erinnern.«

»Doch, kann ich. Sie kamen mir vor wie Weihnachtsmann und Weihnachtsfrau persönlich.« Sie waren warmherzig, liebevoll knuddelig und hatten stets ein Lächeln auf den Lippen. Sie gaben einem das Gefühl, in einem Mantel purer Zuneigung geborgen zu sein, und selbst damals, als ich so klein und verstört war, hatte ich ihrer Herzlichkeit vertraut.

»Die beiden waren wirklich goldig, aber auch nicht mehr die Jüngsten. Vor ein paar Jahren haben sie die Anlage dann an zwei Brüder verkauft. Eine ganze Weile machte es den Eindruck, als würde alles mehr oder weniger wie früher weiterlaufen. Der jüngere der Brüder – Ed heißt er – war der Geschäftsführer, und ich habe mich einige Male ganz wundervoll mit ihm unterhalten. Aber dann muss irgendwas passiert sein, und plötzlich hat sein Bruder die Zügel in die Hand genommen.«

»Will«, ergänze ich, obwohl ich eigentlich gar nicht richtig zuhöre. Irgendwie bekomme ich den letzten Tag im Resort einfach nicht mehr aus dem Kopf. Ich hatte mich dagegen gewehrt abzureisen, da Mum und Dad doch nicht wüssten, wo sie mich finden würden, wenn ich mit Tante Lynn ging.

Erst viel später begriff ich, dass die eine mich gar nicht mehr suchen konnte und der andere überhaupt kein Interesse daran hatte.

»Will, genau. Tja, und der ist von ganz anderem Schlag als Ed, wie es scheint.«

»Der hat eher einen Schlag weg, würde ich sagen«, murmle ich vor mich hin, aber ich bin mir ziemlich sicher, dass sie mich gehört hat, denn sie wirft mir wieder diesen gewissen *Blick* zu. »Und er hat die Anlage komplett runtergewirtschaftet.«

»Na, was genau hinter den Vorwürfen steckt, willst du ja erst in Erfahrung bringen, richtig? Und den wenigen knappen E-Mails nach zu urteilen, die ich mit ihm ausgetauscht habe, ist er nicht unbedingt so, wie er sich gibt.«

Ach, du lieber Himmel, E-Mails! Hat er Tante Lynn womöglich etwas von meinen erzählt? Scheiße, verdammte. Was genau habe ich ihm noch gleich geschrieben? Und was hat Lynn ihm geantwortet?

»Alles in Ordnung mit dir, Sarah? Gewöhnlich verschlingst du meinen Kuchen nicht so gierig.«

Ich schlucke schwer, und ich meine, *richtig* schwer, denn diese Törtchen sind eine echte Herausforderung. Mir ist gar nicht bewusst gewesen, wie ich sie zum Stressabbau in mich hineingestopft habe. »Da wäre noch etwas, das ich dir sagen sollte.«

Wie mache ich das jetzt, ohne dass sie mir das vorweihnachtliche Geschenk wieder abnimmt, noch bevor es überhaupt notariell bestätigt ist?

»Nachdem dich die Lektüre all dieser grauenhaften Kommentare so aufgeregt hat, dass du den Backofen sauber machen musstest, habe ich eine Mail an das Resort geschickt.«

»Oh, ich hab nicht wegen dieser Kommentare den Ofen gereinigt, sondern bloß, um ein wenig Zeit zum Nachdenken zu haben und zu entscheiden, wie ich das mit Weihnachten mache.«

»Aber ich dachte ... Dann ist es dir gar nicht so wichtig?«

»Doch, natürlich. Ich werde unser erstes Weihnachten dort nie vergessen, Sarah. Doch das ist alles hier oben drin.« Sie tippt sich an die Stirn und erklärt: »Ich habe die kleinen Erinnerungsstücke, die wir mitgebracht haben, und ich habe dich, den kostbarsten Beleg, den man sich vorstellen kann. Doch Orte verändern sich eben, und wir können von Menschen, die uns gar nicht kennen, schlecht erwarten, dass sie Erinnerungsorte für uns bewahren, oder?«

Ich schüttle nur stumm den Kopf.

»Aber es ist ein wunderschönes Reiseziel gewesen«, fährt sie lächelnd fort. »Überaus beliebt bei unseren Kunden. Daher wäre es sicherlich toll, wenn du mit diesem Will einmal redest und die Probleme lösen kannst. Sollte das jedoch nicht klappen, schicken wir die Leute eben woanders hin. Vielleicht irgendwo, wo sie Polarlichter beobachten können, okay?« Sie steht auf. »Nimm's mir nicht übel, Liebes, aber ich habe versprochen, noch Törtchen für die Obdachlosen zu backen, und wir können ja morgen weiterreden.« Bei diesen Worten drückt sie mir bereits meine Tasche in die Hand. »Es gibt noch schrecklich viel zu erledigen vor meiner Abreise. Und ich freue mich so darüber, dass du unbedingt zurück ins Shooting Star willst, Sarah. Ich denke, das ist ein Zeichen dafür, dass du bereit bist, einen Schlussstrich zu ziehen, meinst du nicht?«

Insgeheim weiß ich natürlich, was sie sich wünscht. Genau das, was sie über all die Jahre hinweg immer wieder mal behutsam angesprochen hat. Genau das, worauf die Therapeutin weit weniger behutsam gedrängt hat. Sie möchte gerne, dass ich mit ihr darüber spreche, was mit Mum passiert ist, ihr all die vielen Fragen stelle, um am Ende meiner Mutter ihr damaliges Verhalten verzeihen zu können. Und sie möchte gerne, dass ich über Dad spreche. Und *mit* Dad spreche. Dass ich nicht länger Hass und Misstrauen in mir speichere. Dass ich das Gefühl überwinde, stets an allem schuld zu sein und nie etwas richtig zu machen. Dass ich aufhöre, ständig überstürzt Beziehungen zu beenden, bloß weil ich immer gleich denke, früher oder später würden die anderen sowieso von mir enttäuscht sein und mich verlassen.

Sie wäre froh, wenn ich mir nicht andauernd Typen angeln würde, bei denen von vorneherein klar ist, dass »der Richtige« nicht darunter ist, und mir stattdessen Gedanken *über die Zukunft* mache. Mein Motto ist jedoch stets gewesen, nur für den Augenblick zu leben. Daher bin ich nicht sicher, ob ich mit all dieser Verantwortung und diesem ganzen Verarbeite-deine-Vergangenheit-Mist zurechtkommen werde.

Hätte jemand anderes mir so etwas vorgeschlagen, wäre ich schon längst aufgestanden und gegangen. Aber das hier ist Lynn. Und wenn Tante Lynn möchte, dass ich ein wenig erwachsener werde, dann wird es wohl Zeit, es wenigstens zu versuchen.

Erst als die Tür schwungvoll hinter mir ins Schloss fällt, wird mir klar, dass ich überhaupt keine Gelegenheit hatte, ihr zu erklären, was ich in meinen Mails an Will geschrieben habe. Sie hat immer noch keine Ahnung, wie barsch und unmöglich sich dieser Will Armstrong aufführt und dass er mich für die unfähigste Reiseagentin aller Zeiten hält. Insofern ahnt sie auch nichts von den unzähligen Anzeichen, die alle dafür sprechen, dass mir das schlimmste Weihnachten meines Lebens bevorsteht.

Und dass ich vor meiner Abreise mal wieder eine Verbindung kappen muss.

6

»Die sind ja blau!« Auf einen Ellbogen gestützt, starrt Callum mich an. Wobei *mich* in diesem Fall heißen soll: meine Haare. In Gedanken umkreist er mich offenbar wie ein Hütehund.

»Callum, hörst du mir überhaupt zu?«, erwidere ich genervt. Da überlege ich stundenlang, wie ich es ihm am besten beibringe, und dann hört er gar nicht zu.

»Blau!«

»Ja, ich weiß. Ich –«

»Als ich dich das letzte Mal gesehen habe, waren sie noch schulterlang und mit Pink drin«, erklärt er stirnrunzelnd und mit leicht angesäuerter Miene. »Und das ist erst zwei Tage her.«

»Pinke Haare sind vollkommen out.«

Bei seiner Textnachricht gestern Vormittag ist mir bereits ziemlich mulmig geworden, und die anschließende Unterhaltung mit Tante Lynn hat die Sache dann entschieden, auch wenn ich in meinem tiefsten Innern schon eine Weile gewusst habe, dass sich unsere Beziehung dem Haltbarkeitsdatum nähert.

Nach meinem Besuch bei Lynn habe ich sofort meine Freundin Liz angerufen, die rein zufällig auch meine Friseurin ist. Veränderung war angesagt, und mir fällt ein Neubeginn immer leichter, wenn ich mir vorher einen anderen Look verpasse. Es ist das nach außen gewandte Zeichen für eine innere Gefühlswandlung. So hat es zumindest die Therapeutin bezeichnet, nachdem ich als Pubertierende einmal zu viel »Du bist nicht meine Mutter« geschrien hatte und Tante Lynn zu dem Entschluss gekommen war, dass wir professionelle Hilfe benötigten.

»Aber ... jetzt sind sie schwarz und blau und ...« Callum beugt sich vor, um besser sehen zu können. »... kurz.«

»Gefällt's dir etwa nicht?« In Wahrheit macht es keinen großen Unterschied, ob es ihm gefällt oder nicht, schließlich ist die Tat vollbracht und nicht rückgängig zu machen. Außerdem gefällt es *mir*. Dennoch wäre es natürlich nett, wenn er es auch gut fände.

»Sind das hier grüne Strähnchen?« Er zieht an meinem Haar wie ein Affe beim Paarungsvorspiel.

»Schon möglich. Es gefällt dir also nicht?«, frage ich, da er offenbar dem, was ich gerne sagen möchte, keinerlei Beachtung zu schenken vermag, solange wir nicht erst die Sache mit meiner Frisur geklärt haben.

»Das habe ich nicht gesagt. Es ist bloß eine ... äh, gewisse Umstellung. Sekunde mal, ich muss noch überprüfen, ob auch alles Ton in Ton ist.«

Ich strecke den Arm aus, um ihn davon abzuhalten, da wir eigentlich ein ernstes Gespräch zu führen haben, aber er hat bereits breit grinsend die Bettdecke angehoben.

Callum ist mein derzeitiger Lover; ein Barkeeper, den ich in einer Bar aufgerissen habe. Ein netter Kerl, den ich liebend gern schockiere und der sich liebend gern schockieren lässt.

Ich grinse zurück, und er verschwindet unter der Decke. Aufschrei oder entsetztes Schweigen? Bei ihm bin ich nie ganz sicher, wie er reagieren wird. Was nicht zuletzt den Spaß ausmacht.

In gewisser Weise passen wir perfekt zusammen. Oder haben zusammen gepasst. Bis zu dieser Textnachricht.

Bis er mich eingeladen hat, den ersten Weihnachtstag gemeinsam bei seinen Eltern zu verbringen.

Gedanklich hat er damit eine Grenze überschritten, der ich mich niemals auch nur zu nähern beabsichtigt habe, und ist voll in das verminte Gelände des Die-Familie-Kennenlernens abgeirrt.

Die Familie kennenzulernen, ist krasser Scheiß. Den Eltern wird auf den ersten Blick klar sein, was er bislang übersehen hat: dass ich grundsätzlich nicht zur adäquaten Freundin tauge und nichts von dem verkörpere, was eine Schwiegertochter haben sollte. Meine Haare sind beispielsweise blau (und waren vorher pinkfarben); meine Kleiderwahl ist verlässlich unpassend; ich habe meine Eltern verloren und weiß nicht einmal, warum oder wohin sie gegangen sind; ich neige dazu, zu überreagieren; und ich bin älter als er. Außerdem habe ich weder einen Plan für die nächsten fünf Jahre noch für die nächsten fünf Minuten.

So betrachtet, kann es einfach nicht gut gehen.

Im Moment passen Callum und ich prima zusammen, weil er noch jung ist, gerade seinen Bachelor absolviert hat und seine blendende Karriere als Astrophysiker noch vor ihm liegt. Eines Tages jedoch, wenn er ein wenig erwachsener ist, wird er eine Familie haben wollen, die ich ihm nicht geben kann. Sobald ihm das bewusst wird, wird er mir den Laufpass geben.

Und für den Fall, dass er es nicht einsieht, werden seine Eltern eingreifen und ihn dazu bringen, mir den Laufpass zu geben.

Da ist es doch viel besser, sich der Tatsache zu stellen, dass wir keine Zukunft haben, bevor dieser Punkt erreicht ist. Solange der Spaß noch überwiegt.

Ich habe mir genau zurechtgelegt, was ich ihm sagen will, bekomme es aber einfach nicht hin. Was natürlich kein großes Wunder ist, da mein Plan ja auch nicht vorsah, die Sache im Bett zu klären. Wer hätte damit gerechnet, dass er mich splitternackt an der Tür begrüßt, eine etwas mitgenommene

Gladiole zwischen seine Pobacken geklemmt? Die Blume sei ursprünglich frisch und makellos gewesen, versicherte er mir, jedoch habe sich das Festklemmen als überraschend schwierig erwiesen, weshalb es einiger Probeläufe bedurft hatte.

Egal. Das war dann. Und jetzt sind wir hier angekommen.

*Es liegt nicht an dir, es liegt an mir.*

Nein, nein, nein. So geht's nicht. Absolut nicht. Das wäre gleich in vielerlei Hinsicht grundfalsch. Ich meine, sicher *liegt* es an mir, aber ebenso wie es zwei braucht, eine Beziehung aufzunehmen, braucht es auch zwei, sie zu beenden, oder? Dem anderen mag es in diesem Moment noch nicht richtig bewusst sein, vielleicht begreift er noch nicht, dass die Puzzlesteine einfach nicht exakt zusammenpassen. Und wenn man es ihm dann sagt, meint er sofort, er selbst hätte zu viele Macken und wäre zu nichts zu gebrauchen. Aber Callum hat keine Macken, er passt bloß nicht so gut zu mir, wie ich dachte.

Also läuft alles wieder auf mich hinaus.

Am Anfang fühlt es sich immer ganz klasse an, wunderbar vielversprechend und verheißungsvoll, und nach einer Weile glaube ich plötzlich, *so* nicht leben zu können. Was immer *so* heißen mag.

Obwohl *so* in diesem Fall zweifellos etwas mit Verpflichtungen zu tun hat. Ich meine: zum Weihnachtsessen?! Das ist der Anfang vom Ende. An diesem Punkt wird die Sache richtig ernst, was unweigerlich alles kaputt macht.

So gut kennen wir uns im Grunde auch gar nicht. Wir haben gemeinsam unseren Spaß gehabt, wiederholt Pizza, Videos und das Bett geteilt, aber deshalb lernt man doch nicht gleich die Familie kennen und feiert in trauter Runde Weihnachten. Die Vorstellung allein bringt mich schon zum Hyperventilieren.

Weihnachten verlebt man mit den Menschen, die man am meisten liebt. Und das ist für mich Tante Lynn, nicht irgendein hübscher Junge, dem es gelingt, mich zum Lachen und zum Orgasmus zu bringen.

Ich könnte nun einfach sagen, ich muss an diesem Tag bei Tante Lynn sein, und es dabei belassen. Doch das wäre nicht fair. Und es wäre gelogen. Er hat eine Frage gestellt, die weit komplizierter und schwerwiegender ist, als es den Anschein hat, und rückgängig machen lässt sie sich jetzt nicht mehr.

Wenn's ernst wird, ist es mit dem Spaß vorbei. Ist doch so, oder? Alles dreht sich auf einmal darum, ein gemeinsames Leben zu planen. Wenn man's dagegen nicht ernst nimmt, kann man auch nicht auf vernichtende Weise abserviert werden. Ich bin jedenfalls noch nicht bereit für etwas Ernstes, ja, ich habe sogar starke Zweifel, dass ich es jemals sein werde.

»Heiliges Kanonenrohr!« Keine Ahnung, wo er ständig solche Ausdrücke aufgabelt, aber mir gefällt's. Schließlich habe ich selbst einen gewissen Hang zu außergewöhnlichen Formulierungen, wie sich kürzlich erst gezeigt hat. Er taucht wieder unter der Decke hervor und reißt die Augen weit auf. »Also wie ein Landestreifen sieht das für mich nicht aus, eher wie ein Zufahrt-verboten-Schild.«

Freud hätte seine Freude an mir gehabt – ebenso wie ein Masseur. Da verrenk ich mir doch tatsächlich den Hals und riskiere permanent schief stehende Augen, nur um mich auch da unten noch umzustylen. »Wir müssen reden, Callum.«

Er lässt seufzend die Bettdecke sinken und schiebt sich hoch, bis sein Kopf auf Kissenhöhe liegt. Sein Blick wandert zu meinen Haaren, dann zurück zu meinen Augen. »Haben wohl eine symbolische Bedeutung, all diese Veränderungen, wie?«

Callum ist nicht blöd. Er studiert mit viel Erfolg Astrophysik. Mit irgendwelchen faulen Ausreden würde ich bloß unser beider Intelligenz beleidigen.

Allerdings sollte ich versuchen, wenigstens den unverkrampft witzigen Ton beizubehalten.

Er hebt noch einmal die Bettdecke an, um darunter zu sehen, und gibt einen leisen Pfiff von sich, was die ganze Situation entspannt. »Ist es, weil ich dich zu Weihnachten eingeladen habe? Das war's für dich, habe ich recht?« Er sieht mir nicht in die Augen, sondern studiert unsere nackten Körper unter der Decke. Lust schwingt bei dieser Betrachtung jedoch nicht mit.

»Ich gehe nach Kanada«, platze ich heraus.

»Gleich ein Umzug nach Kanada? Wow, das ist echt extrem, sogar für deine Verhältnisse.«

»Kein Umzug, nur über Weihnachten.«

»Ah.«

»Und ...« Ich breche ab und schüttele den Kopf. Callum ist süß, und wir haben viel Spaß zusammen gehabt. Er hat jeden Quatsch mitgemacht und schien mich immer auf Anhieb zu verstehen – bis jetzt. »Also, um ganz ehrlich zu sein, wenn Tante Lynn hierbleiben würde, würde ich Weihnachten mit ihr verbringen wollen. Sieh mal, Callum, du bist super, aber diese ganze Nummer mit Eltern kennenlernen und ernst machen, das ist nichts für mich.«

»Cool«, antwortet er achselzuckend. »Kein Problem, hat überhaupt keine Eile. Dann vielleicht nächstes Jahr.« Sein Grinsen ist zwar ein wenig schief, aber supersüß und absolut Callum. »Oder ich komme mit nach Kanada. Meine Eltern hätten bestimmt nichts dagegen.«

Ich hasse mich.

»Nein, ich muss allein dort hin. Es ist eine Geschäftsreise.

Und ...« Ich hole tief Luft, lege meine Hand auf seine und bemühe mich, ihm offen in die Augen zu sehen. »Wer weiß, was nächstes Jahr bei mir los ist? Gut möglich, dass ich nie so weit sein werde, Callum.« Ich widme mich lieber wieder dem Studium seiner ordentlich manikürten Fingernägel. »Was du brauchst, ist ein hübsches, nettes Mädchen, das du heiraten und mit dem du Kinder haben kannst. Und das bin ich ganz sicher nicht.«

Er öffnet den Mund, um zu widersprechen, und ich lege ihm rasch einen Finger auf die Lippen.

»Vielleicht nicht jetzt sofort, aber irgendwann. Mit mir vertust du nur deine Zeit. Ich bin einfach nicht gemacht für was Ernstes.«

Ich hasse es, ihm das anzutun. Uns das anzutun. Ich hasse es, so all das Schöne zu zerstören. Aber ich kann nicht anders.

Als ich aufschaue, schüttelt er zwar unwillig den Kopf, aber in seinen Auge kann ich Einsicht lesen. Er kennt mich gut genug. »Du hast dich längst entschieden, habe ich recht?«, sagt er nüchtern. »Die neue Frisur und das alles. Du wirst dich nicht mehr umstimmen lassen.«

»Nein.«

»Weißt du, Sah, und bitte versteh das jetzt nicht falsch«, hebt er an, und der Ausdruck in seinem Gesicht lässt mich bereits vermuten, dass ich genau das tun werde. »Versteh mich nicht falsch. Ich liebe dich ehrlich, du bist grandios, irre witzig, hast Power und alles, aber ...«

»Aber was?« Jetzt ist es an mir, auf die entscheidende zweite Satzhälfte zu warten.

Er drückt meine Hand. »Du musst deinen Kram einfach endlich mal auf die Reihe bekommen, weißt du. Du kannst nicht ewig vor anderen davonlaufen.«

»Ich laufe doch nicht davon«, kontere ich und höre selbst die Entrüstung – und den Schmerz – in meiner Stimme, während ich ihm meine Hand entreiße.

»Vergiss, was ich gesagt habe. Es tut mir leid, ich hätte es lassen sollen. Stoßen wir lieber noch gemeinsam auf Kanada an, in Ordnung?« Er ist aufgesprungen, hat sich die Jeans über seinen knackigen Hintern gezogen und uns zwei Gläser Wodka eingeschenkt, noch bevor ich mir auch nur das T-Shirt überstreifen kann.

Wir hocken auf der Bettkante, trinken schweigend und starten nur ab und an einen ungeschickten Versuch, die Unterhaltung in Gang zu bekommen. Irgendwie ist die Verbindung weg. Gerissen. Nichts ist mehr wie zuvor. Wir sind kein Paar mehr.

»Hey, die Frisur gefällt mir wirklich. Blau ist schön.« Als wir an der Tür stehen, gibt er mir einen Kuss auf die Nase. Uns ist beiden klar, dass unsere Leben nun verschiedene Richtungen einschlagen. »Aber nicht deine pinkfarbene Seite vergessen, versprochen?« Bei diesem weisen Unterton fühle ich mich gleich wie das ungezogene Kind.

»Ich habe bloß etwas Neues gebraucht«, antworte ich und streiche mit den Fingern durch mein geschorenes Haar.

»Eines Tages wird irgendein Glückspilz kommen, für den du gerne pinkfarben bleibst und mit dem du gerne Weihnachten verbringst«, fährt Callum fort und gerät einen Moment ins Stocken. »Ich werde dich vermissen, verrückter Stoppelkopf.«

»Ich dich auch, Callum.«

Er zwinkert mir zu, öffnet die Tür für mich und steckt die Hände in die Hosentaschen. Und das war's.

# 7

»Sch ...eibenkleister.« Sam malträtiert gerade verzweifelt die Tastatur ihres Computers, als ich zur Arbeit erscheine. Zum Glück sind weder Kunden noch Tante Lynn anwesend, um den Wutanfall mitzuerleben. Allerdings geht mir kurz durch den Kopf, dass dieses Keyboard demnächst mein Eigentum sein wird. Meine Verantwortung. Verdammter Mist, so viel Verantwortung kann ganz schön bescheuert sein. Wenn ich bislang für etwas gehaftet habe, dann schlimmstenfalls für eine Flugbuchung vier Wochen im Voraus. Ab jetzt schwebt ein mächtiger Felsbrocken aus Verpflichtungen über mir, und ich weiß nicht, ob ich das möchte oder nicht. Heißt es nicht immer, Liebe und Hass seien zwei Seiten derselben Medaille? Tja, die stolzgeschwellte Brust und das entsetzte Sichverkriechen sind es auch, und in diesem Augenblick ist vollkommen unklar, welche Seite heute die Oberhand behalten wird. Entweder werde ich am Boden zerstört sein oder mit dem guten Gefühl nach Hause gehen, Tante Lynn demonstriert zu haben, aus welchem Holz ich geschnitzt bin.

Leider verfüge ich nicht wie Spiderman über große Kraft, sondern nur über große Verantwortung. Ich wünschte, ich *wäre* Spiderman. Dann hätte ich die ganze Sache gewiss in Nullkommanichts erledigt. Ich würde einfach rübersausen, diesem Mr. Armstrong ein superstarkes Netz verpassen und nicht den kleinsten Gedanken darauf verschwenden, dass der einzige Mensch, den ich liebe, Weihnachten nicht mit mir verbringen wird.

»Was schaust du denn so finster?«, sagt Sam und unterbricht ihr Tastenstakkato.

»Tu ich gar nicht«, widerspreche ich sofort und bemühe mich um einen möglichst entspannten Gesichtsausdruck – was mir hundert Pro nicht gelingt. »Was ist denn los?«

»Ich habe meiner Mum gerade eine nicht-stornierbare Last-Minute-Reise nach Kenia gebucht.«

»Mag sie so etwas denn nicht?« Sams Mutter ist lustig. Sie gehört zu der Art von Müttern, deren unablässig wohlmeinende Art schon peinlich werden kann. Dabei ist sie wirklich herzensgut und hat stets nur das Beste im Sinn. Wie die Tochter so die Mutter eben.

»Affengeil findet sie so was«, schallt es bissig zurück. Sams Bedenken sind nachvollziehbar. Ihre Mutter stellt eigentlich lieber imposanten Hüten nach als imposantem Großwild. »Sie will Lappland, nicht dieses dämliche Kenia«, fügt Sam noch an, bevor sie fortfährt, mein Inventar zu traktieren.

»Mit dieser hektischen Tipperei machst du deinen Fehler auch nicht rückgängig, das ist dir ja wohl klar.« Ich setze mich neben sie und schiebe sie mitsamt Stuhl zur Seite. Das ist es, was ich meine. Genau deshalb fand ich es so seltsam, dass Tante Lynn kein Problem damit hat, Sam allein im Geschäft zu lassen. Zum Glück ist hier bloß die Buchung für einen Angehörigen vermasselt worden, nicht für einen Kunden. »Die Löschtaste drücken bringt gar nichts, wenn die Seite längst verschwunden ist.«

»Ist mir auch klar.« Sie lächelt unvermittelt. »Andererseits ist das womöglich die beste Idee, die ich seit Langem hatte. Ich hab es bloß nicht sofort kapiert. Wenn Mum allein verreist, würde das nämlich mit einem Schlag eine ganze Menge Probleme lösen.« Ihre Finger stellen das aufgeregte Arbeiten ein. »Weihnachten kann extrem anstrengend sein, wenn wir alle zusammen sind. Ein paar Tage allein mit Jake wären himmlisch.«

Ihre Augen haben einen ganz verträumten Ausdruck angenommen, und die Eifersucht versetzt mir prompt einen schmerzhaften Stich. Sam hat einen schnuckeligen Freund und eine wundervolle Familie, sodass sie sich auf ein perfektes Weihnachten freuen kann. Ganz im Gegenteil zu jemandem wie mir, der gerade im Begriff steht, eine Fahrt ins Grauen zu buchen. Was für eine selten blöde Idee! Ich und meine große Klappe. Warum denke ich nicht erst, bevor ich losquatsche? Wenigstens dieses eine Mal wäre nett gewesen. Einen Filter benutzen, nennt man das wohl. Stattdessen hab ich's echt verbockt.

Dabei liebe ich Weihnachten. Was habe ich getan?

Sams Miene verfinstert sich. »Natürlich dürfte sie nicht von einer Giraffe gefressen werden oder so etwas.«

»Wer?«

»Meine Mutter. In Kenia.«

»Sind Giraffen nicht Vegetarier? Die fressen bloß Blätter und so'n Zeug.«

»Dann eben ein Löwe. Oder wenn ein Nashorn auf sie zustürmt? Ich meine, du weißt ja, wie sie überall im Mittelpunkt stehen muss. Bestimmt schlingt sie sofort die Arme um ihre Mitreisenden, um sie zu beschützen.« Sams Mutter ist passionierte Laienschauspielerin und sieht sich selbst bereits als nächste Judi Dench, samt Ritterschlag und allem. »Wie ist es denn um die Sicherheit und die Hygiene in dieser Gegend bestellt? Da gibt es doch bestimmt Gefahrenanalysen, richtig?«

»Ja, natürlich gibt es die. Dazu sind sie verpflichtet. Aber hört man wirklich oft davon, dass Touristen irgendwo aufgefressen oder zu Tode getrampelt wurden?«

»Nein, eigentlich nicht. Allerdings war da die Sache mit dem Alligator –«

»Das war aber ganz woanders in den Sümpfen, und der besoffene Schwachkopf hat versucht, den Alligator als Paddelboard zu benutzen. Ich kann mir nicht vorstellen, dass deine Mum so etwas ausprobieren würde. Du vielleicht?«

»Vermutlich nicht.«

»Gewissenhafter als Will Armstrong sind die da unten auf jeden Fall. Der weiß bestimmt nicht mal, was eine Gefahrenanalyse überhaupt ist.« Mein Gott, kriege ich diesen dämlichen Kerl gar nicht mehr aus dem Kopf? Führen alle Wege unweigerlich zu Will? Sam macht eine besorgte Miene, obwohl sie von dem Chaos, das in meinem Schädel herrscht, keine Ahnung hat. Ich wäre in diesem Augenblick definitiv lieber in Kenia und würde Gnus auf mir herumtrampeln lassen.

Mein Gesicht muss irgendeine absonderliche Grimasse gezogen haben, denn plötzlich verlagert Sam ihre Aufmerksamkeit auf mich.

»Was machst du eigentlich hier? Solltest du nicht den Tag freihaben?«

»Ich dachte nur, ich sehe mal nach, ob du zurechtkommst.« Vielleicht war es keine gute Idee gewesen, im Geschäft vorbeizuschauen, aber die Vorstellung, den ganzen Tag allein zu Hause zu verbringen, ist mir einfach unerträglich. Immerhin stehe ich mittlerweile ohne Weihnachten und ohne Callum da. »Außerdem muss ich Will Armstrong weiter stalken.«

»Du hast ihn doch schon gegoogelt«, bemerkt Sam breit grinsend. »Du willst bloß noch ein wenig sein Foto anstarren, habe ich recht? Na los, gib zu, dass du ihn süß findest.«

»Ganz egal, wie süß er ist –«

»Bingo! Habe ich mir's doch gedacht!«

»Es geht allein ums Geschäft. Ich muss mehr über ihn in Erfahrung bringen, und das WLAN hier ist besser als das zu Hause, und ganz abgesehen davon …« Ich wirble auf meinem Stuhl einmal im Kreis und lass dabei die Knöchel knacken, um zu demonstrieren, dass es jetzt entschlossen ans Werk geht. »… muss ich noch meinen Weihnachtsurlaub buchen.«

»Deinen Weihnachtsurlaub?«, fragt Sam entgeistert zurück und unterbricht ihre Versuche, die Safari für ihre Mutter zu stornieren. »Wohin denn?«

»Kanada«, antworte ich und lasse die Nachricht kurz einwirken. »Um Will Armstrong zu treffen.«

»Aber ich dachte …«

»Es gab eine kleine Planänderung.«

»Wow, du und Lynn fahrt über Weihnachten? So richtig über die Festtage? Hat sie das etwa vorgeschlagen, nachdem du ihr erzählt hast, was da alles schiefläuft? Na, ihr beide gemeinsam werdet dem Kerl bestimmt gehörig Dampf machen.« Sam klatscht vor Begeisterung in die Hände und wirkt so froh, dass es mir in der Seele leidtut, dem ein Ende bereiten zu müssen.

»Nicht wir beide, nur ich allein.« Ich wende meinen Blick vom Bildschirm ab und sehe zu Sam hinüber. Wahrscheinlich wäre es jetzt an der Zeit, ihr von den Törtchen zu erzählen und von Ralph. Und von der Agentur. Was echt der peinlichste Punkt ist. Ich meine, wir sind eng befreundet und arbeiten zusammen. Das alles könnte leicht einen Knacks bekommen, wenn ich im nächsten Jahr quasi ihre Chefin werde und bei der Umstellung nicht wirklich gut aufpasse.

»Und Callum?«

»Nein, Callum kommt nicht mit. Callum und seine gladiolenklemmfähigen Pobacken sind Geschichte.«

»Gladiolenklemmfähige Pobacken?«

»Erzähl ich dir später. Ich sag nur: Bloß gut, dass er nicht auf die Idee gekommen ist, es mit Rosen zu probieren.« Ich vertreibe das Bild rasch aus meinem Kopf.

»Und warum fährst du jetzt über Weihnachten nach Kanada? Ich kapier's nicht.«

Ich auch nicht.

»Sag schon«, bohrt sie nach.

»Reich erst die Hobnobs rüber. Mein Magen braucht eine Erinnerung daran, wie richtiges Essen schmeckt. Lynns Törtchen waren ein wenig ...« Ich verziehe das Gesicht und halte mir den Bauch, und Sam lacht. »Zitronencreme und Zitrusmarmelade.«

»Klingt doch so weit okay. Zitronencremetörtchen macht meine Mum auch manchmal.«

»Aber Zitronencreme und Zitrusmarmelade zusammen?«

»Ich glaube, da brauchst du eher einen Jaffa-Cake.«

Sam plündert ihre Vorräte und verfolgt interessiert, wie ich erst die Schokoschicht an einem Keks abknabbere und dann den Biskuitteil esse. Das Orangengelee bewahre ich bis zum Schluss auf.

»Wow, das ist genau das, was ich gebraucht habe.« Näher dürfte ich einem Orgasmus in absehbarer Zeit nicht kommen. Ich nehme mir noch einen. Sam hält die Spannung nicht länger aus und reißt mir die Packung aus der Hand.

»Also, raus mit der Sprache. Was ist so schrecklich dringend gewesen? Ihr geht's doch hoffentlich gut, oder? Nicht irgendeine Krankheit ...«

»Ihr geht's gut. Sehr gut sogar.«

»Ach Gott, hat sie von diesen fiesen E-Mails erfahren, die du dem Shooting Star geschickt hast?« Sie schlägt sich die Hand vor den Mund.

Ich schüttle den Kopf. »Nicht so richtig.«

»Was soll das heißen: *Nicht so richtig?* Nun erzähl endlich, verdammt noch mal!«

Ich weiß selbst noch nicht genau, was ich davon halten soll, daher fällt es mir wahrscheinlich so schwer, darüber zu reden. Und sobald ich es ausspreche, kann ich nichts mehr zurücknehmen. »Tante Lynn hatte eine Überraschung in petto. Sie muss nach Australien, um ihren Uraltfreund Ralph zu besuchen.«

»Aber ...«

»Ralph liegt im Sterben. Schafft es womöglich nicht bis ins neue Jahr.«

»Oh.«

Eine kurze Pause tritt ein, und zwei weitere Jaffa-Cakes verschwinden.

»Und warum fährst du nicht auch nach Australien? Ich meine, Australien ist doch toll. Du kannst Weihnachten am Strand liegen!«

»Ich will nicht wie ein Fremdkörper danebenhocken. Sie muss allein mit ihm sein. Also habe ich gesagt, ich fahre Mr. Hirnfrost besuchen, unseren Will Armstrong. Ich habe das, ohne viel zu überlegen, einfach so herausposaunt, damit sie kein schlechtes Gewissen hat.«

»Ahh, wie süß von dir.«

»Passt gut auf, ihr Sünder da draußen. Die heilige Sarah naht!«

»Na ja«, meint sie gedehnt und mit reichlich Zweifel in der Stimme, »fahren wolltest du ja sowieso. Bloß nicht unbedingt allein, und schon gar nicht über Weihnachten.«

»Kein Problem.«

»Oh, ich weiß eine Lösung!«, rief sie plötzlich. »Ich könnte mitkommen!«

»Du hast deinen Jake und deine Familie. Und ich pack das, Sam.«

»Aber so ganz allein?«

»Ich lern bestimmt Leute kennen. Du weißt doch, wie schnell ich Kontakt finde. Außerdem fahre ich hin, um zu arbeiten, schon vergessen?«

Sie starrt mich an. »Ausgerechnet über Weihnachten?« Ich nicke. »Und Callum ist definitiv keine Option?«

»Definitiv. Mit dem habe ich gestern Abend Schluss gemacht.«

»Ach, deshalb auch die blauen Haare.« Sie kennt mich viel zu gut.

»Da könnte ein gewisser Zusammenhang bestehen.«

Sie fixiert mich aus großen Augen und lässt nicht locker. »Aber du kannst doch nicht Weihnachten ganz allein verbringen.«

»Tja, ganz allein werde ich wohl nicht sein. Sämtliche Gäste wird Mr. Armstrong ja nicht vertrieben haben – zumindest noch nicht.«

»Du weißt, was ich meine. Fährt tatsächlich weder Lynn noch sonst irgendwer mit?«

Ich schüttle nur stumm den Kopf. Statt laut auszusprechen, dass es nicht einmal einen »irgendwer« gibt, nehme ich mir lieber noch einen Jaffa-Cake. Ich kann den Zucker gut gebrauchen.

»Na, das erklärt immerhin, warum sie angerufen und mich darüber informiert hat, dass sie den Laden über Weihnachten für zwei Wochen dichtmacht«, redet Sam weiter. Sie steht auf, um den Wasserkocher anzustellen. »Bei voller Bezahlung!« Sie lächelt. »Ganz schön großzügig, was?«

Na bitte! Sam bekommt frei bei voller Bezahlung, und ich bekomme eine All-inclusive-Urlaub in einem maroden, eingeschneiten Ferienresort in Gesellschaft eines Weihnachtsverächters.

Der zudem bereits zu der Erkenntnis gelangt ist, dass ich eine Idiotin bin.

»Da ist noch was.«

»Noch was?«

Ich gebe ihr Lynns Absichtserklärung und beobachte die Reaktion, die sich wie immer offen auf ihrem Gesicht spiegelt. Wäre ich an ihrer Stelle, würde sich da jetzt ein Haufen der widersprüchlichsten Gefühle austoben: Angst, Zweifel, Neid, Fassungslosigkeit. Sam grinst bloß.

»Heiliger Strohsack, Sare, das bedeutet ja ein fester Fünfjahresplan! Das klingt so …«

»Gar nicht nach mir?« Sam weiß, wie ich ticke. Ihr ist klar, dass ich stets einen Fluchtweg brauche. Schließlich bleibe ich nicht einmal einer Haarfarbe treu, geschweige denn einem Mann oder einem Job.

»Echt der Wahnsinn! Super ist das!«

»Super?«, rutscht es mir unwillkürlich heraus. Ich versuche, mich auf das Positive zu konzentrieren. »Entschuldige, natürlich ist das super.«

»Du arbeitest doch gerne hier, und nun kannst du dir ganz viele neue Orte ansehen. Und den Laden renovieren.« Ich mustere sie erstaunt. Jetzt lässt sie sich von der Begeisterung etwas arg mitreißen. Aber sie fährt bereits fort: »Und Will Armstrong kannst du so richtig die Meinung geigen. Fantastisch ist das!«

»Bislang habe ich nie auch nur fünf Tage vorausgeplant. Fünf Jahre klingt da ein wenig ... na ja, eben nicht nach mir.«

»Dann betrachte die Sache doch einfach von einer anderen Seite! Ich meine, du hattest doch sowieso nicht vor, deine Zelte hier abzubrechen und Lynn und mich im Stich zu lassen, oder?«

»Nein, natürlich nicht, aber –«

»So bekommst du lediglich mehr Entscheidungsgewalt. Das ist alles!«

Ich gebe meine Grübeleien auf und schlinge die Arme um sie. »Ach, Sam, was würde ich nur ohne dich machen?«

»Zugrunde gehen natürlich, weshalb du mich auch nicht entlassen kannst!«

»Dich würde ich nie entlassen.«

»Aber Will Armstrong mal richtig die Meinung geigen wirst du schon, was?« Sie hat schon wieder dieses Funkeln in den Augen.

Ich hole tief Luft, löse die Umarmung und wende mich erneut meinem Computer zu. »Na klar, meine erste Amtshandlung als –«, ich stocke, da es mir noch schwer von den Lippen kommt, »Mitglied der Geschäftsführung.«

Während der Zeigefinger meiner rechten Hand die Eingabetaste drückt, halte ich unter dem Tisch zwei Finger der linken gekreuzt.

Buchung bestätigt.

»Das hätten wir! Einmal all-inclusive im Shooting Star Mountain Resort. Zieh dich warm an, Will, ich komme!«

Scheiße, was habe ich da gemacht?

## 8

Glauben Sie nie einem Artikel oder einem Blog, in dem behauptet wird, dass es ein Klacks ist, für einen einwöchigen Urlaub in den kanadischen Rockies zu packen. Kompletter Schwachsinn. Diese Menschen lügen. Oder sie haben Angestellte, die das für sie erledigen.

Ich bin völlig erschöpft. Winterurlaub bei minus dreißig Grad ist eben nicht das Gleiche wie Sommer, Sonne, Strand in spanischen Gefilden. Sollte irgendwo beschrieben werden, dass man seine Klamotten nur zusammenrollen muss und schon passen sie wundersamerweise in eine einzige kleine Reisetasche – wie es bei mir gewöhnlich funktioniert –, so ist dies totaler Humbug. Genauso übrigens wie die Behauptung, dass ein Zurückgehen-und-sich-der-Vergangenheit-Stellen zwangsläufig dazu beiträgt, die eigene Zukunft besser zu bewältigen.

Ich bin eigentlich eher der gepäckarm reisende Typ; ein Rucksack muss genügen. Ich nehme nie viel mit. Bis jetzt. Die schiere Menge an Zeug, die ich gekauft habe, und die absolut beängstigenden Unsummen, die mich das gekostet hat, reichen bequem aus, um bei einem Menschen wie mir Panikattacken zu verursachen. Und durchgestanden habe ich die ganze Sache nur, weil ich mir dauernd in Erinnerung gerufen habe, dass es sich um eine Investition handelt – in das Geschäft und in meine Zukunft.

Üblicherweise ist in meinem Rucksack genug Platz für Flip-flops, Shorts, Trägertops und Bikinis. Doch nun zähle ich offiziell zur Fraktion der Reisenden, die bullige Rollkoffer hinter sich herzerren. Selbst an guten Tagen wäre es ein Albtraum, Kleidungsstücke von der Art, wie ich sie nicht einmal nach meinem Tod tragen würde (ausgenommen die herrliche Funktionsunterwäsche in Leopardenmuster), über mein gesamtes Bett ausgebreitet vor mir zu sehen.

Und heute ist *kein* guter Tag.

Der Anblick dieses Bergs an knallbunter Winterkleidung verursacht mir ein ganz flaues Gefühl im Bauch.

Mit der Autorität einer erfahrenen Freundin, die während ihrer Schulzeit auf Skifreizeiten gewesen ist, hat Sam mich in einem langen Redeschwall darüber aufgeklärt, was zur absoluten Mindestausstattung gehört: »Jeans, Thermounterwäsche, Ohrenwärmer, Mütze, Fingerhandschuhe, Fäustlinge, Schneestiefel, Socken, Halstuch, Sonnencreme, Lippenbalsam, Feuchtigkeitscreme.« Hier schnappte sie nach Luft. »Und das ist nur das Allernötigste.« Also haben wir das gekauft. Das Allernötigste. Was schon eine ganz schöne Menge ist.

Der einzige Volltreffer war dabei die Funktionsunterwäsche in Leopardenmuster, die ich anfänglich für einen Pyjama gehalten hatte. Um ein Haar wäre es allerdings an den strengen Auswahlkriterien gescheitert. Aufgebrochen war ich zu meinem Shoppingtrip nämlich mit der festen Absicht, mir eine seriöse Geschäftsgarderobe zuzulegen, die Will Armstrong sofort klarmachen würde, mit wem er es zu tun hatte. Dann drang jedoch mein wahres Ich wieder durch. Ich gehöre doch nicht zu den Leuten, die sich für einen Schwachkopf in Schale werfen, der gerade dabei ist, uns die Geschäfte zu versauen. Scheiß auf die Konventionen! Ich bin doch kein in dicke Daunenwülste gehülltes Pistenprinzesschen. Ich bin eine Leopardin mit blauem Haar! Und wenn ich heil aus dieser Sache herauskommen will, dann sollte ich das Raubtier in mir besser von der Leine lassen.

Sam hat bloß die Augen verdreht. »Natürlich auch eine Möglichkeit, Will Armstrong von deinen Argumenten zu überzeugen.« Prompt gerate ich ins Schwanken. Auf keinen Fall will ich, dass er mich für noch unprofessioneller hält, als er es eh schon tut. Wahrscheinlich wird er denken, ich hätte außer ein paar schnippisch dreisten E-Mails und verführerischer Unterwäsche nichts zu bieten. Und wenn er mich als Gegnerin nicht ernst nimmt, wird er uns am Ende mit in den Ruin reißen.

Callum hätte so ein aufreizendes Leopardenmuster gewiss gefallen. Aber ich fahre nicht mit Callum in einen lauschigen Weihnachtsurlaub, sondern allein auf Geschäftsreise. Ich habe eine Mission zu erfüllen. Dann wurde mir klar, dass es genügt, einfach etwas Seröses über der Wäsche zu tragen. Da mein Kontrahent nie zu tieferen Schichten vordringen wird, spielt doch allein die äußere Lage eine Rolle.

Es sei denn, ich stürze auf der Piste so schwer, dass die Sanitäter mir die oberen Sachen ausziehen müssen, und Mr. Armstrong steht zufälligerweise dabei und erklärt spöttisch: »Warum sollte ich darauf hören, was so eine sagt? Sie hat doch keine Ahnung.« Ach, zum Teufel mit dem ganzen Businesslook. Ich muss das auf meine Art erledigen. Der verdammte Will Armstrong soll gar nicht erst den falschen Eindruck bekommen. Ich werde jedenfalls keine Show abziehen, nur um ihn zu beeindrucken.

Ernst nehmen sollte er mich allerdings schon.

Ich spüre so ein leichtes Flattern im Magen, ähnlich wie auf der höchsten Stelle einer Achterbahn, wenn der Wagen einen winzigen Moment lang stehen bleibt und man weiß, dass es dennoch kein Zurück gibt. Angst habe ich keine vor ihm. Na gut, vielleicht ein klein bisschen. Nicht direkt Angst vor ihm persönlich, sondern eher vor dem, was geschehen könnte. Ich möchte nicht, dass er diese Anlage kaputt macht. Ich möchte nicht bei meiner Ankunft feststellen, dass er mit seinen riesigen Boots all meine Erinnerungen zertrampelt hat. Es ist wichtig, dass ich die Sache regele. Aber es ist ebenso wichtig, dass ich mir dabei treu bleibe. Denn irgendwas sagt mir: Wenn mir das nicht gelingt, dann wird er mich ebenso an sich abprallen lassen, wie er es mit all den E-Mails und miesen Bewertungen getan hat.

Ich stopfe noch einen gigantischen rosafarbenen Schlüpfer in die Ecke des Koffers, auf dessen Anschaffung Sam mit Nachdruck bestanden hat. Aber wenn sich jemand durch derart viele bescheuerte Schichten arbeiten muss, dürfte ihm dabei sowieso jede Lust auf Sex vergehen. Ob's da drüben überhaupt Menschen gibt, die unter den Bedingungen mal einen Quickie zustande bringen?

Und auf einmal kommt mir in den Sinn, dass in diesem Phänomen auch der Schlüssel zur Aktivierung von Mr. Armstrongs Kooperationsbereitschaft liegen könnte. Vielleicht müsste dem armen Kerl nur mal aus all seinen äußeren Schalen geholfen werden. Darunter würde ich dann auf seinen weichen Kern stoßen.

Vielleicht aber auch nicht.

Heute habe ich mich für Motorradstiefel, dicke schwarze Strumpfhosen unter kurzem Jeansrock und ein T-Shirt entschieden, auf das ich in einem Secondhandladen gestoßen bin. »Life's a Mountain, Not a Beach« ist auf die Vorderseite gestickt, und irgendwie schien mir das passend, als ich es sah.

Dazu für zwei Pfund ein echtes Schnäppchen, insbesondere verglichen mit den mehreren Hundert Pfund, die mir von einigen Preisschildern bei meinen anderen Neuanschaffungen ins Auge gesprungen sind.

Ein wenig Bauchschmerzen bereitet mir die ganze Aktion schon. Mit Designer-Klamotten harmoniert mein Kontostand nicht unbedingt, eher mit »Kaufe zwei zum Preis von einem«. Zugleich möchte ich gern passend gekleidet sein. Ich will Tante Lynn unbedingt beweisen, dass ich das schaffe. Zum einen, weil die Agentur eines Tages mir gehören wird, und zum anderen, weil sie mich ausgerechnet zu Weihnachten allein lässt und auf gar keinen Fall der Eindruck entstehen soll, dass mich das in irgendeiner Form irritiert.

Aber heute ist kein guter Tag. Ich darf mich auf Auseinandersetzungen mit Will Armstrong freuen, dazu auf lauffaule Huskys, labbrige Vanillesauce und eine lausig isolierte Blockhütte, durch die der Wind pfeift. Ich ermahne mich zwar immer, keine Vorurteile gegen Menschen zu hegen, aber diesen Menschen habe ich tief in meinem Innern bereits fest der Kategorie »verwöhnter, schnöseliger Volldepp aus besseren Kreisen, dem alle anderen Zeitgenossen schnurzegal sind« zugeordnet. Ich sehe es direkt vor mir, wie er sich an seine hübschen Zimmermädchen kuschelt und die Tage genießt, während seine Gäste frieren.

Dass ich in diesem Fall zu so gnadenlosen Vorverurteilungen neige, hat viel mit Bear Cabin zu tun, denke ich. Der Name ist auf ewig eingraviert in meinen Erinnerungen und geht mir nicht mehr aus dem Sinn, seit ich beschlossen habe, ins Shooting Star Resort zurückzukehren. Aber komisch ist es schon. Wie ist es möglich, dass ich mich so deutlich daran erinnere, wenn ich damals noch so klein war?

Zugegeben, was in meinem Kopf herumgeistert, sind die verschwommenen Erinnerungen eines kleinen Mädchens, aber für mich bedeutet Bear Cabin das perfekte Idyll einer herrlich gemütlichen Blockhütte inmitten einer verschneiten Berglandschaft. Womöglich ist es gar nicht so gewesen, womöglich hat die Zeit das Bild verklärt. Oder es ist von Anfang an halb Einbildung, halb Realität gewesen. Wie dem auch sei, meine Märchenträume hat der Ort damals jedenfalls alle erfüllt. Selbst heute weiß ich noch, wie weich sich die Fellüberwürfe auf den Sitzen an meinen Fingerspitzen angefühlt haben. Nie zuvor hatte ich etwas berührt, das so sanft und warm war. Als würde man von einem echten Bären in die Arme genommen werden, ohne an gefährliche Zähne und Klauen denken zu müssen. Ich erinnere mich daran, wie es nach Holz roch und wie abends die brennenden Scheite im Kamin knackten, und an die lodernden Flammen, die alles im Raum in einen goldenen Schimmer tauchten. Und einen Baum gab es auch. Einen kleinen, aber wunderschön gewachsenen Baum, der in einer Ecke der Hütte stand. Es war der erste richtige Weihnachtsbaum, den ich je gesehen hatte. Ich habe mich immer davor gestellt und das glänzende Lametta betrachtet und wie die Kugeln mein Gesicht spiegelten und zu tanzen schienen. Und ich habe den kleinen Eisbären gestohlen, der an einem der Zweige hing, und ihn in meine Tasche gesteckt.

Tante Lynn entdeckte ihn am Tag unserer Abreise und sagte mir, ich müsse ihn zurückgeben. Die Dame an der Rezeption hat mich dann in den Arm genommen und ihn mir geschenkt.

Damals war Bear Cabin ein absoluter Traum. Das wird heute anders sein. Dafür hat Will Armstrong gesorgt, da bin ich mir sicher. In diese Hütte zurückzugehen, wäre ein Fehler. Es würde die einzigen schönen Kindheitserinnerungen zunichtemachen, die mir geblieben sind. Übrig blieben mir dann nur noch die bösen. Soll ich wirklich überhaupt fahren?

Andererseits möchte ein Teil von mir es auch gerne wiedersehen, ja, er sehnt sich förmlich danach. Irgendein kindlicher Teil, der sich an die Hoffnung klammert, die Zeit zurückdrehen und mir einen Neustart ermöglichen zu können.

Letzte Nacht im Bett ist mir klar geworden, dass es gar nicht ehrlich gemeint war, als ich Sam versicherte, ich würde hinfahren, um Probleme auszuräumen und ein paar Dinge zu klären. Wieder bloß eine meiner großmäuligen Behauptungen. Ich meine, was für ein Interesse sollte ich daran haben, so viele düstere und schreckliche Erinnerungen freiwillig wieder zum Leben zu erwecken? Eine beängstigende Vorstellung, sonst nichts.

Im Grunde will ich gar nicht gehen. Ob es irgendjemand bemerken würde, wenn ich mich einfach unter meine Bettdecke verkrieche und die Feiertage allein zu Hause verbringe? Als Weihnachtsessen könnte ich mir aus dem Supermarkt eine preisgünstige Großpackung Spezialsandwichs holen und dazu schachtelweise Mince Pies futtern. Ich könnte *Mario Kart* spielen, mir zum dreiundfünfzigsten Mal *Liebe braucht keine Ferien* anschauen und dabei eine Familienpackung Schokopralinen vertilgen.

Ich mag keinen Schnee. Ich fahre kein Ski. Ich hasse Eis. Ich hasse diesen pampigen Mr. Armstrong. Ich will nicht nach Kanada. Und ich möchte weder gigantische pinkfarbene Thermoschlüpfer tragen noch eine Skimaske oder sechs Paar Kniestrümpfe.

Ich möchte gerne hier bei Tante Lynn sein, über die dämlichen Witzchen in unseren Knallbonbons lachen, ihren flambierten Weihnachtspudding essen, mit dem sie einmal sogar die Gardine in Brand gesetzt hat, und neben mir einen vollkommen überdimensionierten Weihnachtsbaum haben, der das halbe Zimmer einnimmt und uns zwingt, auf allen vieren zur Tür zu kriechen.

Ich will nicht allein sein. Ich kann Weihnachten nicht ohne jemanden verbringen.

Die monströs dicken Skihosen, über die Sam und ich uns bei der Anprobe noch köstlich amüsiert haben, liegen ebenso schlaff und ungeliebt auf dem Bett, wie ich mich fühle.

Jetzt aber Schluss mit dem peinlichen Herumjammern! Ich muss endlich erwachsen werden. Nicht zu fahren, kommt gar nicht infrage.

»Hier geht's nicht allein um dich, junge Frau.« Ich rede tatsächlich bisweilen mit mir selbst. Wahrscheinlich sollte ich mir eine Katze anschaffen oder einen Vogel oder so, damit es weniger durchgeknallt erscheint. »Tante Lynn möchte gerne, dass du das tust, und du stehst in ihrer Schuld. Also reiß dich gefälligst zusammen und fahr.«

Ich muss nichts großartig verarbeiten, dafür aber meinen Job machen und Will Armstrong mal gehörig die Meinung sagen.

Es ist die perfekte Gelegenheit, aus vollkommen objektivem Blickwinkel zu klären, was falsch läuft, ohne von der bewegenden Stimmung eines Weihnachten im Kreis der Familie abgelenkt zu werden.

Nach einer Weile gewinne ich sogar eine gewisse Routine im Zusammenlegen und Hineinstopfen meiner Sachen und das Ganze ist gar nicht so schlimm, auch wenn ich am Ende heftig schnaufe, als ich das letzte Paar Handschuhe in einem Seitenfach verstaue (Wer hätte gedacht, dass Handschuhe so sperrig sein können?) und mich auf die Tasche setze, um den umlaufenden Reißverschluss zuzumachen.

Keuchend hocke ich rittlings auf der Tasche, was auf einen zufällig vorbeikommenden Betrachter womöglich eine höchst verstörende, eventuell gar traumatisierende Wirkung ausgeübt hätte. Dann beuge ich mich vor und greife schnell nach meinem Tablet, bevor ich es mir anders überlege.

*Sehr geehrter Mr. Armstrong,*
*ich wäre Ihnen zu großem Dank verpflichtet, wenn Sie mir bezüglich der unter meinem Namen durchgeführten Buchung (Referenznr. SSMR/18/100342) Bear Cabin reservieren könnten.*
*Mit freundlichen Grüßen*
*Sarah*
*Reiseagentur Making Memories*

Ich mag ja verrückt sein – okay, okay, ich *bin* verrückt –, aber ich habe mich für den »Keine halben Sachen«-Ansatz entschieden, den Tante Lynn für gewöhnlich verfolgt. Auch bekannt unter dem Namen: totale Konfrontation.

Wenn ich nicht in Bear Cabin absteige, werde ich nur den ganzen Urlaub darum herumschleichen. Sofern man hier überhaupt von »Urlaub« sprechen kann, aber »Himmelfahrtskommando« klingt an Weihnachten auch irgendwie falsch. Da ich mich sowieso ständig fragen würde, ob alles darin noch beim Alten ist, kann ich auch gleich Nägel mit Köpfen machen und in der verdammten Hütte wohnen. Außerdem wird Tante Lynn mich garantiert darüber ausquetschen, wenn sie wieder zurück ist.

Und so habe ich gleich auch zu ihrem Wunschpunkt »Stelle dich deiner Vergangenheit« etwas vorzuweisen, ohne viel dafür tun zu müssen. Ich steige einfach in Bear Cabin ab und beweise damit, wie weit ich diesen ganzen Von-den-eigenen-Eltern-verlassen-Mist inzwischen hinter mir gelassen habe.

Die Vergangenheit bedeutet mir nichts. Niente, nada. Damit habe ich abgeschlossen. Ein für alle Mal. Schluss, aus, vorbei.

Da bin ich mir sicher. Und das wird sich schon bald unmissverständlich zeigen.

Letztlich ist auch die Hütte nichts weiter als eine Unterkunft zum Übernachten, oder etwa nicht? Bloß eine Hütte, eine hübsche, gemütliche Hütte. Ich bin jetzt eine erwachsene Frau, und daher kann nichts mehr so sein wie damals als Kind.

Hoffe ich.

Es wäre allerdings schön, wenn ich nicht länger das Gefühl hätte, dass sich mir jeden Moment der Magen umdreht.

*Liebe Sarah,*
*diesmal keine Küsschen? Steht es so schlecht um uns?*
*Will*

*Sehr geehrter Mr. Armstrong,*
*wirklich wahnsinnig komisch. Aber die Anfrage war ernst gemeint.*
*Sarah*

*Liebe Sarah,*
*leider wurde die einstige Bear Cabin schon vor Jahren abgerissen. Heute befindet sich an diesem Ort der neue Hundezwinger. Von einer dortigen Unterbringung würde ich Ihnen abraten. Rosie schnarcht furchtbar.*
*Die bestehenden Hütten weisen jedoch durchweg den gleichen hohen Standard und den gleichen schönen Ausblick auf. Eine davon wird Ihnen bei Ihrer Ankunft zugeteilt werden.*

*Mit freundlichen Grüßen*
*Will Armstrong (der Weihnachtsverächter)*
*Shooting Star Mountain Resort*
*PS: Bitte nennen Sie mich doch Will.*

Abgerissen? Hundezwinger? Hundezwinger! Ein Rudel haariger Kläffer pisst auf meine Vergangenheit? Ich hasse den Mann. Jetzt noch mehr als zuvor.

Ein paar schreckliche Dinge sind in Bear Cabin geschehen, das stimmt. Aber sie war auch wunderschön. Und in ihr hat mein gemeinsames Leben mit Tante Lynn begonnen. Wirklich gute Dinge sind mit ihr verbunden. Ein magischer Ort. Und jetzt werde ich nie wieder vor diesem Weihnachtsbaum stehen und uns alle in den Kugeln gespiegelt sehen. Mich, Tante Lynn, Mum und Dad, wie wir alle glücklich sind und lachen. Nie wieder werde ich den Kamin hinaufschauen, wie ich es mit Mum getan habe, als wir ausprobierten, ob wir so die Sterne sehen können.

Alles fort. Genau wie sie. Für immer.

Und an allem trägt Will Armstrong die Schuld.

Ein Signal verkündet den Eingang der nächsten Mail. Womöglich vertreibt er die Hunde aus ihrem Reich, um mich dort unterzubringen.

*PPS: Zudem müssten sie auf Stroh schlafen. Sehr kratzig.*

Ich hüpfe vor lauter Frust auf meiner Tasche herum und höre plötzlich ein Geräusch, das verdammt nach reißendem Gewebe klingt. Scheiße.

Vorsichtig stehe ich von meinem Koffer auf und schaue zwischen den Beinen hindurch nach hinten, um herauszufinden, ob mich etwa meine neue, überaus teure Tasche bereits im Stich gelassen hat. Hat sie nicht. Stattdessen lugt etwas Pinkfarbenes aus einem Riss, der an dieser Stelle nichts zu suchen hat. Im Schritt meiner Shorts, nicht im Koffer, wohlgemerkt.

Scheiße, scheiße. Wie spät kann man noch online bestellen, wenn es am nächsten Tag da sein muss? Warum haben wir noch keine von diesen Lieferdrohnen, die das Zeug zehn Sekunden nach der Bestellung schon über dem Hinterhof abwerfen? Obwohl, bei meiner momentanen Glückssträhne würde das Paket vermutlich auf dem Dach landen und dann bräuchte ich eine Leiter, um es zu holen. Und das letzte Mal, als ich aufs Dach gestiegen bin, um dort die Antenne richtig auszurichten, hat die neugierige Mrs. Gerard aus der 35 sofort die Feuerwehr alarmiert. So weit, so gut – bloß fiel der Zentrale nichts Besseres ein, als mir den ältesten, kahlköpfigsten und am ekligsten aus dem Mund riechenden Feuerwehrmann auf der ganzen Welt »zur Rettung« aufs Dach zu schicken. Jetzt verstehe ich auch, warum Katzen Krallen besitzen und mitunter auf gar keinen Fall loslassen wollen. Letztlich wirft man sich aber selbst eine Katze nicht einfach so über die Schulter und bringt sie mit nach unten baumelndem Kopf zurück auf den Erdboden, wobei ich noch immer denke, er wollte bloß angeben.

Warum ist das Leben nur so kompliziert?

Ich fang an, Nennen-Sie-mich-doch-Will zu hassen. Mittlerweile frage ich mich sogar, ob der Mann überhaupt existiert. Irgendwelche Aliens könnten das Resort unter ihre Kontrolle gebracht haben, und ihn gibt es nur als computergeneriertes Bild, das die Außerirdischen aus zufällig im Internet entdeckten Bausteinen zusammengesetzt haben.

Etwas über Will Armstrong in Erfahrung bringen zu wollen, ist in etwa so aussichtsreich wie der Versuch, das Ende des Regenbogens zu finden. Nirgends eine Spur von Gold und nichts, was einem weiterhelfen würde. Kaum hat man das Gefühl, kurz davor zu stehen, schon hat er sich wieder in Luft aufgelöst.

Volle drei Stunden meines Lebens habe ich damit verschwendet, mehr über den Mann rauskriegen zu wollen. Und mit »mehr« meine ich in Wahrheit nur »irgendwas«.

»Tja, wieder ein halber Tag meines Lebens, den mir keiner zurückgibt.« Die Früchte meiner Mühen beschränken sich auf einen Haufen Quatsch über diverse Will, Willy oder William Armstrongs, die überall auf der Welt verstreut leben. Wieso muss der Mann auch so einen Allerweltsnamen haben?

Keiner von denen war jedenfalls der richtige Will, und das Eliminieren der falschen bereitete auch keine Probleme. Tatsächlich verlief das Aussieben so flott und gründlich, als würde man sein indisches Curry mit einem Schuss Abführmittel runterspülen. Alles restlos weg! Bis auf dieses eine Foto. Was mich gehörig abnervt.

Was ist bloß los mit dem Kerl? Es macht fast den Eindruck, als würde er sich verstecken. Vielleicht ist es das: Er versteckt sich, und das Resort dient ihm nur als Tarnung? Vielleicht hat er es deshalb darauf angelegt, möglichst viele Gäste zu vergraulen? Womöglich ist er ein entflohener Straftäter, der nicht viel Aufsehen erregen möchte und der aus diesem Grund auf jede Werbung für seine Anlage verzichtet? Oder er ist ein Pleitemacher, der schon längst alles von Bettwäsche bis Kaminholz (einschließlich Marshmallows) an den Meistbietenden verhökert hat. Oder ein Junkie. Genau, vielleicht verscherbelt er nach und nach alles, um seine Drogensucht zu finanzieren. Oder ... nein, nein, Moment, noch besser: Er wird erpresst!

Er wird erpresst, weil er seinen freundlichen und überall beliebten Bruder Ed umgebracht und dessen Leiche unter der Schneedecke einer Lawine begraben hat, und jetzt muss er aus der Gegend verschwinden, bevor der Schnee schmilzt und alles herauskommt.

Oder aber er ist bloß ein durchgeknallter Spinner, der keine Ahnung davon hat, wie man ein Geschäft führt.

Und da fällt es mir plötzlich wie Schuppen von den Augen. Ich habe mich die ganze Zeit viel zu sehr auf die Probleme des Resorts versteift, auf den miesepetrigen Mr. Armstrong, auf Tante Lynn und auf die Tatsache, wie vollkommen anders dieses Weihnachten sein wird, und ich habe dabei etwas Entscheidendes übersehen. Normalerweise gefällt es mir doch gerade, wenn Dinge »anders« sind. Und von den unangenehmen Momenten abgesehen, ist das Shooting Star Mountain Resort der schönste Platz auf der Welt gewesen, um Weihnachten zu verbringen. Trotz der zahlreichen miesen Kritiken kann es sich doch unmöglich komplett geändert haben. Oder?

»Ich fahre nach Kanada!«, singe ich grinsend vor mich hin, was durchaus wirken mag, als hätte ich einen manischen Schub, aber in diesem Moment sieht mich ja niemand. Mir steht eine stilechte weiße Weihnacht bevor, samt echten, noch fest in der Erde steckenden Bäumen! Und es wird megasupertoll werden! Schnee, Schlitten, Kaminfeuer, geröstete Marshmallows! Vorsichtshalber bringe ich mir meine eigenen mit. Scrooge hat keine Chance. Es ist Weihnachten, und zwar ein Weihnachten mit allem, was dazugehört. Ich werde schon dafür sorgen, dass Will Armstrong mal erlebt, wie traumhaft diese Zeit sein kann.

# Teil 2

# Santa verzweifelt gesucht

## 9

»Und warum bist du ganz allein? Hast du keine Freunde? Ich kann deine Freundin sein, wenn du willst.«

Ich halte meine Augen geschlossen und danke Gott und der Fluggesellschaft für die Bereitstellung einer Schlafmaske. Wenn ich die Inszenierung mit ein paar schweren Atemzüge noch glaubwürdiger mache, müsste es mir doch gelingen, ein Kind davon zu überzeugen, dass ich entweder schlafe oder tot bin. So oder so würde es mich dann hoffentlich in Ruhe lassen.

Aber das Mädchen lässt sich nicht beirren und rammt mir ihren spitzen Ellbogen in die Seite. In welchem Alter entwickeln sich Kinder eigentlich von pummeligen Knuddelgeschöpfen zu scharfkantigen Piesackern?

»Lass die Dame in Frieden, Poppy. Sie schläft.«

»Nein, tut sie nicht. Ich habe gesehen, wie sie sich bewegt hat.« Poppy verpasst mir einen Tritt in die Wade, dessen Präzision auf eine Menge Übung schließen lässt. Ich wette, sie ist eine dieser kleinen Teufel mit einem Engelsgesicht, die in den Augen ihrer Eltern kein Wässerchen trüben können, von Lehrern aber gehasst werden.

»Menschen bewegen sich auch im Schlaf, mein Schatz. Möchtest du ein paar Buntstifte?«

»Im Flugzeug kann ich nicht richtig malen, weil es ständig so wackelt.« Die Armlehne wird hochgeklappt, und Poppy rutscht dicht heran. »Schon okay, dass du bloß so tust«, flüstert sie und fährt dabei mit ihrer klebrigen Wange über meine. »Wenn ich keinen hätte, der mit mir in Urlaub fahren will, würde ich auch versuchen, mich zu verstecken.«

»Etwas zu trinken, Madam?« Das ist unfair. Wenn ich weiter zu schlafen vorgebe, bekomme ich ein klebriges Gesicht, blaue Flecken an der Wade und nichts zu trinken. Ich schiebe die Maske mit einem resignierten Seufzer nach oben und blinzle vorsichtig. Zwei strahlend blaue Augen starren mich aus wenigen Zentimetern Entfernung an. Das Mädchen hängt so dicht über mir, dass sie den Getränkewagen vollständig verdeckt.

»Ja, ja«, rufe ich und rudere verzweifelt mit dem Arm, bis meine Hand etwas erwischt, das sich wie der Hosenstoff des Stewards anfühlt. Der Mann hält so abrupt inne, dass sein Wagen zur Seite ausbricht und gegen den Sitz auf der gegenüberliegenden Gangseite knallt.

»Einen Gin, bitte! Oder Prosecco! Oder Wodka! Oder sonst irgendwas!«

Ein winziges Fläschchen Gin taucht auf und baumelt ein kleines Stück außerhalb meiner Reichweite. Mir ist klar, dass es reichlich ungehobelt wäre, Poppy aus dem Weg zu stoßen, aber ich ziehe es gerade ernsthaft in Erwägung, als sie sich freiwillig in ihren Sitz zurückfallen lässt.

Also, nicht dass ich ein Alkoholproblem hätte. Ich bin da

so wie die meisten Frauen in meinem Alter, die Panik haben, da sie auf die dreißig zugehen. Und ich *brauche* nicht oft etwas zu trinken, ich mag's bloß. Aber heute brauche ich wirklich einen Drink. Heute hätte ich gerne etwas, das mich ablenkt von den Gedanken an die nächsten Tage und auch ein wenig milder stimmt, sodass ich der Versuchung vielleicht widerstehen kann, Will Armstrong bei unserer ersten Begegnung sofort an die Gurgel zu gehen und zu erwürgen. Erstens würde das eindeutig in die Kategorie *unprofessionelles Auftreten* fallen und zweitens keines der Probleme lösen. Allerdings wäre es bestimmt sehr befriedigend.

»Eiswürfel dazu?«, erkundigt sich der Steward. Mein Blick fällt auf sein Namensschild. *Damien.* Lächelnd klappt er mir das Tischchen herunter und stellt den Gin darauf. Offenbar ist ihm der panische Schrecken in meinem Gesicht nicht entgangen, denn er fügt rasch noch ein zweites Fläschchen hinzu und zwinkert mir zu. »Aber nicht den andern sagen, sonst wollen sie alle zwei«, sagt er und legt den Zeigefinger über die Lippen.

Poppy mustert mich noch immer interessiert. In Wahrheit ist sie gar nicht so knochig, wie ihr Ellbogen es vermuten ließ. Sie ist eigentlich richtig hübsch, trägt ihre blonden Haare zu einem Pferdeschwanz gebunden und hat einen verblüffend ernsten, erwachsenen Gesichtsausdruck, den ihre gerunzelte Stirn noch unterstreicht.

Ihre Wange hinab zieht sich ein rosa Streifen, der die Ursache für das klebrige Gefühl gewesen sein dürfte, und ich hege den starken Verdacht, dass meine Backe inzwischen ein exakter Abdruck dieses Strichs ziert.

»Lass die Dame gefälligst in Ruhe, Poppy!«, rügt die Mutter nicht eben bestimmt. »Es tut mir ja so leid. Gewöhnlich ist sie gar nicht so.« Poppys Mutter lächelt entschuldigend, streicht sich die Haare nach hinten und zieht eine ganz furchtbar gestresste Miene. »Sie ist nur so aufgeregt und ...« Sie senkt vertraulich die Stimme. »... mein Mann hat sie vor dem Abflug in der Lounge mit Süßigkeiten vollgestopft. Ich habe davon erst etwas mitbekommen, als ich ihn um ein Taschentuch bat und ihm all die Bonbonpapierchen aus der Tasche fielen.«

»Schon in Ordnung, keine Sorge. Die Kleine stört mich überhaupt nicht.« Warum sage ich so etwas? Ich bin doch kein Kindermädchen. Ich habe nicht die geringste Ahnung davon, wie man mit Kindern umgeht.

»Wenn Sie meinen.«

»Unbedingt«, übertreibe ich die Lüge noch ein wenig, nur um die erleichterte Miene zu sehen, mit der sie sich in ihren Sitz zurücksinken lässt.

»Kauf dir doch ein Baby«, schaltet sich Poppy sofort wieder schwungvoll ein.

Was bringt kleine Kinder nur dazu, solche Sprüche rauszuhauen?

»Dann bist du nicht so allein«, fährt Poppy fort. »Ist doch langweilig, so allein. Die Frau, die nebenan von uns wohnt, hat sich auch eins besorgt, weißt du. Sie muss sich eins gekauft haben, weißt du, weil sie nie so fett geworden ist wie Mummy mit Jack.« Sie nickt ernst. »Wobei mir selbst ein Hund lieber wäre.«

»Mir auch.«

»Mummy sagt, die pinkeln überall hin.«

»Das tun Babys auch.«

»Aber für die gibt's Windeln.« Ihre Züge werden noch strenger. »Hunde haben aber bessere Beine und fallen nicht ständig um.«

»Richtig.«

»Und man kann sie ruhig zu Hause lassen, wenn man shoppen geht«, doziert sie weiter und seufzt schwer. »Jack muss man *überallhin* mitnehmen, sogar zum Schwimmtraining. Außerdem riecht er, und er weint ständig.«

Ich blicke hinüber zu dem pausbäckigen kleinen Baby, das auf dem Schoß der Mutter sitzt und auf etwas kaut, bei dem es sich hoffentlich um einen Beißring handelt. Es strahlt mich an.

Poppy stupst mich an, um meine Aufmerksamkeit zurückzugewinnen. »Warum hast du denn keine eigenen Freunde?«

Ich bin zwar keine Expertin, was Kinder betrifft, aber auch ich habe schon davon gehört, dass sie mitunter nicht lockerlassen mit dem Nachfragen, bis sie eine Antwort bekommen. Und *warum* scheint dabei ihr Lieblingswort zu sein.

»Freunde habe ich schon, aber das ist eine Geschäftsreise.«

»Was ist eine Geschäftsreise?«

»Arbeit.«

»Warum? Es ist doch Weihnachten. Mummy und Daddy arbeiten auch nicht an Weihnachten, nur der Weihnachtsmann.« Sie stutzt einen Moment. »Du bist doch nicht seine Frau, oder?«

»Nein, der Weihnachtsmann ist mir dann doch zu alt.«

»Gott arbeitet auch an Weihnachten. Und das kleine Jesuskind. Der kleine Jesus bist du ganz sicher nicht, weil der ist nämlich ein Junge. In allen Schulaufführungen ist das immer so. Wir haben ein Krippenspiel aufgeführt. Möchtest du gerne hören, was ich darin aufsagen musste? Ich kann meinen Text noch immer auswendig.«

»Mit Vergnügen.« Das feine Knistern von Gin auf zerstoßenem Eis dringt wohltuend an mein Ohr.

»Ich bin eine Ziege gewesen.«

Ich bin nicht sicher, was Ziegen im Krippenspiel verloren haben (oder was sie zu sagen haben), aber von diesem – wie von jedem anderen – Einwand wird Poppy sich zweifellos nicht aufhalten lassen.

Eine Diskussion über sprechende Ziegen in zehntausend Metern Höhe ist nicht unbedingt die Art, wie ich mir den Auftakt zu meinem Besuch bei Will Armstrong vorgestellt habe, aber nach einem Plausch, einem Nickerchen – das meine Schulter um einen Sabberfleck bereichert, der hervorragend mit der klebrigen Stelle auf meiner Wange korrespondiert – einem kleinen Imbiss und einem weiteren Drink ist ein Großteil der neun Stunden Flugzeit geschafft.

Und nach meinem dritten Gin stört es mich auch überhaupt nicht mehr, dass das Flugzeug prallvoll mit Kindern im Zuckerrausch zu sein scheint. In meiner gelösten Stimmung beteilige ich mich sogar am gemeinsamen Absingen von Weihnachtsliedern. Nun, zugegeben, es kann sein, dass zwischen der gelösten Stimmung und den drei Gins eine Verbindung besteht.

Aber ich fühle mich tatsächlich viel entspannter als während meiner Wartezeit in der Abflughalle von Heathrow, wo ich mit Will Armstrong letzte E-Mails ausgetauscht habe.

*Sehr geehrter Will,*
*wären SMS nicht einfacher?*
*Sarah*

*Liebe Sarah,*
*nicht wirklich. Wie Sie nach Ihrer Ankunft selbst merken werden.*
*Will*

Die Antwort beunruhigte mich ein wenig. Prompt vergaß ich all die anderen Fragen, die ich ihm noch vor dem Abflug hatte stellen wollen.

*Was meinen Sie damit, Will?*

Mein Herz schlug viel heftiger, als es das tun sollte. Vermutlich reduzierte sich meine Lebenserwartung gerade wieder um ein paar Tage.

*Liebe Sarah,*
*der Handyempfang ist hier nicht besonders, aber wen juckt's?*

*Wen juckt's? Wen juckt's! Wie soll ich so irgendwelche Sachen erledigen?*

Panik setzte ein.

*Ruhig Blut, Sarah. Sie kommen schon zurecht. Wir sind ja nicht auf dem Mond. Und es gibt E-Mails.*

Ruhig Blut? Ruhig Blut! Ich hasse den Kerl.
Inzwischen ist die Panik aber weitgehend abgeklungen. Schließlich soll diese Reise nicht nur Arbeit, sondern auch Urlaub sein. Dann fühle ich mich eben zurückversetzt in alte Zeiten, als es noch einfache Freuden gab und keine Apps.
Und kein fließendes Wasser oder Elektrizität.
Obwohl es fließend Wasser und Strom schon geben wird. Hoffe ich zumindest. Vor allem Strom. Zum Glück habe ich mir die Haare so kurz schneiden lassen, dass ich keinen Fön brauche.

*Aber fließend Wasser und Elektrizität haben Sie schon, oder?*

Diese letzte Frage ist bislang unbeantwortet geblieben. Was bedeuten könnte, dass es beides nicht gibt. Oder es könnte daran liegen, dass eine herrische Stewardess mich dazu ermahnte, mein Handy in Flugmodus zu schalten.

Ich habe auch fast gar nicht daran gedacht, dass ich Weihnachten ohne Tante Lynn verbringen werde. Also gut, ein wenig habe ich schon daran gedacht, weil es unmöglich ist, sich Weihnachten ohne sie vorzustellen, aber die ständigen Ablenkungen haben dafür gesorgt, dass es unterhalb der Schwelle blieb, wo ich das Flugzeug am liebsten zum Umdrehen gezwungen hätte. Und das aufgeregte Geplapper der Kleinen ist irgendwie ansteckend gewesen. Ich möchte in dieses Resort fahren. Ich wünschte mir nur, Tante Lynn würde mitkommen. Wenn die Kunst der Ablenkung ein Schulfach wäre, bekäme das Mädchen dennoch eine glatte Eins.

Fast habe ich Lust, die freche kleine Poppy zum Abschied zu umarmen. Aber nur fast.

Stattdessen winke ich ihr und ihrer Familie beim Verlassen der Maschine lediglich zu, bevor ich mich auf die Suche nach meiner sehr großen Tasche mit all den sehr teuren, bauschigen Klamotten mache. Mit beschwingt tänzelndem Schritt geht es zur Gepäckausgabe.

»Pass bloß auf, Will. Ich komme für dich, und ich gebe nicht so leicht auf!«

## 10

»Da ist Sarah! Da ist Sarah!«

Irgendetwas, oder besser gesagt, irgendjemand donnert mir von hinten in die Beine und lässt mich nach vorne schießen – direkt in die Arme des lächelnden, leicht fülligen Mannes, der ein Schild mit der Aufschrift »Shooting Star Mountain Resort« in der einen Hand und ein Klemmbrett in der anderen hält.

»Ach herrje ... Poppy, komm her! Oh, entschuldigen Sie vielmals. Poppy, hör auf, die Dame zu belästigen.« Poppys Mutter trägt gleichzeitig das Baby und eine Duty-Free-Tasche, hat eine Handtasche um die Schulter geschlungen und dazu noch eine Wickeltasche um den Hals, die sie jeden Moment zu erwürgen droht. »Ach, Sie sind's. Tut mir schrecklich leid. Wollen Sie etwa auch ins Shooting Star?«

Ich nicke.

»Na, so ein Zufall!«

In der Tat. Allerdings ist wegen der »besonders familienfreundlichen« Atmosphäre damit zu rechnen gewesen, dass zumindest ein oder zwei der mitreisenden Familien ebenfalls dieses Ziel ansteuern. Ich schaue Poppy an, und sofort steht mir das Bild der Kinder anfallenden Huskyhündin Rosie vor Augen. Da ich nichts davon erwähnen darf, regt sich prompt mein schlechtes Gewissen. Die Kleine ist mir richtig ein wenig ans Herz gewachsen mit ihrer Art, das Unbekümmerte in mir, die Seite, die sich weigert, erwachsen zu werden, zum Vorschein zu bringen. Denn genau das ist die Seite, die in letzter Zeit reichlich vernachlässigt wurde.

Poppys Mutter lächelt den Mann mit dem Schild entschuldigend an. »Sorry, dass wir so spät dran sind.« Ein paar Schritte hinter ihr wankt ihr Mann heran mit einem riesigen Rucksack auf dem Rücken und zwei mächtigen Reisetaschen, die er an deren Bügeln hinter sich herzieht. Poppy hingegen springt frei und ungehindert umher. Sollte ich jemals im Unklaren darüber gewesen sein, welche zentrale Auswirkung Kinder auf unser Leben haben, die Antwort darauf ist dieser vollkommen geräderte Eindruck, den sie machen. Die Eltern, meine ich. Den Kindern dagegen scheint es bestens zu gehen. »Sie können sich nicht vorstellen, wie lange es dauert, ein Baby für diese Temperaturen anzuziehen.«

»Ich könnte jetzt etwas zu trinken vertragen«, sagt Poppys Vater und lächelt mir vielsagend zu. »Craig Harris, sehr erfreut.« Er lässt eine der Taschen los und streckt mir die rechte Hand entgegen, die ich reflexartig schüttle. Währenddessen schafft es Poppy irgendwie, meine freie Hand zu packen. »Und das ist Tina, mit Jack auf dem Arm – und Poppy kennen Sie ja bereits.«

»Tut mir wirklich leid«, erklärt Tina schnaufend und mit hochrotem Gesicht. Dann reicht sie Jack an ihren Mann weiter. Offenkundig ist es eine Kunst, ein Baby passend für Minustemperaturen anzukleiden. Sie wischt sich mit einer Hand über die Stirn und drückt die zweite gegen die Bandscheiben. »Herrgott, diese Rückenschmerzen bringen mich um. Unglaublich, wie lange es dauert, ihn so einzuwickeln! Und sobald wir im Bus sitzen, müssen all die Schichten wieder runter, und dann bei der Ankunft die ganze Prozedur von Neuem. Keine Ahnung, wie wir jemals gedacht haben, das hier sei eine gute Idee.« Sie wirft ihrem Ehemann einen leicht vorwurfsvollen Seitenblick zu, in dem aber auch viel Zuneigung liegt. »Er dachte, eine Neuauflage alter Zeiten würde unser Liebesleben beflügeln, doch wie denn bitte?« Sie macht eine hilflose Handbewegung in Richtung ihrer beiden Kinder. »So vielleicht? Auf solch einen Unsinn können auch nur Männer kommen, habe ich recht?«

Craig lacht. »Du wirst mir noch dankbar sein, wenn es an Weihnachten ein Festmahl gibt, das andere für dich gekocht haben, und die beiden Racker hier im Bett liegen und wir es uns vor dem Kaminfeuer gemütlich machen.« Er zwinkert ihr zu. »Romantischer Abend für zwei nennt man das.« Sofort zerstört er den Effekt wieder, indem er sich die Hände reibt und hinzufügt: »Ich nenn's Knistern und Knabbern.«

Wir lachen alle, und plötzlich befällt mich die Angst, sie könnten über unsere Agentur gebucht haben. Ich hoffe eindringlich, dass die Dinge nicht so schlimm sind, wie die Kommentare befürchten lassen, und dass es doch nicht an Brennholz und Decken fehlt. Ich hoffe auch, es wird überhaupt ein festliches Weihnachtsessen geben. Und hoffentlich ist Rosies Nachwuchs inzwischen groß und sie nicht mehr so leicht erregbar.

»Alle da und bereit zur Abfahrt?«, ruft unser einköpfiges Empfangskomitee. »Na, dann auf ins Shooting Star Mountain Resort!« Der Mann, der ganz bestimmt nicht Will Armstrong ist, führt uns hinaus in die Kälte und öffnet die Schiebetür eines Kleinbusses.

»Ich sitz neben Sarah, weil sie sonst keine Freunde hat«, verkündet Poppy, springt in den Wagen und klopft einladend auf den Platz neben sich, noch bevor ich einen Ton herausbringen kann. Tina lächelt hilflos, lädt ihre Sachen alle vor den Füßen ihres Mannes ab und klettert mit dem zufrieden vor sich hin glucksenden Jack ins Innere.

Ich weiß nicht, ob es an der Gesellschaft des aufgeregten kleinen Mädchens liegt, das meinen Arm fest gepackt hält und ständig in begeisterte Ohs und Ahs ausbricht, oder an der unglaublichen Schönheit der Landschaft, durch die wir fahren, aber mit jeder Meile vergesse ich mehr, wie müde ich bin. Ich vergesse meine Angst und die Sorgen, was ich gleich antreffen werde. Ich vergesse den Schmerz, dass Tante Lynn lieber ohne mich in Australien ist, und beginne, mich vage daran zu erinnern, wie es bei meiner letzten Ankunft hier gewesen war.

Die Scheiben sind mittlerweile beschlagen, und meine Nasenspitze ist eiskalt, doch mein leichtes Zittern hat andere Gründe.

Die Erinnerungen haben es schwer, schließlich bin ich eine Meisterin des Verdrängens. Selbst nur in Gedanken an diesen Ort zurückzukehren, ist immer so riskant gewesen, dass ich es beharrlich gemieden habe. Und wenn solche Erinnerungen doch von einem Foto oder einem gewissen Duft wachgerufen worden sind, hat es mich immer wie ein Hammerschlag getroffen, diesen schlimmsten Tag meines Lebens wieder aufblitzen zu sehen.

Inzwischen ist mir halbwegs bewusst, dass ich eine regelrechte Sperre zwischen damals und heute aufgebaut habe. Irgendwo zwischen meinen ersten Kinderjahren und den Anfängen meines Zusammenlebens mit Lynn. Keine Therapeutin hat mir das jemals verständlich machen können, dennoch steht es mir heute deutlich vor Augen.

Ohne dass es Absicht gewesen wäre, habe ich einfach neue Assoziationen gefunden, die ich mit dem Geruch von Tannennadeln verbinden kann oder wenn Glühweinduft herüberweht oder beim Knistern eines Kaminfeuers. Assoziationen, die stets einen Bezug zu Tante Lynn besitzen, aber nie zum Shooting Star Resort, wo meine Eltern mich im Stich ließen.

Es war schon überraschend, wie neulich die Erinnerungen an Bear Cabin in mein aktuelles Leben zurückgeströmt waren, um eine Lücke zu füllen, von deren Vorhandensein ich nicht einmal etwas geahnt hatte. Und jetzt ist es ähnlich schockierend, wie die pure Anwesenheit genügt, mich zurück in diese Tage zu katapultieren. Und dabei wirkt alles so lebendig und real, als wäre kaum Zeit vergangen.

Ich weiß noch, dass ich genauso meine Nase an die Scheibe des großen Reisebusses gedrückt habe, wie Poppy das jetzt in diesem Kleinbus tut. Statt permanent zu plappern, schnappt sie nun in schöner Regelmäßigkeit beeindruckt nach Luft. Ich weiß noch, wie ich meinen warmen Atemhauch weggewischt habe, weil ich auf keinen Fall den Moment verpassen wollte, in dem der Weihnachtsmann mit seinen Rentieren zwischen den Bergen und Seen auftauchte. Beim Gedanken daran schnürt es mir noch heute die Kehle zu.

Die märchenhafte Winterlandschaft rund um Banff war die Erfüllung aller Kindheitsträume. Man hatte das Gefühl, von einem fliegenden Teppich oder dem Schlitten des Weihnachtsmanns davongetragen worden zu sein und sich plötzlich in einer anderen Welt zu befinden, so als würde man durch den düsteren, muffigen Kleiderschrank treten und in Narnia landen.

Es ist ebenso verstörend wie anregend. Fast als würde man abrupt mitten in ein neues Abenteuer geworfen. Das feine Flattern in meinem Innern ist nicht länger Ausdruck von Furcht, sondern von Aufregung. Ein erwartungsvolles Schmetterlingsgefühl. Ich bin mir einfach sicher, dass alles gut gehen wird. Will stellt keine Gefahr dar. Ich werde ihm auf die Sprünge helfen. Ich werde dem Laden auf die Sprünge helfen. Und dann werde ich Weihnachten wohlig eingepackt in einer Felldecke verbringen, heiße Schokolade schlürfen und in die Flammen des prasselnden Kaminfeuers starren.

»Da wären wir, Leute. Alle aussteigen!«

Aussteigen? Aber wohin? Ich wische über die Scheibe, für den Fall, dass mir etwas entgangen ist. Da draußen ist überhaupt nichts. Nur Schnee.

»Zum Empfang einfach den Weg rauf«, erklärt der Fahrer, der bereits die Schiebetür aufgeworfen hat und nun eilig unsere Gepäckstücke auf eine schmale Schneebank wirft. Der kümmerliche Schneehaufen ist offenbar das Ergebnis eines lustlosen Versuchs von jemandem, den Weg zum Hotelzugang frei zu räumen. *Einfach den Weg rauf!* Ha! Welcher Weg?

Wir klettern hinaus zu unseren Taschen.

Augenscheinlich hat der Fahrer schon Übung hier drin und den Motor deshalb vorsichtshalber laufen lassen. Er steigt rasch wieder hinters Steuer und fährt davon, bevor jemand nach Hilfe verlangen oder – was noch wahrscheinlicher ist – den Versuch unternehmen kann, zurück in den Wagen zu springen.

Wie angesichts der Schneemassen nicht anders zu erwarten, ist es eisig kalt, und mein linker Arm, dessen Blutzufuhr eine zuletzt fest schlafende Poppy abgedrückt hat, fühlt sich taub an. Atemberaubend bleibt der Ort dennoch. Hier hat die Natur wirklich eins ihrer Meisterstücke geschaffen, auch wenn Mr. Armstrong diesem Geschenk anscheinend nicht gerecht zu werden versteht. Immerhin macht die Hütte, die als Rezeption dient, von außen einen hübsch rustikalen Eindruck. In Gedanken hake ich diesen Punkt ab. Dann treten wir ein.

»Ach du Scheiße!« Ich entferne das Häkchen rasch wieder. Es ist kalt und duster. Die schummrige Kerzenbeleuchtung dient in diesem Fall eindeutig eher der Stromeinsparung als zum Schaffen einer stimmungsvollen Atmosphäre.

Die Augen angestrengt zusammenkneifen hilft. Obwohl »helfen« hier nicht das richtige Wort ist. Ich rechne schon damit, jeden Moment einen dieser singenden Riesenfische an der Wand zu entdecken oder einen grinsenden Elch, irgend so eine Geschmacklosigkeit eben, aber es kommt schlimmer.

Zum zweiten Mal seit meiner Ankunft stockt mir der Atem, diesmal jedoch aus völlig unerwünschten Gründen. Bei meinem letzten Besuch hatte die Rezeption noch in hellem Licht erstrahlt und geglitzert, da bin ich mir sicher. Wie gebannt hatte ich alles staunend angestarrt, während meine Eltern und Tante Lynn die Anmeldungen ausfüllten. Und dann war da ein Teller mit Lebkuchenmännern gewesen, die so köstlich dufteten, wie Lebkuchen noch nie zuvor geduftet hatte.

Heute erinnert nichts an diese Zeiten. Mir ist zum Heulen zumute, aber ich reiße mich zusammen, denn ich muss vor den anderen Gästen eine gute Miene aufsetzen. Später, wenn ich Mr. Will Armstrong unter vier Augen erwische, werde ich ihm schon klarmachen, was ich davon halte.

»Von wegen, die Siebziger sind out!«, bemerke ich nur und lasse dabei langsam den Blick durch den Raum wandern. Parkettboden, senffarbener Teppich und eine kunterbunte Mischung verschiedenster Muster entsprechen keineswegs dem, was ich erwartet habe, und noch viel weniger den Eindrücken, die mir von früher in Erinnerung geblieben sind. »Kommt mir vor wie das Filmset zu *Abigail's Party*.« Das Zusammenspiel der vielen Orange-, Gelb-, Grün- und Brauntöne ruft bei mir das Gefühl zu halluzinieren hervor. Oder eine dieser außerkörperlichen Erfahrungen zu durchleben. Vielleicht entspricht dies sogar dem Nahtodzustand, über den man häufig liest.

Irgendjemand wird bestimmt sehr stolz auf dieses missglückte Innendesign gewesen sein, aber selbst dieser Moment muss schon mehr als nur ein paar Jahre zurückliegen. Oder es ist tatsächlich so wie in meiner irren Spekulation, und bei Will handelt es sich in Wahrheit um einen Außerirdischen in Menschengestalt.

Jetzt fehlen nur noch eine Lavalampe und eine Siphonflasche, und alles wäre perfekt.

»Wer ist Abigail?«, fragt Poppy und zupft an meiner Hand. »Ist das deine Freundin?«

»Äh, nein. Bloß ein alter Film, der lange vor deiner Geburt gedreht wurde. Sogar lange vor meiner.«

»So alt? Hat es denn damals schon Filme gegeben?«

»Ja, so alt. Ich musste mir ihn bei meiner Tante ansehen.«

Ich kann mich nicht daran erinnern, dass es bei meinem ersten Besuch hier so ausgesehen hat, aber womöglich macht man sich in diesem Alter auch keine große Gedanken um Teppichfarben. Oder es war tatsächlich ganz anders.

»Kann ich da auf dem roten Sessel zusammen mit Sarah schlafen?«, bittet Poppy ihre Mutter und blickt sie aus großen Augen an.

»Ich hoffe doch sehr, dass wir eine Hütte bekommen«, antwortet Tina, verzieht das Gesicht und stößt dann ein unsicheres Lachen aus. »Hier drin ist es eisig wie in einer Gefriertruhe.«

Kalt ist es wirklich. Und beängstigend menschenleer hinter dem Empfangstresen.

Dazu ohne jede Spur von Lametta, Stechpalmenzweigen, Christbaumkugeln oder anderen Anzeichen von Weihnachten.

Wenn das so weitergeht, stehen uns Festtage zum Vergessen bevor.

Tina schaut sich ein wenig beunruhigt um, während Jack zu wimmern beginnt. »Im Prospekt hat das aber anders ausgesehen, Craig. Da gab es überall behagliche Wolldecken und Kaminfeuer.« Wie in Zeitlupe dreht sie sich einmal um die eigene Achse. Ihr setzt der enttäuschende Empfang offenbar noch härter zu als mir. »Und überall helle Lichter und Kerzen. Es hat fantastisch ausgesehen.« Ich fürchte schon, dass sie gleich ebenfalls zu wimmern beginnt.

Aber ich kann sie gut verstehen. Sie hat gerade mit zwei kleinen Kindern eine mordsmäßig anstrengende Reise absolviert und ihnen die ganze Zeit ein Weihnachten mit allem Drum und Dran versprochen.

»Offensichtlich ist man bemüht, die Kosten für den Rezeptionsbereich möglichst gering zu halten«, versuche ich, die Situation mit Humor abzumildern, doch die Chance auf einen positiven ersten Eindruck ist definitiv vertan. Jetzt verstehe ich auch, warum in einer Kritik von einer »frostigen« Begrüßung die Rede gewesen ist.

Zumindest hätte ich erwartet, dass jemand kommen und uns mit dem Gepäck helfen würde, aber bislang ist keine Seele aufgetaucht.

»Hallo!«

Wir wirbeln alle herum. Ein Abbild an Liebreiz rauscht so stilvoll auf uns zu, wie es nur mit zwölf Zentimeter hohen Absätzen auf Parkettboden gelingen kann. Jetzt glaube ich wirklich, zu halluzinieren. Sie hat langes, blond gelocktes Haar, ein Glas in der Hand und ein Lächeln auf den Lippen. Ich wäre ihr am liebsten um den Hals gefallen. Das sieht doch schon gleich besser aus!

Ihr Lächeln gefriert, und sie bleibt abrupt stehen. »Oh, ich dachte, ich hätte Ed gehört. Sie wissen nicht zufällig, wo sich der Eierlikör befindet, oder?« Sprachlos vor Erstaunen wegen ihres vornehmen Tonfalls, schütteln wir alle nur stumm die Köpfe. Mir wird klar, dass auch sie nicht zu unserer Begrüßung gekommen ist. Sie ist selbst Gast im Haus. »Ach, so ein Ärger. Er hat mir einen Snowball versprochen, und das Schätzchen an der Bar hat mir einen Runner gemacht. Wo findet man einen heißen Typen mit einem Shaker, wenn man ihn braucht, habe ich recht?« Sie grinst. Ich bekomme weiter keinen Ton heraus. »Würden Sie ihn bitte in meine Richtung schicken, wenn Sie ihn sehen, Herzchen? Richten Sie ihm aus, sonst würde Bianca bald den Rettungsdienst brauchen, obwohl Ed, wie ich ihn kenne, gewisse Notfallmaßnahmen liebend gern selbst übernehmen würde. Bis später dann.« Sie ist weg, bevor einer von uns noch etwas sagen kann. Ich bin kurz versucht, ihr hinterherzulaufen, um beim Aufspüren des Eierlikörs zu helfen und uns dann allen einen Snowball zu mixen.

»Na, gerechnet haben sie ja mit uns, schließlich kam der Bus«, spreche ich uns Mut zu. »Also muss auch jemand da sein.« In diesem Moment entdecke ich sie. Eine Klingel.

»Bitte klingeln«, steht auf dem kleinen – und ich meine, *extrem* kleinen – Schild daneben. Also klingle ich. Ich klingle sogar einige Male. Und überlasse anschließend Craig das Vergnügen.

»Darf ich auch mal, Daddy?«, fragt Poppy.

Ich werfe ihr das gute Messingstück zu, und Poppy, die ihr Glück kaum fassen kann, schnappt es sich und fängt an, ausgelassen darauf herumzuhämmern. Dabei tanzt und hüpft sie um die armselige Ausgabe eines – natürlich nicht dekorierten – Christbaums herum. Jack ist mittlerweile wieder hellwach und riecht ziemlich durchdringend. Er hat längst aufgehört zu lächeln und scheint eher drauf und dran zu sein, zu schreien. Wofür ich vollstes Verständnis habe.

»Ich könnte einfach mal kurz ...«, murmle ich vor mich hin und trete um den Tisch herum, der anscheinend als Empfang dient. Vor mir liegt das dicke Gästebuch. Ich weiß natürlich, dass sich so etwas nicht schickt, aber es ist niemand zu sehen und ich bin hundemüde. Wir alle sind hundemüde. Selbst Poppy hat ihren Pepp verloren. Hier drin steht doch bestimmt, wer welche Hütte bekommt.

»Was um alles in der Welt ...?!«

Sofort lasse ich schuldbewusst das Buch fallen. Der Mann, der hinter mir aufgetaucht ist, ist nicht Will Armstrong. Er wirkt sehr verärgert und hinkt. Seine gequälte Miene dürfte jedoch weniger mit seinem Beinleiden zu tun haben als mit der Tatsache, dass ich gerade sein gesamtes Buchungssystem zum Absturz gebracht habe. Zumindest kann ich nirgends einen Computer entdecken, daher ist das Buch vermutlich alles.

»Wir haben eine Hütte gebucht«, erklärt Craig und tritt rasch vor, als wollte er mich von impulsiven Überreaktionen abhalten. Killer-Huskys sind nichts gegen mich. »Auf den Namen Harris.«

Der Mann stößt angesichts dieser schwerwiegenden Belästigung einen tiefen Seufzer aus und streckt ihm die Hand entgegen. »Ihre Pässe.«

Wir starren ihn alle ungläubig an, aber Craig reicht ihm brav seinen Ausweis.

Absolute Stille tritt ein, während er die Pässe begutachtet und irgendwelche Formulare ausfüllt. Die Stimmung ähnelt der bei einer Beerdigung. Von unserer Urlaubsbegeisterung und der berauschenden Wirkung des Gins ist nichts mehr übrig. »Tut mir leid, dass ich Sie nicht sofort bei Ihrer Ankunft hier begrüßen konnte, aber es gab einen Notfall.« Nähere Einzelheiten erspart er sich. »So!« Er schwenkt den Schlüssel außerhalb unserer Reichweite. Die Pause dauert und dauert. Selbst Poppy steht in Hab-Acht-Stellung. Tina versucht offensichtlich, einen sich windenden und sehr schlüpfrigen Jack auf dem Arm zu halten, ohne die Aufmerksamkeit auf sich zu lenken. Falls Sie jemals Babys haben sollten, kann ich nur raten, sie niemals in glänzende Skianzüge zu stecken. Matt müssen sie sein. Und über irgendeine Art Griff sollten sie verfügen.

»Die Hütten bitte nicht mit Stiefeln betreten«, erklärt der Mann mit einem vielsagenden Blick auf die Pfützen, die sich um unsere Füße herum gebildet haben. »Nasse Kleidung ist im Trockenraum aufzuhängen; zusätzliches Brennholz ist gebührenpflichtig; alle Essenszeiten finden Sie in Ihrer Hütte ausgehängt.« Er holt nicht einmal Luft zwischen den Sätzen. Die Predigt ist Routine. »Die Infotafel zu angebotenen Aktivitäten finden Sie im Fernsehraum; Skier und Snowboards stehen zur Ausleihe bereit; wir bitten Sie, Rücksicht auf die anderen Gäste zu nehmen und die Nachtruhe einzuhalten. Ich denke, das wäre so weit alles. Es sei denn, Sie hätten noch etwas?« Aber die Unverschämtheit würden wir uns niemals erlauben. Wir starren ihn nur weiter mit offenen Mündern an. Selbst Jack, den Tina irgendwie unter ihre Jacke hat stopfen können, bildet da keine Ausnahme. Allerdings durchbricht er dann die Stille, indem er laut pupst. Ich erwarte schon, dass ihre Jacke sich ausdehnt, aber nichts geschieht. Tinas Wangen laufen nur rosa an, während Jack von der Anstrengung einen knallroten Kopf bekommt.

»Wir sind knapp an Personal. Lassen Sie Ihr Gepäck einfach stehen. Ich werde es hinüberbringen, sobald ich hier fertig bin. Vor der Rezeption rechts den Weg entlang. Die dritte auf der linken Seite.«

Der Mann sollte einen Fortbildungskurs zum Thema Kundenservice besuchen. Und zwar dringend.

Craig nickt nur stumm und greift nach dem Schlüssel, als ein Kreischen ertönt, das sich ganz nach Poppy anhört. Ich schnelle herum und nehme aus den Augenwinkeln die Bewegung von etwas Grünem wahr. Craig ist bereits losgespurtet. Wahrscheinlich verfügen Eltern über gewisse Hormone, die solch einen rasanten Tempowechsel ermöglichen. Dennoch ist seine Reaktion recht beeindruckend. »Fu ...« Ungünstig ist, dass seine Füße sich schneller bewegen als der restliche Körper.

Wie ein Rugby-Spieler tackelt er mich mit voller Wucht, woraufhin wir beide auf dem schneenassen Boden ausrutschen und hinfallen.

Ich lande auf meinen Hinterteil, ringe nach Luft und spüre Craigs Hand, die schmerzhaft meinen Unterarm umklammert. Als es mir gelingt, den Kopf anzuheben, sehe ich unseren griesgrämigen Empfangschef, der mit einer Hand den zu kippen drohenden Baum stützt und mit der anderen Poppy am Kragen ihrer Jacke gepackt hält.

Sie baumelt in seinem Griff schlaff wie ein Kätzchen, das nicht recht weiß, wie ihm geschieht.

Wie hat der Mann nur derart blitzschnell reagieren können? Noch dazu, wo er doch hinkt? Hat er vielleicht übernatürliche Kräfte? Ist er Superman? Besteht womöglich das gesamte Personal aus Außerirdischen? Irgendwie lässt mich die Vorstellung nicht mehr los.

Poppy wird plötzlich bewusst, dass ihre Füße in der Luft baumeln, und ganz offenbar ist ihre Bewunderung für unseren Alien-Gastgeber deutlich geringer ausgeprägt. Jedenfalls bricht sie in Tränen aus und beginnt, zu weinen, während ihr Retter den Baum in eine aufrechte Position zurückdrückt. Dann entwindet er ihren kleinen Fingern wortlos die Klingel, die sie noch immer festhält, und stellt sie wieder auf die Beine. Poppy protestiert nicht einmal, sondern huscht nur schnell zu ihrer Mutter und versteckt sich schutzsuchend hinter deren Beinen. Wofür ich vollstes Verständnis habe.

»Nur gut, dass er nicht geschmückt ist«, versuche ich die Situation nach bestem Vermögen zu retten, was Mr. Griesgram jedoch als versteckte Kritik zu begreifen scheint. Wütend funkelt er mich an. Mein Gott, wenn Blicke töten könnten.

»Ich ... äh, könnte beim Dekorieren helfen. Sofern Sie überhaupt Kugeln haben?«

Sein Blick verfinstert sich weiter.

»Erst müssten Sie ihn aber anständig befestigen.«

Inzwischen wünschte ich fast, ich wäre tot. Obwohl ich ihm diesen Schritt auch etwas zu leicht mache, solange ich ausgespreizt wie ein Opfertier auf dem Boden liege.

Ich strample kurz mit den Beinen, da ich sonst nichts bewegen kann.

Craig kapiert den Wink, stemmt sich hoch und hilft mir auf. »Sorry.«

»Nichts passiert«, antworte ich und bemühe mich, möglichst beiläufig Gefühl zurück in den Arm zu massieren.

»Ich wollte bloß der Katze helfen«, wirft Poppy ein, die sich zwar noch an den Oberschenkel ihrer Mutter klammert, ansonsten aber am schnellsten von allen die Fassung zurückgewonnen hat. Mein Hintern beispielsweise ist eindeutig nicht für Parkettboden ausgelegt. Ich weiß gar nicht, welche Stelle ich zuerst massieren soll – Ellbogen, Hintern oder lieber doch das Stück Unterarm, das Craig um ein Haar amputiert hätte.

Der Mann kann wirklich zupacken. »Das arme Kätzchen hatte sich im Baum verfangen. Ich wollte ihm bloß helfen.« Wieder bildeten sich Tränen in ihren Augen.

Demnach hing also doch etwas am Baum. Auch wenn ich persönlich Lametta und Kugeln nicht zuletzt aus Gründen der Sicherheit weiterhin den Vorzug geben würde.

»Eine Katze?«, fragt Superman erstaunt. »Du hast die Katze gesehen?« Auf allen vieren kriechend, schaut er unter den Baum und offenbart zum ersten Mal eine durchaus attraktive Seite von sich. Zumindest aus meinem Blickwinkel. »Sie ist schon seit zwei Tagen verschwunden. Chloe? Chloe!«

Von der Katze fehlt zwar jede Spur, aber wie kann man einem Mann böse bleiben, der seine Katze Chloe nennt und derart liebt? Wobei seine Sympathiewerte selbst damit längst nicht den Minusbereich verlassen. Ich kann weiterhin gut nachvollziehen, dass die Katze lieber in Deckung bleibt. Was, wenn Außerirdische gerne Katzen essen?

»Sie ist da hoch«, sagt Poppy und deutet auf die Treppe in der Ecke des Raumes. Einen Moment lang scheint Superman mit dem Gedanken zu spielen, uns hier einfach stehen zu lassen, um sich auf die Suche nach seiner Katze zu machen. Aber vielleicht bilde ich mir hier auch bloß eine positive Eigenschaft ein, wo gar keine ist, denn der vermeintliche Drang ist rasch überwunden, und schon funkelt der Mann uns wieder mürrisch an.

»Ja, das, äh …«, hebt Craig mit betretener Miene an, nachdem er sich Jacke und Hosenbeine abgeklopft hat, »Das da tut uns leid.« Er deutet in Richtung Baum.

»Ich wisch das gleich auf«, erwidert Superman mit Blick auf die Pfützen. Aber welches völlig zugeschneite Winterwunderland-Resort hat auch spiegelglattes Parkett im Empfang und verzichtet auf brauchbare Fußmatten? Das beschwört die Probleme doch geradezu herauf, oder? Und sollten Weihnachtsbäume nicht grundsätzlich gesichert sein? Und wer kann schon damit rechnen, dass eine Katze oben drin hockt?

Unvermittelt werde ich gewahr, dass die Familie verschwunden ist und plötzlich eine merkwürdige Stille herrscht. Auf der einen Seite stehe ich in meiner Pfütze, auf der anderen Superman, der mich anstarrt. Was ein wenig verunsichernd ist. Bislang hat die Familie Harris wie eine höchst angenehme Schutzhülle gewirkt, die mir nun fehlt.

»Und Sie sind?«

Soll ich sofort ganz offen zugeben, wer ich bin? Oder mache ich besser auf verdeckt operierende Hotelprüferin und bleibe inkognito? Was vielleicht von Vorteil wäre, solange ich nicht genau weiß, ob Mr. Armstrong ein Außerirdischer, Bankräuber, Pleitier oder Drogensüchtiger ist.

»Hall.« Puh, kein Zeichen, dass ihm der Name etwas sagt.

»Pass?«

»Ich möchte mit dem Geschäftsführer sprechen«, entgegne ich nur, entschlossen, mich nicht einschüchtern zu lassen. Ich hatte schon vor meiner Ankunft eine Liste von Themen in meinem Kopf, und die ist mittlerweile beträchtlich angewachsen. Wenn sich für Poppy und ihre Familie nicht noch die letzte Chance auf ein gelungenes Weihnachtsfest zerschlagen soll (was ich gerne vermeiden würde), muss ich wohl schneller in Aktion treten, als ich dies geplant hatte.

»Warum? Gibt es ein Problem?« Er mustert mich mit verwunderter Miene, so als könnte doch unmöglich irgendetwas nicht in Ordnung sein.

Ich muss prusten. Ein Problem? Womit fange ich an? »Katze, Boden, Baum ... Kälte.« Ich gestikuliere wild im Raum herum, um wenigstens eine erste Ahnung der Probleme zu geben, dann breche ich ab. Das sollte wohlüberlegter klingen. Und erst dem Verantwortlichen gesagt werden. »Dafür ist das Leben zu kurz.«

»Was meinen Sie damit?«

»Es macht keinen Sinn, das alles zweimal erklären zu müssen.« Bei ihm sehe ich doch auf den ersten Blick, dass er prinzipiell die Gäste für alle denkbaren Probleme verantwortlich macht. Bestimmt würde er mit seinem Lösungsversuch auch gleich bei den Gästen ansetzen – und sie einfach alle nach Hause schicken. Offenbar die gleichen Gene wie sein Chef. Obwohl es natürlich auch heißt: Wie die Leitung, so das Personal.

»Nein, ich meine, was meinen Sie mit ›Katze, Boden, Baum, Kälte‹?«

Er lehnt ziemlich muskulös aussehende Arme auf den Empfangstisch und fixiert mich. Also fixiere ich zurück. Ich mag es, Leuten direkt in die Augen zu schauen, und dieser Kerl scheint dieselbe Vorliebe zu haben – was zu gewissen Schwierigkeiten führen könnte. Verkeilen sich unsere Hörner beziehungsweise Blicke erst so richtig, gibt er mir womöglich keine Gelegenheit, die Sache ohne Gesichtsverlust zu beenden. In diesem Fall könnte uns der Kampf der Blicke hier einige Zeit festnageln.

Seine Augen sind eigentlich sogar recht hübsch. Na ja, auf ihre ungewöhnlich durchdringende, leicht verunsichernde Art sogar wirklich hübsch. Wenn er mal lächeln würde, könnte er regelrecht attraktiv aussehen. Immer vorausgesetzt, man steht auf diesen Typ. Also diesen überaus männlichen Naturburschentyp, der nie ein fröhliches Gesicht macht. Worauf ich nun mal überhaupt nicht stehe. Mit einer Gladiole, die zwischen seinen nackten Pobacken klemmt, kann ich ihn mir nun gar nicht vorstellen. Allerdings auch nicht, wie er sich beim Sex aufmerksam selbst im Spiegel betrachtet. Wenn ich so weitermache, laufen meine Wangen gleich puterrot an. Ich muss mich zusammenreißen. Also wende ich den Blick ab. Manchmal muss man eine Schlacht verloren geben, um den Krieg zu gewinnen.

Seine Finger sind ineinander verschränkt. Mittellange, kräftige Finger, mit kurz geschnittenen (unmanikürten) Nägeln. Zupackende Hände.

»Bloß Dinge, die, äh, verbessert werden sollten. Ich werde mal eine Liste anfertigen.« Da meinem Gehirn gerade Überlastung droht und dem Rest von mir schamvolle Verlegenheit, ist dies in meinen Augen ein günstiger Zeitpunkt, auf dem Handy erste Punkte zu vermerken. So wäre zumindest ein Anfang gemacht. Und je schneller ich mit meiner Arbeit beginne, desto besser stehen die Chancen, dass die Gäste zumindest noch etwas von einem fröhlichen Weihnachtsfest erleben.

»Was für eine Liste?«, fragt er und legt seine Hand auf meine, oder besser gesagt, auf mein Handy. Er hat wirklich kräftige Finger. Außerdem klingt er nicht sonderlich begeistert. Wir beide stehen einander wirklich sehr nahe – ich und mein geschätztes Smartphone, meine ich. Wir haben schon diverse Beziehungen gemeinsam überstanden. Daher reiße ich den Arm hoch und lasse das Gerät rasch verschwinden, bevor er es beschlagnahmen kann. Zutrauen würde ich dem Kerl eine solche Aktion allemal.

»Können Sie mir sagen, wo ich Mr. Will Armstrong finde?«, frage ich zurück. Er hebt eine Augenbraue. »Bitte.«

»Sollte es irgendetwas geben, das ...«

»Oder geben Sie mir einfach seine Durchwahl, dann rufe ich ihn nachher selbst an.«

»Ihre Hütte hat kein Telefon.« Sein Mundwinkel zuckt ganz kurz nach oben. Wenn ich ihn nicht so genau beobachtet hätte, wäre es mir vermutlich entgangen. Offenkundig verfügt er über einen gewissen, bestens getarnten Sinn für Humor. Seine mürrische Miene vermag aber auch das nicht aufzuheitern. Dabei gehe ich jede Wette ein, dass diese Züge echt der Hammer wären, wenn sie richtig ausgelassen lachen würden.

Da mir dieser Anblick jedoch niemals vergönnt sein wird, füge ich »Klugscheißer« zu der Liste an Dingen hinzu, die mir an ihm nicht gefallen. »Wenn Sie dazu nicht in der Lage sind, macht das auch nichts. Ich werde ihn auch allein finden. Und wie lautet Ihr Name?«

»Armstrong.«

»Okay.« Das habe ich nicht erwartet. Mangelhafter Kundenservice scheint eine Familienkrankheit zu sein. »Ich möchte gern mit *Will* Armstrong sprechen.« So schlimm wie der hier kann Will unmöglich sein. Wahrscheinlich ist er gerade irgendwo beim Aprèsski, weshalb alle Neuankömmlinge mit diesem wenig zuvorkommenden Verwandten vorliebnehmen müssen. Man sollte ihm wirklich einmal klarmachen, wie sehr dies dem ersten Eindruck schadet. Am liebsten würde ich meine Liste unverzüglich um diesen Punkt ergänzen, traue mich aber nicht, mein Handy aus der Tasche zu holen. Nie im Leben werde ich mir das alles merken können.

»Das bin ich.«

Was hat er gerade …? Da muss ich mich verhört haben. »Verzeihung, wer sind Sie?«

»Ich bin Will Armstrong.«

»Nein, sind Sie nicht«, erwidere ich entschieden, denn schließlich habe ich Beweise, die das Gegenteil belegen.

»Ach, wirklich?«

Jetzt schenkt er mir einen leicht amüsierten Blick. Neunmalklug und überheblich – gibt es einen Menschen auf der Welt, dem das gefällt? »Zufälligerweise weiß ich ...« Ich krame mein Handy heraus, halte es jedoch vorsichtshalber fest umklammert. »... dass *das* Will Armstrong ist.«

Er wirft einen flüchtigen Blick auf das Display, dann schaut er mir wieder in die Augen. Es ist merkwürdig. Einerseits würde ich am liebsten einen Schritt auf Abstand gehen. Andererseits möchte ich genau hier stehen bleiben. Vielleicht sogar ein Stück näher rücken. Wie gesagt: merkwürdig. »Nein.« Eine lange, verstörende Pause tritt ein, die ich schon versucht bin, mit Geplapper zu füllen, da fügt er hinzu: »Das ist Ed.«

»Ed?«, wiederhole ich verwirrt. In den Tiefen meines Unterbewusstseins schrillen Alarmglocken. Tante Lynn hatte einen Ed erwähnt, und auch unsere durchgestylte Eierlikör-Bianca war einem Ed auf der Spur gewesen. Ich ignoriere das Schrillen. »Nein, ist er nicht. Es ist Will. Ed war der Eigentümer, und ...«

»Er ist Miteigentümer.«

»Aber ich habe doch Mails mit Will gewechselt. Sie ...« Ich breche ab und versuche, mir einen Reim darauf zu machen. Ich habe also mit diesem Mann E-Mails ausgetauscht und dabei die ganze Zeit über geglaubt, mit jemand in Kontakt zu stehen, der ganz anders aussieht. Nämlich Ed. »Sie sind nicht bloß der Empfangschef?«

Ein letzter Funke Hoffnung lässt meine Stimme ansteigen. Noch ist ein Missverständnis nicht völlig ausgeschlossen.

»Nein, sehe ich etwa so aus?«

»Eigentlich nicht.« Kann man wirklich nicht sagen. »Empfangschefs lächeln.«

Er lächelt, strahlt übers ganze Gesicht. Es währt zwar höchstens eine Sekunde, aber mir fallen fast die Augen aus dem Kopf und mein Magen macht einen Satz. In meinem ganzen Leben bin ich noch keinem Empfangschef mit einem solchen Lächeln begegnet, und ich habe schon so einige gesehen.

Wie ich jetzt wieder Boden gewinnen soll, ist mir ein Rätsel. Ich schlucke mit Mühen, mein Hirn rotiert. Mach schon, Sarah, nun mach schon. »Ich bin Sarah, von *Making Memories*.«

Jetzt, da ich weiß, dass es Will ist, betrachte ich ihn mit ganz anderen Augen. In meinem Schädel müssen diverse graue Zellen komplett neu verknüpft werden.

»Ach so.« Das kurze Zucken seiner Mundwinkel und der Anflug eines Grübchens sehen verdammt nach einem Grinsen aus. Wie unverschämt! »Hätte ich mir eigentlich denken können.« Er verschränkt die Arme vor der Brust. Grinsen und verschränkte Arme? Die ausgesandten Signale sind etwas mehrdeutig. Und ich bin mir auch nicht sicher, ob mir der Ton gefällt, in dem er das gerade gesagt hat.

»Ich bin Will, Sarah.« Er spricht nun nicht mehr knapp und barsch, sondern lässig, fast schleppend. »Ich bin Eds Bruder. Ich bin es gewesen, dem Sie geschrieben haben.« Ganz offenbar sagt er die Wahrheit. Nach und nach wird mir klar, was das bedeutet, und ich spüre, wie meine Wangen zu glühen beginnen. Von wegen Eis und Schnee – Mensch, ist das heiß hier drin! Herrgott, wie peinlich.

»Aber das Foto?«, erwidere ich kleinlaut. Die Nachfrage ist eigentlich unnötig, aber irgendwas muss ich schließlich sagen. Natürlich erkennt jeder Schwachkopf, dass zwischen ihm und dem Foto auf der Website eine vage Ähnlichkeit besteht. Bei ihm fehlt bloß alles Freundliche und Sympathische. »Außerdem war er im Video!«

»Was für ein Video? Wir haben kein Video gedreht.« In seinen Zügen sind erste Anzeichen von Besorgnis auszumachen.

»Das Video, das jemand auf der Seite *Meine schrecklichsten Weihnachten* gepostet hat. Das mit dem Flummi-Rosenkohl und den fehlenden Marshmallows.«

Er starrt mich an, als wäre mir gerade ein zweiter Kopf gewachsen.

»Sowie einem magersüchtigen Truthahn und einem absolut desolaten ...« Mein Blick wandert zu der schief stehenden, leicht S-förmigen Tanne. »... Christbaum.«

»Aha«, kommentiert er achselzuckend. Wie kann man so etwas mit einem bloßen Achselzucken abtun? »Tja, das war letztes Jahr Weihnachten. Da bin ich nicht hier gewesen. Aber das Gesicht des Resorts ist eben Ed.«

Das erklärt natürlich so manches. Am Ende ist Ed also gar nicht janusköpfig, sondern nur das Aushängeschild. Ein hübsches Aushängeschild.

Ed soll Tante Lynn zufolge ein sympathischer Zeitgenosse sein, Will dagegen von ganz anderem Schlag.

Stimmt definitiv. Mit einem durchaus nicht uninteressanten Gesicht, das jedoch die ganze Zeit nur mürrisch dreinschaut. Und das definitiv unfähig ist, einen »Herzlich willkommen in meinem Resort, hier werden Sie sich köstlich amüsieren«-Ausdruck zustande zu bringen.

»Aber wenn Sie lieber mit Ed sprechen wollen, der wird sicherlich auch irgendwann auftauchen, vorausgesetzt, ihm ist danach.«

»Also hatte Ed hier im vergangenen Jahr die Leitung inne, als dieses Video gedreht wurde? Vom schrecklichsten Weihnachten aller Zeiten?«

Schwer zu sagen, aber ich habe den Eindruck, dass er kurz

zusammenzuckt. Seine Kiefer sind jedenfalls auf einmal deutlich angespannt. Jetzt verstehe ich auch, warum in Beschreibungen manchmal von »wie gemeißelten« Zügen die Rede ist. Seine sind aus Granit gehauen. »Ja, hatte er«, knurrt er und bedient sich dabei anscheinend des gleichen Tricks wie ich: Er spricht durch die weiter zusammengebissenen Zähne. Oder sein Kinnladen ist derart verkrampft, dass es denselben Effekt hat.

Ich verspüre große Lust, den Arm auszustrecken und ihm mit dem Finger besänftigend über das Kinn zu streichen, aber das lasse ich lieber bleiben. Wahrscheinlich würde er ihn mir sofort abbeißen.

Nun bin ich jedoch die mit der verwunderten Miene. Also hatte der freundliche Ed, den selbst Tante Lynn so mochte, schon damit begonnen, den Laden in den Ruin zu treiben, noch bevor Interessiert-mich-doch-alles'n-Scheiß-Will in Aktion trat. Freilich wirkt er in diesem Augenblick gar nicht so, als würde ihn tatsächlich alles einen Scheiß interessieren. Warum sonst sollte er mich so anschauen? Hmm.

Oder ist er einfach nur stinksauer auf seinen Bruder und darüber, dass er ihm aushelfen muss? Und das auch noch ausgerechnet kurz vor den Weihnachtstagen, die er ganz offenbar gar nicht ausstehen kann.

»Jetzt aber haben *Sie* hier das Sagen, richtig?«, erkundige ich mich zur Sicherheit. Schließlich möchte ich wissen, mit wem ich mich anlegen muss.

Wieder das kurze Mundwinkelzucken. »Jetzt habe ich hier das Sagen.«

»Und Sie waren es auch, mit dem ich gesprochen habe?«

»Ich war es, mit dem Sie gesprochen haben.«

Scheiße, verfluchte. Das ist ja alles noch schlimmer, als ich es mir im heimeligen Büro von *Making Memories* ausgemalt habe. Zu Hause konnte ich noch unbekümmert die besten Vorsätze schmieden, wie ich den Laden auf Vordermann bringe. Jetzt muss ich mich mit jemandem auseinandersetzen, der seine Gäste im Kasernenton herumscheucht, seinen eigenen Bruder hasst, Weihnachten verabscheut und auf mich allem Anschein nach ebenfalls nicht gut zu sprechen ist.

»Wo steckt Ed?«, frage ich, denn Ed wäre mir lieber. Viel lieber. Ganz egal, was er verbrochen haben mag, er wird bestimmt weitaus zugänglicher sein für Vorschläge, wie man hartgummihaften Rosenkohl und windschiefe Christbäume künftig verhindert. Vielleicht muss ihm nur mal jemand zeigen, wie es geht.

»Vorübergehend leite ich das Resort. Aber irgendwo hier wird er schon stecken.«

»Ist er krank?«, bohre ich nach. Das würde immerhin erklären, warum es in letzter Zeit plötzlich so den Bach heruntergegangen ist mit dem Haus. Hat der arme Ed womöglich einen Zusammenbruch erlitten? Ist er gar nicht in der Lage gewesen, die Schwierigkeiten zu meistern? Deshalb das grauenhafte Weihnachtsfest im vergangenen Jahr und die immer schlechter werdenden Kritiken.

Will stößt ein abgehacktes, ganz und gar nicht fröhliches Lachen aus. »So kann man es auch bezeichnen. Also, was kann ich für Sie tun?« Er wartet eine Sekunde. »Den Schlüssel für Ihre Hütte vielleicht?«

Ich begnüge mich einstweilen mit dem Schlüssel. Nach dem Auspacken werde ich mich an die Liste setzen und mich um alles andere kümmern. »Wie wäre es, wenn ich ein Foto von Ihnen mache? Für die Website?«

»Nein.«

Es ist nicht unbedingt ein hitziges Nein, doch es klingt schon ziemlich kategorisch. Dennoch schwenke ich mein Handy in der Luft und versichere ihm: »Im Nu geschehen.« Ich muss dieses Foto haben. »Das Ding hier macht wirklich Eins-a-Bil ...«

»Kein Foto. Ich zeige Ihnen jetzt Ihre Hütte, einverstanden?«

Verdammt. Ich hätte wirklich gern ein Foto, das ich Sam schicken kann, um ihr zu zeigen, mit wem ich es hier aufnehmen muss. Außerdem sollte man eins auf die Website setzen. Als Warnung sozusagen.

»Einverstanden.« Die Sache erfordert einen neuen Ansatz. Einen raffinierteren.

Er hebt meine Tasche mühelos hoch und bringt mit ein paar Fältchen an den Augenwinkeln eine Art Lächeln zustande. Die Augen sind stahlblau. Leuchtend klar. Ich weiß das, da sie sich gerade auf mich fixieren und eine Mach-bloß-keinen-Ärger-Botschaft direkt an mein Hirn senden. Quasi telepathisch. Ich mag es zwar gar nicht, wenn jemand in meinen Kopf eindringt und mir sagt, was ich zu tun oder zu lassen habe, aber im Moment stehe ich bloß da, den Mund weit aufgesperrt wie ein Goldfisch.

»Wirklich weihnachtlich sieht's hier nicht aus, was?«, versuche ich eine harmlose Unterhaltung anzukurbeln, bevor wir raus in die Kälte treten. Er antwortet nicht. »Etwas arg düster.« Irgendwo muss ich doch anfangen. Ihn ein Problem überhaupt erkennen lassen, wäre schon mal ein erster Schritt.

»Was meinen Sie mit *düster?*«, brummt er zurück. Selbst der erste Schritt könnte schwieriger werden als gedacht. »Hier ist es doch fantastisch«, fährt er fort. »Was zum Teufel wollen Sie denn noch? Es müsste sich bloß jeder mal die Zeit nehmen, die Natur um ihn herum ganz in Ruhe zu betrachten –«

»Sie sprechen von draußen, wie mir scheint, und nicht davon«, werfe ich ein und deute zurück auf den Empfangsbereich, den wir gerade verlassen. Er ignoriert meine Bemerkung.

»… und endlich damit aufhören, überall Rundum-Bespaßung zu erwarten.«

»Na, dann sollten Sie auch nur mit der weißen Pracht werben. ›Massig weiße Pracht ständig vorrätig‹ oder so.« Ich habe das Gefühl, er würde mich am liebsten auffressen. »Das ganze Weiß ist ja auch, äh, schön.«

»Auch Schnee genannt. Zum Skifahren. Wir sind eben ein Wintersportresort.«

»Na, dann sagen Sie doch: ›haufenweise Schnee zum Skifahren‹. Aber nennen Sie es nicht ›ein bezauberndes Wintermärchen‹.«

»Hab ich nie getan«, entgegnet er. »So etwas würde ich sowieso nie sagen.«

»Das glaube ich ihnen glatt.« Ich nehme mir vor, den genauen Wortlaut später zu überprüfen. Unabhängig davon, verspüre ich große Lust, offen herauszubrüllen, dass dies früher tatsächlich mal ein bezauberndes Wintermärchen gewesen ist, bevor er alles kaputt machen musste. Ich schlucke es hinunter.

»Na, immerhin etwas.«

»Sie haben wirklich nirgends in Ihrem Prospekt oder online davon gesprochen?«, frage ich nach. Er schüttelt den Kopf. »Mit anderen Worten: Ich habe mir das alles bloß eingebildet, ja?«

»Schätze schon.«

»Ich denke, wir haben hier ein Problem, was die unterschiedlichen Erwartungen betrifft. Viele der negativen Bewertungen basieren darauf, dass Sie mit einer festlichen Atmosphäre werben, die es gar nicht gibt.«

»Ich werbe auch damit, dass wir ein Outdoor-Resort sind, was sehr wohl der Wahrheit entspricht.«

»Prima. Sie bieten also massenhaft Schnee zum Skifahren. Aber was ist mit drinnen? Im Haus gibt es nichts Bezauberndes, nichts Magisches. Wo sind ...« Ich zermartere mir das Hirn auf der Suche nach all den Dingen, die ich im Prospekt gelesen – oder zu lesen geglaubt – habe. »... die heiße Schokolade, das prasselnde Kaminfeuer, die gemütlichen Abende?«

Er funkelt mich an. Hasst dieser Mann nun Weihnachten oder mich oder bloß Gäste im Allgemeinen? »Einen Baum haben wir.«

Wir betrachten beide den Baum. »Normalerweise dekoriert man sie jedoch ein wenig. Hier ein bisschen Lametta, da eine kleine Lichterkette. Auf die Spitze könnte man einen leuchtenden Stern stecken und ...« Mir versagt die Stimme. Nicht wegen der Art, wie er mich anstarrt, sondern weil mir auf einmal der Christbaum von damals so deutlich vor Augen steht, als läge dieses Weihnachten meiner Kindheit erst wenige Tage zurück. In meinem ganzen Leben habe ich keinen größeren, schöneren, grüneren oder besser duftenden Baum gesehen. Dad hob mich hoch und sagte, ich könne die Märchenfee auf der Spitze sein. Dann hielt er mich fest und sicher umschlossen in seinen Armen.

Mein Blick trübt sich leicht, und die Konturen des entsetzlich dürren Baums verschwimmen in grüne und braune Schemen. Ich trete einen Schritt näher und wende das Gesicht ab, damit Will nichts bemerkt.

»Ich bin noch nicht dazugekommen, den Baum zu schmücken.«

»Aber Weihnachten steht unmittelbar vor der Tür!« Mit

Empörung kann ich immer super überspielen, wenn mich etwas aus der Bahn geworfen hat.

»Ach, wirklich?«

Wahrscheinlich ist das sarkastisch gemeint, aber ich muss trotzdem lächeln. Will hat Sinn für Humor, und ich bin mir nicht sicher, ob ich ihn lieber in die Mangel oder in die Arme nehmen würde. Derart zum Verzweifeln hat mich jedenfalls noch kein Mann gebracht.

»In Ihrem Prospekt ...«, starte ich einen erneuten Versuch. Schließlich müssen wir irgendwie auf eine Wellenlänge kommen.

»Verstehen Sie doch: Der Prospekt ist veraltet. Der stammt noch aus dem vergangenen Jahr. Wir sind in diesem Jahr einfach noch nicht zu all dem Zeug gekommen. Aber zu Heiligabend wird's fertig sein.«

Ich schließe die Augen, um den Anblick des jämmerlichen Baums zu verdrängen und mir in Erinnerung zu rufen, wie es bei meinem letzten Besuch hier ausgesehen hat. In Anbetracht der eisigen, trostlosen Realität um mich herum wahrlich keine leichte Aufgabe, die noch bedeutend erschwert wird durch das Wissen, dass Will mich dabei anstarrt.

»Knisternde Kaminfeuer sollte es geben. Festlichen Weihnachtsschmuck, dazu Tannenzapfen, Kerzen, Zimtstangen.« Eigentlich sollte es das an Weihnachten überall geben, auch ohne dass man dafür Erinnerungen auskramen muss.

»Kerzen haben wir«, wendet er ein.

»Die sind kein Schmuck, die sind bloß funktional.« Ich hatte beim Warten ausreichend Zeit gehabt, sie zu studieren. »Und jede Beleuchtung darüber hinaus fehlt. Ist bei Ihnen vielleicht der Strom ausgefallen?«

»Warum?«

»Na, es ist ein wenig dunkel hier drin, finden Sie nicht?«

»Hören Sie, ich habe keine Zeit, hier endlos herumzuplappern. Sie können den Baum ja gern nachher selbst schmücken, wenn Sie das glücklich macht.«

An dieser Stelle ist es für meinen Seelenfrieden sicherlich das Beste, wenn ich mir einrede, dass ihn lediglich mein professionelles Auftreten und meine sündhaft teure Skijacke derart beeindruckt haben, und er nicht etwa auf eine Gehirnwäsche abzielt oder plant, mich unter einer Schneeverwehung zu begraben.

»Das würde mich in der Tat glücklich machen. Einverstanden. Ich setz mich gleich dran, oder morgen, jedenfalls bald. Und wegen allem Übrigen schreibe ich Ihnen am besten eine Liste.«

»Schön. Können wir?«

Ich bin noch nicht so weit. Ich verschränke die Arme und ramme die Hacken in Gedanken fest in den Boden. »Haben Sie denn ein wenig Lametta für mich? Ein paar Stechpalmenzweige?«

Er runzelt die Stirn.

»Beeren?«

»Jetzt übertreiben Sie aber!«

»Aber es ist Weihnachten! Und wie steht's mit Mistelzweigen?« Meine Stimme wird mit jedem Wort leiser und leiser und erlischt irgendwann wie eine Wunderkerze im Nieselregen. Dieser Blick sagt alles. Ich muss wohl mit mehr Fingerspitzengefühl vorgehen. Oder einfach erst machen und dann fragen. Hier habe ich offenbar die Grenze überschritten und bin voll ins Schussfeld gestolpert.

»Soll nein heißen, richtig?«, frage ich nur.

»Richtig.« Er ist entschlossen ein paar Schritte weitergegangen. »Leider habe ich keine Zeit gefunden, den Kamin bei Ihnen anzuzünden. Aber ich kann noch mal kommen und das erledigen, sobald ich in der Küche nach dem Rechten gesehen habe.«

»Nein, kein Problem. Das schaffe ich schon. *Dib, dib, dib* und so.«

»Dib, dib, dib?«

O Gott, warum ist mir das jetzt rausgerutscht? Ich beginne zu glühen wie ein Grillrost. Dyb, dyb, dyb? Diese hochgezogenen Augenbrauen und das schiefe Grinsen sollte er sich allerdings sparen. Sonst geht noch sein ganzes Griesgram-Image flöten. Nur gut, dass ich gerade so in Fahrt bin, weil er mich jetzt natürlich für eine komplette Spinnerin halten muss.

»Pfadfinder. *Allzeit bereit* und so –«

Er schüttelt den Kopf. »Ich sehe es regelrecht vor mir, wie Sie zwischen all den Pfadfinderjungs rumlaufen und leicht erschütterbare männliche Egos plattmachen.«

Ich bin mir nicht sicher, ob das als Kompliment oder Beleidigung gemeint ist.

»Keine Sorge, das steht Ihnen im Moment noch nicht bevor. Das würde sich schlecht in meinem Bericht machen.«

Er schüttelt noch einmal den Kopf, doch nun ist jeder Anflug von Lächeln verschwunden. »Ed dürfte zwar nicht darüber erfreut sein, wenn Sie den letzten Nagel in unsern Sarg hämmern, aber wissen Sie was? Womöglich tun Sie uns allen damit einen Gefallen.«

»Was soll das heißen? Einen Gefallen?« Irgendetwas ist hier faul. Wenn er den Laden wirklich so hasst, warum hat er sich überhaupt in dessen Leitung eingemischt?

Er marschiert nur stumm weiter.

»Ich bin doch nicht gekommen, um der Anlage den Rest zu

geben«, versichere ich ihm. »Im Gegenteil. Ich möchte gerne, dass alles so wird wie früher. Besser eben. Und ich habe da schon ein paar Ideen.«

Ich husche an ihm vorbei und versperre ihm den Weg. Er muss jetzt einfach mal stehen bleiben und zuhören. Tut er aber nicht. Was dazu führt, dass ich rückwärtslaufe, und das wiederum ist keine gute Idee. Außerdem fange ich mir wieder einen dieser Blicke ein. So leicht lasse ich mich jedoch nicht abwimmeln. Ich brauche Ideen, und zwar rasch. Andernfalls lande ich auf meinem Hintern, und zwar bald. »Ich schmücke den Baum, und ich passe den Prospekt den tatsächlichen Gegebenheiten an, natürlich erst denen, die nach unseren Verbesserungsmaßnahmen herrschen.« Ich rede weiter und blockiere ihm jetzt richtig den Weg. Mit anderen Worten: Sofern er mich nicht einfach über den Haufen rennen will, muss er mich anhören.

»Natürlich.« Einen wirklich überzeugten Eindruck macht er nicht. Immerhin streckt er die Hand aus und ergreift meine. Es ist eine große, zupackende Hand. Sehr warm und stark und sonnengebräunt. Eine Narbe verläuft über die Knöchel. Die weiße Linie hebt sich deutlich von der braunen Haut ab. Ich bin versucht, mit dem Finger darüberzustreichen, aber sofort reißt er sie wieder los, als hätte er meine Gedanken erahnt. Mittelpeinlich. Wie kann einem in so wenigen Sekunden so viel an einer Hand auffallen? Ich blinzle und vermeide jeden Blickkontakt, bis ich wieder in Schwung bin.

»Ich werde Ihnen helfen, Ihre Website neu zu gestalten. Uh, uh, uh, jetzt hab ich's.« Langsam komme ich richtig in Fahrt, Lynn wäre stolz auch mich. »Wir drehen ein neues Video und zeigen den Leuten, was sie hier erwartet. Also das Skifahren und all den Schnee, weil der Schnee ist ja fantastisch.

Überhaupt, der ganze Ort ist fantastisch, absolut malerisch.« Er lächelt so halb, was schon mal nett ist. Nicht unbedingt süß, aber es berührt etwas in mir, das unberührt bleiben sollte. »Und dann der Baum. Den filmen wir auch, aber natürlich erst, nachdem ich ihn dekoriert habe. Außerdem das Essen und die Katze.«

»Die Katze? Vergessen Sie's. Die müssten Sie dafür erst mal erwischen.«

»Na, dann eben andere Dinge, und ...« Die grauen Zellen rasen nur so, und urplötzlich komm ich drauf und packe ihn am Arm. »Wir machen einen Livestream! So was lieben die Leute! Das ist es: Wir streamen live einen Abend voll guter Laune. Craig und seine Familie würden da bestimmt auch mitmachen. Wir organisieren einen Gottesdienst mit Weihnachtsliedern oder einem Krippenspiel oder sonst etwas mit Singen, und ... und ... und ... Sie können auch im Video zu sehen sein!«

»Nein!« Wenn sich das Nein wegen des Fotografierens schon ziemlich kategorisch angehört hat, so fehlt es diesem noch weit weniger an leidenschaftlicher Emphase. Genau wie dem Blick, mit dem er meine Hand anstarrt. Völlig verdattert, lasse ich rasch seinen Arm los.

»'Tschuldigung.«

»Kein Livestream, auf gar keinen Fall. Und das Filmen im Haus übernehme ich grundsätzlich selbst. Und persönlich trete ich nirgends auf. Haben wir uns verstanden?«

Er hält die Hand hoch, um jeden Widerspruch im Keim zu ersticken. Also verkneife ich mir alles Weitere und sage bloß mit einem Nicken: »Okay, okay, verstanden.«

»Dies ist Ihre Blockhütte.« Er wirft die Tür auf, ich werde hineingeschoben, und die Tasche landet neben meinen Füßen.

»Sollte was sein, Sie wissen ja, wo Sie mich finden. Herzlich willkommen im Shooting Star Mountain Resort. Wir wünschen Ihnen einen angenehmen Aufenthalt.«

Keine Spur mehr vom amüsanten Will. Puff, verschwunden.

Und ob ich hier herzlich willkommen bin, bezweifle ich auch. Meine Absichten jedenfalls hat er vollkommen missgedeutet. Ich bin doch nicht schuld daran, dass er die Anlage in den Ruin treibt! Der letzte Nagel im Sarg! Das ist absolut unfair. Er hat die Probleme, und ich versuche hier nur zu helfen. Und das würde ich ihm auch gerne noch einmal versichern, aber da dreht er sich bereits um und schließt die Tür mit viel Nachdruck hinter sich.

# 11

»Echt ganz schön heiß.«

»Von wegen«, kontere ich sofort. »Eher so was von unheiß.« Das total unfaire Gerede von Nägeln und Särgen und wie er sich jedem Livestreaming widersetzt, bringen mein Innerstes noch immer zum Kochen. Die Idee war brillant! Was ist bloß los mit dem Mann? Ist er derart entschlossen, mich von allem abzuhalten, was die Situation verbessern könnte und über das Schmücken eines Baumes hinausgeht?

Im Übrigen scheint das WLAN hier aus denselben Zeiten zu stammen wie die Inneneinrichtung der Rezeption. Immerhin ist es mir nach allerlei Fummelei gelungen, Sam ein Foto zu schicken und eine Skype-Verbindung aufzubauen, die gar nicht mal so schlecht funktioniert, solange wir auf den Videoaspekt verzichten, alles zweimal wiederholen und das ständige Rauschen nicht beachten.

»Quatsch. Wie scharf der aussieht, erkenn ich doch trotz des miesen Fotos genau.«

»Was heißt hier ›mieses Foto‹? Versuch du mal, durch eine zugefrorene Scheibe zu fotografieren und dabei so zu tun, als würdest du nur einen Fleck wegwischen«, erwidere ich und seufze. »Er ist so ein elender Blödmann. Er blockiert einfach alles, sabotiert jeden Anlauf, wieder etwas aus dem Schuppen zu machen. Aber das werde ich ihm so was von austreiben.« Ich bin bereits dabei, eine Liste anzufertigen. In eine Spalte trage ich die positiven Punkte ein, die dieser herrliche Ort mit seinem ungeheuren Potenzial fraglos besitzt, und in die andere die Dinge, die sich ändern müssen. Von Letzteren gibt es eine ganze Menge.

»Der Mann auf dem Foto auf der Website ist sein Bruder Ed, und er ist absolut dagegen, eins von sich hochzuladen, was ich ihm nicht einmal verübeln kann, so finster, wie er ständig dreinblickt.«

»Auf deinem Bild hier blickt er gar nicht finster drein.«

»Das liegt bloß daran, dass du es nicht richtig erkennen kannst. Da hat er gerade einen bedauernswerten Urlauber angeraunzt, der vom Skifahren zurückkam. Wahrscheinlich passte es ihm nicht, dass er den hauseigenen Weg entlanggefahren ist und Spuren hinterlassen hat.«

Nachdem er gegangen war, hatte ich beim Grübeln über einen neuen Schlachtplan aus dem Fenster gestarrt und beobachtet, wie er diesen Typen abfing, der den Weg heruntergeschossen kam, als sei es das Normalste auf der Welt, sich auf bretthartem Schnee zu bewegen. Das ist es keineswegs. Vielleicht ist er ja ebenfalls ein Außerirdischer. Vielleicht sind diese reizende Familie Harris und ich in eine Ansiedlung von Außerirdischen geraten. »Ich denke, es könnte sich hier um das Basislager von Außerirdischen handeln. Um ihr Nervenzentrum. Eines Tages werden sie die ganze Welt beherrschen, und an diesem Ort hat alles angefangen. Sollte ich nicht zurückkommen, kannst du sicher sein, dass ich entweder umgedreht oder einer Gehirnwäsche unterzogen wurde oder jetzt fremdgesteuert bin oder so.«

Seinen Armbewegungen und seiner Körpersprache nach zu urteilen, hatte er so etwas wie »Mensch, du bist so ein Arsch« gesagt und der andere: »Kümmert mich doch einen Scheiß.«

Ich bin zwar keine Expertin im Analysieren von Körpersprache, aber so viel konnte jeder Laie ablesen. Auf jeden Fall musste ich mir die Szene einfach ansehen, und dann musste ich unbedingt ein Foto machen. Die Gelegenheit war ideal. Mir blieb gar keine andere Wahl.

Sam kichert vor sich hin. »Na, auf Gehirnwäsche scheinen sie sich allerdings nicht besonders gut zu verstehen, sonst gäbe es nicht so viele Ein-Stern-Bewertungen im Internet! Da muss so einigen die Flucht gelungen sein.«

»Stimmt auch wieder. Vielleicht sind sie bloß an Leuten interessiert, die Skifahren können. Dann kann mir nichts passieren. Es sei denn, der Kerl beherrscht diese Nummer mit der langen Echsenzunge, die er einem den Hals hinabschiebt, und bringt mich um.«

»Du hast vor, ihn zu küssen?«

»Habe ich ganz sicher nicht!«

»Im Unbewusstsein schon, sonst hättest du nicht das mit der Zunge gesagt.«

»Unterbewusstsein meinst du wohl, nicht Unbewusstsein. Aber mit Will Armstrong herumzuknutschen, ist wirklich das Letzte, worauf ich Lust habe.« Allerdings nervt es schon, dass mir das Bild von seinen Augen einfach nicht aus dem Kopf gehen will. Doch ich werde mich hüten, Sam das zu erzählen. Auch wenn es dem Mann an negativen Seiten wirklich nicht mangelt, seine Augen zählen nicht dazu. Er sollte sie vermarkten, sollte damit für Eiscreme werben. Ich würde sie sofort kaufen. Das ist überhaupt die Idee! Nicht das mit der Eiscreme, sondern diese Werbesache. Ich könnte einfach nur seine Augenpartie auf die Website setzen. Oder würde das ebenfalls der hauseigenen Zensur zum Opfer fallen?

»Als ich vorgeschlagen habe, einen Livestream einzurichten,

in dem er mitmacht, ist er komplett ausgerastet. Als sollte am besten keiner auch nur von seiner Existenz etwas erfahren.« Er war gerade ein wenig aufgetaut, hatte fast sogar gelächelt, und – bumm! Eine beiläufige Erwähnung davon, ihn in den Werbeclip einzubauen, schon wurden seine Züge wieder hart, und der Schutzpanzer ist hochgefahren. Von einem Moment auf den anderen. An irgendwen erinnert er mich.

Ich spüre, wie mir gleichzeitig heiß und kalt wird.

Er erinnert mich an mich selbst. An die Sarah von früher, die aus meiner schlimmen Phase.

Will ist nicht unbedingt so, wie er sich gibt, da hat Tante Lynn recht. Hinter diesem Verhalten stecken weder fahrlässiger Zerstörungswille noch mangelnde Liebe für diesen Ort.

Es muss einen anderen Grund geben, warum er sich so benimmt, und den möchte ich unbedingt herausfinden.

»Mag sein. Aber du hättest ihn vielleicht nicht heimlich fotografieren sollen, wenn er ... Hörst du mir noch zu, Sarah?«

»Klar doch. Nur habe ich doch gar nicht vor, das Foto irgendwo zu veröffentlichen oder so. Wozu sich also aufregen? Bestimmt machen haufenweise Urlauber Schnappschüsse, auf denen er im Hintergrund herumgeistert. Lässt sich doch überhaupt nicht vermeiden. Und ich musste dir doch zeigen, mit wem ich mich hier anlege.«

»Verdammt scharfer Typ, so viel ist sicher.« Sie ignoriert mein Schnaufen. »Lass mich ausreden! Er sieht eben ziemlich sexy aus – na ja, eigentlich richtig sexy –, und zwar auf so 'ne irre grüblerische Art. Er hat etwas Getriebenes an sich. Wie dieser Heathcliff aus *Wuthering Heights*. Oder der Titelheld aus dieser Fernsehserie *Poldark,* der aus dem amerikanischen Unabhängigkeitskrieg heimkehrt.«

Ich verdrehe die Augen, aber dann fällt mir ein, dass sie

mich nicht sehen kann. »Du meinst, er hat etwas von einem chauvinistischen Schwein aus einem vorigen Jahrhundert?«

Sie kichert erneut. »Jetzt übertreib mal nicht! Bislang hat er dir bloß deinen Schlüssel gegeben und die Tasche getragen. Außerdem habe ich allein sein Äußeres gemeint, nichts anderes.«

»Verglichen mit ihm war dieser Muffel von Heathcliff doch ein blutiger Anfänger.«

Ich studiere die Aufnahme von Will Armstrong noch einmal in allen Einzelheiten, und selbst auf diesem Schnappschuss lässt sich erkennen, was mir beim direkten Gegenüberstehen aufgefallen ist. Grüblerisch kann man das nicht nennen. So ein Ausdruck macht jedes »Vorsicht! Abstand halten!«-Schild überflüssig. Nur ein Verrückter käme auf den Gedanken, sich ihm freiwillig auch nur auf hundert Schritte zu nähern. »Sexy? Das ist doch wohl nicht dein Ernst, Mädchen. Da dringen allenfalls seine finsteren inneren Dämonen durch. Er sieht aus wie Rufus Sewell, wenn er einen Psychopathen spielt. Ich meine, sieh ihn dir doch an, sieh ihn dir genau an.«

Ich starre das Bild jedenfalls aufmerksam an. Und er starrt zurück. Seine stahlblauen Augen senden mir eine stumme Warnung. Mir ist zwar klar, dass in diesem Fall der Skifahrer gemeint ist, dennoch läuft es mir eiskalt den Rücken hinunter. Irgendetwas an ihm signalisiert, dass man es nie leicht bei ihm haben wird, dass er genau weiß, was er will, und dass er seine Ziele so lange verfolgt, bis er sie erreicht hat. Doch dieser gefährliche Blick lässt mich einfach nicht mehr los. Zwei Dinge stehen fest: Ich werde mich mit ihm anlegen, und ich werde auf gar keinen Fall nachgeben. Ein wenig beängstigend ist die Vorstellung allerdings schon, denn dieser Blick verrät mir, dass er nicht der Typ ist, der einen Rückzieher auch nur in Erwägung ziehen würde.

»Ich kann verstehen, warum er das Foto von Ed auf der Website lieber nicht austauschen wollte«, sage ich. »Bei Ed hat man wenigstens das Gefühl, es könnte ganz nett sein hier. Ich an seiner Stelle hätte das auch getan. Oder ich hätte es gleich durch das Bild eines süßen Huskywelpen ersetzt. Oder eines Kätzchens. Zur Not sogar lieber durch eins vom Schnee.«

»Du hast doch gesagt, dieser Ed sei janusdingsda, was auch immer.«

»Da dachte ich noch, Ed wäre Will und er würde mir ständig diese dämlichen E-Mails schicken und mich komplett ignorieren.«

»Beides auf einmal kann er ja wohl kaum gemacht haben«, erwidert sie überaus vernünftig.

»Du weißt genau, was ich meine!«

»Hm. Ich finde jedenfalls, dass Will unglücklich aussieht, nicht finster.«

»*Unglücklich,* so ein Quatsch! Eher ein unverbesserlicher Stinkstiefel. Die Gäste hier erwarten den Weihnachtsmann und ein bisschen Ho-ho-ho, keine Neuauflage von Scrooge. Wem diese Art gefällt, für den mag der Typ ganz okay sein. Mir gefällt sie nicht. Ich finde den Kerl einfach nur schroff und knurrig.« Meine Stimme gerät ins Stocken. Ist er womöglich doch eher unglücklich? In einem Moment hat man den Eindruck, dass er diesen Ort für den schönsten auf dem ganzen Erdball hält und seine Einzigartigkeit wirklich zu schätzen weiß, und im nächsten scheint er es gar nicht abwarten zu können, von hier abzuhauen. Ich meine, was ihm da vom »letzten Nagel im Sarg« herausgerutscht ist, klang schon ziemlich aufrichtig, auch wenn es ein wenig fies war. Gleichzeitig habe ich sowohl in seinen Mails als auch bei unserer persönlichen Begegnung die vage Ahnung eines anderen Wills spüren können. Eines amüsanten Wills. Eines allerdings auf reichlich verkrampfte Weise amüsanten Wills. Ein klein bisschen so, wie ich gewesen bin in der Zeit, die Lynn als meine »schwierigen Jahre« bezeichnet.

»Schroff, knurrig und umwerfend?«, fragt Sam lachend nach und reißt mich aus meinen Gedanken. Gutes Timing.

»*Umwerfend* gewiss nicht. *Ernüchternd* trifft's eher. Und mit deiner Meinung, in seinen Mails würde sein Sinn für Humor durchscheinen, hast du auch danebengelegen. Den hat er nämlich nicht. Na ja, eventuell eine winzig kleine Spur. Ansonsten spricht für ihn allenfalls, dass er Katzen mag. Immer vorausgesetzt, er hat sie nicht gesucht, weil sie sein Mittagessen sein sollte.«

»Und er mag Hunde. In dieser Mail wegen der Kundenbeschwerde hat er sich um eine Hündin sehr besorgt gezeigt. Erinnerst du dich? Wie hieß sie noch gleich?«

»Rosie.« Ich kann mir einen Stoßseufzer nicht verkneifen. Was ist bloß los mit diesem Mann? Ich habe so ein Gefühl, als könnte er unter all der steinharten Hülle eigentlich ganz nett sein.

Ich hätte nicht übel Lust, einfach auf dem Absatz kehrtzumachen und nach Hause zu fahren, aber was sollte ich stattdessen an Weihnachten tun? Allein in meiner Wohnung hocken, an einem Putenschenkel knabbern und dabei in Dauerschleife Wiederholungen von *The Royle Family* und *The Morecambe & Wise Show* glotzen? Nicht dass ich was gegen diese Sendungen hätte, aber …

»Der Laden hier ist absolut katastrophal, Sam. Haargenau so schlimm, wie es die Leute in den Bewertungen schildern. Seit meiner Ankunft ist bereits ein Weihnachtsbaum umgestürzt und fast auf Poppys Kopf gelandet, wir wurden ausgeschimpft, weil wir in Stiefeln das Haus betreten haben, ein Mann hat mich unter sich begraben, und überall ist es scheißkalt.«

»Will hat dich unter sich begra …«

»Nein, nicht Will. Das war Craig.« Ich beschließe, ein anderes Thema anzuschneiden, bevor sie darauf besteht, dass ich einen Unfallbericht anfertige. »Und küssen würde ich ihn nie im Leben.«

»Wer ist Craig?«

In diesem Moment bricht die Verbindung zusammen, was wahrscheinlich auch gut so ist. Von einem Vater zweier Kinder geplättet zu werden, während seine gesamte Familie zuschaut, entspricht nicht dem Auftakt, den ich mir vorgestellt hatte. Mir den Vorwurf anhören zu müssen, eine wandelnde Abrissbirne zu sein, allerdings ebenso wenig. Herrgott, Will ist dermaßen unfair. Nicht ich bin schuld, sondern er, selbst wenn er gute Gründe dafür haben sollte.

Ich schätze, es wird Zeit, diese Liste fertig zu schreiben und irgendwie ein Feuer in Gang zu bringen, bevor wir die vortreffliche Küche des Hauses einer ersten Probe unterziehen. Der Fraß kann doch unmöglich so grauenhaft sein wie im Internet behauptet.

## 12

»Verfluchte Scheiße.« Ich fürchte, gleich sterben zu müssen. Dabei bin ich dem Programmpunkt Abendessen noch gar nicht nähergekommen.

Der ganze Raum ist voller Qualm. Ich muss ununterbrochen husten, und mir tränen die Augen. Man stirbt am Rauch, nicht am Feuer, richtig? Na ja, rot glühende Flammen sind gewiss auch recht gesundheitsschädlich, aber da es derzeit nirgends züngelt, dürfte das nicht das Problem sein. Man ist bestimmt schon längst am Rauch gestorben, bevor die Hütte so richtig brennt und einen schlussendlich gleich mit einäschert.

Ich stehe keuchend wie eine alte Frau in der Tür, darum bemüht, es so aussehen zu lassen, als würde ich nur ganz entspannt die Aussicht genießen. Bloß dass es schweinekalt ist. Wer steht schon ohne Jacke bei diesem Wetter in der offenen Tür?

Ich kann einen Grill anzünden, warum bekomme ich dann so ein blödes Kaminfeuer nicht an? Wenn Männer das schaffen, sollte eine Frau doch auf jeden Fall dazu in der Lage sein. Obwohl, wenn ich so darüber nachdenke: Nicht alle Männer sind wie Bear Grylls in *Abenteuer Survival,* genauso wenig wie alle Frauen in der Küche zaubern können wie Mary Berry. Ich ähnele keinem von beiden.

Tante Lynn wäre dennoch stolz auf mich. Sie wollte, dass ich auf dieser Reise neue Seiten an mir entdecke, und etwas Neues habe ich jetzt bereits gelernt.

Ich habe keine Ahnung, wie man ein Kaminfeuer entzündet.

Ich brauche Hilfe. Gott, wie ich diesen Satz hasse!

Okay, ich schaffe das. Ich hole tief Luft und platz dann in einem mächtigen Schwall damit raus: »Ich brauche jemanden, der bei mir das Feuer anmacht.« Das Eingeständnis tut weh, aber immerhin hat er mir den Rücken zugewandt, was die Sache ein wenig erleichtert. »Und ich habe all die Punkte aufgelistet, die Sie wirklich unbedingt erledigen sollten. Nach dem Anzünden, versteht sich.«

Ich schwenke meine Liste in der Luft, um davon abzulenken, dass ich nur höchst ungern zugebe, etwas nicht zu können – insbesondere »Männersachen«. Gewöhnlich liefert Google mir alle nötigen Antworten, aber Google hilft mir hier nicht weiter, was nicht an Google liegt, sondern an dem beschissenen WLAN, und so bin ich aufgeschmissen.

»Bitte, ich bin halb erfroren, brauche vor dem Abendessen unbedingt noch ein Bad, und dieser ganze Laden ist einfach so ... so ...« Ausgerechnet Will Armstrong beichten zu müssen, dass ich bei etwas allein nicht zurechtkomme, macht alles nur noch schlimmer.

Vielleicht hat er insgeheim von Beginn an geplant, mich im wahrsten Sinne des Wortes kaltzustellen. Daher auch die verletzenden Kommentare.

»Holzbefeuerter offener Kamin« zergeht förmlich auf der Zunge, wenn man es im Prospekt liest. Es klingt so romantisch, gemütlich und warm. Wenn man lieber einfach nur die Zentralheizung anstellen oder den Startknopf der Gastherme drücken würde, passt es schon weniger. Ich stehe eindeutig mehr aufs Schalterumlegen.

Der Mann dreht sich um und lächelt ein sagenhaft offenes, herzliches Lächeln, das nicht nur das Herz erwärmt, wie Tante Lynn immer sagt. Irgendetwas in meinem Innern sackt auf höchst angenehme Weise ein Stück ab.

»Bei Ihnen sorg ich doch jederzeit liebend gern für Feuer.«

»Ach du großer Gott!«, kreische ich fast auf. Ich stehe kurz davor, in hysterisches Lachen auszubrechen und ihn prüfend abzutasten. »Sie sind's! Es gibt Sie tatsächlich!« Ich bin versucht, mit dem Finger auf ihn zu zeigen und herumzuhüpfen, und wundere mich darüber, nirgends ein Verbotsschild zu entdecken, das auch das untersagt.

Er grinst so ein superbreites, total grandioses Geil-dich-zu-sehen-Grinsen, von dem mir ganz wuschig und warm wird.

Er ist's! Also ... nicht Will, sondern der von dem Foto, den ich für Will gehalten habe.

»Sie sind Ed«, rutscht es mir unwillkürlich heraus, obwohl er wahrscheinlich selbst weiß, wer er ist. Andererseits kann es auch nichts schaden, auf Nummer sicher zu gehen.

Meine Reaktion mag vollkommen überzogen und überkandidelt wirken, aber das ist einfach das erste freundliche Gesicht, das ich seit meiner Ankunft zu sehen bekomme – die Mitglieder der Familie Harris einmal ausgenommen natürlich. Er ist derjenige, der hinter diesem Empfangstresen hätte stehen sollen, nicht unser Ziehen-Sie-gefälligst-Ihre-Stiefel-aus-Will.

Ist mir auch egal, ob er eingebildet ist oder zu viel Zeit damit verbringt, sich selbst im Spiegel zu betrachten. Ich könnte ihn knuddeln. Ich würde ihn wirklich gern knuddeln. Wäre etwas daran auszusetzen, jetzt über den Tisch zu springen und die Arme um ihn zu schlingen zu einer dieser Koalabärumarmungen, die in der Öffentlichkeit verboten sein sollten?

»Genau der bin ich. Und Sie sind ganz augenscheinlich die ...« Er zwinkert und fährt mit dem Zeigefinger die Gästeliste hinab. »... bezaubernde Sarah.« Er legt die Ellbogen auf den Tresen und beugt sich vor. Dieser Mann ist der Hammer. Eingebildet? Na, wenn schon! Damit werde ich doch spielend fertig.

Ist es schlimm, mit jemandem zu knutschen, den man gerade erst kennengelernt hat?

Seine herrlich warmen Hände legen sich über meine Finger.

»Was zum Teufel machst du denn da?«, schallt es eisig durch den Raum, was dem vielversprechenden Beginn einen gehörigen Dämpfer verpasst. Statt von Koalabärumarmungen zu träumen, komme ich mir plötzlich vor wie ein ungezogenes Kind, das beim Stibitzen der Schokolade erwischt wird.

Es ist Superman. Und erneut macht er mir ein schlechtes Gewissen.

Ed zuckt nur unbekümmert mit den Schultern und scheint keine Sekunde lang zu befürchten, gleich für eine Auszeit in die Ecke geschickt zu werden.

»Ich wollte nur gerade bei Sarah für Feuer sorgen«, erklärt er, und sein vielsagendes Grinsen sorgt für glucksende Lacher in meinem Innern. »Und ein Bad einlassen natürlich.« Nach dem Tag, den ich hinter mir habe, genau das, was ich brauche.

»Und hier, schauen Sie sich meine Liste an!«, werfe ich ein, um die Situation zu entspannen.

»Auf gar keinen Fall. Das lassen wir schön bleiben.« Ich nehme an, Will meint das mit dem Bad-Einlassen, nicht meine Liste.

O Gott, dieser Will Armstrong geht mir wirklich auf die Nerven, und ich glaube fast, ich habe gerade geknurrt. Zum Glück schenkt Will mir keinerlei Beachtung und funkelt nur seinen bedauernswerten Bruder an. »Erst werden gefälligst die Hundezwinger sauber gemacht, bevor du dich um das Entfachen irgendwelcher Feuer kümmerst.«

Diese Entwicklung ist für keinen von uns günstig. Erstens, weil ich so vermutlich noch länger feuerlos sein werde. Und zweitens, weil ich mich schon darauf gefreut habe, Eds sympathisches Gesicht noch eine Weile um mich zu haben. Auch wenn ich Sam gegenüber behauptet habe, er sei nicht mein Typ, und er ein oberflächlicher, eingebildeter Kerl zu sein scheint, der in erster Linie an sich selbst denkt. Im Augenblick wäre ich vollauf damit zufrieden, wenn er an mich zumindest in zweiter oder dritter Linie denken würde.

Und seinem Gesichtsausdruck nach zu urteilen, stand das Ausmisten der Hundeanlagen auch auf Eds Wunschliste nicht ganz oben.

Außerdem wäre es von Vorteil gewesen, sie beide gemeinsam davon zu überzeugen, was hier alles geändert werden muss.

Ed zwinkert mir zu und formt mit seinen Lippen lautlos das Wort »später«. Dann macht er einen Bogen um Will und tritt einen Schritt näher zu mir, sodass sein Gesicht nur noch ein, zwei Handbreit von meinem entfernt ist. »Wenn Sie Lust auf ein bisschen Spaß haben, biete ich Ihnen mit Freuden eine Runde Snowboardfahren an. Erste Stunde umsonst, okay?« Er drückt meinen Arm und ist jetzt so dicht, dass ich den Pfefferminzgeruch seines Atems riechen kann und von ein Paar Augen verzaubert werde, die so intensiv funkeln, wie ich es schon lange nicht mehr erlebt habe.

Er wirkt so verdammt vital und schnuckelig, dass es einem Verbrechen gleichkäme, hier die Gelegenheit ungenutzt zu lassen, mit meiner sündhaft teuren Funktionsunterwäsche in

Leopardenmuster zu punkten. Ich meine, ich habe doch nicht so viel Geld bezahlt, damit das edle Set jetzt dauerhaft von diversen anderen Schichten verdeckt bleibt. In Après-Ski-Fragen habe ich mir von diesem Kauf immerhin einen gewissen Gewinn versprochen, und da kommt Ed als Option zweifellos ernsthaft in Betracht.

Will dagegen scheint mich weiterhin als letzten Nagel im Sarg zu betrachten. Sein Blick verheißt jedenfalls nichts Gutes, es sei denn, man ist im Bestattungsgewerbe tätig.

Allerdings bin ich auch von der Tatsache, dass Ed eben meinen Zettel mit Vorschlägen kommentarlos zerknüllt hat, nicht sonderlich begeistert.

»Gerne.« Mist! Warum habe ich jetzt »gerne« gesagt? Ich habe noch nie auf einem Snowboard gestanden und auch nicht vorgehabt, daran etwas zu ändern. Ich habe mir Videos von Snowboardern auf YouTube angesehen. Skifahren sieht schon riskant genug aus, aber eine Eispiste auf einem Miniaturbügelbrett ohne Bremsen hinunterrasen? Kommt gar nicht infrage. »Ich meine, nein.«

»Nein?«, fragt Ed zurück und reißt verblüfft seine babyblauen Augen auf. »Ach was, das meinen Sie jetzt nicht im Ernst, oder? Sie wollen mich auf den Arm nehmen, richtig?« Erst wirkt er so ungeheuer ernst, dann so schrecklich irritiert und schließlich so furchtbar enttäuscht (es gibt tatsächlich Männer, die – bei entsprechender Übung, versteht sich – zu einem solch rasanten Mienenspiel fähig sind), dass ich mir unweigerlich schäbig vorkomme. Also schön, von seiner Seite aus ist das natürlich nur ein unverhohlener Flirtversuch, wie er ihn vermutlich bei jedem weiblichen Gast unternimmt, der zur Tür hereinkommt. Aber das ist mir egal. Ich weiß, was er da tut. Und er weiß, dass ich es weiß.

»Ähm, ich meine, ich habe noch nie …«, stottere ich los und komme nicht weiter. Es könnte schon Spaß machen mit Ed. Männer wie ihn sollte man nicht leichtfertig übergehen. Wenn ich mit heiler Haut aus dieser Sache herauskommen will, brauche ich einen Verbündeten, und am besten einen, der wahnsinnig amüsant und ein klein wenig gerissen ist. Ich weiß, dass Ed das ist. Und Ed weiß, dass ich das weiß.

»Keine Bange«, raunt er mit breitem Grinsen. »Bei mir sind Sie in sicheren Händen. Beim Fahren und …« Er beugt sich noch näher. »… danach.«

Ich mustere seine Hand, die noch immer auf meinem Unterarm liegt. Große, kräftige Finger. Na gut, wenn so eine fesche blonde Hüttenschönheit auf Skiern vorbeigezischt kommt, ist er weg, das ist mir auch klar. Aber irgendwann braucht der heimliche Leopard in mir eben eine Gelegenheit zum Schnurren, habe ich recht?

»Ed!«

Ich werfe Will einen bösen Blick zu mit der stummen Botschaft: »Warum verpisst du dich nicht?« Er kann es nicht sehen, weil er damit beschäftigt ist, Ed böse anzufunkeln, den das nicht weiter zu kümmern scheint. In diesem Haus wird viel zu viel böse geblickt.

Vielleicht muss ich die Sache irgendwie anders anpacken, sonst bin ich am Ende bloß das Schweinchen in der Mitte zwischen diesen beiden, die derzeit eindeutig keine brüderliche Liebe füreinander empfinden. Und Schweinchen in der Mitte ist in diesem Fall nicht positiv gemeint.

»Tja, Will. Wenn Sie ihn jetzt dazu verdonnern, sich mit den Hunden zu amüsieren, übernehmen Sie dann die Aufgabe, mir einzuheizen?«

Ed lacht kurz auf. »Na, das käme allerdings einem Wunder gleich, meine Hübsche. Bis später!« Er schlendert pfeifend davon, und ich bin wieder allein mit Mr. Griesgram. Ich sollte wirklich aufhören, ihn so zu nennen, sonst besteht noch die Gefahr, dass es mir irgendwann versehentlich laut herausrutscht.

Außerdem hilft es auch nicht dabei, ihn in irgendwie vorteilhafterem Licht zu sehen. Was mir unbedingt gelingen muss, wenn ich Erfolg haben will. Wobei mir einfällt ... »Dann können wir auch meine Liste durchgehen«, rufe ich Ed nach. »Ich habe ein paar großartige Ideen, wie man die Anlage wieder in Schuss bekommt, und es braucht nur ganz wenig ...«

Ed beschleunigt seinen Schritt. Wie es scheint, hat er an meiner Liste kein großes Interesse.

»Liste?«, frage ich zu Will gewandt.

»Vielleicht«, antwortet er, was ich als vielversprechenden Start nehme. Im Moment kann ich jedes ermutigende Zeichen gebrauchen. »Erst mal zur Hütte«, fährt er fort. »Kommen Sie. Ich muss rechtzeitig zurück in der Küche sein, bevor alle wieder angerannt kommen und etwas Warmes zu essen haben wollen.«

»Charmant wie immer.«

Verwirrt verliert er für ein, zwei Sekunden den Faden. Schließlich packt er seine Jacke und marschiert in Richtung Tür, offenbar in der Erwartung, dass ich ihm hinterherrenne.

Zu meiner Überraschung hält er mir aber tatsächlich die Tür auf, um mir den Vortritt zu lassen.

Wenn dieses Kaminfeuer nicht bald in Gang kommt, wird meine Leopardenthermowäsche zwar reichlich getragen werden, aber nicht die geringste Action erleben. Da kann Ed so süß sein, wie er will, kein Mann auf diesem Erdball wäre in der Lage, mich in meinem momentanen Zustand derart in Hitze zu versetzen, dass ich Lust bekäme, mich auszuziehen.

Will gelingt es in Sekundenschnelle, mein Feuer – das im Kamin, nicht das innere, wohlgemerkt – zum Lodern zu bringen. Da ich gedanklich noch bei Ed und meinen mächtigen pinkfarbenen Unterhosen bin, habe ich es gar nicht richtig mitbekommen und weiß daher noch immer nicht, wie es geht. Höchst beeindruckend ist es dennoch, und ich beginne vage zu begreifen, warum manche Frauen etwas für diese Höhlenmenschentypen übrig haben, die sich auf alles Handwerkliche verstehen. Es ist schon irgendwie sexy – ja, ich beziehe sexy hier tatsächlich auf Will! –, einem Mann dabei zuzuschauen, wie er Männersachen erledigt. Damit hat er Häkchen gesammelt an Punkten, von denen ich überhaupt nicht gewusst habe, dass ich sie werte.

In einer Werbekampagne sollte ich diesen Aspekt jedoch vielleicht besser nicht herausstreichen, um die Menschen dazu zu bewegen, hier ihren Urlaub zu buchen. Festliches Essen, freundlicher Empfang und eine unbeschwerte Atmosphäre rangieren sicherlich höher auf den Wunschlisten der meisten.

»Oh wow, super«, rufe ich begeistert aus, bevor ich es verhindern kann. »Sie müssen mir unbedingt zeigen, wie Sie das gemacht haben. Mir ist nicht einmal klar gewesen, womit man anfängt.«

»Ja, nun, wenn man weiß, wie's geht, ist's ganz einfach«, erklärt er mit verlegenem Achselzucken. »Das schafft jeder Idiot.«

Womit unsere noch junge, ein klein wenig positivere Beziehung prompt einen Rückschritt erleidet.

»Verzeihung, das sollte natürlich nicht heißen …«

Immerhin, volle Punktzahl für den Sprung aus dem Fettnäpfchen. »Ich konnte ja nicht ahnen, dass ich für den Urlaub einen Grundkurs im Anfeuern benötige. Schließlich will ich mich hier nicht fürs Survivalcamp qualifizieren.«

Er sieht mich fragend an. »Das in Australien? Ist das nicht im Dschungel?«

»Ja schon, aber Feuer ist Feuer.«

»Auch wieder wahr.« Er richtet sich auf und wischt sich die Hände an der Jeans ab. In der kleinen Hütte wirkt er noch größer. »Wahrscheinlich haben Sie mit so was nicht gerechnet.«

Er wirkt auf einmal nicht nur größer, sondern auch ein wenig umgänglicher und lockerer. Also, rasch die Gelegenheit bei den Hörnern packen, wie es immer heißt. »Nein, um ehrlich zu sein, habe ich nicht. Sollten Sie nicht jemanden haben, der sich um solche Dinge ...«

»Früher hatten wir mal jemanden, der in die Hütten gegangen ist und die Kaminfeuer angezündet hat, bevor neue Gäste eintrafen.« Er stößt einen tiefen Seufzer aus und lässt sich in einen der Sessel fallen. »All dieses Willkommenszeugs eben.«

Ich nicke beipflichtend. »Genau das steht ganz oben auf meiner Liste.« Ich setze mich ihm gegenüber. »Und finden Sie es nicht ein bisschen kleinlich, die Leute für jedes Extrascheit Holz zahlen zu lassen? Ich meine, so ein prasselndes Kaminfeuer ist doch ein unverzichtbarer Teil des Winterzaubers.«

»Denken Sie wirklich, wir müssten den Menschen noch mehr bieten?« Seine Züge haben sich wieder verfinstert, wirken aber diesmal eher nachdenklich als wütend. Tatsächlich macht er jetzt vor allem einen erschöpften, abgekämpften Eindruck.

Ich würde ihn gern in den Arm nehmen. Aber das lasse ich lieber, denn das wäre unprofessionell, und ich bin mir auch nicht sicher, ob er in den Arm genommen werden möchte. Womöglich würde er sofort aus der Hütte stürmen.

»Na ja, sonst ist es genau wie diese Hotels, die freies WLAN anbieten, und wenn man da ist, findet man heraus, dass dies nur gilt, solange man sich nicht weiter als einen Meter von der Rezeption entfernt.«

»Mmm.«

»Oder wenn man kostenlose Getränke anbietet und damit dann nur Leitungswasser meint.«

»Jetzt übertreiben Sie aber ein wenig.«

Ich grinse. Er grinst zurück und macht dann sofort wieder diesen abgekämpften Ausdruck.

»Es sind vor allem die kleinen Dinge, die den Leuten in Erinnerung bleiben. Im Guten wie im Schlechten. Gibt's eine Flasche Wein geschenkt, habe ich das fehlende Extrakissen schon vergessen. Aber wenn schon in der Lobby ein armseliger, nicht dekorierter Christbaum steht ...« Ich zucke mit den Schultern, versuche, alles mit einem Lächeln abzumildern, und schaue ihm dann direkt in die Augen, um ihm zu zeigen, dass ich wirklich nur helfen möchte. »Sie müssen Ihre Gäste gleich bei der Ankunft schon mit allem überschütten, was Ihre Werbung verspricht.«

»Dass wir Probleme haben, ist mir schon klar, Sarah. Und auch, dass Sie deshalb gekommen sind.«

»Nun, nicht nur deshalb. Tante Ly –«

Er hebt eine Hand. »Schon in Ordnung. Im Ernst. Ich kenne Ihre Agentur, und ich bin ebenso wenig glücklich über die Situation wie Sie, das können Sie mir glauben. Ich hasse es, ständig all diese bescheuerten Kritiken zu lesen und auf all die noch bescheuerteren Mails zu antworten.«

Ich beiße mir auf die Zunge. So schrecklich viele E-Mails scheint er nämlich gar nicht zu beantworten. Jedenfalls nicht meine.

»Stapelweise gehen sie hier ein. Es ist schrecklich. Und ich rase die ganze Zeit wie ein verrücktes Karnickel herum, bloß um den Laden irgendwie am Laufen zu halten. Ich komm gar nicht dazu, mir zu überlegen, wie man sich entschuldigen sollte.«

Zum ersten Mal ist ihm der Ärger wirklich anzusehen – und anzuhören. Der Ärger und der Kampf. Damit habe ich nun gar nicht gerechnet. Ich verspüre den spontanen Drang, ihn zu trösten, ihm zu versichern, dass er sich recht tapfer schlägt. »Am Ende haben Sie immerhin mal eine von mir beantwortet.« Vielleicht liegen die Dinge doch nicht so klar, wie ich dachte. Vielleicht steckt dahinter doch nicht nur, dass ihm alles scheißegal ist.

»Sie klang lustig. Mir gefällt Ihr Stil.« Die Andeutung eines Lächelns huscht über seine Züge, ein kurzer Sonnenstrahl zwischen lauter Regenwolken, und ich kann nicht anders: Ich lächle zurück. So langsam halte ich es für nicht ausgeschlossen, dass mir auch sein Stil gefallen könnte. »Also schön«, sagt er schließlich, »dann werfen wir mal einen Blick auf die Liste. Ich sehe doch, wie sehr Ihnen das unter den Nägeln brennt.«

Da muss das ständige Zusammen- und Auseinanderfalten mich offenbar verraten haben.

Seine Fingerspitzen berühren meine, als ich sie ihm reiche, und einen Moment lang begegnen sich unsere Blicke. Doch der Blick ist flirtfrei und sagt lediglich »Lass uns das gemeinsam anpacken«. Ich mag das. Irgendwie hat Will so etwas Verlässliches und Solides an sich.

Schweigend sitzen wir da, während er rasch meine Vorschläge überfliegt. Schließlich faltet er das Blatt erneut zusammen und reicht es mir zurück.

»Wir haben Probleme, schwerwiegende Probleme, das ist mir selbst klar. Aber ich kann mir nicht vorstellen, dass jemand, der hier urplötzlich hereingeschneit kommt wie eine Miniausgabe dieser Hotelretterin im Fernsehen, uns auch nur einen Schritt weiterbringt, diese zu lösen. Sehen Sie ...« Er fährt sich mit der Hand durch die Haare. »Also gut.« Er seufzt schwer. Unwillkürlich beuge ich mich nach vorn. »Ganz offen und ehrlich? Wir haben immense finanzielle Probleme. Probleme von der Größenordnung, dass wir kaum genug haben, um die dringendsten laufenden Kosten zu decken. Ich versuche, zu sparen, wo es nur geht. Was zum Beispiel heißt, dass wir uns weniger Personal leisten können. Nur auf diese Weise kommen wir aus dieser heiklen Lage vielleicht nach und nach wieder raus. Ich kann also beim besten Willen nicht auch noch jeden Morgen und jeden Nachmittag herumlaufen und überall die Kamine anzünden. Und ich kann mir auch nicht leisten, alle Hütten mit Massen an Brennholz auszustatten.«

»Aber was ich hier aufgeschrieben habe, sind doch alles einfache Dinge. Nur um einen Anfang zu machen, sozusagen. Außerdem bin ich bereit, mit anzupacken. Wie steht's mit Ed?«

»Ed?« Er lacht auf und schüttelt den Kopf. Ich bin mir sicher, dass er noch mehr sagen will, aber dann scheint er sich zusammenzureißen. »So schön Ihre Ideen sind, es ist einfach nicht machbar. Wenn Sie Lust haben, irgendein fröhlich-seliges Baumschmück-Tamtam auf die Beine zu stellen, nur zu. Aber dafür halten Sie dann auch den Kopf hin!«

»Diesmal nicht Poppy?«, frage ich in gespieltem Erstaunen, und er bringt tatsächlich ein richtiges Lächeln zustande. Ein Lächeln! Sogar ein ziemlich sympathisches. Es verleitet mich dazu, es zu erwidern und einen Wimpernschlag lang zu vergessen, dass ich ihn am liebsten umbringen würde. Oder mich selbst.

»Dieser Baum steht jetzt so fest wie einzementiert, das können Sie mir glauben. Den schmeißt nicht mal ein Blizzard um.«

»Auch keine Katze?«

Er schüttelt den Kopf und verzieht weiter amüsiert die Mundwinkel.

»Chloe ist wirklich ein hübscher Name«, bohre ich nach, da ich gern bestätigt haben möchte, dass nicht er es war, der darauf gekommen ist.

»Na ja, als wir sie fanden, war sie eine echte Wildkatze, die ständig ihre Krallen ausfuhr. Also nannte ich sie ›Claw-ey‹. Aber dann wurde ich einfach überstimmt, und alle riefen sie nur noch Chloe.«

»Ah.« Weniger hübsch. Aber immerhin hat er eine Katze, was beweist, dass es zumindest rudimentäre Reste einer menschlichen Seite bei ihm geben muss. »Okay«, starte ich den nächsten Anlauf. Ich gebe den Versuch mit dieser Liste nicht auf, ganz egal, was er davon hält. »Nichts hiervon ist besonders zeitraubend. Oder kostspielig. Zuerst das Brennholz. Die Leute haben es gern warm. Wie wär's mit einem Vorratsschuppen ein paar Schritte entfernt, wo sich jeder selbst bedienen kann? Sie stellen ein wenig mehr Holz für Neuankömmlinge in den Hütten bereit und sagen dann, dass die Leute sich bei Bedarf umsonst selbst Nachschub holen können. Einerseits würde das einen großzügigen Eindruck machen, andererseits hätten die meisten nach ein, zwei Tagen, wenn der Reiz des Neuen verflogen ist, sowieso keinen großen Bock mehr darauf. Wer will schon nach einem langen Tag in der Kälte noch einmal losziehen, wenn es nicht unbedingt sein muss? Und die Scheite sind so schwer, da können sie eh immer nur zwei, drei tragen.«

»Mag sein.« Er nickt. »Und für mich würde es nicht noch einen weiteren Job bedeuten. Also gut. Aber ...« Der finstere Blick kehrt zurück. »Ich habe wirklich keine Zeit dafür, neben all den anderen Sachen auch noch überall Feuer zu machen. Und jemanden einzustellen, kann ich mir auch nicht leisten. Wir sind schon so am Limit.«

Ich hole tief Luft, und dann sind die Worte draußen, bevor ich etwas dagegen tun kann: »Ich übernehme das.« Er wirkt ebenso verblüfft wie ich.

»Sie wissen doch nicht einmal, wie man Feuer macht!«

»Stimmt. Aber ich helfe Ihnen einfach bei anderen Sachen, damit Sie Zeit haben, sich ums Feuermachen zu kümmern. Ich werde einfach während meines Aufenthalts hier mit anpacken. Den Baum schmücken, in der Küche nach dem Rechten sehen. So was eben.«

Bin ich total bekloppt? Habe ich jetzt komplett den Verstand verloren? Ist das die Folge von Hirnfrost? Eben habe ich mich noch mit dem äußerst schnuckeligen Ed beschäftigt und mit meiner untersten Bekleidungsschicht, die dringend vorgeführt werden sollte, und nun biete ich dem großen Bruder auf einmal an, gemeinsam mit ihm zu schuften, ohne eine Penny dafür zu bekommen.

»Es ist nicht allein Ihre geschäftliche Zukunft, die hier auf dem Spiel steht, Will. Das betrifft uns beide, unseren guten Ruf. Ich möchte unseren Kunden gerne zeigen, wie schön dieser Ort ist. Die Menschen werden sich bestimmt richtig in ihn verlieben.« Ich muss das irgendwie hinbekommen. Es ist die erste echte Aufgabe, vor der ich als Miteigentümerin der Agentur stehe. Darüber hinaus hat mir meine Rückkehr allerdings auch vor Augen geführt, wie wichtig dieser Ort für mich gewesen ist. Wie märchenhaft er war. Außerdem habe ich an genau dieser Stelle zum allerletzten Mal das Lächeln meiner Eltern gesehen. Und ganz egal, wie sehr sie mir wehgetan haben, wie verkorkst mein Leben danach gewesen ist, ich bin ungeheuer lange nicht imstande gewesen, mir dieses Lächeln in Erinnerung zu rufen. Jetzt, wo ich hier bin, sehe ich es vor mir.

»Und Ihnen genügt eine einzige Woche, um Wunder zu bewirken?«, fragt er belustigt und lenkt mich damit glücklicherweise von der Vergangenheit ab.

»Dann bleib ich eben länger. Bis Neujahr, sofern ich den Rückflug umbuchen kann.« Ich muss verrückt sein.

»Wie ich bereits sagte, wir können uns nicht leisten ...«

»Räumen Sie unserer Agentur einfach einen Sonderrabatt ein, irgendwelche bevorzugten Konditionen. Da einigen wir uns schon.«

»Sie haben doch überhaupt keine Ahnung von unserem Resort.«

»Ich habe Ahnung davon, was die Leute sich wünschen, und auch davon, was guter Kundenservice ist. Und ich weiß, wie ein schönes Weihnachten aussehen muss. Und ...« Ich schaue ihm in die Augen und versuche, das Beben aus meiner Stimme zu bekommen. »Und ich bin schon mal hier gewesen. Als kleines Kind. Damals war es der wundervollste Ort, den sich ein Kind nur erträumen konnte.« Jeden Tag hat es geschneit. Den perfekten Schnee, um einen Schneemann damit zu bauen. Die Rentiere trotteten voneweg, während ich mich in die wärmste Felldecke kuschelte, die meine Finger je berührt haben. Die Sterne leuchteten in einem pechschwarzen Nachthimmel heller, als es Sterne je irgendwo anders getan haben. Und die Huskys liefen mit uns zusammen zur Hütte zurück, genau die Art von Hund, wie ich sie mir immer vergeblich gewünscht hatte. In diesem einen Urlaub gab es das alles. An diesem einen Weihnachten.

»Na dann, einverstanden«, sagt er mit sanfter Stimme und mustert mich dabei aufmerksam. »Wenn es Ihnen so viel bedeutet.«

Wie bitte? Was zum Teufel habe ich gerade getan? »Einverstanden«, hat er gesagt. Ich war mir ganz sicher, dass er mir ins Gesicht lachen würde, und stattdessen sieht er mich an, als würde er es langsam kapieren. »Sicher?« Ich und meine große Klappe. Wegen der bin ich überhaupt erst hier gelandet, und jetzt brockt sie mir offenbar noch eine Extrawoche ein.

»Ja, klar. Bleiben Sie. Wenn Ihr einzigartiger E-Mail-Stil ein Indikator für Ihre Findigkeit ist, gelingt Ihnen ja vielleicht die Wende.«

»Höre ich hier etwa eine gewisse Spur Sarkasmus heraus?«

»Nicht schuldig, Euer Ehren«, erwidert er und steht auf. Sein Lächeln hat alles Bissige verloren. »Mir wächst hier sowieso alles über den Kopf. Wenn Sie während Ihres Aufenthalts also gern das Werbebild des Ladens ein wenig aufpolieren möchten, kann ich Ihnen den Mietpreis für die Hütte erstatten.«

»Können Sie sich das denn leisten?«

»Vorausgesetzt, das Angebot ist tatsächlich ernst …«

»Natürlich ist es das!« Deine Nase wächst, Mädchen. Deine Nase wächst! »Absolut. Ich bin sowieso zum Arbeiten gekommen, denn ich wollte –«

»Hier alles ausspionieren?«

»Mir selbst ein Bild davon machen, warum die Gäste Ihnen so schreckliche Bewertungen geben.«

»Um ehrlich zu sein, Sarah, habe ich persönlich mit Weihnachten nicht viel am Hut. Ich hasse all den unsinnigen Schnickschnack, die ganze Kommerzialisierung. Warum sind die Leute nicht einfach glücklich damit, an einem so atemberaubenden Ort zu sein?«

»Weil sie frieren und weil sie Kinder haben, die sich riesig auf Weihnachten freuen. Sie wollen auch keinen Schnickschnack, Will, bloß ...« Was wollen sie eigentlich? Was hatte *ich* mir erhofft? Ich schließe die Augen und denke in Ruhe nach. Eigentlich hatte ich dieses Gefühl noch einmal nachempfinden wollen. Glücklich zu sein. Das Gefühl, als könnte nichts passieren, als wäre ich an einem geschützten Ort, wo Märchen möglich sind, wo ein perfektes Weihnachten möglich ist. Ohne all das Schlechte, das Traurige. All die Dinge, die gegen Ende geschahen und die schwer über meiner gesamten Kindheit hingen. Ich will mich an Heiligabend erinnern, an den ersten Weihnachtsmorgen. Ich möchte nachempfinden können, wie es war, geliebt zu werden – jemandem etwas zu bedeuten. »Wärme, das Gefühl, gemocht und in den Arm genommen zu werden, heiße Schokolade, ein bisschen festliche Stimmung.« Ich halte kurz inne. »Zauber eben. Die Menschen wollen verzaubert werden, wollen ein fantastisches Wintermärchen in weißer Traumlandschaft.« Er runzelt schon wieder die Stirn. »Aber ohne Schnickschnack. Dafür mit Rentieren. Und Sternen. Und heißer Schokolade.«

»Den Punkt hatten wir bereits, glaube ich.«

»Der ist auch wichtig. Und prasselnde Kaminfeuer. Das ist doch wirklich nicht zu viel verlangt, oder? Nur ein wenig festliche Stimmung.«

Sein Gesichtsausdruck lässt mich verstummen. Überzeugt ist er ganz sicher nicht. Zeit, die Sache etwas direkter anzugehen.

»Was ist schiefgelaufen, Will? Früher hat es das alles hier gegeben. Wie konnte die Anlage so herunterkommen?«

»Das ist eine lange Geschichte«, sagt er nur und wendet sich im Eiltempo zur Tür. »Wenn es nach mir ginge, ich glaube, ich würde den ganzen Laden einfach dichtmachen.«

»Nein.«

Er hält abrupt inne und blickt mich an. Ich habe es zwar nicht geschrien, aber es kam schon energischer heraus als beabsichtigt.

»Geben Sie das Haus nicht auf. Bitte. Es ist einmal so schön gewesen hier, ein magischer Ort. Werfen Sie das nicht einfach fort.«

»Wir werden sehen«, brummt er nur und hat bereits die Tür geöffnet. »Melden Sie sich, wenn Sie noch Holz brauchen.«

»Sie können mir ja nachher zeigen, wo es lagert, dann kann ich gleich die neuen Brennholzregeln formulieren.«

»Bevor man da irgendwelche Gäste ranlässt, müsste das Holz komplett neu gestapelt werden. Aus Gründen der Sicherheit und so. Von Feuerholz plattgedrückte Gäste wären bestimmt schlecht für die Bewertungen, stimmt's?«

Der Mann ist doch nicht ganz humorfrei. Vielleicht habe ich ihn falsch eingeschätzt. Vielleicht ist er nur extrem gestresst und von Sorgen zerfressen. Und hasst einfach Weihnachten.

»Das übernehme ich.«

Er runzelt die Stirn.

»Ich werde Ed bitten, mir zu helfen.« Aus den Runzeln werden Gräben. Gleich darauf dringt eine Woge eisige Luft in die Hütte, und Will ist weg. Ich schaue auf das Blatt in meiner Hand. Der Mann braucht keine Liste, der braucht einen ausgewachsenen Plan. Einen Plan ohne jeden Schnickschnack.

## 13

Schuld war meiner Ansicht nach die Fonduegabel. Beziehungsweise die fehlende Fonduegabel. Wir hatten einfach nicht mehr alle Gabeln auf dem Tisch, um den Lieblingsspruch von Lynn mit den fehlenden Tassen im Schrank abzuwandeln.

Ich habe gar nicht gewusst, dass Schokoladenfondue noch angesagt ist, aber in dieser Ecke der Welt augenscheinlich schon, und Poppy ist sofort in begeistertes Kreischen ausgebrochen. Ganz offensichtlich ist sie fast so scharf auf alles, was mit Schokolade überzogen ist, wie ich. Na gut, ein wenig unterscheiden wird sich vermutlich schon, was mit *alles* gemeint ist.

»Eine Gabel, schnell!«, ruft Poppy und knufft mich fest in die Seite.

»Hier, mein Schatz«, mahnt ihre Mutter Tina leicht angesäuert. »Ich habe dir schon gesagt, du sollst meine nehmen.«

»Deine will ich aber nicht. Die hat einen gelben Kopf, und ich mag kein Gelb.«

»Dann nimm meine«, erkläre ich. »Die ist rosa. Rosa ist am besten.« Ich gebe ihr meine und erhalte dafür von ihr ein strahlendes Lächeln. Sonnenschein und Unwetter im Wechselspiel. Wenn das mit Kindern ständig so ist, überrascht es mich nicht, dass meine Mutter mich verlassen hat. Wie hält man das nur aus? Allerdings sollen, wie ich irgendwo gelesen habe, gewisse Schwangerschaftshormone entscheidenden

Anteil daran haben, dass man den eigenen Nachwuchs nicht sofort nach der Geburt auffrisst. Ich halte mich da lieber weiter an Gin.

Tina muss meine Gedanken erraten haben. Sie zwinkert mir zu und meint: »Es stimmt, was man sagt. Die Hormone halten einen davon ab, sie umzubringen.«

»Ich werde uns noch ein paar Gabeln besorgen. Da fehlen gleich mehrere. Immerhin hat Poppy jetzt eine.«

Ich hätte mich natürlich mit Poppy um die letzte streiten können, aber das wäre bestimmt nicht gut angekommen, und wahrscheinlich hätte sie sowieso gewonnen. Oder eine Riesenaufregung mit ihrem Geschrei verursacht.

Da sich alle im Service Beschäftigten komplett in Luft aufgelöst zu haben scheinen, mache ich mich selbst auf die Suche.

In der Küche treffe ich niemanden an. Es sei denn, man rechnet die Katze Chloe, die gerade den Saucentopf ausschleckt, zum Personal. Ich nehme mir vor, dieses Thema mit Will demnächst unter vier Augen anzusprechen, und begnüge mich damit, sie von der Spüle zu scheuchen, bevor ich mich vorsichtig weiter in den Gang wage, der sich an der Rückseite anschließt.

Vorsicht scheint mir geraten, da ich Stimmen hören kann. Und zwar Stimmen von Männern, die sich anbrüllen. Es klingt gar nicht gut. Eher so, als sollte ich ihnen jetzt besser nicht mit dem Thema fehlende Fonduegabeln kommen. Lieber sollte ich an meinen Tisch zurückkehren und mir meinen Anteil am Fondue mit den Fingern sichern.

Doch meine Füße sind offenbar anderer Meinung und führen mich auf Zehenspitzen noch dichter heran.

»Du warst es doch, der unbedingt wollte, dass ich zurückkomme!«

»Musst du mir deshalb ununterbrochen im Nacken sitzen? Mach dich mal ein bisschen locker, Mann. Wegen jeder Kleinigkeit gehst du gleich an die Decke.«

»Kleinigkeit? *Kleinigkeit!* Hast du überhaupt gelesen, was hier drin steht? Das ist nicht bloß eins deiner Spielchen, Ed. Interessiert es dich denn so wenig, ob dieser Laden gerettet wird?«

»Sagt ausgerechnet der, der sich jahrelang einen Scheiß gekümmert hat, weil er viel zu beschäftigt damit gewesen ist, sich in seinem Ruhm zu sonnen, und dem es nicht das Geringste ausgemacht hat, mich und das Resort links liegen zu lassen.«

»So lautete die Abmachung. Das hier war allein deine Idee, dein Projekt. *Da musst du investieren, Will! Das wird genial, Will! Das bringt uns ein Vermögen, Will! Damit hast du im Alter ausgesorgt, Will. Garantiert.*«

»Na, woher sollte ich wissen, dass die ganze Renovierung solche Unsummen verschlingen würde?«

Will stöhnt laut auf. Fast hätte ich lachen müssen, weil es ein wenig wie der Gesang von Walen klingt. Tief und leidend. In dem Stöhnen steckt wirklich viel Gefühl. So viel Gefühl, dass ich unbedingt weiterschleichen und durch den Spalt in der Tür spähen muss. Dazu ist es allerdings notwendig, sich den Hals in einen höchst unnatürlichen Winkel zu verrenken und einen Großteil des Körpergewichts auf ein Bein zu konzentrieren. Eine äußerst heikle Nummer. Zum Spion würde ich jedenfalls nicht taugen. Oder höchstens zu einem von der Sorte, die ständig Rückenschmerzen und einen steifen Hals haben und die daher vorzeitig in Pension gehen.

»So etwas hättest du aber erkennen müssen! Darin besteht die Aufgabe eines Hotelmanagers nun mal.« Er presst die Augen zusammen, öffnet sie wieder und funkelt seinen Bruder an. Ich weiß, wie es sich anfühlt, so von ihm angestarrt zu werden, und bekomme ein wenig Mitleid mit Ed. »Wozu du wohl auch in der Lage wärst, wenn du dich bloß häufiger um die Buchhaltung kümmern würdest, statt die ganze Zeit auf der Piste zu verbringen.«

»Klar doch. Schieb ruhig wieder mir die ganze Schuld zu. Alles mein Fehler.«

»Aber du hast es doch auch verbockt, herrgottnochmal. Du hast die Verantwortung getragen, Ed! Dein Projekt! Nicht meins.« Inzwischen klingt er nicht mehr wütend, sondern nur noch erschöpft. Er fährt sich mit der Hand durch die Haare. Hoffentlich fängt er nicht gleich an, den Schädel gegen die Tischplatte zu hämmern. Dann wäre ich gezwungen, hineinzustürmen und ihn davon abzuhalten, weil ich nämlich den Anblick von Menschen, die sich oder anderen Schmerz zufügen, einfach nicht ertragen kann. Damit wäre allerdings zugleich meine Spionageaktion aufgeflogen und er sicherlich noch verärgerter auf mich, als er es sowieso ist.

»Du weißt doch genau, wie schlecht ich mit Geld umgehen kann«, kontert Ed jetzt trotzig wie ein verzogenes Kind. »Und du bist selbst dafür gewesen, dass wir den Laden kaufen.«

»Bitte schön. Auch gut. Wenn du den Job nicht auf die Reihe kriegst, dann verkaufen wir eben alles. Na los! Ist mir doch scheißegal.«

Was ein wenig verwunderlich ist, da es sich eigentlich ganz anders anhört. Als würde er nicht verkaufen wollen. Und sich auch nicht geschlagen geben.

»Ach, jetzt bist du doch bloß angepisst und redest unsinniges Zeug, das du selbst nicht meinst.« Ed setzt sich hin und knallt die Füße auf den Tisch.

»Du gehst einfach immer davon aus, dass jemand kommt

und all die Sachen wieder gradebiegt, die du vermasselst, habe ich recht?«

»Und bei dir sind immer die anderen an allem schuld, richtig?«

»Aber du bist ja auch schuld. Das Trümmerfeld hier hast du angerichtet, Ed, nicht ich.«

»Genauso bist du auch mit dem Unfall umgegangen. Mies präpariert, scheiße gesteckt, Idiot auf der Piste.«

»Halt die Klappe, Ed!«

»Du erträgt es bloß nicht, dass du jetzt so eine Art Krüppel bist, während ich noch auf Brettern stehe. Darum geht's hier in Wahrheit, oder?«

»Es geht darum«, beginnt Will in tiefem, zornigem Ton und sticht dabei zur Bekräftigung mit seinem Zeigefinger auf das Schreiben auf seinem Tisch ein, »dass wir verklagt werden. Darum, dass nach Meinung der Feuerwehr diese Hütte vorsätzlich in Brand gesteckt wurde und deshalb die Versicherung nicht haftet und dass hier gerade alles mächtig den Bach runtergeht. Es geht darum, dass du deine Zeit damit verbringst, Gäste anzubaggern, statt bei der Arbeit mit anzupacken, und ich wie ein Blöder herumhetzen darf, um Kamine anzuzünden oder Brennholz zu hacken.« An dieser Stelle piesackt mich kurz mein Gewissen. »Demnächst streif ich mir noch Gummihandschuhe über und putze die verdammten Klos.« Hier muss ich lächeln. Wenn er in diesem Moment rauskommt und mich dabei erwischt, bringt er mich wirklich um. Aber die Vorstellung von Will mit gelben Gummihandschuhen ist zu komisch. Und lässt mich nicht los. Ich kann kaum noch an mich halten. Die kleinste Berührung und ich müsste laut losprusten. »Und die Kleine könnte echt auf die Idee kommen, auch noch die hygienischen Verhältnisse zu überprüfen.« Ah, schon weniger lustig. Ich schätze, mit »die Kleine« dürfte ich gemeint sein. »Und die Bank ist drauf und dran, den Stöpsel zu ziehen, und dann sind wir endgültig im Arsch.«

»Ha! Da liegt der Hase im Pfeffer. Hab ich mir's doch gedacht! Du stehst auf sie, richtig?«

»Was?«

»Das mit dem Anbaggern hat dich verraten. Darüber hast du dich bislang noch nie beschwert, aber in diesem Fall bist du sofort auf hundertachtzig. Du magst sie.«

Diesen Teil sollte ich vielleicht besser nicht mithören. Ich drücke meine Nase noch fester gegen den Spalt und hoffe nur, dass niemand auf die Idee kommt, die Tür plötzlich zuzuschlagen.

»Ed, ich warne dich.«

»Mich warnen! Was willst du denn tun? Wohin willst du denn gehen?«

»Irgendwohin.« Er stößt Eds Füße mit mehr Kraft als unbedingt nötig vom Tisch, springt auf und schaut auf ihn herab. Mir ist gar nicht bewusst gewesen, wie groß der Mann ist. Oder wie imposant. Oder wie wütend er sein kann. »Ich will hier nicht sein, Ed. Ich habe keine Lust, von Schnee und Weihnachtsbäumen umgeben zu sein und genervt zu werden wegen irgendwelcher verdammten Lichterketten.« Von Lichterketten war bislang überhaupt nicht die Rede gewesen. Aber die Idee ist nicht schlecht. Warum bin ich nicht schon früher darauf gekommen? »Ich würde viel lieber irgendwo am Strand liegen und schwimmen, tauchen, keinen festen Boden unter den Füßen haben.«

O Gott! Ich sehe es förmlich vor mir, wie er nur mit einer Badehose bekleidet aus dem Meer gewatet kommt. Wasser tropft aus seinen Haaren. Die feuchte bronzefarbene Haut glänzt. Die Muskelstränge an seinen Oberschenkeln wölben sich, während er durch den Sand läuft. Ich sehe es vor mir. Ich sehe es ganz genau vor mir ... Schluss jetzt, Sarah!

»Und warum bist du dann überhaupt hier, Will?«

»Weil du mein Bruder bist. Weil du mich darum gebeten hast. Mich quasi angefleht hast!«

Ein langes Schweigen setzt ein, und ich überlege schon, mich davonzuschleichen, aber bei dieser Stille würde man mich bestimmt hören. Also halte ich bloß die Luft an, denn schweres Atmen wäre im Augenblick auch keine gute Idee.

Außerdem tue ich mein Bestes, die Schmerzen in meiner linken Wade zu ignorieren, wo sich offenbar ein Krampf ankündigt.

»Kannst du wenigstens bis nächstes Jahr weitermachen, bitte?«, fragt Ed mit deutlich leiserer Stimme. Wie ein kleiner Junge hält er den Blick auf die Schreibtischplatte gerichtet und spielt mit irgendwelchen Blättern darauf herum. Ich hätte ihn gerne in den Arm genommen, aber daran ist vermutlich nur dieser Gesichtsausdruck schuld, der »Umarme mich!« schreit. Den benutzt er ziemlich häufig.

»Bis dahin sind keine zwei Wochen mehr, Ed.«

»Du weißt, was ich meine. Bis zum Ende der Wintersaison.«

»Wenn ich bleibe, dann nur unter der Bedingung, dass du mit anpackst und nicht ständig abhaust. Alleine schaff ich das nicht, Ed.«

»Natürlich, ich werde ...«

»Nein, ich meine, *richtig* mit anpackst. Stapel das Holz neu, wie ich es Sarah versprochen habe.«

»Klar, gleich nach ...«

»Nein, nicht nach irgendwas, Ed. Mach die Sachen sofort. Räum den Schnee von den Wegen, repariere das Schloss von

Hütte sechs, mach das Schneemobil wieder einsatzbereit, stapel das dämliche Holz neu.«

»Aber ich muss mich morgen um die Gäste kümmern, die bei mir Ski- und Snowboardstunden gebucht haben.«

»Da bleibt dir vorher und nachher noch reichlich Zeit.«

»Du bist ein elender Sklaventreiber.«

»Und du ein fauler Sack.«

Wäre ich erst in diesem Moment dazugestoßen – oder besser gesagt, herangepirscht und hätte mich an den Türpfosten gekuschelt –, hätte ich bestimmt gedacht: Gleich gehen sie sich an die Gurgel. Aber so weiß ich, dass dies eine vorübergehende Waffenruhe besiegelt. Der Schlagabtausch ist vorbei, eine neue Grenzlinie gefunden.

Aber warum möchte Will weg von hier? Warum lebt er in den Bergen, wenn er lieber am Strand wäre? Kein Wunder, dass er so griesgrämig ist. Lynn hat zweifellos recht gehabt. Er ist tatsächlich nicht so, wie er sich gibt.

»Und was hast du bitte vor, hinsichtlich dieser Sache zu unternehmen?«, erkundigt sich Will und wedelt mit dem Schreiben in der Luft.

»Hingehen und bezirzen. Ich lad sie zum Essen ein und stimme sie um.«

»Diese Leute drohen mit Klage, Ed. Daraus kannst du dich nicht einfach mit einer Charmeoffensive herauswinden.«

»Versuchen kann ich's schon.«

Upps. Klingt doch nicht nach einstweiligem Burgfrieden. Definitiv der falsche Zeitpunkt, um hineinzuplatzen und nach Fonduegabeln zu fragen. Wenn ich das jetzt mache, würde ich wohl eher mit einer erstochen werden. Oder bekäme gleich einen Topf heiße Schokolade über den Kopf gekippt.

»Tod durch Schokolade« möchte ich aber nicht auf dem

Totenschein stehen haben – und schon gar nicht auf meinem Grabstein.

Ich löse mich vom Türblatt und gehe vorsichtig einen Schritt zurück. Ich glaube nicht, dass ich ein Geräusch gemacht habe, einmal abgesehen von einem innerlichen »Autsch!«, weil es tatsächlich ein Krampf ist. Und höllisch wehtut.

Aus dem Raum dringt kein Laut. Ich weiche einen weiteren Schritt zurück.

Verdammt. Ich bin auf etwas Weiches getreten und bleibe wie erstarrt stehen. Jemand reibt an meinem Bein. Scheiße, jetzt hat man mich erwischt. Bestimmt ist Poppy nachgekommen, um mich zu suchen.

Ich lege den Finger auf die Lippen und schaue nach unten.

Bernsteinfarbene Augen blitzen mich zornig an. Von wegen Poppy, es ist die Katze.

Ich stehe auf ihrem Schwanz. Chloe dürfte in diesem Haus das einzige Wesen sein, dem Weihnachten noch weniger Spaß macht als Will.

Einen Sekundenbruchteil lang starren wir einander an. Jeden Moment wird sie aufjaulen oder sich auf mich stürzen.

Ich bin zwar nicht sicher, wie schnell Katzen laufen können, aber meine Beschleunigung ist mindestens ebenbürtig, als ich in die entgegengesetzte Richtung von Chloe lossprinte, durch die Küchentür platze und auf dem gefliesten Boden ins Schlittern gerate.

Wobei »sprinten« eigentlich zu viel gesagt ist. Denn meine Wade hat inzwischen vollkommen dichtgemacht, und so entspricht meine Fortbewegungsart eher der mäßigen Imitation eines Dreibeinlaufs, bei dem der Partner, an den man geschnürt ist, unsichtbar bleibt. Ich müsste mich dringend hinlegen. Und aufstampfen. Und die Stelle massieren.

Humpelnd und schnaufend komme ich vor dem Herd zum Stehen.

»Hallo, meine Hübsche! Verlaufen?« Es ist Ed, der mir offenbar gefolgt ist. Und Bescheid weiß.

Er summt leise vor sich hin und zwinkert mir zu. »Sie müssen sein Verhalten entschuldigen. Er hat Probleme. Ich habe ihn ein bisschen auf die Palme gebracht, aber ich weiß immer, wie weit ich gehen kann.«

»Was? Ich bin auf der Suche nach Gabeln! Fonduegabeln!« Ich ziehe am nächstbesten Griff, der, wie sich herausstellt, zur Herdtür gehört.

Ed drückt sie wieder behutsam zu, legt die Hände auf meine Schultern, dreht mich einmal halb um meine Achse und öffnet die Schublade direkt vor mir. »Gabeln.«

»Danke.«

»Dann bis morgen, direkt nach dem Frühstück, in Ordnung?«

»Wie bitte?«

»Gemeinsames Holzstapeln, wissen Sie noch?«

»Ach ja, stimmt.«

»Und danach gebe ich Ihnen die Probestunde.«

Er zwinkert mir zum Abschied noch einmal zu. Seine Augen strahlen freundlich.

Mir ist nach seinem Weggang plötzlich ganz heiß und schummrig zumute, und das, obwohl ich in meiner Verwirrung erst die Tür zum Kühlraum statt die zum Speisesaal aufreiße.

Herrgott, in was bin ich hier eigentlich hineingeraten – vom Kühlraumzwischenfall einmal abgesehen?

Zwei Brüder im Dauerclinch, über deren Köpfe Gerichtsverfahren schweben, und dazu ein Gast mit Helfersyndrom (ich), den einer der beiden (Will) nicht ausstehen kann. Das ergibt in der Summe nicht eben gute Voraussetzungen für glückliche Weihnachten.

Ich schätze, unser Sonnyboy Ed hat eine Zeitbombe in Gang gesetzt, die das Projekt Mountain Resort demnächst in tausend Stücke zerfetzen dürfte. Er ist ein überaus süßer Kerl, aber er scheint in ähnlich ausgeprägtem Maße verantwortungslos zu sein. Süß und charmant zu sein, genügt eben nicht, wenn man einen Betrieb erfolgreich führen will, vor allem nicht, wenn der Betreffende auch noch gern auf großem Fuß lebt und sich amüsiert.

Armer Will. Der Mann ertrinkt derart im Stress, dass es nicht verwunderlich ist, wenn er zum Griesgram wird. Oder dass er mich für eine überdrehte Wichtigtuerin hält, die sich überall einmischen muss. Oder dass er hofft, ich wäre der abschließende Nagel in seinem Sarg. Selbst das würde sein Leben einfacher machen.

Aber nicht besser. Besser wäre es erst, wenn wir den Laden wieder richtig ins Laufen bringen würden. Und genau das habe ich vor. Anschließend kann er ja immer noch zu seinem Strand zurückkehren, wenn er das möchte. Was allerdings schade wäre. Aber was geht mich das überhaupt an? Ich bin dann sowieso längst wieder im heimischen England.

In diesem Augenblick jedoch kann ich nicht viel tun, außer vielleicht zu ihm laufen und ihm sagen, dass ich jetzt alles verstehe. Das würde indes nach einer Erklärung verlangen, wie ich denn dazu komme, mich vor seiner Tür herumzudrücken und private Gespräche zu belauschen. Ein völlig unprofessionelles Verhalten. Also begnüge ich mich damit, eine Handvoll Fonduegabeln zu packen und in den Speisesaal zurückzukehren. Schokolade mag die Probleme auch nicht lösen, aber für heute ist sie der schnellste Weg zum Glück.

## 14

Inzwischen begreife ich auch, warum sich Wills Stirn in ein Faltenmeer verwandelt hat, als ich sagte, ich würde Ed bitten, mir beim Holzstapeln zu helfen.

Ed steht mehr der Sinn danach, mich zum Pistenschreck zu machen, als gemeinsam Holz zu stapeln.

Zudem hat er mir gerade geschickt in einer Ecke des Schuppens den Weg abgeschnitten, und wenn ich jetzt nicht aufpasse, bringt er mich noch völlig aus dem Konzept.

»Finger weg, alberner Kerl. Arbeiten!«

»Mein Gott, für ein lebenslustiges Mädchen sind Sie aber ganz schön dröge.«

»Ich tue das nur für Will.«

Ed stöhnt auf und weicht zurück. »Igitt, für Will.«

»Und für Sie. Ihnen gehört das Resort doch gemeinsam, oder?«

Er reagiert nicht auf die Frage. »Ich mach's unter einer Bedingung.«

»Und die wäre?«

»Sie gehen mit mir snowboarden. Heute. Jetzt gleich. Dann zeige ich Ihnen mal, was Spaß ist.«

Ich unterdrücke ein Stöhnen meinerseits.

Dass er mir zeigen kann, was Spaß ist, bezweifle ich keine Sekunde lang. Ob es irgendwas mit Snowboarden zu tun hat, ist eine andere Frage. Zwei Tage zuvor hätte ich mir eine solche Gelegenheit nicht durch die Lappen gehen lassen, inzwischen jedoch kommt es mir irgendwie falsch vor. Will reißt sich beinahe ein Bein aus, so viel schuftet er, während Ed nur daran denkt, auf der Piste die Sau rauszulassen.

»Snowboarden ist irre. Das wird Ihnen bestimmt gefallen. Außerdem haben Sie's versprochen.« Er versucht es wieder mit dem treuherzigen Dackelblick.

Versprochen habe ich's. Aber das war, bevor ich begriffen habe, was hier los ist. »Ich glaube nicht –« Vielleicht sollte ich besser feilschen lernen wie ein Markthändler. Damit käme ich wahrscheinlich weiter. Ich muss die Situation einfach umkehren zu meinen Gunsten.

»Ich passe auch gut auf Sie auf. Sie stürzen garantiert nicht.« Bei diesen Worten umschlingt er meine Taille und sieht mir tief in die Augen. Es fühlt sich gut an, im Arm gehalten zu werden. Es fühlt sich gut an, angeflirtet zu werden. Arbeit hin, Arbeit her, ein bisschen harmlose Entspannung hat jeder verdient. Aber erst muss erledigt sein, was erledigt werden muss. Betrachten wir es als Belohnung. »Work hard, play hard« habe ich schon immer für ein brauchbares Lebensmotto gehalten.

»Ahhhh!«

Er hat mir Schnee in den Kragen gestopft, und dann ist er abgehauen. »Mistkerl!« Ich führe so etwas Ähnliches wie einen Regentanz auf, wodurch das eisige Zeug aber nur noch tiefer rutscht. Eigentlich logisch, oder? Folgerichtig tue ich das, was jeder normale Mensch tun würde, und mache einen Handstand gegen den Holzstapel.

»Läuft ja prima hier, wie ich sehe.«

»Scheiße.« Meine Arme geben nach, und ich sacke vor seinen Füßen zusammen. »Will!« Herrgott, warum taucht der

Mann immer in den ungünstigsten Momenten auf? »Wir sind gerade dabei –«

Er hebt mich ohne viel Federlesen hoch, stellt mich auf die Füße und beginnt, mich abzuklopfen. Rasch springe ich zur Seite, um der Sache ein Ende zu bereiten, denn wie ein alter verstaubter Teppich auf der Teppichstange bearbeitet zu werden, ist nicht unbedingt angenehm. Sicher denkt er jetzt, dass ich genauso ein Drückeberger wie Ed bin und mich in Wahrheit überhaupt nicht interessiert, was aus dem Resort wird.

»Aua! Verflucht! Lassen Sie das!« Scheiße, warum ist der verdammte Schnee, der hier überall herumliegt, bloß so wahnsinnig glatt? Prompt gerate ich wieder in Schieflage. Sofort packt er meinen Unterarm und zerrt mich zurück in die Senkrechte – ganz so, wie ich beim Windsurfen das Segel mit einem Schwung aufrichte. Er schiebt mich gegen die Schuppenwand, hält mich weiter fest.

»Was soll ich lassen? Sie aus dem Schnee aufzuheben?«

»Mich quasi zu verprügeln!«

Seine Augenbraue wandert mal wieder nach oben, und sollte sich zwischen irgendwelchen Bekleidungsschichten noch Schnee befinden, schmilzt der jetzt bestimmt. Nicht nur mein Gesicht beginnt zu glühen.

»An der Rezeption liegt eine Nachricht für Sie von jemandem namens Callum«, erklärt er in übertrieben beiläufigem Ton.

»Was? Er ist hier! Scheiße, verdammt, ich meine … Aber wie?«

»Eine Nachricht von ihm, nicht er selbst.« Nein, beiläufig klingt das nicht, eher leicht genervt. Ich bin offenbar ein ziemlicher Quälgeist.

»Ach so.« Was stört ihn denn bloß so an mir? »Sie hätten aber nicht extra kommen müssen, um mir ...«

»Bin ich auch nicht. Ich wollte nur Ed ausrichten, dass ihn bereits um drei ein Gast zum Skiunterricht auf der Piste erwartet.«

»Ah, super!«, rufe ich erfreut aus, denn das bedeutet, dass er keine Zeit haben wird, mich zum Snowboarden zu schleppen.

»Im Ernst?«, erwidert Will mit verwirrter Miene. »Können Sie es schon nicht mehr erwarten, ihn loszuwerden? Sie sind doch intelligenter als ich –«

»Oh, Sarah, ich fasse es nicht, dass Sie mich loswerden wollen!«, stöhnt Ed auf und schenkt mir seinen traurigen Hundeblick. Höchst eindrucksvoll, und noch eine Nummer besser als der treuherzige Dackelblick.

»Tu ich doch gar nicht! Wirklich nicht!« Ich weiß gar nicht, welchem Bruder ich zuerst antworten soll. »Und was soll das heißen, intelligenter als Sie dachten? Sie unverschämter –«

»Wie wär's, wenn ihr beide jetzt mal langsam in die Gänge kommt? Immerhin war das Ganze Ihre Idee, schon vergessen?«

Ed hat es irgendwie erneut geschafft, seinen Arm besitzergreifend um mich zu legen. Will zieht verärgert ab, und Callum hat mir eine Nachricht geschickt. Warum bloß? Immerhin könnte es schlimmer sein – etwa wenn er tatsächlich an der Rezeption stehen würde. Obwohl, so furchtbar schlimm wäre das gar nicht. Mit den beiden Brüdern hier hat man's nicht einfach. Den einen kann man sich nur mit Mühe vom Leib halten, der andere kann es kaum erwarten, dass wieder der Atlantik zwischen uns liegt.

»Ist sicherlich schwierig, hier irgendwo Gladiolen zu bekommen, was?«, frage ich und versuche, mich von Ed zu befreien, ohne allzu grob vorzugehen.

Ed schüttelt den Kopf und lacht. »Sie sind wirklich eine lustige süße Maus.«

»Süße Maus? Wer sagt denn so was noch?«

»Ich.« Er schnellt vor, und bevor ich es verhindern kann, hat er mich über die Schulter geworfen und stapft davon in Richtung seiner Hütte. »Na los, vergessen wir das dämliche Holzstapeln. Wir gehen jetzt snowboarden. Ich kann es kaum erwarten, Hand an diesen bezaubernden Körper zu legen – in rein beruflicher Funktion, versteht sich.«

»Anhalten, lassen Sie mich runter.« Ich trete und boxe ihn auf den Rücken, aber er lacht nur. »Wir müssen Holz stapeln.«

»Immer mit der Ruhe, meine Hübsche. Erst pflügen wir jetzt mal 'ne Runde den Acker um.«

»Was?« Anscheinend beeinträchtigt es mein Hörvermögen, so kopfüber herunterzubaumeln. Oder es ist der gefürchtete Hirnfrost. Schließlich ist mein Kopf derzeit näher am Schnee, als mir lieb ist. Auch wenn diese äußerst warme Hand – die ich in einer kanadischen Abwandlung von der Prinzessin auf der Erbse tatsächlich durch alle Lagen spüren kann – sich wirklich sehr beruhigend anfühlt. Und konzentrationsstörend.

»Wir gehen snowboarden«, erklärt Ed und setzt mich routiniert direkt vor seinen Füßen ab. Jetzt stehen wir uns Nase an Nase gegenüber. Die Situation ist zwar kein Vergleich zu der, als ich Will so dicht gegenüberstand, aber dafür ist sie angenehm. Ohne jede Schärfe. Ich muss nicht befürchten, dass er mir im nächsten Moment die Nase abbeißt oder es zumindest versucht. »Ich bring Ihnen bei, wie Sie ruckzuck jede Black Diamond durchcarven.«

»Können Sie auch normal reden?«

Er grinst. Seine Augen sind blau, aber von einem ganz

anderen Blau als Wills Augen. Ich muss dringend mit diesem ständigen Will-Vergleichsquatsch aufhören. Das ist einfach zu schräg.

Er streift mir die Mütze vom Kopf und wuschelt mir durch die Haare.

»Dann wollen wir Sie mal anständig ausstaffieren, junge Frau, und schon geht der Spaß los.«

»Und das Holz?« Ich verschränke die Arme und setze meinen besten Lehrerinnenblick auf – so nennt Sam ihn zumindest immer.

»Das erledigen wir, wenn wir zurückkommen.«

»Falls wir zurückkommen, wollten Sie wohl sagen. Was ist, wenn ich mir was breche?«

»Kann nicht sein. Ich bin ja dabei und habe Sie sicher im Griff.« Und im Griff hat er mich. Wortwörtlich. Seine Hände auf meiner Hüfte zu spüren, ist angenehm, beruhigend und auch ein klein wenig erregend. Sam hatte schon recht mit ihrer Bemerkung. Ich fand das Foto von ihm auf der Website tatsächlich sexy. Ich war bloß verwirrt, weil er sich so unwirsch verhielt. Aber der Widerspruch hat sich ja mittlerweile aufgeklärt. Es gab ihn einfach zweimal. Ich meine, das auf dem Foto war eine Person, nämlich er, und das mit dem unwirschen Verhalten war eine ganz andere. Will.

Verdammt. Jetzt spukt mir Will wieder im Kopf herum. Das grenzt schon langsam an Verfolgungswahn und sollte dringend ein Ende finden.

»Okay«, verkünde ich eine Spur enthusiastischer als gewollt, da ich zugleich versuche, Big Brother aus meinem Kopf zu verbannen.

»Ich glaube, ich lasse mir auch blaue Strähnen in die Haare machen. Sieht cool aus.« Seine Grübchen sind echt der

Hammer. »Dann sind wir die Blues Brothers. Oder Sisters. Oder Sister und Brother. Wie auch immer.«

Bestimmt liegt das komische Prickeln im Bauch nur an zu schwachen Nerven.

»Wir räumen aber den Holzschuppen auf, sobald wir wieder zurück sind, ja? Sie haben doch noch genügend Zeit vor Ihren Skistunden?«

Er nickt.

»Sagen Sie es!« Auf keinen Fall kann ich das ganze Holz allein aufstapeln, und ich habe Will versprochen, es zu erledigen. Jetzt werde ich nicht schon bei der ersten Schwierigkeit kneifen. Ich brauche Ed dafür. »Versprechen Sie mir zu helfen, sobald wir zurück sind.«

Ed verdreht die Augen, hört jedoch nicht auf, zu grinsen, daher bin ich mir nicht sicher, ob ihm zu trauen ist oder nicht. Seine Augen strahlen auf jeden Fall verlockend. Zu einer anderen Zeit, an einem anderen Ort wäre ich nur zu gern bereit, mich ein wenig mit ihm zu amüsieren, denn er entspricht genau dem Typ Spaß-haben-ohne-jede-Verpflichtung, den ich so mag.

»Ich verspreche es. Gott im Himmel, Sie werden doch am Ende nicht genauso ein Lahmarsch sein wie mein großer Bruder?! Und jetzt los, abgemacht ist abgemacht, wir gehen snowboarden.«

Mir bleibt nichts anderes übrig. Ich werde auf ein Snowboard steigen müssen, da helfen auch keine Witzeleien mehr. Und an Will zu denken, schon gar nicht.

»Ist das einfach!«, erkläre ich lässig. »Ich kapier gar nicht, warum man ein solches Getue darum macht!« Ich stehe noch immer aufrecht und habe es geschafft, ein paar Meter zu fahren, zu wenden und anzuhalten! Ed ist zwar sehr aufmerksam gewesen und hat seine Hände kaum von mir genommen, doch das Wichtigste habe ich aus eigener Kraft geschafft. Noch ein paar Meter und ich kann ihm sagen, dass er mich loslassen soll. Ich bin schon auf Wills Reaktion gespannt, wenn ich ihm erzähle, dass ich nach einer kurzen Einführung die Piste runter bin (und zudem noch Zeit hatte, das Holz zu stapeln).

»Das machen Sie schon sehr gut«, lobt auch Ed und grinst. Er grinst viel. Immer herzlich und mit Grübchen. »Bereit für den Anfängerhügel?«

»Was soll das heißen? Ist das nicht der Anfängerhügel?«

»Neiiiin. Das ist bloß das Flachstück am Fuß. Die Piste ist da!« Mein Blick folgt der Richtung, in die er zeigt.

»Wollen Sie mich auf den Arm nehmen?« Ach, du meine Güte. Alles schräg. Richtig schräg. Und steil. »Oh.« Ich lächle angestrengt weiter, der Rest von mir ist im Panikmodus.

Ed ignoriert meinen Einwurf.

»Können wir nicht einfach auf dem flachen Stück hier unten bleiben?«

»Unfug! Na los, Sie sind bereit für die nächste Stufe. Für Sie doch ein Klacks! Selbst Fünfjährige können snowboarden. Es ist so simpel, wie auf einem Serviertablett zu stehen.« Er streckt die Arme aus und imitiert mit viel Herumwackeln jemanden, der auf einem Serviertablett balanciert. Mich überzeugt das nicht. Allerdings lässt er mir keine andere Wahl, und ich entscheide, dass er keineswegs süß und charmant ist.

Wie sich unschwer erkennen lässt, bin ich weder fünf noch daran gewöhnt, auf Serviertabletts zu stehen. Schon gar nicht, wenn sie so winzig sind, keine Umrahmung haben und rasanter über die glänzende Eisschicht sausen als diese Rumpeltonnen bei den Olympischen Winterspielen. Diese Bobs. Ich meine, warum sollte ein klar denkender Mensch auf die Idee kommen, so etwas zu tun? Als würde man in eine übergroße Patronenhülse gestopft. Und wahrscheinlich würde ich gleich beim ersten Aufprall damit explodieren.

Derzeit komme ich mir aber weniger wie beim Bobfahren vor – wo man wenigstens eine Schutzhülle besitzt –, vielmehr fühle ich mich wie ein Curlingstein, der auf ein fernes Ziel zu rauscht, das ich möglicherweise treffen werde, möglicherweise auch nicht.

Darin liegt auch begründet, warum ich mehr kreische und auf die Nase falle als ein Kleinkind, das gerade entdeckt hat, wofür die Beine so alles gut sind. Ein Schlitten mit Rentieren ist jedenfalls eher mein Ding.

Ed dagegen amüsiert sich köstlich. Wenn seine Grübchen sich noch weiter vertiefen, hat er gleich Krater im Gesicht. Ein wenig durchgeknallt dürfte er tatsächlich sein. In diesem Punkt teile ich langsam die Einschätzung von Will, der zwar pedantisch, dröge und mürrisch sein mag, der aber wenigstens noch alle Tassen im Schrank hat. Schnee etwa scheint ihn nicht im Geringsten zu interessieren, allenfalls wie man verhindert, dass er über die Türschwelle kommt.

»Sie machen das schon ganz gut. Nur, äh, etwas aufrechter stehen vielleicht.«

Aufrechter stehen? Soll das ein Witz sein? In dieser angedeuteten Embryonalhaltung bin ich doch viel näher am Boden.

»Schauen Sie hin, wohin Sie fahren.«

»Genau dahin schaue ich doch. Direkt in den Haufen Schneematsch da.«

Er lacht. »Wohin Sie wollen, nicht wohin es Sie vermutlich treibt.«

»Oh, ah ja.«

»Es geht immer in die Richtung, in die Sie schauen. So ähnlich wie beim Reiten.«

»Ich reite nicht.«

»Was tun Sie denn dann?«

»Surfen.«

»Na, dann sollte das für Sie –«

»Bloß Pipifax sein?«

»So ist es. Wellen bewegen sich, das Zeug hier nicht.«

»Da irren Sie sich aber gewaltig. Wenn Sie drin landen, bewegt es sich schon.«

»Oh, Sarah. Ich könnte mich glatt in Sie verlieben!« Bei jedem anderen Mann wäre eine solche Bemerkung leicht beängstigend gewesen, aber wenn Ed das sagt und einen dabei in die Arme schließt, ist das etwas völlig anderes.

Genau dasselbe hat er vor ein paar Minuten mit irgendeinem Teufelsweib gemacht, das auf einem Snowboard die Piste heruntergeschossen kam, nur Millimeter vor seiner Nase abbremste und ihm einen Kuss gab, bevor sie rückwärts davonglitt. Poserin. Ich hasse Poser. Könnte diese Eierlikör-Lady namens Bianca gewesen sein.

»Sie sind ein richtiger Playboy!«

»Und stolz drauf«, antwortet er grinsend und macht dabei einen sehr selbstzufriedenen Eindruck. »Seit sich unser Golden Boy vom Berg verpisst hat, bin ich eben der Platzhirsch.«

»Golden Boy?«, wiederhole ich in der Hoffnung, die Unterhaltung damit ein wenig in die Länge zu ziehen. Solange wir reden, muss ich nicht auf einem Tablett herumbalancieren und gleichzeitig noch so tun, als hätte ich Spaß daran. Am besten sollten wir uns gleich hinsetzen und ganz in Ruhe quatschen. Vielleicht kann dieser Golden Boy meine Rettung sein.

»Fuuuck! Aus dem Weg, du Loser!«

Etwas Hartes rammt mit hoher Geschwindigkeit meinen Hintern, und ich werde um Ed gewirbelt, an den ich mich mit aller Kraft klammere. Es ist ein reiner Reflex. Andernfalls hätte es mich die Piste hinuntergezogen, denn irgendwas hängt an meinen Knien und lässt erst los, als ich mich einmal komplett um die eigene Achse gedreht habe.

Ein Hobbit schießt davon und johlt, als wäre das Ganze auch noch komisch.

Ed gluckst amüsiert.

Angetrieben vom Schwung des kleinen Derwischs, drehe ich mich noch einen Moment weiter, bis ich langsam zu Boden sinke, ohne Eds Skianzug loszulassen. Wäre das ein Abgang beim Stangentanz oder eine schlüpfrige Figur beim Eistanz, hätte ich bestimmt eine Zehn dafür bekommen.

Ed sieht auf mich herab, wie ich vor seinen Füßen liege und meint: »Gut gemacht! Sie sind auf den Beinen geblieben. Äh, zumindest lange Zeit.«

»Ich konnte doch gar nicht anders! Dieses, dieses, dieses *Ding* da hielt mich mit eisernen Klauen gepackt!«

»Sie ist sieben.«

»Kein Hobbit?«

»Ein Mädchen. Ich habe ihr gestern die ersten Stunden gegeben. Vollkommen furchtlos.«

»Bei Ihnen klingt das fast wie etwas Positives! Ich muss hier unbedingt weg, bevor sie acht wird und mir die Unterschenkel amputiert.«

»Immerhin fuhr sie nicht schnell. Ist ja bloß der Anfängerhügel.«

»Also mir kam's ziemlich flott vor«, erwidere ich. Siebenjährige sollten nicht dieselben Pisten benutzen wie ich (mein Problem) und dabei auch noch lauthals »Fuck« schreien (das

Problem von deren Eltern). »Und wer ist jetzt dieser Golden Boy?«

Er mustert mich erstaunt, als müsste ich das längst selbst wissen. »Mein lieber großer Bruder natürlich.«

»Will?« Sollte er noch einen zweiten großen Bruder haben? Will kann ich mir jedenfalls weder golden noch silbern oder bronzen vorstellen.

»Eben der.«

»Der mag aber doch keinen Schnee, oder? Warum fährt er nicht Ski? Hat er Angst?«

»Eher Angst, dass es jetzt, da er nicht mehr mit den Tricks von früher Eindruck schinden kann, mit der großen Heldenverehrung vorbei sein dürfte. Aber reden wir doch lieber wieder über mich, ja?«

Tricks? Heldenverehrung? Ein Ed, der nicht darüber sprechen will? Natürlich möchte ich sofort mehr über diese Seite von Will erfahren, von der ich nichts geahnt habe. Wenn er keine Angst vor Schnee hat, warum versteckt er sich dann ständig drinnen, obwohl direkt vor seiner Haustür all diese Möglichkeiten liegen?

»Halloooo?«, holt Ed mich aus meinen Gedanken zurück und führt dazu ein albernes Tänzchen auf.

»Spinner.« Der Mann buhlt fast zwanghaft um Aufmerksamkeit (und ist auch darin das genaue Gegenteil seines Bruders), dennoch muss ich sein Lächeln einfach erwidern.

Ich schleudere eine Handvoll Schnee auf ihn. Er bückt sich und wirft zurück. Bevor ich weiß, wie mir geschieht, werde ich routiniert den Hang hinuntergerollt und lande mit ihm verknotet am Ende der Piste. Sich rollen und verknoten gefällt mir schon viel besser. Außerdem ist es einfacher als dieses Serviertablettzeugs, bei dem man nur lächerlich und unfähig aussieht. Ich mag es eher, wenn ich etwas beherrsche, nicht wenn ich jämmerlich dabei wirke.

Sein Gesicht schwebt unmittelbar über mir, und diese unfassbar klaren Augen starren mich an.

»Jetzt mal ehrlich, Ms. Hall: Auf diesem Gebiet sind Sie eine absolute Null, richtig?«

»Richtig.«

»Ich wette, Après-Ski ist eher Ihr Ding. Na los, ich zeige Ihnen mal, wie echte kanadische Gastfreundschaft aussieht.« Während er aufsteht und mich hochzieht, frage ich mich, ob das eine gute Idee ist.

Als wir zurück zur Rezeption kommen, warten dort zwei Nachrichten auf uns. Eine für mich, eine für Ed.

*Hi, Sexy* – die ist für mich –, *bin mit Daz aufm Weg nach Bali für ne Runde Weihnachtssurfen und dachte, ich sollte dir besser jetzt schon Happy Christmas wünschen, bevor da unten auf einmal die Verbindung zu mies ist. Ich vermiss dich, mein kleines Kuschelmonster-Schlumpfinchen, C xxx*

»Kuschelmonster-Schlumpfinchen?«, raunt eine Stimme in mein Ohr.

»Hey, das ist privat!«, fauche ich und verpasse Ed einen Schubs. »Jetzt müssen Sie mir aber auch Ihre Nachricht zeigen!« Die Verärgerung hilft, meinen Schmerz zu überspielen. Ich bedaure es nicht, mit Callum Schluss gemacht zu haben, denn ich weiß, es hätte niemals gut gehen können, und jetzt ist der richtige Zeitpunkt gewesen, aber er fehlt mir trotzdem. Und auf Bali zu surfen, klingt so viel mehr nach mir, als auf einem Snowboard irgendwelche Hänge hinunterzurutschen. Es wäre schön, wenn wir nach meiner Rückkehr einfach gute Freunde bleiben könnten. Schön, aber vermutlich unmöglich. Und nicht unbedingt fair.

»Meine ist viel gefühlsduseliger.«

Er reicht mir den Zettel, auf den jemand in energisch zackiger Schrift eine Nachricht notiert hat. Sie klingt gar nicht gefühlsduselig.

*Musste in die Stadt. Vergiss nicht, die Vorräte in der Halfway Cabin und die Schneebedingungen zu überprüfen, sobald ihr mit dem Holzstapeln fertig seid. W.*

»W?«

»Will. Scheiße, das mit den Vorräten habe ich völlig vergessen. Lust, mitzukommen?«

»Mitkommen wohin? Und was ist mit dem Holz?«

»Um das Holz kümmern wir uns, wenn wir zurück sind. Es ist eine Hütte in den Bergen, wo wir Ersatzausrüstung und Notfallvorräte aufbewahren und die wir im Sommer bei längeren Ausflügen benutzen.« Er grinst verflucht spitzbübisch. »Vollkommen abgeschieden und sehr lauschig. Kleiner Spontanausflug gefällig?«

»Klar doch, und zu erreichen ist der Ort bestimmt nur auf Skiern oder Snowboards, habe ich recht?«

»Oh nein. In diesem Punkt liegen Sie voll daneben, Sie sexy Schlumpf. Hier entlang, wenn ich bitten darf. Ihre Kutsche erwartet Sie.«

Eine solche Einladung abzulehnen, fällt natürlich schwer. *Kutsche* hat meine Neugier geweckt, und ja, ich gebe es zu, auch das mit der lauschigen Abgeschiedenheit. Vielleicht regt mich die Besichtigung zu ein paar Ideen an, wie sich auch die anderen Hütten lauschiger machen lassen.

Er zerknüllt den Zettel, entsorgt ihn mit einem geübten Wurf im Papierkorb, nimmt mich an der Hand und zieht mich nach draußen. Es geht vorbei am Holzschuppen – der leider noch immer nicht aufgefüllt ist – und vorbei an den Hundezwingern – in denen es äußerst kalt zu sein scheint, weshalb ich froh bin, nicht auf diesem Ort als Schlafplatz bestanden zu haben – bis zu einem Geräteschuppen.

»Nun, trifft das vielleicht eher Ihren Geschmack, mein kleines Schlumpfinchen?«

»Ich bin nicht Ihr Schlumpfinchen, also sparen Sie sich das. Oh wow!« Groß, schwarz glänzend und kraftvoll. »Ist ja irre! Darf ich fahren? Bitte!«

»Haben Sie denn schon mal ein Schneemobil gefahren?«, fragt er zurück und wedelt knapp außerhalb meiner Reichweite mit dem Zündschlüssel. Ich widerstehe dem kindischen Drang, einfach danach zu schnappen. Obschon Ed die kindische Seite an mir zum Vorschein zu bringen versteht. Anders als Will. Welche Seite der zum Vorschein bringt, ist mir noch nicht ganz klar.

»Nein, nie! Aber so furchtbar anders als Motorradfahren kann es doch nicht sein, oder?«

»Und das haben Sie schon?«

»Wollen Sie mich verarschen? Sobald ich sechzehn war, habe ich von Tante Lynn ein Moped bekommen, und dann ein Motorrad, als ich alt genug war.«

»Klingt cool, Ihre Tante Lynn.«

»Absolut. Schlüssel?«

»Sie benehmen sich wie ein Kind vor der Bescherung.«

»Das ist viel besser als Bescherung.« Ich muss grinsen. Ich

kann einfach nicht anders. »Was kann es Besseres geben, als solch ein wummerndes Biest zwischen den Schenkeln zu spüren?« Ich bemerke Eds erstaunten Blick und füge rasch hinzu: »Upps, habe ich das laut gesagt?«

Er lacht aus vollem Hals, während er mir Helm und Handschuhe reicht, aber das kümmert mich nicht. »Wir fahren erst ganz gemütlich den Weg entlang, dann gehts bergauf, und vielleicht reicht die Zeit sogar noch für eine Runde über den See.«

Als abgeschiedener Rückzugsort ist die Hütte wirklich perfekt. Lauschig ist sie auch, vor allem im Sinne von mollig eng und zu klein, um sich darin aus dem Weg zu gehen. Und so bleibt mir kaum etwas anderes übrig, als dem attraktiven Ed nahezukommen.

»Und, gefällt es Ihnen?«

Ich bin mir nicht sicher, ob er die Hütte meint oder die Art, wie seine Finger in langen gleichmäßigen Bewegungen meinen Rücken hinab und über meinen Po streifen, sodass ich überall Gänsehaut bekomme. Ich schlucke schwer. »Super«, antworte ich wahrheitsgemäß. In beiderlei Hinsicht – und besonders in der mit dem sanften Pressen am Schluss, was meine Lippen sogar zu einem unbeabsichtigten »Oh« verleitet.

Wir stehen inzwischen Hüfte an Hüfte, fast Nase an Nase. Einem derart gut aussehenden Typen bin ich schon lange nicht mehr so nahe gewesen. Mein Herz hämmert und mein Körper prickelt gespannt, während er sich immer dichter zu mir beugt.

Eigentlich genau mein Typ. So jemand wie er. Ich werde das Gefühl nicht los, dass ich mich gerade selbst zu überreden versuche. Keine Bedingungen, keine Versprechungen, nur purer Spaß.

»Die Hütte ist super.« Warum muss ich das jetzt auch noch betonen?

»An dir gibt's aber auch wenig auszusetzen«, sagt er lächelnd und betrachtet dabei aufmerksam meine Lippen. Ich wette, er ist ein toller Liebhaber. Einfühlsam, lustig, fantasievoll. Ein Schauer läuft mir den Rücken hinab. Mein Mund, der seinen Kuss erwartet, ist vollkommen ausgetrocknet, mein Bauch wie ausgehöhlt. Er ist jetzt so dicht, dass ich die Hitze seines Körpers spüren kann. Ich rieche den schwachen Duft seines Rasierwassers, genieße den Druck seiner erfahrenen Hände und schließe die Augen.

»Nein«, piepst es irgendwie empört aus meinem Mund. Irgendein Teil meines Gehirns muss meine Stimmbänder angewiesen haben, das zu sagen. Aber sie wollen gar nicht »Nein« sagen, denn mein Körper signalisiert größte Lust darauf. Er braucht so etwas. Das Gefühl, begehrt zu werden. Selbst zu begehren.

»Nein?«

Ich öffne ein Auge. Seine Lippen halten wenige Millimeter vor ihrem Ziel inne. Sein Atem ist ein warmer Hauch an meinem Mund. Ein dicker Kloß in meinem Hals macht das Schlucken schwer. Was ist bloß los mit mir? Nein? Ich fahre mir mit der Zunge über die trockenen Lippen, und sein Blick fixiert erneut meinen Mund.

»Oder doch ja?«

»Nein. Wie in nein, nee, nicht ja«, bekräftige ich. Ich muss verrückt geworden sein. Dieser Mann ist unverschämt attraktiv und begehrenswert, und ich habe gerade Nein gesagt zu einer formidablen Runde Knutschen und Herumwälzen auf einer kuschelig warmen Felldecke. Hemmungsloses Austoben wäre allerdings ausgeschlossen, da man zur Vermeidung von

Verletzungen Ellbogen und Knie stets unter Kontrolle behalten müsste. So mollig eng ist es nämlich hier drin.

Mein Gott, wie bescheuert und peinlich ist das denn.

»Ich habe da was falsch verstanden, richtig?«, fragt Ed entspannt und lächelt. Er hält mich weiter fest und geht vollkommen gelassen mit der Situation um. Anders als ich. Ich winde mich noch ein wenig, bin verwirrt. Falsch verstanden hat er überhaupt nichts. Fünf Minuten zuvor hätte ich noch geschworen, dass ein wenig Herumzüngeln mit diesem strammen heißen Typ genau das ist, was ich gerade gebrauchen kann. »Dein Callum ist wohl wirklich etwas Besonderes.«

Ich nicke. Das ist der Punkt, an dem ich hätte klarstellen sollen, dass er längst nicht mehr »mein Callum« ist. Etwas Besonderes ist er schon, aber nicht in dieser Bedeutung. Doch wenn ich das sage, wie erkläre ich dann das Nein? Ich kann es mir ja nicht einmal selbst erklären. Irgendetwas fühlt sich einfach falsch an, und zum ersten Mal in meinem Leben möchte ich mich nicht kopfüber in ein Abenteuer stürzen, selbst wenn keinerlei Verpflichtungen damit verknüpft sind. Ist es da nicht unproblematischer, bei der Callum-Ausrede zu bleiben?

»Alles cool, keine Panik«, beruhigt er mich. »Komm einfach im nächsten Jahr wieder, wenn du ihm den Laufpass gegeben hast, okay?« Seine Augen funkeln noch immer, aber seine Hände haben mich losgelassen, und obwohl er weiterhin lächelt, ist die Sache tot. »Na auf, Schlumpfinchen, dann sollten wir jetzt mal besser zurück und Holz stapeln.«

Wir machen uns auf den Rückweg, und diesmal fährt er. Meine Runde über den See entfällt, und nichts ist so aufregend, dass ich in begeistertes Kreischen ausbrechen müsste. Ich presse mich nur fest an seinen Rücken.

Bin ich womöglich bloß deprimiert, oder setzt die Kälte tatsächlich meinem Hirn zu? Oder ist dies lediglich ein Zeichen dafür, dass ich erwachsen werde? Eine wahrhaft beängstigende Vorstellung.

Oder ist bei mir eine stark verfrühte Menopause eingetreten? Für eine Weile kann die Lust auf Sex dann vergehen, oder? Tante Lynn hat das ihre Solojahre genannt. Solange sie nicht richtig wusste, was sie wollte, hatte kein Mann eine Chance. Und wer will schon mit einer Frau schlafen, die selbst den tropischen Regenwald zum Trockengebiet machen könnte und die einem womöglich den Hals umdreht, wenn man zu sehr auf Sex beharrt?

O Gott, nein, dafür bin ich nun wirklich noch nicht bereit.

Was, wenn ich mein Kontingent an Sexhormonen aufgebraucht habe und keine mehr übrig sind? Ich werde nie wieder Lust empfinden, das unwiderstehliche Verlangen, mich auf einen Mann zu stürzen und zu vergessen, dass außer uns noch etwas existiert auf dieser Welt.

Oder – und bei dem Gedanken schließe ich die Augen – es liegt daran, dass ich ein schlechtes Gewissen habe. Schließlich habe ich Will versprochen, ihm heute zu helfen. Ich habe versprochen, konkrete Aufgaben zu übernehmen, und bereits einen beträchtlichen Teil des Tages darauf vergeudet, mit seinem äußerst süßen, aber auch sehr faulen und verantwortungslosen Bruder zu flirten.

Will bemüht sich nach Kräften, diesen Laden vor dem Untergang zu bewahren, und der Verursacher dieses ganzen Schlamassels ist derjenige, dem das Ganze schnuppe zu sein scheint.

Ich kann nicht einfach ständig zu allem und jedem Ja sagen. Ja sagen kann klasse sein und Spaß bedeuten, aber es ständig zu den falschen Leuten, den falschen Dingen zu sagen, was bringt das letztlich?

Verdammte Scheiße. Ich glaube, ich brauche dringend heiße Schokolade. Einen Riesenpott voll.

## 15

Das Fleckchen Erde hier haut einen einfach um. An die Kälte habe ich mich rasch gewöhnt, und den Schnee mag ich mittlerweile sogar – vorausgesetzt, ich bewege mich darauf mit Schrittgeschwindigkeit oder auf einem Schneemobil. Wenn tagsüber die Sonne scheint, glänzt und glitzert er und wirkt in seinem blendenden Weiß fast schlicht und rein. Doch abends überzieht ihn dann ein magischer Schimmer. Der Eindruck ist schwer zu beschreiben, aber diese kolossale Stille, dazu diese klare, trockene, eisige Luft, die in die Wangen schneidet, das ist einfach Wahnsinn. Unbewusst halte ich den Atem an, als wollte mein Körper den Moment noch intensiver ausschöpfen.

Das muss es sein, was Will mir zu erklären versucht hat. So nimmt er diesen wunderschönen, faszinierenden Ort wahr. Ohne Lametta, Christbaumkugeln und all den anderen von Menschenhand fabrizierten Zauber. Und jetzt erkenne ich es auch.

Ich bin noch nie irgendwo gewesen, wo die Zeit um mich herum in dieser Form still zu stehen schien. Sie umfängt mich sanft, schmiegt sich in mein tiefstes Inneres und schafft eine Art Frieden, eine Ausgeglichenheit, von der ich nicht einmal gewusst habe, dass es sie gibt. In diesen Augenblicken bin ich mit mir, na ja, nicht unbedingt glücklich, aber zumindest halbwegs einverstanden. Ich bin so weit okay, wie es zum

Leben nötig ist. Ich bin nicht länger das kleine Mädchen, das keiner mag. Ich muss mir nicht länger den Kopf darüber zerbrechen, welche Macke an mir wohl dafür verantwortlich ist, dass die Menschen mich ständig verlassen. Hier an diesem Ort kann ich sein, wer immer ich wirklich sein möchte.

Nichts mischt sich hier ein, nichts anderes existiert. Und das ist schon ein gewaltiger Schritt für ein Mädchen, das bislang stets Lärm und Betrieb gesucht hat.

Hier gibt es nur mich und die Welt.

Normalerweise halte ich niemals inne, vermeide es aus Prinzip, dem Nichts ausgesetzt zu sein. Denn sobald ich das tue, fange ich an zu denken. Plötzlich ist da Raum für Erinnerungen, die ich nicht will, für Fragen, die ich schon vor langer Zeit ausgeblendet und weggesperrt habe.

Hier draußen jedoch scheint das alles auf einmal kein Problem mehr zu sein. Eher völlig natürlich.

Ich habe mich warm eingepackt und bin rausgegangen, um dorthin zu gehen, wohin ich mich seit meiner Ankunft nicht getraut habe. Ich habe mich auf den Weg zu den Huskys gemacht. Zu Rosie. Oder, um genauer zu sein, zu den Hundezwingern und damit zur Bear Cabin.

Eine Zentnerlast drückt auf meinen Brustkorb, auf mein Herz, was irgendwie passt, da mein ganzer Körper ungeheuer erschöpft ist. Vielleicht möchte ich es sogar gerade jetzt tun, wo mir sowieso jeder Knochen wehtut. Nach dem Holzschleppen am Morgen und erneut am Nachmittag, als Ed um drei seinen Skiunterricht abhalten ging, fühlen sich meine Arme bleischwer an. Und meine Beine sind noch wackelig von den verzweifelten Versuchen, auf diesem dämlichen Board das Gleichgewicht nicht zu verlieren. Zwar hatte Ed mit hoffnungsvollem Augenaufschlag angeboten, mir ein dampfend heißes Bad einzulassen und mich anschließend mit Massageöl einzureiben, doch ich hatte einmal mehr Nein gesagt.

Auch wenn die von mir gewöhnlich bevorzugte Ablenkungsmethode bei seinem Anblick höchst verführerisch lockte, hatte irgendein winziges, schwachsinniges, hartnäckiges und unerfülltes Etwas in meinem Herzen auf Nein bestanden. Warum ich in der Halfway Cabin Nein gesagt hatte, war mir zuerst selbst nicht klar gewesen, aber inzwischen habe ich es begriffen.

Ich muss mich gar nicht unbedingt mit Ed ablenken. Ich habe Menschen, die mich lieben. Menschen, die auch mir viel bedeuten. Selbst wenn sie gerade nicht hier sind.

Es geht nicht um mangelndes Interesse oder darum, sich als Frau, die schwer zu bekommen ist, zu inszenieren. Und es ist auch nicht allein das schlechte Gewissen, Will im Stich zu lassen. Es ist viel komplizierter, und so richtig verstehe ich es selbst noch nicht. Aber ohne jede vertraute Begleitung herzukommen, bringt mir womöglich zu Bewusstsein, dass ich mir auch allein genug sein kann. Allein zu sein, bedeutet nicht zwangsläufig, einsam zu sein. Es bedeutet nicht zwangsläufig, dass mich niemand mag. Es bedeutet nicht, dass ich es nicht auch so draufhabe, mich zu behaupten.

Bislang habe ich in meinem Leben nie einen Spaß ausgelassen. Diese Einstellung hat mich zu dem Menschen gemacht, der ich bin. Aber vielleicht bin ich gar nicht wirklich so. Vielleicht hat mich diese Fixierung davon abgehalten, mein wahres, vollständiges Ich zu werden.

Derart tiefschürfenden Gedanken nachhängend, habe ich mir eine – verglichen damit – äußerst profane gestreifte Pudelmütze mit schneeballgroßer Bommel auf den Kopf gesetzt, eine dritte Bekleidungsschicht angelegt und stapfe nun auf die

Stelle zu, um die ich bisher mit voller Absicht einen weiten Bogen geschlagen habe.

Eine fast bärengroße Hündin trabt näher und reckt neugierig ihre Nase.

Ich kann ihre Wärme spüren, ohne dass wir uns berühren. Wie gerne hätte ich meine Arme um sie geschlungen, mein Gesicht in ihr Fell vergraben, ihr gleichmäßiges Atmen gespürt, den Herzschlag eines anderen Wesens, das mir zeigt, dass ich nicht völlig allein bin.

Sie wedelt mit dem Schwanz, als würde sie verstehen.

»Gehen Sie ruhig hinein, wenn Sie möchten. Sie beißt nicht. Und sie hat gern Gesellschaft.« Die leise Männerstimme lässt mich zusammenschrecken, und mir wird klar, warum der Husky in Wahrheit mit dem Schwanz wedelt. Die Hündin hat sich nicht über mein Kommen gefreut. Sondern über ihn.

Will.

»Ich dachte Schnee knirscht bei jedem Schritt? Das verhindert doch immer, dass Mörder sich unbemerkt an ihr Opfer anschleichen können.«

»Offenbar die falsche Sorte Schnee«, erklärt er und grinst ein wenig verlegen. Er entriegelt die Tür. »Kommen Sie. Drin ist es wärmer, und die Sterne können Sie auch von dort sehen.«

Sobald wir den Zwinger betreten, kommt die Hündin, die mich begrüßt hat, angelaufen und leckt mir die Wangen. Und sofort bin ich wieder das kleine Mädchen mit dem Husky, der ihm nicht von der Seite weichen wollte – der Hund, den es zu Hause nicht haben durfte. Ich schließe die Augen, und in diesem Moment fühlt es sich völlig real an. Die Hündin schleckt so heftig, dass ich kichern muss, stupst mit ihrer feuchten Nase, um meine Aufmerksamkeit zu erregen, und kitzelt mich im Gesicht mit ihrem dichten Fell. Dad hatte sie mit seinen großen, kräftigen Händen so lange gestreichelt, bis sie sich auf den Rücken legte, um sich den Bauch kraulen zu lassen, und Mum und ich waren beide in Gelächter ausgebrochen.

Gleich darauf hatte auch sein mächtiges, volltönendes Lachen die ganze Hütte erfüllt. Hier, genau an dieser Stelle. Ein Lachen, das ich völlig aus meinem Kopf verdrängt habe. Bis jetzt.

Rosies Zunge ist warm, und plötzlich wird mir bewusst, dass sie Tränen wegleckt, von denen ich nichts bemerkt habe.

»Ich wollte Sie nicht kontrollieren«, fährt Will unsicher fort und vermeidet dabei, mich direkt anzusehen. Weinende Damen sind bestimmt nicht sein Ding. Meins allerdings auch nicht, daher öffne ich bereits den Mund, um ihm zu erklären, dass mir bloß der eisige Wind die Augen tränen lässt, aber dann bleibe ich doch stumm. »Ich komme immer vor dem Schlafengehen her, um nachzusehen, ob bei den Hunden alles okay ist.« Er lässt sich auf das Stroh nieder. Kaum hat er seine unglaublich langen Beine ausgestreckt, kommt schon einer der Hunde und legt ihm den Kopf in den Schoß.

»Ich bin diejenige, die sich entschuldigen muss. Ich wollte nicht herumschnüffeln ...«

»Ich weiß.« Die Stimme ist samtweich. Zärtlich wie die Hand, die dem Hund die Ohren krault. Es ist das erste Mal, das ich ihn ohne verärgerten oder frustrierten Unterton sprechen höre. »Wir müssen doch alle ab und zu mal durchschnaufen. Ich komme dafür hierher. Hunde begreifen sofort.« Er nickt in Richtung der Hündin, die nun vor mir sitzt. »Das ist übrigens die berühmt-berüchtigte Rosie. Sie mag Zuwendung so sehr wie der Rest von uns.«

Mit tränenfeuchten Wangen in einem Zwinger zu hocken

und mir von einem riesigen Fellknäuel das Gesicht abschlecken zu lassen, entspricht so gar nicht meiner Art.

Ich, das ist eigentlich jemand, der in einer Reiseagentur arbeitet, mit Sam herumalbert und exotische Traumziele und Raves auf Ibiza verkauft. Jemand, der in lustigen T-Shirts herumläuft und auf keinen Fall in so vielen Bekleidungsschichten, dass er den Umfang eines Eisbärs annimmt.

»Manchmal braucht jeder von uns so etwas«, sagt er leise genug, um es zu ignorieren, sollte mir das lieber sein. Allerdings ruht dabei sein Blick unverwandt auf mir, was nicht ganz so leicht zu ignorieren ist. Also schlinge ich einen Arm um den wuschligen Berg namens Rosie und halte ihr meine andere Hand hin. Sie schnüffelt kurz, dann macht sie es sich gemütlich, legt ihren Kopf auf meine Knie und dreht sich auf die Seite, um mich mit leicht angehobenem Bein zu ermuntern, ihr den weichen Bauch zu streicheln.

»Ich bin hier nach dem Unfall sehr oft gewesen, weil die Hunde mich einfach akzeptiert haben, wie ich war.«

»Oh«, sage ich nur, da mir im ersten Moment nichts Besseres einfällt. »Ist das der Grund für Ihr, äh, Hinken?«

»Sie haben es bemerkt?«, antwortet er mit einem schiefen Grinsen. Vermutlich möchte er die Stimmung ein wenig aufheitern. »Ja. Da hat's mich gerissen.«

»Gerissen?«

»Ein Crash.«

»Mit dem Auto?«

»Nein«, antwortet er und lächelt leicht. Seine Aufmerksamkeit gilt in erster Linie dem Hund, nur von Zeit zu Zeit wirft er mir einen Blick zu. Er neigt den Kopf zu den Bergen, die hinter dem Resort aufragen, und fügt hinzu: »Im Schnee.«

»Aber ich dachte, Sie mögen keinen Schnee!« Die Worte

sind raus, bevor ich sie zurückhalten kann. Verdammt! Jetzt dürfte ihm klar sein, dass ich gelauscht habe. Woher sonst sollte ich das wissen.

»Stimmt. Nicht, seit ich nicht mehr snowboarden kann. Das hat mir den Spaß daran genommen.«

Ach Gott! Er hat Angst. Er fürchtet sich vor Eis und Schnee, genau wie ich. Deshalb hat er Ed auch so angefaucht wegen der nicht geräumten Wege. »Wie furchtbar«, bringe ich etwas piepsig hervor, aber es tut mir tatsächlich ungeheuer leid.

Damit wird vieles verständlicher.

Da tobt er wahrscheinlich jahrelang ausgelassen wie Ed auf den Pisten herum, und von einem auf den anderen Tag hat er ein kaputtes Knie und traut sich nicht mehr, es noch einmal zu probieren. »Das tut mir wirklich leid. Warum versuchen Sie's denn nicht mal auf dem Idioten –« Sein funkelnder Blick lässt mich abbrechen, aber dann habe ich eher den Eindruck, dass er sich ein Lachen verkneifen muss. »Ich meine, auf der Anfängerdings, äh, -piste, einfach nur, um ein wenig Sicherheit zu gewinnen?«

»Das ist keine Frage der Sicherheit, sondern eine der Belastbarkeit. Mein Bein hält das schlicht nicht mehr aus.«

Er ist wieder dazu übergegangen, den Hund zu betrachten. Okay, schon kapiert. Ein bärenstarker Kerl von echtem Schrot und Korn, der Holz hackt und Feuer macht, wird natürlich nicht zugeben, dass er sich nicht mal auf die Piste von Poppy und anderen Kinderschrecks wagt.

»Ich hab's auch nicht so mit Schnee.«

»Ach, was Sie nicht sagen«, erwidert er trocken, und langsam gewöhne ich mich an diesen ironischen Unterton, der eher freundlich klingt als verletzend. Und der eine leichte Gänsehaut verursacht. »Hätte ich nie gedacht.«

»Hören Sie auf, sich über mich lustig zu machen! Wetten, dass Sie beim Surfen nicht die geringste Chance gegen mich haben?«

»Vielleicht erinnere ich Sie eines Tages daran. Aber wahrscheinlich haben Sie recht. Und?« Er hält kurz inne. »Was ist Ihre Verbindung mit Bear Cabin?«

»In der habe ich gewohnt, als ich das letzte Mal hier war. Zusammen mit Tante Lynn. Ihr gehört die Reiseagentur.« Ich schaue mich um. »An Stroh auf dem Boden kann ich mich aber nicht erinnern.«

»Ach.«

»Und ...« Das Gesicht in Rosies Fell verborgen, hole ich tief Luft. Sie ist so wundervoll warm und riecht nach Hund. Und nach Geborgenheit. »Meine Eltern waren auch dabei.« Rosie windet sich aus meinem Griff, läuft zu meiner Überraschung aber nicht fort. Im Gegenteil. Statt mich zu verlassen, kommt sie nur noch näher und leckt mir das Kinn. »Es war das letzte Mal, dass ich sie gesehen habe.«

Will wird aschfahl unter seiner gebräunten Haut, und ich sehe, wie sein Adamsapfel auf und nieder zuckt. »Skiunfall? Lawinenunglück?«

»Nein, nein. Sie sind einfach fort.«

»Wie fort?«

»Weggegangen. Ich kannte Tante Lynn damals kaum. Sie ist die Schwester meiner Mutter, und sie kam damals mit, um sie von ihrem Vorhaben abzubringen. Aber das hat nicht geklappt.« Ich blicke in die braunen, mandelförmigen Augen der Hündin. Rosie erwidert den Blick. Es fällt erheblich leichter, wenn man zu einem Hund spricht. Vielleicht sollte ich mir auch einen anschaffen, wenn ich wieder zu Hause bin. Bedeutend billiger als eine Therapeutin und zudem garantiert vorurteilsfrei. »Sie wollten wohl eigentlich gar keine Kinder. Es verdarb ihnen ihren Lebensstil. Solange ich klein war und überallhin mitgeschleppt werden konnte, war alles in Ordnung, aber damals kam ich in ein Alter, wo ich in die Vorschule musste und Freunde brauchte.« Rosie stupst meine Hand, und jetzt erst bemerke ich, dass meine Finger aufgehört haben, sie zu streicheln. Sobald ich wieder anfange, legt sie die Schnauze auf mein Bein, blickt aber weiter zu mir hoch.

»Und Sie haben nie versucht, sie zu finden?«, fragt er in die Stille hinein.

»Es ist ziemlich kompliziert«, bringe ich nur hervor. Ich kann in diesem Moment einfach nicht noch mehr erzählen. Wenn nur die Hündin mir zugehört hätte, dann vielleicht.

Ich rechne schon damit, dass er nachbohrt, doch das tut er nicht.

»Tut mir leid, dass wir Bear Cabin abreißen mussten«, sagt er stattdessen, und es klingt ehrlich gemeint. »Es gab ein Feuer und –«

»Mir tut es nicht leid«, unterbreche ich ihn. »So ist's besser.« Alles genauso wiederzufinden, wie es damals gewesen ist, hätte es mir nur schwerer gemacht. Mit einer so grundlegenden Veränderung ist viel leichter umzugehen. Die Dinge haben sich eben weiterentwickelt, so wie ich mich hätte weiterentwickeln sollen. »Nichts bleibt, wie es ist«, versuche ich den Punkt abzuschließen. Auf einmal ist mir kalt. Zitternd beginne ich, mit dem Oberkörper zu schaukeln.

»Sie frieren. Wir sollten zurückgehen.« Will kämpft sich auf die Beine und streckt mir eine Hand entgegen. Ich nehme sie. Schlanke, starke Finger. Geschickt wirkende Finger. Mühelos zieht er mich hoch, und wir stehen uns kurz etwas linkisch gegenüber, bis Rosie mich in die Kniekehle stupst, wodurch ich nach vorn kippe.

»Lass das, Rosie«, mahnt Will ruhig. »Das Luder ist bloß scharf auf Leckerlis.« Er hat mich aufgefangen und zurück in die Senkrechte katapultiert, bevor ich die Arme heben und ihn anfassen kann.

Aha. Also doch kein Amor in Hundegestalt, der uns zusammenbringen will. Zuerst kommt eben immer das Fressen.

»Kontrollieren Sie ruhig noch, ob alles in Ordnung ist, und sperren Sie ab. Ich finde schon allein zurück zu meiner –«

»Nein, warten Sie einen Moment. Ich bringe Sie hin. Mit Eis und Schnee haben Sie's doch nicht so.«

»Ach, wie kommen Sie denn darauf?«

Er lacht. Ein offenherziges, ansteckendes Lachen, das tief aus der Brust kommt. »Sie sind echt lustig.«

»Ja, ja, lustig und nervig und nicht gerade schneeaffin, richtig?«

»Also das mit der Nervensäge stimmt«, bestätigt er lächelnd, doch sein Blick ruht auf meinem Gesicht. »Allerdings haben Sie sich beim Snowboarden mit Ed bestimmt prächtig amüsiert, oder?«

»Ganz ehrlich? Es war schrecklich. Ein Desaster, der schlimmste Albtraum meines Lebens! Schon mal gesehen, wie eine Katze auf einem zugefrorenen Teich den Fischen hinterherjagt? So kam ich mir vor.« Jetzt, da ich auf den eigenen Beinen stehe und wir über etwas anderes sprechen, gewinne ich meine Fassung langsam wieder zurück. Dennoch bedauere ich keineswegs, heute Abend hergekommen zu sein. Vielleicht bin ich wirklich bereit, das alles hinter mir zu lassen und den nächsten Schritt zu machen.

»Interessanter Vergleich.«

Er hat wirklich strahlend weiße Zähne. Ich mag schöne Zähne. Wenn der nächste Schritt etwas taugen soll, wäre jemand wie Will vielleicht gar keine schlechte Wahl.

»Ich meine damit lediglich«, erkläre ich in gespielt hochnäsigem Ton, »dass Katzen normalerweise überaus anmutige und geschmeidige Tiere sind. Und unter all diesen Klamottenschichten verbirgt sich eine extrem rassige kleine Raubkatze.«

»Davon bin ich überzeugt.«

Bei diesem Licht leuchten seine stahlblauen Augen viel weicher. Er wirkt weniger nüchtern und streng an diesem Abend, eher so wie die Huskys, die uns umlagern. Wachsam, geduldig, als würde ihm nicht die kleinste Kleinigkeit entgehen. Eine Vorstellung, die mich kurz erschauern lässt.

»Wenn Sie möchten, können wir irgendwann mal mit den Hunden ausfahren. Ist nicht so gefährlich wie Snowboarden.«

»Mit einem Schlitten?«

»Ja. Sie können doch nicht nach Kanada kommen, ohne Hundeschlitten zu fahren. Es wird Ihnen bestimmt gefallen.«

»Meinen Sie?«

Er nickt, und ich glaube ihm. »Na los, gehen wir.«

Mit ihm an der Seite macht mir der rutschige Weg kaum etwas aus. Sobald ich ins Schlittern gerate, ist er da. Ein sicherer Halt an meinem Ellbogen, eine sanfte, aber kräftige Hand in meinem Rücken.

Manchmal beschreiben Menschen ihren Lebenspartner als ihren »Fels«. Genau das ist es. Er ist wie ein Fels. Stark und verlässlich. Bloß nicht mein Lebenspartner.

Offenkundig zählt Will zu den Leuten, die ihre Pflichten ausgesprochen ernst nehmen. Weshalb er die meiste Zeit eben auch ausgesprochen griesgrämig wirkt. Im Grunde ist er aber eher freundlich, glaube ich. Fürsorglich.

Nicht ganz einfach. So wie Tante Lynn es bereits vermutet hat.

Ich denke, deshalb ist er auch hier, obwohl er eigentlich gar keine Lust dazu hat. Ständig muss er durch diesen Schnee stapfen, der so beängstigend für ihn ist, und seinem Bruder unter die Arme greifen, der einfach nicht mit Geld umgehen kann.

Dennoch würde es ihm guttun, das Leben ab und zu mal etwas lockerer zu nehmen.

Ich spüre mit extrem geschärften Sinnen seinen Körper dicht neben mir, bemerke die winzige Verzögerung im Rhythmus seiner Schritte und frage mich, ob es jemals eine Mrs. Will gegeben hat. Wenn ja, dann war oder ist sie höchstwahrscheinlich ein ebenso ernsthafter Typ. Gefestigt. Hochintelligent. Mithin das exakte Gegenteil von mir.

Bestimmt kann sie Ski fahren wie der Teufel und macht selbst in einer dicken Daunenjacke eine absolut fantastische Figur.

»Sarah?«

»Ja?« Unwillkürlich halte ich erwartungsvoll die Luft an und lehne mich ihm entgegen. Er schaut mich an, und ich denke: Ein Kuss wäre jetzt vielleicht keine schlechte Idee. Schuld ist sein Blick. In ihm funkelt zwar nicht so etwas wie schelmisch unbeschwerte Lust, aber diese Augen blicken ungeheuer eindringlich. Ungeheuer … nun ja, *aufrichtig.*

Womöglich brauchen wir ja beide nach all diesen Aufregungen etwas Erholung. Eine zärtliche Berührung unserer Lippen. Automatisch fährt meine Hand an meinen Mund, als könnte ich ihn dort bereits spüren. Einen Gutenachtkuss, mehr braucht es gar nicht.

»Gehen Sie ruhig jederzeit zu den Hundezwingern runter,

sollten Sie mal das Gefühl bekommen ... durchschnaufen zu müssen. Die Hunde kennen Sie jetzt und werden nichts dagegen haben.«

»Ja, gut, äh, danke«, erwidere ich nur. Seine Hand liegt noch immer sacht auf meinem Unterarm. Seine Lippen sehen weich und einladend aus.

»Und morgen können wir mit dem Schlitten ausfahren, wenn es das Wetter erlaubt. Sofern Sie Lust haben, versteht sich.«

»Großartig. Klingt super.« Er riecht nach Kaffee und einem Tag im Freien.

»Also dann.«

Das klingt schon sehr abschließend. So wie »Tschüss, bis später«. Er wird mich nicht küssen. Dabei recke ich ihm regelrecht das Gesicht entgegen. Wie peinlich. Wie vermeide ich jetzt, dass es zu unerwünschtem Lippenkontakt kommt?

Ich lasse mich ein wenig zur Seite kippen und mache zugleich einen Ausfallschritt, um auf diese Weise möglichst beiläufig etwas Abstand zwischen uns herzustellen – vergesse dabei jedoch völlig den eisglatten Untergrund. Schwerer Fehler. Kleiner Tipp an dieser Stelle: In solchen Situationen niemals das gesamte Gewicht in eine Richtung verlagern, denn so sicher wie das Amen in der Kirche werden die Füße sich für die entgegengesetzte entscheiden.

Zumindest tun meine das. »Shit!« Ich packe ihn am Ärmel, und er erwischt das Stück meiner Jacke, das sich ganz unschuldig zwischen meinen Brüsten vorwölbt. Jetzt stehen wir Nase an Nase. Noch dichter als zuvor. Ich könnte ihn einfach küssen. Aber ich bringe es nicht fertig. Nicht, wenn er mich so anschaut.

Ohnehin bleibt mir nicht einmal Zeit, die Lippen zu spitzen.

Es muss wohl eine winzige Nasenberührung gegeben oder seine Wimpern müssen kurz meine tuschiert haben, jedenfalls schreckt er auf irgendein inneres Alarmsignal hin urplötzlich hoch und reißt den Kopf nach hinten, als hätte er sich verbrüht. Seine Bartstoppel reiben bei dieser Gelegenheit so rasant über meinen Wangen, dass Verbrennungsgefahr besteht. Keinen Wimpernschlag später stehen wir schon mehrere Handbreit getrennt. Wow! Der Typ ist echt finster entschlossen, jede Form von Kontaktsport zu vermeiden, koste es, was es wolle.

»Sie gehen besser rein, sonst erkälten Sie sich noch«, sagt er. Klingt abweisend, grenzt zugleich jedoch an mitfühlend.

Ich atme tief durch, während mein Kopf noch das Geschehene zu verarbeiten sucht. »Richtig. Den Weihnachtsbaum schmücke ich dann morgen, okay?«

Mittlerweile hat er so viel Abstand zwischen uns geschaffen, dass selbst ein Alien mit Echsenzunge keine Chance mehr hätte. Um ehrlich zu sein, weiß ich selbst nicht, was ich mir dabei gedacht habe. Was *habe* ich mir gedacht? Echt, das ist schon fast erbärmlich, schließlich bin nicht irgendwie sexverrückt. Es war bloß dieser eine Augenblick. Einer dieser erregenden und Gut-dass-nichts-passiert-ist-Augenblicke. Mir gefällt der Mann nicht einmal besonders gut. Er ist dermaßen nicht mein Typ, dass es schon absurd ist.

Den halben Abend habe ich damit verbracht, mich daran zu erinnern, dass ich nicht immer Ja sagen muss, und bevor ich michs versehe, stecke ich erneut in der Situation, ohne dass es überhaupt eine Einladung gegeben hätte.

Das muss an dieser Hirnfrostsache liegen, von der er gesprochen hat. Ich bin zu lange draußen in der Kälte gewesen, und prompt hat es in meinem Kopf einen Kurzschluss gegeben. Oder meine Gehirnmasse hat sich beim Einfrieren ausgedehnt, drückt nun gegen die Schädeldecke und braucht einen Ausweg. Oder es ist bloß ein Ausdruck dieses euphorischen Hurra-Gefühls, weil sich damit gerade erwiesen hat, dass ich doch nicht vorzeitig verwelkt und ausgetrocknet bin und meine Lust noch voll im Saft steht. Genau. Das wird es gewesen sein. Pure Erleichterung.

»Wenn es Ihnen Spaß macht, bitte schön. Sollte ich nicht da sein, kann Ed Ihnen ja zeigen, wo das ganze Deko-Zeugs liegt.« Was ich dahingehend deute, dass er nicht die Absicht hat, da zu sein. Aus der Traum von der Ausfahrt im Hundeschlitten. Dabei hätte das wirklich schön sein können. Ich habe mich schon richtig darauf gefreut. »Dashing through the snow« und all das. »Gute Nacht, Sarah.«

Abrupt bricht die Melodie von *Jingle Bells,* die ich um ein Haar vor mich hingesummt hätte, ab. Erstirbt auf ewig. Allerdings hätte die Zeile »In a one dog open sleigh« sowieso keinen Sinn gemacht.

»Nacht.«

Und schon ist Will in der Dunkelheit verschwunden. Nicht einmal ein Küsschen auf die Wange.

Puh, da habe ich noch mal Glück gehabt! Wie verrückt wäre das gewesen, wenn ich ihn wirklich geküsst hätte?

## 16

»Was zum Teufel ist das?« Will starrt mich an, als hätte ich zwei Köpfe. Aber vielleicht bemerkt er auch bloß zum ersten Mal meine blauen Haare. Hier läuft doch jeder ständig mit Mütze auf dem Kopf herum.

Im Übrigen bin ich heilfroh über meinen Kurzhaarschnitt. So bleiben die Ohren zwar unbedeckt, aber dafür sorgt das häufige Tragen von kuscheligen Mützen auch nicht für eine chronisch platt gedrückte Frisur. Und wie schlimm das sein kann, weiß ich nur zu gut. Ich bin drei Monate auf einem Roller und mit Helm auf dem Kopf kreuz und quer durch Spanien gereist. Weder meine platten Haare noch mein tauber Hintern haben sich davon anschließend jemals richtig erholt.

»Was denn?«, frage ich zurück. Womöglich hat er auch nur das üppig beträufelte Stück Pancake entdeckt, das eben am Frühstücksbüfett abhanden gekommen ist. Ich beginne nämlich eine große Schwäche für Ahornsirup zu entwickeln.

Was Männer betrifft, mag derzeit Flaute herrschen, dafür entschädige ich mich an der Schokoladen- und Sirupfront umso schamloser.

»Das da!« Er meint gar nicht meine Haare, sondern deutet links an meinem Ohr vorbei.

Ah!

»Das«, hebe ich an und setze ein triumphierendes Lächeln

auf, da es mich viel Arbeit gekostet hat und das Ergebnis mich mit großem Stolz erfüllt, »ist ein Wochenplaner.«

»Das sehe ich auch, aber wie kommen Sie dazu, den hier in meinem Büro aufzuhängen?«

Ich habe den leisen Verdacht, damit zu weit gegangen zu sein. Mit »Sie können gern ein paar Ideen einbringen« hat er wohl doch nicht gemeint »mein Leben neu durchtakten«. Es ist nur so, dass die Leute mich häufig für chaotisch und flatterhaft halten – was keineswegs auf bloße Paranoia meinerseits fußt, denn es ist mir schon diverse Male explizit vorgehalten worden –, und in vielerlei Hinsicht ist da auch was dran, aber in Arbeitsfragen bin ich ein absoluter Fan von strikter Planung. Dem Leben wird kein Plan gerecht, da heißt es Probieren geht über Studieren. Aber Arbeit bedeutet Ordnung. Da strukturiere ich bis zum bitteren Ende.

Beim Abarbeiten meiner ersten Aufgabenliste ist mir aufgefallen, dass diese Maßnahmen einfach nicht genügen. Die Punkte darauf abzuhaken, kann nur ein Anfang sein. Was wir wirklich brauchen, ist ein fortlaufender Arbeitsplan.

»Organisation ist alles.«

»Geld auch«, schießt er zurück und scheint sich nur mit Mühe zurückhalten zu können, die Arme zu verschränken oder mich gleich aus dem Büro zu werfen.

»Ja, Geld auch natürlich, aber wenn man nicht flüssig ist, wird effizientes Zeitmanagement zum entscheidenden Aspekt«, verteidige ich meine Idee, die ich mir von ihm nicht so einfach vermiesen lasse.

Er seufzt gequält auf und fällt schwer in seinen Schreibtischsessel.

»Könnten Sie vielleicht etwas leiser stöhnen? Und wenigstens so tun, als würde es Sie interessieren? Sie wissen doch selbst am besten, dass Sie nicht alles allein erledigt bekommen. Ihre eigenen Worte!«

»Ich brauche dringend Kaffee.«

»Ich habe gesagt, dass ich Ihnen helfe, Will. Und genau das möchte ich auch tun. Ein wenig Weihnachtsdekoration aufhängen, ist schön und gut, aber wenn Sie glauben, ich würde jetzt hier bloß sinnlos herumstreunen auf der Suche nach irgendeiner Beschäftigung, dann haben Sie sich geirrt.« Ein weiterer Entschluss, den ich vergangene Nacht gefasst habe. Da es kein brauchbares WLAN gibt, kommen meine grauen Zellen eben auf andere Gedanken. Manche mehr, manche weniger brauchbar.

»Geirrt habe ich mich in letzter Zeit wohl öfter«, sagt er und verschränkt nun doch die Arme. »Also weiter, Catwoman.«

Hat er mir etwa nachspioniert und mich in meiner Thermounterwäsche gesehen?

»Geht auch Superwoman?«

»Sie haben sich doch selbst gestern Abend als eiskunstlaufende Katze beschrieben. Außerdem haben Sie wirklich Ähnlichkeiten mit Chloe.«

Ich warte ab. Genauso schlank? Selbstsicher? Elegant? Hoffentlich hat die Warterei bald ein Ende, denn inzwischen ist mein Gehirn bereits bei *durchtrieben* und *einzelgängerisch* angekommen.

»Immer erst zuschlagen. Nur für alle Fälle.«

*Claw-ey.* Hmm. Kratzbürste hatte ich nicht auf der Rechnung. »Das ist nicht –«

»Mir gefällt das«, unterbricht er mich in deutlich ruhigerem Ton und verzieht den Mund wieder zu diesem schiefen Grinsen. »Es ist so erfrischend.«

»Hören Sie auf, sich über mich lustig zu machen! Wer

trickst jetzt wie eine Katze? Ich weiß genau, was Sie vorhaben. Sie wollen mich einlullen mit Versicherungen, wie ernst Sie meine Ideen nehmen, nur um sich anschließend meinen Wochenplaner vorzuknöpfen und ihn in Stücke zu reißen.«

»Nun mal halblang, Sarah. Ich wünsche mir genauso sehr wie Sie, dass dieser Laden wieder auf die Beine kommt.«

»Das bezweifle ich.«

Er übergeht den Einwurf. Zum Glück. »Aber gleich eine Excel-Tabelle? Ich dachte, Frauen hassen Excel-Tabellen, und nur Männer stehen auf dieses Zeug. Ich allerdings ausgenommen.«

»Offensichtlich! Und offensichtlich haben Sie zu viel Zeit mit den falschen Frauen verbracht.«

»Tja, in diesem einen Punkt sind wir tatsächlich einer Meinung.«

Ich beschließe, das Thema *Falsche Frauen* jetzt nicht zu vertiefen, obwohl ich große Lust dazu hätte. Sehr große. Aber ich übe mich in Selbstbeherrschung und darin, mich auf meine eigenen Angelegenheiten zu konzentrieren. Nicht die der anderen. »Sie müssen herausfinden, für welche Arbeiten Sie überhaupt Zeit haben, und ich muss herausfinden, wie ich am effizientesten helfen kann. Dabei ist alles eine Frage der richtigen Prioritätensetzung.« Ich löse die Aufstellung von der Pinnwand und lege sie auf seinen Schreibtisch. »Es ist zum Beispiel nicht gut, wenn Sie jede Nacht bis drei Uhr morgens arbeiten.«

»Woher wollen Sie wissen, wie lange ich nachts wach bin?«

»Ich konnte nicht einschlafen und habe Licht bei Ihnen gesehen.«

»Woher wollen Sie wissen, dass ich nicht vergessen habe, es auszumachen?«

»Weil Sie an allen Ecken ständig Geld sparen wollen.«

»Und da haben Sie diese Tabelle erstellt? Klingt ein wenig scheinheilig in Bezug auf die Ermahnung, nicht nachts zu arbeiten, meinen Sie nicht?« Immerhin lächelt er bei diesem Gegenangriff.

»Ich dachte, wenn eine Beschäftigung einschläfernd wirkt, dann das eintönige Erstellen einer Excel-Tabelle.«

»Ihr Engagement in allen Ehren ...« Sein Finger berührt meine Hand. Nur einen winzigen Moment lang. Vielleicht ist er als Kind ja zu selten in die Arme genommen worden? Obwohl Ed sämtliche familiären Defizite in puncto unbefangenem Haut- und Körperkontakt natürlich mehr als wettmacht. »Aber meinetwegen müssen Sie sich nicht die halbe Nacht um die Ohren schlagen.«

Sein Zurückweichen ist irgendwie verletzend, auch wenn ich nicht recht verstehe, warum. Was kümmert es mich, wenn ein Typ Probleme damit hat, mich länger als eine Nanosekunde zu berühren? »Bilden Sie sich da mal nichts ein, Will Armstrong. So wichtig sind Sie nun auch nicht.« Keine Ahnung, warum ich das gesagt habe. Reine Reflexhandlung. Zum einen, um ihn so vor der irrigen Idee zu bewahren, ich könnte eventuell irgendeine Form von Interesse an ihm haben, während er ja ganz offenkundig weder mich noch meine Excel-Fähigkeiten im Geringsten zu schätzen weiß. Und zum anderen, weil ich gerade gar keine Lust verspüre, darüber nachzudenken, was in meinem Kopf tatsächlich vor sich geht.

Etwa meine Eltern. Immer häufiger schleichen sie sich derzeit in meine Gedanken. Zum Teil mag das schlicht damit zusammenhängen, dass mein Kopf aufgrund eingeschränkter Handy-App-Aktivitäten so unbeschäftigt ist. Eine Rolle spielt sicherlich auch, dass ich hier bin. Am Ort des Epizentrums.

Will lehnt sich zurück und legt die Füße auf den Tisch.

»Aus dieser Entfernung werden Sie das Ganze bestimmt nicht lesen können«, sage ich nur.

»Dann erzählen Sie mir eben, was draufsteht.«

»Es ist eine Art Dienstplan mit wechselnden Zeiten für Sie, Ed und mich.«

»Ed?«

»Dafür zu sorgen, dass er seine Zeiten einhält, ist Ihre Sache«, stelle ich sofort klar. Dann tippe ich mit dem Zeigefinger in ein Feld. »Also gut, ich bin gleich mit Holzhacken dran.«

Prompt wandert wieder eine Augenbraue in die Höhe.

»Woher wissen Sie, wie oft das nötig ist?«

»Ich habe nachgezählt, wie viele –«

»Sie haben die Holzscheite gezählt?«, fällt er mir ins Wort.

»Na ja, da ich den ganzen Scheiß gestapelt habe, wusste ich, wo sie sind. Also bin ich hin und habe sie gezählt.« Es war so eine Art Übersprunghandlung gewesen, bevor ich zu den Hundezwingern gegangen bin.

Er stößt ein komisches Schnaufen aus, bei dem es sich um ein unterdrücktes Lachen oder schiere Ungläubigkeit handeln kann. So oder so, mich kümmert es nicht. »Im Ernst?«

»Wie soll ich denn sonst berechnen, wie lange der Vorrat reicht?«

»Mmm, ich bin immer nach der Regel vorgegangen: Wenn der Schuppen nur noch zu einem Viertel gefüllt ist, muss ich Holz hacken.«

»Ach. Und wenn Sie mal vergessen haben nachzusehen?«

»Wie soll das passieren, wenn ich jeden Tag den Mist herumschleppe?«

»Na, das müssen Sie ja jetzt nicht mehr so oft. Jetzt holen die Leute es sich selbst.«

»Ich habe gleich gewusst, dass das eine schlechte Idee ist, wenn sich jeder selbst bedienen kann.«

»Was ist Ihnen denn lieber? Dass Ihnen schneller die Holzvorräte ausgehen ... oder die Gäste?«

»Tja, wenn Sie mich so fragen –«

»Sparen Sie sich die Antwort. Ich habe also einfach überprüft, wie viele Hütten belegt sind, und dann berechnet, wie viel Holz ich ungefähr gestapelt habe, und –«

»Schon gut, schon gut. Ich glaub Ihnen ja. Sie haben alles genau berechnet, davon bin ich überzeugt.«

»Weitere Aufgabenbereiche sind das Säubern der Hundezwinger und die Zubereitung der Speisen.« Das hätte ich vielleicht nicht unbedingt nebeneinander auflisten sollen. »Dann die Reinigung der Blockhütten, das Anzünden der Kamine, wofür Sie ja nun«, ich schaue zu ihm hoch, »die Zeit haben.«

»Sehr wohl, Ma'am.«

»Und das Begrüßungsmaterial zusammenstellen.«

»Begrüßungsmaterial?«

»Dazu komme ich gleich noch im Einzelnen. Darin wird das gesamte Programmangebot aufgeführt.«

»Programmangebot? Niemals! Wenn Sie glauben, ich spiele hier den DJ oder bespaße irgendwelche Kindergruppen, dann haben Sie sich aber geschnitten.«

»Ach, jetzt spinnen Sie doch nicht herum. Natürlich nicht so was. Dafür wäre Ed viel eher geeignet. Bei Ihnen dachte ich mehr daran, dass Sie vielleicht einen Yogakurs leiten könnten oder Step-Aerobic oder Zumba. Im richtigen Outfit sähen Sie bestimmt super aus. Gibt es vielleicht irgendwo einen Raum mit einem großen Spiegel? Nein? Kein Problem, mir fällt da schon was ein.«

Ich sehe ihm an, dass er nicht genau weiß, ob ich Spaß mache oder nicht.

»So 'ne flotte Kick-Pivot-Kombination ist doch für einen durchtrainierten Typen wie Sie ein Klacks, oder?«

Inzwischen steht ihm der Mund offen.

»Shorts brauchen Sie natürlich«, fahre ich fort und begutachte seine Proportionen. »Oder noch besser etwas mit Elastan drin. Sie wissen schon, das schön eng anliegt. Und ein Stirnband würde sich super dazu machen. Der Look passt sicher irre zu Ihnen. Ihre Haare gelen wir einfach noch ein wenig hoch.« Ich demonstriere es an meinen, obwohl er intelligent genug sein dürfte, es sich selbst vorstellen zu können.

»Sie nehmen mich auf den Arm, richtig?«

Jetzt ist es an mir, erstaunt die Braue zu heben und die Arme auf den Tisch zu stemmen. »Will, wollen Sie das Resort wieder in Schwung bringen oder nicht?«

»Sie machen sich doch bloß lustig über mich! Bitte sagen Sie mir, dass Sie scherzen!«

»Wollen Sie mir etwa erzählen, Sie mögen kein Zumba? Mann, Zumba ist echt der Hammer. Ich meine, all die Bewegungen, die Musik – da kann man es so richtig krachen lassen. Ich besorg uns den passenden hippen, weihnachtsmäßigen Sound und den ganzen Schnickschnack.« Womöglich schieße ich gerade ein wenig über das Ziel hinaus. Was mir tatsächlich immer dann passiert, wenn ich im Kreis herumhüpfe wie ein Moriskentänzer auf Speed.

Sein Gesicht hat jetzt einen ernsthaft besorgten Ausdruck angenommen.

»Hier, ich habe so Musik auf dem Handy. Na los, na los, hoch mit Ihnen, ich zeig Ihnen ein paar Schritte.«

Er steht auf. Verdammter Mist. Offenbar hat er gemerkt,

dass ich bluffe. Aber im Zumba macht er mir ganz sicher nichts vor. Schließlich bin ich die Königin des Hüftwackelns.

Er tritt um den Schreibtisch herum. Ich hatte vollkommen vergessen, was für ein Hüne er ist, und starre ihn direkt wieder verzückt an – was ich mir dringend abgewöhnen sollte.

Ich klicke einen Song an und komme mir im ersten Moment ein bisschen wie eine Stripperin oder Pole-Tänzerin vor. Gleich fange ich hier noch an, Salomes Schleiertanz zu kopieren und mich meiner sieben Schleierschichten zu entledigen.

»Stellen Sie sich da hin«, weise ich ihn an. Geschäftsmäßig aufzutreten und herumzukommandieren, hilft immer. »Und jetzt den Rhythmus aufnehmen und mir alles nachmachen.«

»Im Ernst?«, erwidert er zwar, aber er tut es dann doch, und sofort bin ich hin und weg. Der Kerl hat Musik im Blut. Aber richtig! Und einen Wahnsinnshüftschwung.

»Ohhhh Gott …«

»Ohhhh Gott. Alles nachsingen, richtig?«

»Nein, verdammt. Halten Sie den Mund. Autsch, das hat gezogen. Ich glaube, ich habe mir die Leiste gezerrt oder so. Verfluchte Scheiße, tut das weh. Schluss, aufhören, hören Sie auf!«

Ich habe noch nie gesehen, wie ein Mann vor Lachen fast zusammenbricht. Er hat die Hände auf die Knie gepresst und bebt am ganzen Körper. Fast hätte ich die Schmerzen in meiner Leistengegend vergessen. Wenn er nicht so wild herumgewackelt hätte, wäre das alles nicht passiert. Dann hätte ich mich besser konzentrieren können, statt zu versuchen, ein Tempo mitzugehen, für das ich derzeit nicht fit genug bin.

»Das heißt wohl, dass Sie den Kurs nicht übernehmen werden, was?«, erkundigt er sich prustend.

»Ich werde eine Aufstellung der vorhandenen Lebensmittelvorräte machen, während Sie den Kurs abhalten.« Ich frage mich, ob ich jemals wieder imstande sein werde, normal zu laufen.

»Alles okay mit Ihnen?«

»Klar doch.« Im Zeitlupentempo sollte es mir gelingen, mich aufzurichten. Irgendetwas in meinem Schritt brennt auf äußerst unerotische Weise wie Feuer.

»Ehrlich? Sollte man da nicht besser was draufmachen?«

Wie ein Angebot, selbst Hand anzulegen, klingt das in meinen Ohren nicht. Folglich: »Nein. Alles in Ordnung.«

»Sie erwarten doch nicht wirklich, dass ich so einen Kurs übernehme, oder? Ich glaube nicht, dass mein kaputtes Knie die Belastung aushalten würde.«

Die Sache mit seinem Bein hatte ich ganz vergessen. Andererseits hat er es trotz seines Wackelknies vermutlich noch immer besser drauf als ich.

»Mag sein. Streichen wir Zumba fürs Erste. Aber ich habe noch mehr Aktivitäten im Angebot.«

»Nur zu, immer heraus damit.«

Ha! Meine Strategie ist aufgegangen. Ich werde von nun an zwar nicht mehr normal laufen können, aber er hört mir zu. Ich habe seine volle Aufmerksamkeit, und nach dem Schrecken namens Zumba dürften Ausfahrten im Hundeschlitten, ein Auftritt des Weihnachtmanns und ein Quizabend problemlos abgenickt werden. Er wird wie ein braver Junge in alles einwilligen. Erfolg auf ganzer Linie!

»Hier.« Ich zeige ihm die Liste.

Er ist kein braver Junge.

»Nein.«

»Was soll das heißen, *nein?*«

»Kein Hundeschlitten. Bis auf vier Hunde ist das Team inzwischen zu alt dafür, und die werde ich ganz sicher nicht zu Tode hetzen, nur um ein paar Urlaubsgäste zu bespaßen.«

»Niemand sagt –«

»Das sind keine Maschinen, sondern Tiere. Haustiere. Sie haben sie ja selbst gesehen. Rosie führe ich gerade wieder ans Training heran, nachdem sie die Welpen bekommen hat, und da werde ich nichts überstürzen. Vielleicht nächstes Jahr, aber in diesem Winter nicht. Ausgeschlossen.«

»Okay, okay, so oft müssen Sie das nun auch nicht wiederholen. Können Sie denn ein Rentier besorgen? Nein? Ein Pony? Auch nicht? Bleibt noch der Weihnachtsmann.«

»Ich werde nicht –«

»Ich habe da auch eher an Ed gedacht. Er ist jedem gleich sympathisch. Er ist so ... na, Sie wissen schon.«

»Finden mich die Leute etwa nicht sympathisch?«

»Na ja, Sie wirken eben ein wenig ...«

»Ein wenig was?«

»Äh, abweisend?«

»Wie bitte?«

»Etwas launisch, könnte man sagen«, versuche ich die Sache abzumildern. »Ich meine, mir ist klar, dass Sie unter immensem Druck stehen und normalerweise bestimmt nicht so sind.«

»Und ob!«, lässt eine laute Stimme hinter mir mich herumwirbeln. Und das ist in meinem angeschlagenen Zustand gar keine gute Idee.

»Scheiße, musst du mich so erschrecken?«

»Keine Bange, ich habe dich, wenn du fällst.« Ed legt die Hände in meine Taille und gibt mir einen Kuss auf die Wange. Nur gut, dass er nicht zehn Minuten früher mitten in unsere Zumba-Runde geplatzt ist.

»Sarah hat Dienstpläne für uns ausgearbeitet, Ed«, begrüßt

Will ihn. »Wollen wir doch mal sehen, was du in diesem Moment so alles tun solltest.«

Eds Hände zucken zurück, als hätten sie sich an mir verbrannt, und sämtliche Liebkosungen werden eingestellt.

Sieht aus, als hätte Will bei ihm irgendeinen unsichtbaren Stecker gezogen.

»Nein, nein, tut mir leid. Bitte versteht das nicht falsch, aber ich wollte nur kurz Bescheid geben, dass ich jetzt mit den Kids der Liddles auf die Anfängerpiste gehe. Bin rechtzeitig zum Tee wieder zurück. Bis dann, ihr beiden!« Ich bin noch nie jemandem begegnet, der sich mit solcher Geschwindigkeit bewegt hat. Nicht einmal Will, als er Poppy vor dem umfallenden Christbaum gerettet hat. Ed ist zur Tür hinaus und am anderen Ende des Flurs, bevor ich auch nur sagen kann, was seine nächste Aufgabe ist – und dabei weiß ich sie alle auswendig. Diese Excel-Tabelle hat sich mir tief eingeprägt.

»Sie haben den Dienstplan bloß erwähnt, um ihn loszuwerden, stimmt's?«

Will zuckt mit den Achseln. »Ich weiß, dass Sie seinem Charme erlegen sind, Sarah.«

»Bin ich nicht.«

»Das passiert allen, keine Sorge. Die Leute finden ihn sympathisch, weil er nicht so ... launisch ist.« Jetzt schlägt er mir auch noch meine eigenen Worte um die Ohren. Es fühlt sich schrecklich an.

»Ich habe doch nicht gemeint ...«

Wills erhobene Hand bringt mich zum Schweigen. »Schon gut, aber Sie sollten wissen, dass er harte Arbeit verabscheut. Ed schäkert gern, treibt sich gern auf den Pisten herum und lebt gern auf großem Fuß.«

»Soll das eine Warnung sein?«

»Quatsch.«

»Ich bin ein großes Mädchen, keine Bange.« Ein sehr großes sogar in all diesen Winterklamotten. Inzwischen üben wir uns beide in der Pose mit verschränkten Armen und diesem Pass-bloß-auf-Blick.

»Ist nicht zu übersehen«, erwidert er nüchtern, und mir ist nicht klar, ob das kränkend gemeint ist oder nicht. »Ich will damit nur sagen, dass er sich wahrscheinlich nicht an den Plan halten wird.«

»Tja, dann dürfte Ihre Aufgabe darin bestehen, ihn dazu zu bringen«, betone ich und schenke ihm mein hoffentlich bezauberndstes Lächeln. »Und zu Ihrer Information: Ich bin durchaus in der Lage, auf mich selbst aufzupassen und mir ein eigenes Urteil über Menschen zu bilden.« Herrgott, eben noch schafft er mir Gewissensbisse, und im nächsten Moment warnt er mich davor, mit seinem Bruder in die Kiste zu steigen. Für wen hält er mich eigentlich!

»Ich lasse Ihnen den Plan mal hier, ja? Sie sollten übrigens gerade Begrüßungsmappen in Moon Cabin und Big Bear auslegen. Oh, und vergessen Sie nicht, irgendwo ein paar Elfen aufzutreiben.«

»Für die Rolle kenne ich schon die optimale Besetzung.«

In seinen Augen liegt ein Funkeln, das mir nicht gefällt.

»Ich bin Gast. Und Beobachter.«

»Sie sind Mitglied des Teams und Dienstplan-Erstellerin. Wenn hier der Weihnachtsmann hereinschneit, dann werden Sie dabei eine Rolle übernehmen und mag sie auch noch so«, er schiebt eine kurze Pause ein, »winzig sein.«

»Wie Ed das mit Ihnen aushält, ist mir ein Rätsel.«

»Und mich überrascht es nicht, dass Lynn Sie mal eine Weile vom Hals haben will.«

»Touché.« Wir starren einander an, beide schockiert darüber, was uns soeben herausgerutscht ist. Dennoch tut es weh. Sehr weh. Wie kann er sich erdreisten, zu behaupten, dass sie mich vom Hals haben will? Wie kann er sich erdreisten, zu behaupten, dass der einzige Mensch, der mich aufrichtig liebt, nicht mit mir zusammen sein möchte?

»Ein alter Freund von ihr liegt im Sterben«, presse ich hervor. »Sie musste fort.« Mein Kiefer schmerzt bereits, so fest beiße ich die Zähne aufeinander.

»Shit. Hören Sie, es tut mir leid. Ich hätte das nicht sagen sollen. Sie haben mich bloß so in Rage gebracht.«

»Herrgott, Sie zerfließen ja wirklich vor jämmerlichem Selbstmitleid. Ed hat schon recht, bei Ihnen sind immer nur die anderen schuld.«

»Sarah –«

»Ich muss los. Die Arbeit wartet.«

»Es tut mir leid. Ehrlich. Lassen Sie uns den Ausflug mit dem Hundeschlitten machen.«

»Nein«, erkläre ich bündig und wische mir mit dem Unterarm übers Gesicht.

»Die Hunde brauchen Auslauf. Rosie muss wieder ins Training kommen.«

»Ich habe hier viel zu erledigen. Und Sie auch.«

»Das kann warten.«

»Ich dachte, Sie wären der verantwortungsbewusste Bruder, der alles daransetzt, aus der verfahrenen Situation herauszukommen.«

»Jeder braucht ab und zu eine Auszeit. Bitte sagen Sie Ja.«

»Ich muss den Baum schmücken.«

»Das können Sie auch noch morgen machen. Heute ist das Wetter perfekt zum Schlittenfahren, und das wird sich in den nächsten Tagen wohl ändern. Sollten wir tatsächlich einen Blizzard bekommen, hocken wir eine Weile drinnen fest. Na los! Es wird Ihnen Spaß machen.«

»Nein.«

»Trauen Sie sich etwa nicht?«

Mistkerl! Woher weiß er, dass ich Herausforderungen einfach nicht widerstehen kann? Jetzt muss ich mit.

# 17

So freudig erregte Hunde habe ich noch nie erlebt. Man hätte denken können, wir würden ihnen rohes Steak mit Huhn als Beilage anbieten, oder was sie sonst so in Ekstase versetzt. Stattdessen hält Will lediglich Gurte und Zuggeschirr in der Hand, während ich ein Paar besonders warme Stiefel trage sowie übergroße Fäustlinge, auf denen er bestanden hat. Mein Kaufhausramsch würde nur dazu taugen, beim Après-Ski hübsch auszusehen, so seine Meinung. Ich habe das mit dem *hübsch aussehen* einfach als Kompliment gewertet, schließlich muss man bei diesem Mann nehmen, was man kriegen kann. Ich informierte ihn auch darüber, wie teuer die Sachen gewesen waren, behielt jedoch für mich, dass ich mit dem Aufzug vor allem Eindruck schinden wollte, denn das hatte ja ganz offenkundig nicht funktioniert. Eindruck erzielen kann man bei diesem Mann überhaupt nicht, allenfalls einen schlechten.

»Ist ja nichts dran auszusetzen, wenn sich jemand flott und sexy kleidet ...« Das klingt erst mal positiv – und gegen *flott und sexy* würde ich mich auch nie wehren –, entspricht aber nicht dem von mir beabsichtigten *businesslike und doch persönlich*. »Solange man nur kurz die Piste runterfährt. Auf dem Schlitten wird man damit jedoch schnell frieren. Dafür ist das hier die richtige Ausrüstung. Wer hier lebt, trägt so was.«

Inzwischen fühle ich mich weit weniger flott und sexy, eher, als hätte mich jemand versandfertig verpackt. Authentisch ist anders. Fehlt bloß noch die rote Schleife. Aber für solche Dinge hat dieser Mann ja nichts übrig.

Er rückt die Mütze auf meinem Kopf zurecht und zieht sie mir über die Ohren. Dann stopft er noch ein paar vorwitzige Stoppelhaare unter den Rand, was bei einem Mann mit so großen, arbeitsrauen Händen irgendwie süß wirkt.

Normalerweise wäre das der Punkt, an dem er mich auf die Nasenspitze küsst – Ed hätte sich die Chance gewiss nicht entgehen lassen –, aber er tut es nicht. Er ist eben nicht Ed.

Der Kerl macht mich noch irre. Ständig dieses Wechselspiel aus Anziehung und Abneigung. Manchmal würde ich ihn am liebsten in den Arm nehmen, weil er so empfindsam wirkt (auf eine männliche Art empfindsam natürlich) – wobei ich klarstellen sollte, dass ich grundsätzlich eher nicht so der Knuddeltyp bin –, und im nächsten Moment schon pflaumt er einen wieder an oder macht seine spitzen Bemerkungen. Voller Widersprüche der Kerl, würde ich sagen. Und auf diesem Gebiet bin ich echte Expertin.

Ich will gar nicht unbedingt, dass er mich küsst. Schließlich bin ich aus geschäftlichen Gründen hier. Und ich steh auch nicht auf ihn. Überhaupt nicht. Aber Freunde könnten wir schon sein.

Wenn er mich berührt oder mich so anschaut mit diesem Blick, den er draufhat, dann wird mir ganz schwummerig. Und ich mag es nicht, wenn mir schwummerig wird, außer natürlich eine Situation nähert sich gerade dem Siedepunkt, und das Ganze ist lustvolle Erwartung. Aber er macht dann immer rasch einen Rückzieher oder zieht eine finstere Miene, und alles, was mir bleibt, ist ein Gefühl der Leere. Der Zurückweisung. Und diese Reaktion wiederum ist völlig bescheuert.

An meinem Dauerproblem – um meiner selbst willen gemocht zu werden – muss ich wohl noch ein wenig arbeiten.

»Okay?«

»Wie bitte?«, erwidere ich und hebe den Mützenrand an. Wie gut, dass meine Ohren bedeckt sind, denn diese Hunde können ungeheuer laut bellen. Bei meinem letzten Besuch waren das alles nur träge, freundliche Riesen, die es sich im Stroh gemütlich gemacht haben. Jetzt sind es muskelbepackte, kaum zu bändigende Kraftmaschinen.

»Halten Sie Rosie fest, sonst gehen sie mir durch, bevor ich alle angeschnallt habe.«

Rosies Augen glühen förmlich. Sie wirkt wesentlich größer als im Zwinger, ihr Fell wogt in der eisigen Luft, und sie trippelt aufgeregt und leichtfüßig, begierig darauf loszuschießen. Ihre warmen Atemwolken umschweben mich wie ein gespenstischer Heiligenschein, und die gespannte Vorfreude ist ansteckend. Wie hätte ich zu so etwas Nein sagen können?

Will arbeitet so geschickt, als würde er das schon sein ganzes Leben machen. Wahrscheinlich stimmt das sogar. Im Grunde weiß ich nichts von ihm; abgesehen davon, dass er seit einem schweren Unfall auf der Piste hinkt und aus Angst nicht mehr fahren möchte und dass er einen Bruder hat, der das genaue Gegenteil von ihm ist.

Trotz der dicken, unförmigen Kleidung bewegt er sich verblüffend gewandt und spricht immer wieder mit sanfter, leiser Stimme beruhigend auf die vor Energie sprühenden Hunde ein. Zum ersten Mal, seit ich ihn kenne, ist sein Hinken fast verschwunden, scheint diese bleischwere Launenhaftigkeit von ihm wie abgefallen.

Er streckt eine Hand aus, zieht mich rasch auf den Schlitten, und bevor ich noch Atem holen kann, sind wir schon auf und davon.

Wir nehmen einen Weg, den ich bis dahin noch gar nicht bemerkt hatte. Auf der rückwärtigen Seite des Resorts führt ein Pfad direkt in den Wald, und schon bald kommt es mir vor, als wären wir Tausende Meilen entfernt von allem.

»Wow!«

»Ist gut für die Seele«, sagt Will leise und hält dabei den Blick fest nach vorn gerichtet. Dennoch kann ich ihn hören. Und ich begreife, was er meint.

Es herrscht eine grandiose Stille. Ich kann zwar die Pfoten der Hunde hören, das Klappern ihrer Halsbänder und des Geschirrs, aber ansonsten herrscht absolute Stille. Ruhe. Wir scheinen dahinzuschweben, durch die Luft zu gleiten, und alles andere verliert an Bedeutung.

Meine Wangen brennen von dem beißend kalten Fahrtwind, der uns entgegenschlägt, aber auch das ist egal. Tief in meinem Innern würde ich am liebsten kreischen und lauthals lachen, aber stattdessen begnüge ich mich mit einem Lächeln und einem Seitenblick zu Will, gerade als der in meine Richtung sieht.

»Okay?«, formt er lautlos mit den Lippen, und ich nicke. Es ist seltsam. Irgendwie ist dies der intimste Moment, den ich je mit einem anderen Menschen verbracht habe. Und dabei haben wir noch all unsere Kleidung an, ein Rudel Hunde leistet uns Gesellschaft, und ihm widerstrebt es, mich auch nur anzufassen. Aber auch das ist egal. Dieses gemeinsam erlebte Gefühl, dieser winzige Augenblick ist viel wichtiger als all das.

Es ist, als würde er mir ein Geheimnis anvertrauen.

Weihnachten ist diesmal früh dran, und es hat nichts mit dem üblichen lauten Spektakel zu tun. Für mich ist dies hier ein extrem kostbares Geschenk.

Links von uns die schneebedeckten Berge, vor uns makellos gewachsene Bäume, die von den Spitzen bis zu den untersten Zweigen bilderbuchhaft mit Schnee bestäubt sind.

Ein leises Kommando von Will, und abrupt schalten die Hunde einen Gang höher. Begeistert bellend stürmen sie los und hätten mich mit ihrem Ungestüm fast aus dem Gleichgewicht geworfen. Ich kreische auf und kralle mich an Wills Arm fest.

»Holla die Waldfee!«, schreie ich, und wir jagen dahin. Die Hunde bellen, mir tränen die Augen, aber ich könnte jauchzen vor Vergnügen. »Das ist ja der Wahnsinn! Geht's noch schneller?«

Das Tempo wird noch höher. Die klare Luft elektrisiert meinen Körper von den brennenden Zehenspitzen bis hinauf zur prickelnden Kopfhaut. Das ist es! Nur wir und die Hunde, die uns durch diese unwirklich schöne Landschaft ziehen, und das alles zusammengehalten durch ein paar Gurte und einen winzigen Schlitten. Näher kann man dem Gefühl des Fliegens wahrscheinlich nicht kommen. Ich lache und weine, klammere mich fest und grinse Mr. Griesgram wie komplett durchgeknallt an, und er lächelt zurück. Er macht dabei zwar einen nicht ganz so entfesselten, berauschten Eindruck wie ich, aber glücklich wirkt er schon.

Mir wird erst jetzt, da sie gewichen ist, so richtig klar, wie groß die Anspannung in seinem Körper gewesen ist. Nun reagiert sein Rücken plötzlich elastisch, und sein ganzer Körper schwingt synchron mit den Bewegungen des Schlittens.

Wir werden langsamer, und ich komme wieder zu Atem. Wills Augen leuchten.

Meine Finger entspannen sich und werden hoffentlich keine dauerhaften Druckstellen an seinem Arm hinterlassen haben.

»Haben Sie eben wirklich ›Holla, die Waldfee‹ gerufen?«

»Äh, ja. Seit Generationen überliefert bei uns, der Ausruf. Nur bei besonderen Anlässen zu verwenden.«

»Im Ernst?«

»Sie lieben diese Hunde wohl sehr, wie?«, versuche ich, das Thema zu wechseln.

»Ich stehe ihnen eben sehr nahe«, erklärt er nüchtern. »Als Kind bin ich schon mit Rosies Großvater Skijöring gegangen.«

»Skijöring?«

»Querfeldein Ski fahren und sich dabei vom Hund ziehen lassen. So habe ich Geschmack an schnellem Tempo bekommen. Wir haben uns gegenseitig angetrieben. Der war echt eine Rakete, dieser Hund. Wir haben uns wilde Duelle geliefert.« Er lächelt. Bei dieser Art von Lächeln kann man nicht anders, sie zwingt einen, ebenfalls zu lächeln – ganz egal, wie stark man sich dagegen sträubt. Es ist Ausdruck purer Freude. Und ansteckend. Ich kann meinen Blick einfach nicht lösen, und es wird schon langsam unhöflich, aber ich glaube, er bemerkt es überhaupt nicht. »Manche Leute nehmen auch Pferde zum Skijöring. Aber mir macht es mit Hunden mehr Spaß. Man spürt, wie begeistert sie bei der Sache sind.«

»Sie haben einen Hang zum Rasen, wie?«

»Ja. Hatte ich zumindest früher.«

Eine unbehagliche Pause tritt ein.

»Sorry, darauf wollte ich Sie nicht ansprechen.«

»Kein Grund, sich zu entschuldigen. Solche Dingen passieren eben.«

Die Hunde bleiben stehen, und ich blicke über den zugefrorenen See hinweg.

»Nehmen Sie die«, sagt Will, beugt sich zu mir und legt mir eine Decke um. Kurz verharrt er so.

Das ist der Moment, in dem er normalerweise immer sofort wieder zurückschreckt. Diesmal nicht.

»Sarah, Sie müssen das nicht machen, das wissen Sie. Uns helfen. Und länger bleiben.«

»Ich weiß.«

Er hat sich zuerst bewegt. Vielleicht bin aber auch ich es gewesen. Oder die Hunde haben dem Schlitten einen kurzen Ruck gegeben. Oder ... was weiß ich.

Seine Lippen sind straff und trocken. Sein Atem riecht nach Kaffee und Pfefferminz. Ich schließe die Augen. Einen Moment höre ich nur das leise Klappern des Zuggeschirrs, spüre nur seine warme Hand, die mein Gesicht umfasst, seinen heißen und doch sanften Atem und das Gefühl, dass dies richtig ist, vollkommen natürlich. Und dann entzieht er sich, und ich spüre seinen Blick auf mir und weiß, dass er alles ruinieren wird.

Vorsichtig öffne ich ein Auge einen winzigen Spalt breit.

»Entschuldige. Ich kann nicht. Ich hätte gar nicht erst ...« Ich sage keinen Ton. Zum ersten Mal unterlasse ich jeden instinktiven Versuch, ihn zu packen und umzustimmen. »Ich bring nur Unglück und hätte nicht ... Es hat nichts mit dir zu tun, es ist bloß ...«

»Ach verdammt, jetzt verkauf mich doch nicht für blöd! Entweder du willst mich küssen oder du willst es nicht! Dann sag doch wenigstens ganz offen, dass du es dir anders überlegt hast!« Ich öffne die Augen vollends, weil ich gemerkt habe, dass er sich nach vorn gedreht hat, um die Hunde von Neuem anzutreiben.

Er sagt kein Wort. Dafür ich umso mehr, denn ich bin sauer und frustriert über diese Zurückweisung. Es ist nicht wie bei Ed. Ich *wollte*, dass Will mich küsst. Wollte, dass er sich endlich mal durchringt und Schluss ist mit diesem ganzen Um-ein-Haar-Quatsch.

»Es war nur ein Kuss, nichts weiter, das heißt doch nicht gleich Bindung auf ewig«, murmle ich in meine diversen Bekleidungsschichten, die Worte mehr an mich als an ihn gerichtet. Ich versuche, mir möglichst nichts anmerken zu lassen. Es soll aussehen, als wäre es mir egal. Aber das ist es nicht. Ich will ihn küssen. Ich kann mich nicht daran erinnern, jemals ein derartiges Verlangen gespürt zu haben, jemanden zu küssen. Mein ganzes Leben nicht. Und dann weist er mich einfach ab und bringt so alles in mir zum Kochen – allerdings aus den absolut falschen Gründen. Außerdem habe ich das ungute Gefühl, dass er mich genau gehört hat. Womit das Ganze vorbei ist, bevor es überhaupt angefangen hat.

## 18

»Schau mal, schau mal, ich schmücke Chloe!«

Ich schaue zu Poppy. Sie hat die Katze fest zwischen die Schenkel geklemmt und wickelt gerade einen Streifen goldenes Lametta um den Hals des verschreckten Tieres.

Die Pupillen der Katze sind so weit, dass die Augen fast schwarz wirken. Ihr Blick ist wild, aber nicht in positivem Sinne.

Weihnachten eilt in Riesenschritten heran, und ich habe beschlossen, noch einmal alle verfügbaren Helfer für eine letzte Kraftanstrengung zu mobilisieren. Auch wenn es fast nichts kosten darf, das Haus wird in weihnachtlichem Glanz erstrahlen, dafür werde ich notfalls bis zum Umfallen schuften. Im Augenblick sieht es allerdings so aus, als würde Chloe noch vor mir die Luft ausgehen.

Ed hat tatsächlich in irgendeiner Ecke einen Riesenkarton Weihnachtsdekoration gefunden – dessen Inhalt ich zum Großteil noch von meinem letzten Besuch kenne –, und Will ist zu meiner größten Verblüffung mit neuen Lichterketten, Kerzen und einem aufblasbaren Weihnachtsmann aus der Stadt zurückgekommen.

Darüber hinaus hat er mir verschämt eine Kiste voller Tannenzapfen, Stechpalmenzweigen und anderer herrlich duftender Naturmaterialien überreicht, was ich wirklich rührend fand. Ich wollte ihm schon überschwänglich für seine engagierte Sammelbemühungen danken, als er den ganzen Eindruck zunichtemachte, indem er erzählte, dass er zwei Kinder aus der Gegend dafür bezahlt habe, das Zeug zusammenzutragen. Anschließend war er sofort davongerannt, als würde er befürchten, ich könnte ihm vor Dankbarkeit gleich um den Hals fallen. Und ihn womöglich zu Tode küssen.

Die Angst ist unbegründet. Wo ich unerwünscht bin, da gehe ich auch nicht hin – selbst wenn ein Teil von mir weiterhin nicht das Geringste gegen diesen Schritt hätte. Immerhin ist es nett von ihm gewesen, die Sachen überhaupt zu besorgen. Die gute Absicht zählt – auch bei überschaubarem Eigenbeitrag. Unglücklicherweise gefällt mir der Mann gegen meinen Willen mit jedem Tag ein wenig mehr, was so frustrierend ist, dass es mich bisweilen an den Rand eines Schreikrampfs bringt. Aber nur bis an den Rand. So etwas habe ich nicht nötig. Hoffe ich wenigstens.

Es sind nicht bloß diese Wahnsinnsaugen, die mir schon am ersten Tag aufgefallen sind, und es ist auch nicht dieses ziemlich fantastische, lässige Lächeln, zu dem er sich in seltenen Momenten aufraffen kann, es liegt an ihm selbst. An dem, was in ihm steckt. Seine ruhige Entschlossenheit, dieses Resort vor dem Untergang zu bewahren, ungeachtet Eds weiter ausbleibenden Engagements und leichten Hangs zu störenden Querschlägern; seine Liebe für diesen ganz besonderen Ort, und das, obwohl er zugleich unübersehbar mit irgendeinem Dämon ringt, dessen genaue Gestalt sich mir bislang noch nicht erschlossen hat; die Art, wie er mich ansieht, wenn er glaubt, ich würde es nicht bemerken.

Aber ich ignoriere das, so gut es eben geht. Schließlich war der Wink mit dem Stoppschild unmissverständlich. Daher konzentriere ich mich auf das, was anliegt. Nicht auf das, was mir eher liegen würde.

Erstes Opfer meiner Deko-Offensive ist der Baum, unmittelbar gefolgt von Speisesaal und Lounge-Bereich, dann der Empfang. Letzteren würde ich gerne wesentlich einladender gestalten, aber da wir inzwischen alle »empfangen« worden sind, besteht derzeit zumindest kein dringlicher Bedarf nach einem umwerfenden ersten Eindruck.

»Ich bin mir nicht sicher, ob sie das mag«, sage ich, und schon rastet Chloe aus. Sie vollführt eine Art doppelten Salto, wie ihn nur Katzen zustande bringen, und sieht dabei aus, als wollte sie ihr Inneres nach Außen stülpen. Aus der teuflischen Lamettaschlinge befreit sie jedoch auch das nicht, und so schießt sie mit einem empörten Jaulen davon – direkt in den Kamin, wo sie den Abzug hinaufjagt.

Verzweifelt arbeitende Krallen sind zu hören, dann bricht das Geräusch nach etwa drei Sekunden plötzlich ab und die Katze landet zum Glück unverletzt wieder vor uns. Weniger glücklich ist, dass sie nun vollkommen mit Ruß bedeckt ist. Keine Ahnung, wer schockierter ist – die Katze oder wir.

»Verflucht!« Ausgerechnet in diesem Moment muss Will in der Tür erscheinen. Seit dem Kuss, den es nicht hätte geben dürfen, hat er sich auffällig rar gemacht. Vermutlich ist er wie ein Weihnachtself und erledigt seine Arbeit am liebsten nachts, wenn alle anderen schlafen.

Er wirkt nicht sonderlich begeistert.

»Der Katze gefällt es offenbar nicht, geschmückt zu werden«, erklärt Poppy.

»Wie man sieht.« Er versucht, Chloe zu packen, doch die Katze erkennt sofort, dass sie in Schwierigkeiten steckt, und saust mit wehendem Lametta quer durch den Raum schlitternd davon. Nur ihre dreckigen Pfotenabdrücke bleiben zurück. »Sag jetzt nichts«, mahnt er mit abwehrend erhobener Hand an mich gewandt.

»Hatte ich gar nicht vor«, antworte ich, obwohl mir schon die Bemerkung auf der Zunge gelegen hat, dass es weniger Dreckspuren wären, hätte er sie nicht noch jagen müssen. Aber manchmal ist es besser, einfach den Mund zu halten. Selbst ich weiß das.

»Ich bin weg – und bleibe weg, bis dieses ganze Chaos ein Ende hat und alles wieder seinen normalen Gang geht.«

»Heißt das, bis zum zweiten Januar?«

Damit sinkt seine Begeisterung auf null. Wütend stapft er in Richtung seines Büros davon. Sollten noch letzte Zweifel bestanden haben, so war es mir mit dieser Aktion gelungen, das Thema einvernehmlicher Lippenkontakt endgültig zu begraben.

»Ich werde mal einen Putzlappen suchen gehen«, erklärt Tina und verschwindet in der Küche.

Poppy wendet derweil ihre Aufmerksamkeit völlig unbeeindruckt wieder dem Karton mit Weihnachtsschmuck zu.

»Wo ist der Engel?«

Engel spielen bei dem, was ich gerade vorhabe, eigentlich keine zentrale Rolle. Ich will bloß haufenweise Kugeln und Lametta auf den Baum knallen – und nach Möglichkeit nicht auf die Katze, sollte sie sich jemals wieder sehen lassen –, denn genau so hat Tante Lynn mir beigebracht, einen Christbaum zu schmücken. Finesse ist was für Weicheier.

»Ich weiß nicht, ob einer da ist, Poppy. Wie wär's mit einem Stern?«

»Sterne sind doof.«

»Sie sind immerhin das Licht, das den Weg weist, oder so ähnlich.«

»Hier geht es doch nicht um das Jesuskind in der Krippe«, widerspricht sie mit großem Ernst. »Hier geht es um den Christbaum. Was ganz anderes.«

»Oh. Noch mehr Lametta?« Ich kann mich nicht daran erinnern, als Kind jemals eine solche Unterhaltung mit Lynn geführt zu haben. Und später auch nicht. Heimlich möglichst viele Zuckerstangen in mich hineinzustopfen, hat mich viel mehr interessiert.

»Wir können ja einen Engel basteln«, schlägt sie vor.

Das »Wir« in diesem Satz gefällt mir gar nicht.

»Wie wäre es, mein Schatz, wenn wir stattdessen erst gemeinsam Schneebälle formen, und später dann Will oder Ed nach dem Engel fragen?« Mit Wischmopp und allerlei Putzsachen bewaffnet, ist Tina gerade rechtzeitig zurückgekehrt, um mir aus der Patsche zu helfen.

»Schneebälle?«, fragt Poppy entrüstet zurück. »Ehrlich, Mummy, bekommst du denn gar nichts mit? Wir müssen doch drinnen bleiben. Wegen des Bussards!«

Die Nachricht ist mir allerdings ebenfalls neu. Werden wir etwa belagert von einem Menschen fressenden Raubvogel, der seine Opfer in die Berge davonträgt?

»Des Blizzards«, verbessert Tina.

»Was ist denn ein Blizzard? Ich habe gedacht, ein mächtiger Vogel wäre draußen, der uns fressen will.« In diesem Punkt liegen Poppy und ich augenscheinlich auf einer Wellenlänge. Keine Ahnung, ob das ein gutes oder ein schlechtes Zeichen ist, aber insbesondere an Weihnachten kann ein üppiges Maß kindlicher Fantasie gewiss nicht schaden. Poppy steckt den Kopf schon wieder tief in den Karton und bringt Kugeln und Papierschlangen zum Vorschein, die alle aus dem gleichen Zeitalter zu stammen scheinen wie die Inneneinrichtung der Rezeption.

Ich wünschte, ich wäre auch wieder Kind. Das Leben ist so viel einfacher und zugleich so viel aufregender.

»Ich meine Schneebälle aus Pappmaschee und Watte, mein Schatz. Und in die Mitte stecken wir Geschenke, die dann am ersten Weihnachtstag ausgepackt werden.« Tina wirft mir einen Hilfe suchenden Blick zu.

»Klingt super«, sage ich.

In Gesellschaft von Poppy und Watteschneebällen im Haus festzusitzen, entspricht nicht unbedingt meinen Vorstellungen für diesen Tag, aber was den Wetterumschwung betrifft, hat Will eben leider recht behalten. Alle Skiaktivitäten mussten angesichts des Schneesturms eingestellt werden, und so hatte sich der Empfangsbereich unvermittelt in die zentrale Kinderbelustigung verwandelt. Seitdem sehe ich mich von Kindern und Eltern umlagert. Natürlich ist auch Ed keine große Hilfe gewesen. Er hat bloß gleich zu Beginn den Karton mit Weihnachtsdekoration vor meine Füße abgestellt und fröhlich gerufen: »Alle hierher, Sarah hat das Kommando!« Verflucht seien diese strahlenden Augen und dieses Grübchenlächeln! »Wurde von Will so im Dienstplan vermerkt!«, fügte er noch mit einem amüsierten Zwinkern hinzu.

»Das darf doch nicht wahr sein!« Ich bin hochgeschossen, um ins Büro zu stürmen, und hätte mir fast das Genick gebrochen, als ich über den Karton stolperte.

Tatsächlich hatte jemand den Punkt »Weihnachtsdekoration anbringen« in meinem Kästchen für den heutigen Tag sorgfältig mit Tippex übermalt und stattdessen in schwungvoller Handschrift »die Massen bespaßen« eingefügt. Wutschnaubend schrieb ich »das nennt sich GÄSTE« daneben und verband es mit einem Pfeil.

»Wie wär's, wenn ich dir beim Aufblasen der Luftballons helfe?«, raunt ebendieser Ed mir jetzt ins Ohr.

»Eigentlich naheliegend, da du sowieso nur heiße Luft von dir gibst!«, kommentiert in diesem Moment Wills Stimme gewohnt trocken dicht neben dem schmalen Spalt, der zwischen Ed und mir besteht. Unwillkürlich schrecke ich sofort einen halben Meter zurück.

Ed dagegen weicht nicht von der Stelle. Im Gegenteil, er scheint eher noch dichter an mich zu rücken. Mein Gesicht dürfte inzwischen die Farbe ausgereifter Tomaten angenommen haben. Ich versuche, mich aus der Gefahrenzone zu begeben, drücke dabei aber Poppy fast in den Korb mit Kaminholz. Prompt fährt sie ihre spitzen Ellbogen aus. Die Kleine wird es wirklich weit bringen. Sie lässt sich von niemandem herumschubsen. Ich finde sie klasse.

»Wie wär's, wenn du mal hältst, was du versprichst, und die Hütten mit Brennholz versorgst, Ed?«

»Ich dachte nur, Sarah könnte ein wenig Hilfe gebrauchen. Das mit dem Holz hat Zeit.« Ed folgt mir in Richtung Poppy. Noch ein paar Schritte in dieser Formation und wir landen gleich alle gemeinsam im Baum.

»Bis es kalt ist in den Hütten?«

»Jed kann das übernehmen.«

»Jed ist nach Hause, solange es die Schneeverhältnisse noch zulassen.«

Ed gehen die Ausflüchte aus. Jetzt ist er in die Enge getrieben. Na ja, nicht im buchstäblichen Sinn, das trifft allein auf mich zu. Also schlingt er blitzschnell die Arme um mich und verpasst mir einen fetten Kuss. Ein Wimpernschlag später hat er mich schon wieder losgelassen und erklärt grinsend: »Bis später, Schlumpfinchen.«

Den Mund weit aufgesperrt wie ein Frosch, der kurz davorsteht, eine Fliege zu verschlingen, verfolge ich, wie er gelassen zur Tür schlendert. Wo ist ein singender Fisch, wenn man etwas braucht, um die Stimmung zu heben?

»Ich ... Er ... Wir ...«

»Versuchen Sie's erst gar nicht. Sie machen es nur noch schlimmer.«

Da hat er recht. »Wollten Sie nicht das Vorratslager aufräumen, Will?« So steht es jedenfalls auf dem Dienstplan. Wenn alle Stricke reißen, einfach zurück zum Geschäftlichen.

Im Grunde bin ich froh über seine Rückkehr, allerdings hätte er mir nicht gleich meinen Helfer Ed vergraulen müssen. Außerdem befürchte ich, dass er sich direkt wieder in Luft auflösen wird, wie das so seine Art ist.

»Das kann warten«, antwortet er und schaut mich an. »Ich wollte mich nur bei Ihnen entschuldigen.«

»Im Ernst?« Er wird doch jetzt nicht erklären, dass er sich wünschte, wir hätten uns richtig geküsst?

»Ich habe eben wohl ein wenig überreagiert, als ich Chloe den Kamin herunterpurzeln sah.«

»Ah ja. Muss ein ziemlicher Schock gewesen sein.« Unsere Blicke begegnen sich und besiegeln das Friedensangebot. Tja, hätte schlimmer kommen können, tröste ich mich. Er hätte sich dafür entschuldigen können, in meinem Dienstplan herumgemalt zu haben.

»Ich habe noch Zeit, Ihnen mit den Ballons zu helfen«, sagt er, greift in den Beutel und verzieht den Mundwinkel amüsiert.

Ich merke, dass mein Mund offen steht, und beeile mich, ihn zu schließen.

»Ich auch, Sarah«, mischt Craig sich ein und bedient sich

ebenfalls. »Gar kein Problem. Bei zwei Kindern bin ich an so was gewöhnt.«

»Ach, zu Hause hast du mir das aber noch nie angeboten«, fährt Tina dazwischen und drückt ihm den kleinen Jack in die Arme. »Wenn du eine Beschäftigung suchst, kümmere dich um deinen Sohn. Und jetzt lass Sarah und Will in Ruhe. Verstanden.« Mit vielsagend hochgezogenen Augenbrauen schiebt sie ihn fort, bevor ich ihr erklären kann, dass Sarah und Will gar nicht alleingelassen werden wollen.

Beziehungsweise Will ganz sicher nicht mit Sarah alleingelassen werden will.

Er dehnt den Ballon vor dem Aufblasen ein wenig.

»Und wofür soll das gut sein?«

»Wenn ich es richtig verstanden habe, werden sie mit einer Mischung aus Mehl, Tapetenkleister und Zeitungspapierfetzen überzogen. Nach dem Trocknen zersticht man den Ballon und pappt Watte drauf.«

»Ehrlich?«

»Ehrlich.«

»Ist das irgend so ein komischer britischer Brauch?«

»Bei uns gibt es eben nicht viel echten Schnee. Wir müssen uns mit Watte behelfen. Aber Sie müssen ja nicht mitmachen.«

»Ich möchte aber gern.«

Will besitzt offenbar Talent im Ballonaufblasen. Er hat den ersten schon fertig, bevor ich meinen auch nur aus dem Beutel genommen habe.

»Wow. Wer war das noch gleich, der nur heiße Luft von sich gibt?«

»Nicht frech werden. Sonst knöpf ich mir Sie als Nächste vor.«

»Ach ja? So ganz allein? Oder kommt wer zur Verstärkung?«

»Bisher bin ich noch mit allen Frauen fertiggeworden, ohne Unterstützung anzufordern.«

»Aber nur, weil Sie einer wie mir noch nie begegnet sind!«

»Da ist allerdings was Wahres dran.«

»Wollen Sie sich das echt trauen? Männer sind immer so schlechte Verlierer.«

»Ich verliere nicht«, erwidert er grinsend. »Die Frage ist eher, ob Sie mit der Rolle des Underdogs fertig werden.« Er sieht mir direkt in die Augen, und diesmal wende ich zuerst den Blick ab. Gegen Wills scharfzüngigen Witz ist schwer anzukommen. Vor allem, wenn er einen dabei auch noch so durchdringend fixiert.

Den Underdog zu spielen, klingt zudem durchaus verführerisch. Verführerisch genug jedenfalls, um mir einen trockenen Mund zu verschaffen. So ein Quatsch! Will meint das nicht verführerisch. Er will bloß nett sein und mir beweisen, dass er nicht der nervige Muffel und starrsinnige Spinner ist, als den Ed ihn gern hinstellt.

Er streckt mir die Hand entgegen. Was soll das nun wieder? Vielleicht irgendeine typisch kanadische Aufforderung, die ich nicht verstehe?

Soll ich die Hand ergreifen? Vor den Augen der Kinder?

»Ballon.«

»Wie bitte?«

»Noch einen Ballon, bitte. Na los, wer zuerst zehn schafft! Ich gebe Ihnen auch einen Vorsprung.«

»Vergessen Sie das mal gleich wieder, Freundchen. Der Mann muss noch geboren werden, gegen den ich einen Vorsprung brauche.«

Also gut. Ganz ohne Tricksen ist es dann womöglich doch nicht abgegangen. Es mag nicht auszuschließen sein – wobei ich damit keinesfalls irgendein Fehlverhalten meinerseits einräume –, dass ich ihm vielleicht einen Ballon gereicht haben könnte, der unter Umständen erst mit der Spitze eines der Reißzwecke in Kontakt gekommen ist, mit denen wir die Dekoration angebracht haben.

Na ja, zu diesem Zeitpunkt lag er mit sechs vor, und wie heißt es doch: In der Liebe und im Krieg ist alles erlaubt.

# 19

Nach dem turbulenten Tag gestern fühlt sich der heutige reichlich mau an. Die Flaute nach dem Sturm. Alle Räume sind geschmückt, der Christbaum ist ein wildes Durcheinander aus knallbunten Farben geworden, und der aufblasbare Weihnachtsmann draußen vor dem Empfang sieht aus, als würde er für ein zubuchbares Bondage-Paket werben. Angeblich kann der Wind hier dermaßen stark sein, dass man auf Nummer sicher gehen muss. Zumindest war das Eds offizielle Begründung. Ich persönlich glaube eher, dass er es unbedingt so inszenieren wollte.

Der arme Santa ist an Handgelenken und Knöcheln gefesselt, und von Weitem sieht es aus, als wäre er zudem geknebelt. Laut Ed soll ihn das davon abhalten, bei einer heftigen Brise zum Headbanger zu werden, was in der Tat ein wenig unpassend wirken würde. Andererseits bringt er so in diesem Jahr ganz bestimmt kein »Ho, ho, ho« heraus.

Der Duft nach Stechpalme, Zimt und Tannenzapfen durchzieht sämtliche Zimmer. In allen dunklen Ecken brennen Kerzen und werfen ihren warmen Schein auf die Wände. Draußen glitzert der Schnee. Jedes Hüttendach schmückt ein weißer Überzug, so makellos, wie ihn kein Lebkuchenhaus der Welt besitzt. Und wenn der Mond und die Sterne am dunklen Nachthimmel leuchten, dann sieht das Ganze wirklich märchenhaft aus.

Alles ist gerichtet. Eigentlich sollte ich mich freuen, und

nach außen hin tue ich das auch. Doch trotz meiner Zufriedenheit breitet sich in meinem Innern irgendwo tiefster Weihnachtsblues aus. Denn jetzt ist alles genauso bezaubernd wie damals, vor so vielen Jahren, als ich diesen Ort zum ersten Mal bestaunt habe. Damals endete das glücklichste Weihnachten aller Zeiten in einem Albtraum, der all meine Vorstellungen überstieg.

Und heute ist mir plötzlich in aller Brutalität bewusst geworden, wie wenig sich letzten Endes für mich geändert hat. Natürlich bin ich heute älter und erfahrener, aber innerlich bin ich noch immer das kleine Mädchen, das man verletzt hat. Verdrängung war bislang meine bevorzugte Technik, mit diesem Schmerz umzugehen. Doch hier und jetzt funktioniert das nicht länger.

Da das Haus wie verlassen ist, fehlen auch die Möglichkeiten zur Ablenkung. Alle hat es nach draußen gezogen. Will ist Lebensmittel besorgen, Ed führt an den Skipisten die Aufsicht.

Jeder Gast will noch mal Kalorien verbrennen, um an Weihnachten richtig zuschlagen zu können. Nur ich fühle mich schlaff. Niedergeschlagen. Die Vorbereitungen sind abgeschlossen. Selbst das Gemüse für das Abendessen ist bereits geschnitten. Viele Mitarbeiter haben frei bekommen, um letzte Weihnachtseinkäufe erledigen zu können.

Sämtliche Hütten sind ausreichend mit Kaminholz versorgt. Alle Schneebälle aus Pappmaschee sind mit Obstbrandfläschchen für die Erwachsenen oder Schokolade für die Kinder bestückt. Kekse sind gebacken. Geschenke liegen unter den Bäumen. Bloß ich habe nichts, was ich dort deponieren könnte. Niemanden, mit dem ich Geschenke austausche. Auch das mag zu der lähmenden Last auf meiner Brust beigetragen haben.

Es gibt nichts, was noch getan werden muss.

Ich bin überflüssig.

Mein Dienstplan hat seinen Zweck erfüllt. Ich sollte mich wie einen Siegerin fühlen. Die Leute sind glücklich. Selbst Will und Ed scheinen vorübergehend Frieden miteinander geschlossen zu haben, und auch die drohenden Gerichtsverfahren sind erst einmal auf Eis gelegt.

Aber als vor einer Stunde ein Schwung Textnachrichten von Tante Lynn eintraf, hat mir das mit erschreckender Wucht in Erinnerung gerufen, wie sehr sie mir fehlt. Das Problem hier in den Bergen ist, dass mein Handy phasenweise jeden Versuch, Nachrichten zu empfangen, aufzugeben scheint, und dann unvermittelt ein ganzer Pulk eingeht. Einige Kontaktversuche von Tante Lynn sind bereits zwei Tage alt.

In diesem Zusammenhang hat der Anblick der vielen bunt verpackten Geschenke um mich herum natürlich auch nicht zur Hebung meiner Stimmung beigetragen.

Weihnachten hat bislang immer Lynn und ich bedeutet. Familie und Freunde.

Gewöhnlich haben wir das Reisebüro am Freitag vor Weihnachten mittags geschlossen, sind gemeinsam mit Sam zu einem feuchtfröhlichen Mittagessen losgezogen und haben dann auf den letzten Drücker noch eine Shoppingrunde gedreht, weil man schließlich nie genug Christbaumkugeln und alberne kleine Geschenke haben kann – sowie Bänder und Schleifen, um alles zu verpacken.

Abends haben wir es uns bei kleinen, mit gebratenem Speck ummantelten Würstchen, Rosenkohl und einer Flasche Schampus gemütlich gemacht. Wir haben gelacht und Spaß gehabt.

Wie auf ein Zeichen klingelt in diesem Moment mein Handy.

»Frohe Weihnachten, mein Schatz!«

»Aber es ist doch noch –«

»Wir sind etwas früher dran, ist das nicht schick! Wir sind gerade dabei, Frühstück zu machen, und dann gibt's Geschenke. Anschließend brechen wir mit Ralphs Wohnmobil zu einem kleinen Nostalgietrip auf, und ich weiß nicht, ob ich in den kommenden Tagen Empfang haben werde, und Platz für einen Baum oder Geschenke haben wir auch nicht, da die Hunde und der Grill mit müssen. Was sagst du, Ralph? Richtig, Liebster. Und mein Wein natürlich. Reichlich Wein! Daher feiern wir ein klassisches britisches Weihnachten heute und die australische Strandvariante dann am Montag. Ist das nicht toll? Hier haben wir jetzt einen Baum und alles, was dazugehört. Hast du auch einen Baum? Sicher doch, natürlich hast du einen. An denen hat's ja bei dir keinen Mangel, was? Amüsierst du dich gut?«

Ich weiß nicht, ob ich weinen oder lachen soll. Nur gut, dass sie mich kaum zu Wort kommen lässt.

»Hast du deine Geschenke schon aufgemacht? Hast du das eine gefunden, das ich in deine Tasche geschmuggelt habe?«

»Ich habe noch nichts aufgemacht, Tante Lynn. Es ist Freitag, der erste Weihnachtstag ist erst am Montag!«

»Mir ist schon klar, dass wir früh dran sind, mein Schatz, aber es ist definitiv bereits Samstag. Du amüsierst dich offenbar köstlich, wenn du derart durcheinander kommst. Wir haben Samstag, nicht Freitag. Und wir feiern doch immer schon am Wochenende vor Weihnachten, erinnerst du dich? Also bleibt der Tag natürlich überall auf der Welt gleich, kleiner Schlaukopf.«

»Bloß, dass ihr in Australien viele Stunden vor uns liegt. Hier ist noch Freitag.«

»Im Ernst? Bist du sicher? Oh. Wie bitte?«

»Habe ich doch gesagt, verrücktes Huhn!«, erklärt eine Stimme aus dem Hintergrund. Vermutlich die von Ralph.

»Wie war das? Welcher Tag ist heute, Sarah?«

»Freitag. Und wir haben hier erst ...« Ich werfe einen Blick auf die Uhr, obwohl ich genau weiß, wie spät es ist, da heute alles in Superzeitlupe dahinkriecht. »... zwei Uhr mittags.«

»Echt? Dann hat Ralph ja recht, und wir liegen sechzehn Stunden vor euch! Wer hätte das gedacht?«

Für eine Frau, die das Reisen in ferne Länder zu ihrem Beruf gemacht hat, verhält sich Tante Lynn bisweilen ein wenig sonderbar.

»Na, auch egal. Wir brechen jedenfalls gleich zu unserem kleinen Roadtrip auf, und da es unterwegs schwierig sein dürfte zu telefonieren, habe ich gedacht, ich ruf dich jetzt an. Du bist ja verdammt schwer zu erreichen. Ich habe schon zig Nachrichten geschickt. Stimmt doch, Ralph, oder? Also dachte ich, da das Internet hier so mies ist und du ständig herumziehst und dich amüsiert, wird es am Montag vielleicht nicht klappen. Wobei das dann sowieso erst Sonntag wäre, da, wo du bist. Ich meine, an welchem Tag soll ich denn Frohe Weihnachten wünschen?«

»Ich zieh gar nicht ständig herum. Ich habe bloß deine Nachrichten erst vor einer Stunde erhalten. Der Empfang ist hier schaurig. Jetzt sind alle auf einmal gekommen, und ich bin gerade dabei, sie zu lesen.«

»Ach so, wie schön. Kein Problem, mein Schatz. Ich wollte nur mal hören, ob bei dir alles in Ordnung ist.«

»Alles gut. Ich habe die Dinge erledigt, die erledigt werden mussten, und jetzt glitzert und funkelt der ganze Laden. Du wärst beeindruckt!«

»Oh, daran zweifel ich nicht, mein Schatz. Aber ich wäre keineswegs überrascht. Wenn du dich in eine Sache hineinkniest, kommt eigentlich immer etwas Gutes heraus. Schick mir doch mal ein paar Fotos. Ich würde zu gerne sehen, ob es noch so ist, wie ich es in Erinnerung habe. Dein Geschenk für mich werde ich mitnehmen. Hast du meins für dich denn auch entdeckt?«

»Welches Geschenk? Du hast mich doch schon beschenkt.«

»Nur so eine Kleinigkeit, Liebes. Ich habe es in die Extratasche an der Querseite gesteckt. In den Beutel, in dem auch die Brausetabletten für dich sind.«

»Welche Brausetabletten?«

»Für den Kater am zweiten Weihnachtstag. Ich habe mir gedacht, so findest du es auf jeden Fall! Ach du je, ich muss los. Und ruf mich an, ja? Um mir noch mal so richtig frohe Weihnachten zu wünschen. Ich meine, du wirst mich zwar wahrscheinlich nicht erwischen, aber Weihnachten ist doch nicht Weihnachten, wenn wir uns nicht wenigstens frohe Weihnachten wünschen, habe ich recht?«

»Stimmt. Natürlich melde ich mich. Ich werde es an Heiligabend versuchen, unmittelbar bevor ich schlafen gehe. Dann ist bei euch nämlich schon der erste Weihnachtstag.«

»Prima. Mehr will ich gar nicht, Sarah. Also, bis dann, mein Schatz.«

»Viel Spaß.«

»Werden wir haben, werden wir haben.«

Ich erkundige mich lieber nicht danach, wie es Ralph geht, denn allem Anschein nach steht er ganz in der Nähe und bekommt alles mit. Und wenn du todkrank bist, willst du bestimmt nicht mitanhören müssen, wie sich andere darüber unterhalten. Noch dazu am vorgezogenen Weihnachtsfest, wenn deine alte Liebe nach Jahrzehnten der Trennung endlich wieder bei dir ist. Zumindest denke ich, dass Lynn diese Bedeutung für ihn hat.

»Hat sich denn bei dir so weit alles geklärt, Liebes?«, fragt sie noch. Sie hat offenkundig die ganze Zeit geschwankt, ob sie nachfragen soll, hat es sich dann aber offenbar nicht verkneifen können.

»Alles super. Na gut, Will wirkt zwar tatsächlich etwas griesgrämig, ist aber im Grunde ganz nett, wenn man ihn besser kennenlernt. Und sein Bruder Ed ist ein echter Frauenheld. Zudem ein richtig schnuckeliger Kerl, er würde dir gefallen.«

Sie lacht dieses herrlich kehlige Lachen, das ich so vermisst habe.

»Und du selbst? Bestimmt fühlt es sich ein bisschen komisch an, und es wäre nur allzu menschlich, wenn …«

»Klar doch, alles in Ordnung! Wie gesagt, der Laden ist jetzt wieder tipptopp, und bestimmt wird auch bald wieder die Nachfrage steigen und alle werden begeistert sein.«

»Sarah«, mahnt sie mit sanfter Stimme. »Ich möchte wissen, wie es dir geht, nicht dem Resort.«

»Mir geht's prima. Ehrlich.« Die Versicherung rutscht mir ein wenig zu enthusiastisch heraus, aber zum Glück bohrt sie nicht weiter nach.

»Also schön. Du kannst natürlich anrufen, wann immer du willst, das weißt du.«

»Ich weiß. Mach ich.«

»Und vergiss nicht, ein paar Fotos zu schicken, ja? Ich bin schon gespannt, wie jetzt alles aussieht. Ist Bear Cabin noch wie früher?«

»Nicht ganz«, antworte ich. Von den Hundezwingern habe ich ihr lieber noch nichts erzählt. »Aber der Rest der Anlage schon. Manches dürfte noch genauso sein, wie es in den Siebzigerjahren gewesen ist.«

»Ach, wie wundervoll! Ich muss jetzt wirklich für heute Schluss machen, mein Schatz. Amüsier dich gut, und tu nichts, was ich nicht auch tun würde!«

»Bis bald.«

»Ja, bis bald.«

Da haben wir es: Mein erstes Weihnachten ohne Tante Lynn, und dann fängt sie auch noch vor mir an.

Um mich herum ähnelt inzwischen alles viel mehr der gemütlichen und einladenden Atmosphäre, die ich in Erinnerung habe. Festlich und stimmungsvoll. Weshalb die Aussicht, die Feiertage allein verbringen zu müssen, sich noch merkwürdiger anfühlt. Na ja, nicht ganz allein. Tina und ihre Familie sind süß, und Ed ist amüsant, und Wills Laune scheint sich ein wenig gebessert zu haben.

Aber ich muss hier raus. Nur für ein paar Stunden. Ich muss lernen, dies als Neuanfang zu begreifen. Auch wenn die Zeit nicht wirklich zurückgedreht worden ist, hat das Ganze doch etwas von einem Déjà-vu-Erlebnis, und nun liegt es an mir, dafür zu sorgen, dass ich diesen Ort diesmal mit dem Gefühl verlasse, es auf meine ganz persönliche Art zu tun.

Tante Lynn hatte recht, wie immer. Ich muss mich erst der Vergangenheit stellen, bevor ich einen Schlussstrich darunter ziehen kann. Es reicht nicht, sie bloß auszublenden, wie ich es bislang versucht habe.

Allerdings ist mir nicht wirklich klar, wie mir das gelingen soll, denn es gibt einen Teil in meiner Vergangenheit, mit dem ich wohl niemals abschließen kann. Mit dem ich meinen Frieden womöglich gar nicht machen will.

Ich hole meine Schneestiefel. Ich habe noch etwas zu erledigen. Tante Lynn möchte Fotos haben, also bekommt sie welche. Ich werde neue, strahlend schöne Erinnerungsstücke schaffen. Glückliche Erinnerungen. Auf meine ganz persönliche Art.

## 20

»Was meinst du dazu, Rosie?« Rosie leckt meine Hand. Wir sind Kumpel. Sie versteht mich, auch ohne dass ich jedes Wort aussprechen muss. Wenn ich wüsste, wie man den Hunden das Geschirr anlegt und den Schlitten fertig macht, und wenn ich dann noch jemanden hätte, der sie festhält, bis ich fertig bin, damit sich nicht bereits ohne mich davonjagen, und wenn ich mich noch an die Reihenfolge erinnern könnte, in der sie aufgestellt werden, und wie man sie zum Starten und zum Anhalten bringt, dann wäre so eine Schlittenfahrt jetzt genau das Richtige.

Leider weiß ich nichts von alledem. Ich habe einfach nicht aufgepasst, als Will das machte. Und würde ich es jetzt trotzdem versuchen, würde ich am Ende bestimmt entweder einen der Hunde erdrosseln oder auf meinem Hintern bis an den See geschleift werden oder selbst einen hässlichen Strangulationstod erleiden, was dann ein ziemlich ekliger Anblick wäre für den nachmittäglichen Skifahrer, der mich vermutlich finden würde.

Mein Blick wandert hinüber zum Schuppen. Jener Schuppen, in dem das Schneemobil steht.

Es glitzert mir einladend im Sonnenlicht entgegen. *Komm*, sagt es, *komm und hab Spaß. Ich bin dein Freund!*

Ed hat mich sofort fahren lassen bei unserem Ausflug. Der Mann sucht eben ständig nach einem Adrenalinkick, was ich bestens nachempfinden kann. Und mit einem Schneemobil komme ich zurecht, das ist so ähnlich wie Motorradfahren, nur noch aufregender. Auf einem Schneemobil fühle ich mich fast wie beim Surfen: absolut frei und unbeschwert. Und damit genau so, wie ich mich auf Skiern oder einem Snowboard gerade nicht fühle.

Exakt das, was ich jetzt brauche. Dahinrasen. Auf eigenen Wegen. Und was das Fotografieren betrifft, so habe ich malerische Blockhütten und Schneeverwehungen als Motive langsam ausgereizt. Lieber mache ich heute Abend noch ein paar Aufnahmen drinnen, wenn alle Kerzen leuchten und die Kaminfeuer brennen und wenn es eine heiße Schokolade dazu gibt.

Ich suche mir im Schuppen Stiefel, Overall und Helm zusammen und lasse mein Handy dort zurück. Der Empfang ist sowieso beschissen.

Mit tastenden Fingern überprüfe ich, ob das kleine Geschenk von Lynn in meiner Tasche steckt. Ich möchte es gerne heute schon öffnen, ganz in Ruhe und ganz allein. Nicht an Weihnachten, wenn ich mit Menschen, die ich kürzlich erst kennengelernt habe, um einen Christbaum herum sitze. Auf diese Weise habe ich das Gefühl, Teil von Lynns vorgezogenem Fest zu sein.

Rosie bellt, als ich den Motor starte. Dann neigt sie den Kopf zur Seite und jault.

»Ich bleib nicht lang. Versprochen.« Sie scharrt mit der Pfote und legt sich hin, ohne den Blick von mir zu wenden. »Schhh, und keinem etwas sagen, ja?«

Zu Anfang gleite ich noch sehr gemächlich den Pfad entlang, um die Stille nicht zu stören und die Umgebung richtig zu genießen. Ganz in Ruhe lasse ich den Zauber dieser atemberaubenden Landschaft auf mich wirken. Die Bäume sind schwer mit Schnee beladen. Die Luft ist klar und frisch. Und mit jedem Meter, den ich höher komme, schwindet die Traurigkeit ein winziges Stück. Dennoch wäre es schön gewesen, wenn Tante Lynn jetzt bei mir sein könnte. Es hätte ihr gefallen.

Ich halte an. Durch die heftigen Schneefälle, die schon vor einer Weile aufgehört haben, ist der Boden überall mit einer makellosen neuen Schicht überzogen. Nichts als unberührtes, strahlendes Weiß um mir herum. Selbst in meiner gedrückten Stimmung kann ich mich dem Bann dieses grandiosen Bildes nicht entziehen.

An einem solchen Ort zu leben, muss der Wahnsinn sein. Ich kann schon verstehen, warum Will sich über Gäste ärgert, denen dieses herrliche Naturwunder zu wenig ist. Die unbedingt noch bespaßt werden müssen. Aber vieles hängt eben mit den jeweiligen Erwartungen zusammen. Manchmal tun wir uns schwer damit, Schönheit dort wahrzunehmen, wo wir sie nicht erwartet haben, weil wir unsere ganze Aufmerksamkeit auf die Dinge lenken, die wir im Angebot zu finden glaubten. Und dann trübt die Enttäuschung über eigentlich harmlose Mängel selbst das Wunderschöne im Leben so stark, dass wir es überhaupt nicht mehr bemerken.

Und wohin fahre ich jetzt? Bei unserem Ausflug hat Ed mir die Halfway Cabin gezeigt, wo sie für Touren, die sie mit erfahreneren Skifahrern und Snowboardern hier oben im Tiefschnee unternehmen, Notfallausrüstung lagern. Weit kann es nicht mehr sein, und die ungefähre Richtung ist mir auch klar, also sollte es nicht schwierig sein, sie zu finden. Im Grunde habe ich von Anfang an gewusst, dass dieser perfekte Rückzugsort mein Ziel sein wird, auch wenn ich es mir selbst niemals eingestanden hätte. Dort gibt es warme Decken. Dort kann ich in Ruhe nachdenken, einen klaren Kopf bekommen und mich in weihnachtliche Stimmung bringen. Und wenn ich dann nachher wieder unten bin und mich unter die feiernden Menschen mische, wird alles super sein. Ich werde die letzten düsteren Wolken aus meinem Kopf vertrieben haben und die ersten vorsichtigen Sonnenstrahlen umso mehr genießen können.

Das Gute an dieser Gegend ist, dass man sich kaum verirren kann. Der See gibt Orientierung, gewisse Gipfelformationen sind unverwechselbar, genau wie verschiedene Wäldchen. Ich bin mir daher sicher, in welche Richtung ich muss.

Bei meinem Ausflug mit Ed habe ich erst mal eine Weile sachte gemacht und mich eingefühlt, bevor dann so richtig die Post abging und ich mich bis an meine Grenzen gewagt habe. Laut johlend bin ich durch den unberührten Schnee geschossen, während das Adrenalin durch meinen Körper pumpte. Heute dagegen spüre ich vor allem die gespenstische Schönheit dieser endlosen Leere um mich herum. Dieses Nichts spiegelt wider, was ich in viel winzigerer Form selbst in meinem Innern empfinde. Ich hasse dieses Gefühl und das damit verbundene Selbstmitleid. Es ist dämlich, eine reine Verschwendung von Kraft und Lebenszeit. Dennoch schleicht es sich bisweilen ein und setzt sich gegen meinen Willen in meinem Innern fest. Am liebsten würde ich davonrennen. Mir irgendeinen Weg suchen, es hinter mir zu lassen. Nur aus diesem Grund bin ich auch ständig so darum bemüht, jeden Tag bis zur letzten Minute mit Arbeit, Freunden und Spaß auszufüllen.

Mit diesen Empfindungen beschäftigt, steuere ich das Schneemobil den Berg hinauf, immer weiter vom Resort fort. Mühelos saust die Maschine höher und höher, bis ich abbremse, um durchzuatmen und einen Blick zurück ins Tal zu werfen.

Tief unter mir liegt das Shooting Star Mountain Resort. Ich kann die Hundezwinger ausmachen, die Blockhütten und sogar meine eigene Hütte. Das Ganze übt eine sonderbare Anziehungskraft auf mich aus. Ich mag diesen Ort. Damit hätte ich vor meiner Rückkehr nicht gerechnet. Ich hatte erwartet, bei seinem Anblick traurig oder verärgert zu sein, aber das bin ich nicht. Der Ort selbst ist wunderschön. Was nicht passen will, bin ich.

Ich bin diejenige, die nicht gut genug gewesen ist, die man deshalb verlassen hat. Diejenige, die selbst heute noch nicht wirklich dazugehört. Wenn meine Eltern heute zurückkämen, würde ihnen die erwachsene Sarah womöglich besser gefallen? Wären sie stolz auf mich, so wie Tante Lynn es ist?

Vielleicht muss ich einfach nur fest daran glauben, dass sie es wären. Vielleicht möchte ich auch nur zur Halfway Cabin, weil mit dieser Hütte keine alten Erinnerungen verknüpft sind. Mum und Dad haben sie nie besucht. Vielleicht gelingt es mir gerade dort, mich dem Geschehen zu stellen und einen Neuanfang zu finden. Vielleicht haben Will und ich mehr gemein, als ich je geahnt habe. Beide arbeiten wir lieber unentwegt, um unseren Schmerz zu kaschieren, statt dass wir uns offen mit ihm auseinandersetzen. Wenn ich sehe, wie er vor mir zurückschreckt, tut das natürlich weh, aber vielleicht ist es bloß die gleiche Reaktion, die auch ich ständig zeige. Versuche ich nicht auch mit aller Macht, jede Art von Beziehung zu vermeiden, die mir potenziell Schmerz verursacht, bei der ich am Ende vielleicht eine Abweisung erfahren könnte?

Bemerkenswerterweise hat mich Wills Abweisung allerdings nicht aus der Bahn geworfen.

Vielleicht, ganz vielleicht, ist mir ja gerade hier, wo ich allein auf mich gestellt bin, klar geworden, dass es völlig genügt, ich selbst zu sein.

So viele Vielleichts.

Ich wende mich ab und starte das Schneemobil erneut. Bloß dass der Motor nicht anspringt. Er stottert nur kurz und geht aus. Und bei meinem nächsten Versuch ignoriert er mich komplett. Woran sich auch nichts ändert, als ich wild auf und ab springe und ihm einen Tritt verpasse.

Hätte ich jetzt eins von Eds Serviertabletts dabei, könnte ich einfach den Hang hinabsausen. Sehr lustige Vorstellung; hätte ich aber eh nicht gewollt. Ich will nach wie vor zur Halfway Cabin.

Dahin muss ich kommen. Die Hütte bedeutet meinen Neustart.

Äußere Umstände werden mich von diesem Ziel nicht abbringen. Als ich vom Schneemobil steige, verwundert es mich dann aber doch, gleich bis zu den Knien im Schnee zu versinken.

Gott, ist das Zeug tief! Noch ein bisschen und ich kann darin schwimmen. Tatsächlich könnten Kraulbewegungen beim Vorwärtskommen helfen. Es wäre jedoch peinlich, wenn mich jemand dabei beobachten würde.

Ich schaue mich um. Keiner da. Absolute Stille. Himmel und Erde ein einziges Weiß, ohne Horizont.

Wahrscheinlich hätte ich ein Snowboard oder Skier oder zumindest Skistöcke für den Notfall mitnehmen sollen.

In der Ferne glaube ich, die Halfway Cabin ausmachen zu können. Oder es handelt sich nur um eine große Schneeverwehung. Oder um einen Bären unter einer Schneeverwehung. Oder nur um einen Eisbären. Demnach sprechen zwei

Gründe für Umkehr und einer für Weiterlaufen. Eher dem Verstand als dem Gefühl zu folgen, ist aber noch nie mein Ding gewesen. Was natürlich dazu führen könnte, dass ich noch vor Erreichen meines nächsten Geburtstags von einem wilden Raubtier zerfleischt werde – eine Gefahr, mit der ich zu Hause eher selten konfrontiert bin.

Auch wenn es kaum größer als ein Klohäuschen ist, habe ich mich noch nie so gefreut, irgendwo einzutreten. Glücklicherweise ist die Tür nicht verriegelt, eine Möglichkeit, die ich bei meinem Aufbruch überhaupt nicht bedacht habe. Andererseits bringt mich der Vergleich mit dem Klohäuschen auf eine ganz andere Überlegung: Was, wenn ich auf die Toilette muss? Lieber nicht darüber nachdenken, sage ich mir und schließe die Tür rasch. Nachdem ich Stiefel und Handschuhe ausgezogen habe, sehe ich mich etwas genauer in der Hütte um. Beim letzten Mal kam ich nicht dazu, da Ed der Sinn nach ganz anderen Erkundungen stand.

Ich schiebe gerade, auf allen vieren krabbelnd, meinen Kopf in den kleinen Schrank in der Ecke, als ich ein Geräusch höre und vor Schreck erstarre. Ein schnaufendes, keuchendes Geräusch. Wenn man irgendwo mitten in der Wildnis feststeckt, fällt einem so etwas schon auf.

Was, wenn es ein Yeti ist? Oder ein Wolf? Wenn er reinkommt, wird er als Erstes meinen Hintern sehen, den ich ihm wie eine Einladung zum Picknick entgegenstrecke. Heiliger Strohsack, was, wenn es ein Eisbär ist? Schließlich fahren die Leute extra nach Kanada, um Eisbären zu sehen. Lynn hat erst vor Kurzem ein tolles neues Resort ins Programm aufgenommen, das Touren und all so was anbietet. Obwohl ich selbst schwer nachvollziehen kann, warum man einem so riesigen Menschen fressenden Pelztier derart nahe kommen möchte.

Es könnte mich zerfetzen, könnte mir das Fleisch vom Schenkelknochen reißen wie ein gieriger Student, der nach fünf Pints und 'ner Runde Hotten bei KFC eine Hähnchenkeule verschlingt. Dann hätt ich mein neues Tattoo, das mich so einiges an Schmerzen und Geld gekostet hat, zum letzten Mal gesehen. Genauso wie mein Bein.

Vielleicht wäre es besser, aus diesem Schrank zu kriechen und sich etwas zu suchen, mit dem sich der Eisbär vertreiben lässt. Ein Hagel von Kissen und Decken dürfte so ein mächtiges Raubtier jedoch kaum dazu bewegen, seinen Speiseplan für diesen Mittag über den Haufen zu werfen.

Mist! Ich habe nicht mal ein paar belegte Brötchen, die ich ihm zuwerfen könnte. Bloß einen Berg Felldecken, in denen er womöglich die sterblichen Überreste von Verwandten sieht. Und mit dem Fell seines alten Onkels George beworfen zu werden, könnte er mir übel nehmen.

Scheiße, jetzt kommt er näher. Vielleicht ist es besser, sich im Schrank zu verstecken.

Er hämmert gegen die … Nein, Moment, er öffnet die Tür. Verflucht, dieser Eisbär ist nicht nur clever, er hat sogar gelernt, Türklinken zu betätigen.

»Was zum Teufel machst du hier?«

Doch kein Eisbär. Aber auch nicht wesentlich kleiner. Es ist ein Mann. Und ein Husky.

Die Hündin erkenne ich zuerst, denn sie trägt weder Brille noch Skianzug.

Sie scheint sich richtig zu freuen, mich zu sehen. Die Zunge baumelt ihr aus dem offenen Maul, als würde sie lächeln.

»Rosie!«, rufe ich erleichtert. So froh bin ich noch nie über den Anblick eines Hundes gewesen. Bis eben habe ich nicht einmal gewusst, dass sie meine absoluten Lieblingstiere auf diesem Planeten sind. Ich bin so froh, dass ich den geringen Umfang der Schranköffnung vergesse und mir beim Rauskrabbeln prompt den Kopf stoße. Aber zwei Pfoten auf den Schultern und einige ebenso leidenschaftliche wie schlabbrige Hundeküsse gleichen eine kleine Gehirnerschütterung selbstverständlich mehr als aus.

Der Mann hat sich derweil den Schnee von den Stiefeln gestampft und die Brille hochgeschoben. Seine blauen Augen blitzen durchdringend. Mir gefällt es besser, wenn sie nur blitzen.

»Ich habe gefragt, was zum Teufel du hier treibst.«

»Ich treff mich hier zum Tee mit ein paar Schneeleoparden.« Keine Ahnung, wie ich darauf komme, aber es verschlägt ihm erst einmal die Sprache.

Nach einer langen Pause meint er ruhig: »Wir haben hier überhaupt keine Schneeleoparden.«

»Na, das erklärt dann auch, warum sie nicht erschienen sind.«

»Hast du dir sehr heftig den Kopf gestoßen?«

»Quatsch, natürlich nicht. Also, schon ein bisschen, aber …«

»Wo hast du denn gesteckt?«

»Nirgends.«

»Nirgends?«

»Na ja, hier. Was meinst du mit: ›Wo hast du gesteckt‹?«

»Hast du überhaupt eine Ahnung, was für Sorgen wir uns alle gemacht haben, als keiner dich finden konnte? Du kannst einem wirklich eine Menge Mühe bereiten.«

»Tu ich gar nicht!«

»Du bist einfach verschwunden!«

»Ich bin nur mal raus. Und einen Aufpasser brauch ich nicht. Du bist doch selbst weggefahren, da habe ich ja auch nicht gleich einen Anfall bekommen.«

»Das ist was anderes. Ich habe dir gesagt, wohin ich fahre.«

»Ist es nicht. Ich kann tun und lassen, was immer ich möchte, und ich wollte auch nur für ein paar Stunden weg. Dass du es nicht einmal so lange ohne mich aushältst, konnte ich ja nicht ahnen.«

»Ein paar Stunden reichen hier allemal, um zu erfrieren, sich ernsthaft zu verletzen, im Schnee verschüttet zu werden oder sonstwie zu sterben«, brüllt er jetzt fast und fixiert mich dabei erregt.

»Ursprünglich wollte ich auch nur kurz weg, aber dann ist das Schneemobil nicht wieder angesprungen, und ich musste zu Fuß hier hoch, wobei ich mich wohl ein wenig verlaufen habe. Ich dachte, ich wüsste genau, wo es ist, aber ...«

»Was bringt jemand wie dich auf die idiotische –«

»Jemand wie mich? Was soll denn das heißen?« Meine Augen brennen, und das Adrenalin strömt noch immer so heftig durch meine Adern, dass ich zittere. »So ein dämliches junges Ding, meinst du das? Eine, die keinen Schimmer davon hat, was sie tut?« Ich glaube, was mich vor allem trifft, ist sein Ton. Ich habe Will noch nie so laut reden gehört.

»Das habe ich nicht gemeint«, faucht er zurück. Sein Blick ist jetzt kalt und nüchtern. »Jemand, der sich in der Gegend nicht auskennt, das meinte ich. Jemand, der die Wetterverhältnisse nicht kennt.«

»Das Wetter ist doch prima! Kein Schnee. Mir geht's auch prima. Ich brauch niemanden, der mich rettet. Warum verschwindest du also nicht einfach und brüllst lieber jemand anderen an?«

»Du törichtes –« Er bricht ab, vermutlich weil ich ein so entsetztes Gesicht mache. Obwohl es in Wahrheit wohl eher ein verzweifelter Gleich-muss-ich-auch-noch-heulen-Ausdruck ist, denn innerlich bin ich vollkommen aufgewühlt und durcheinander. »Es hat zwar aufgehört zu schneien«, fährt er in ruhigerem, aber keineswegs freundlicherem Ton fort. »Aber dafür herrscht nun extreme Lawinengefahr. Das ist dir wohl überhaupt nicht in den Sinn gekommen, wie?« Seine Stimme besitzt noch immer diese fast verächtliche Schärfe.

»Aber es hat doch schon vor ewigen Zeiten aufgehört zu schneien. Ich dachte –«

»Nein, nachgedacht hast du überhaupt nicht!«

»Ich wollte nur kurz raus, wollte nur mal weg von dir und deinen ständigen Nörgeleien und von all dem Weihnachtszeugs und –«

»Dir gefällt doch all der Glitzerkram. Es war schließlich deine Idee!«

»Ich wollte bloß …« Ich habe auch keine Ahnung mehr, was ich mir gedacht habe. Weihnachten ist mir schon wichtig, aber jetzt wird mir alles ein wenig zu viel. Hinzu kommt, dass die Menschen, die mir wirklich am Herzen liegen, alle nicht da sind. Und was macht Weihnachten für einen Sinn, wenn man es nicht im Kreise derer, die man am meisten liebt, verbringt? Ich hatte mir eingeredet, Weihnachten wäre vor allem Lametta, bunte Schleifen und Truthahn, aber das stimmt nicht. Ich möchte gerne mit denen zusammen sein, die mir am meisten bedeuten.

»Und warum hast du so geschrien, als ich zur Tür hereinkam?«

»Ich dachte, du wärst ein verdammter Bär, und inzwischen

wünschte ich mir, es wäre so! Lieber bei lebendigem Leib gefressen werden, als ... als ...« Ihn anzuschreien, scheint irgendwie eine komische Wirkung auf mich auszuüben. Ich fühle mich ganz wackelig. Offenbar beben mir sogar die Lippen so stark, dass ich gar nicht mehr richtig sprechen kann. Mir gehen die Worte aus, die Luft, einfach alles. Und ich fürchte, jeden Moment in ein geräuschvolles, tränenreiches und verdammt unschönes Schluchzen auszubrechen.

Mit einem »Ach Scheiße, Sarah« knallt er die Tür zu, und urplötzlich hat er die Arme um mich geschlungen und seine Lippen berühren meine Augenlider. »Es tut mir leid.« Er küsst meine Nase. Dann spüre ich seine harten, eisigen Lippen auf meinen.

Das Verlangen und die Leidenschaft, mit der es passiert, verstärken meinen Schwindel noch. Gleichzeitig fühle ich mich aber ungeheuer geborgen. Die Anspannung weicht aus meinem Körper, und in meinem Innern scheint alles zu zerfließen.

Könnte sein, dass ich mich an ihn schmiege, aber da bin ich mir nicht sicher. Er schmeckt nach Zuhause und alles, was gut ist, und der würzige Tannenduft seiner Haare und sein kaltes Gesicht unter meinen Fingern lassen mich weinen und lachen zugleich. Ich taumle, kann keinen klaren Gedanken fassen, aber das ist alles egal.

Er hält mich fest, seine Finger graben sich in meine kurzen Haare, und ich bekomme kaum Luft, was mich nicht stört, weil ich keine brauche. Ich muss nur immer weiter von ihm so geküsst werden. So von seinen Armen umfasst, gegen das harte Holz gepresst und geküsst werden. Habe ich geküsst schon gesagt?

Irgendetwas steigt in mir auf. Ein harter Kloß aus Schmerz,

vermischt mit Lust und Angst, aber all das wird dominiert von purem Verlangen.

Ich will ihn. Er muss unbedingt genauso weitermachen. Dann werde ich zwar unweigerlich irgendwann explodieren, doch das ist unwichtig. Alles andere ist unwichtig.

So würde ich mir den finalen Kuss vorstellen, bei dem man sich vor dem Sterben noch einmal alles holt, was man kriegen kann. In diesem Fall soll er das natürlich nicht sein. Ich bin noch viel zu jung zum Sterben und verspüre im Augenblick auch nicht mehr die geringste Lust, mich von einem Eisbären verspeisen zu lassen.

Will macht sich los und schaut mich an. Ich schnappe nach Luft und erwidere seinen Blick. Noch ein wenig benommen und schockiert. Schließlich ist das mir gegenüber kein Geringerer als Rühr-mich-nicht-an-Will.

»Wow«, ist das Erste, was meinem leeren Hirn einfällt. Meine Finger tasten über meine prickelnden Lippen.

Sein Mundwinkel wandert nach oben. Und fällt im nächsten Moment wieder zurück. Bloß nicht übertreiben, die Sache mit dem Lächeln, wie?

»Tut mir leid, wenn ich dir Angst eingejagt habe, aber, scheiße, Sarah, hast du überhaupt eine Vorstellung, wie gefährlich es derzeit hier oben ist?« Er ist ebenso außer Atem wie ich, bemüht sich jedoch nach Kräften, möglichst normal zu wirken. Was gut ist. Solange er deshalb nicht gleich abstreitet, dass irgendwas passiert ist.

»Bären?«, frage ich krächzend. Letztes Abendmahl in den kanadischen Rockies?

»Schlimmer. Schnee.«

»Richtig Angst hatte ich eigentlich nicht.«

»Aber ich.« Er fährt sich mit der Hand durchs Haar und

zieht mich noch einmal zu sich heran, um mich auf die Stirn zu küssen. Diesmal ganz zärtlich.

»Du hast Angst um mich gehabt?«

Er lässt sich auf den Boden sinken, ohne seine Arme von mir zu lösen. Also sinke ich mit. »Riesenangst. Wer hier draußen nicht vorsichtig ist, der stirbt. Keiner, der recht bei Verstand ist, würde nach einem solchen Schneesturm hier hochkommen.«

»Du schon. Du bist los, um mich zu holen.« Es ist eine Feststellung, keine Frage.

»Ich muss genauso bescheuert sein wie du.« Sein Mund verzieht sich wieder zu diesem schiefen Grinsen. »Ich hatte eine Wahnsinnsangst. Wahrscheinlich viel mehr als du, wenn es das ist, was du gerne hören möchtest.«

»Nee.«

Er lacht kurz auf. »Mir ist echt der Angstschweiß ausgebrochen, als ich das Schneemobil fand, und du warst nirgends zu sehen.«

»Oh, Mist! Das Schneemobil! Das habe ich ja ganz vergessen. O Gott, das tut mir leid. Ist es versichert? Ich bin eine alte Egoistin und habe überhaupt nicht daran gedacht, dass ich –«

»Wen kümmert schon ein Haufen Altmetall? Ich bin nur froh, dass du es hierhergeschafft hast und dir nichts passiert ist. Du kannst dir nicht vorstellen, was ich mir alles ausgemalt habe. Aber in Anbetracht des Orts, an dem es stand, und der Spuren …«

»Dennoch habe ich es kaputt gemacht.«

»Unsinn«, erwidert er grinsend. »Ein Schneemobil erschüttert so schnell nichts, was ein Federgewicht wie du ihm antun kannst. Der Tank ist ganz einfach leer.« Er schüttelt den Kopf. »Eine von Eds zahlreichen Aufgaben, für die er mal wieder keine Zeit gefunden hat.« Er legt den Kopf in den Nacken und starrt zur Decke hinauf. »Übers Handy habe ich natürlich auch versucht, dich zu erreichen.«

»Das liegt im Schuppen.«

»Stimmt. Da habe ich es dann gefunden und entdeckt, dass das Schneemobil fehlt. Darum bin ich gleich hier rauf. Denn hierher kommt Ed meist, wenn er Frauen zeigt, was die Gegend so zu bieten hat.«

Die Sprachmelodie ging am Ende des Satzes leicht fragend in die Höhe, und meine Wangen könnten eventuell ein schwaches Rosa angenommen haben.

»Dir ist aber doch nichts passiert?«, fährt er fort. »Du bist nicht runtergefallen oder so?«

»Ich habe nur angehalten, um den Ausblick zu genießen, und dann wollte es nicht mehr anspringen. Ich dachte, wenn ich erst hier bin, kann ich anrufen, aber dann ist mir eingefallen, dass ich mein Handy nicht mitgenommen hatte.« Ein komisches Knurren ist deutlich zu vernehmen, und es stammt nicht von Rosie. »Ich habe plötzlich einen Riesenhunger. Woher kommt das?«

»Stress wäre eine Erklärung.«

»Du hast nicht zufällig eine Notfallration mitgebracht, was?«

»Nur die da«, antwortet er und zeigt auf einen Beutel, den er neben der Tür abgelegt hat. »Hundefutter.«

»Hundefutter? Du hast lediglich Hundefutter mitgenommen? Du ziehst los, um mich zu retten, und packst weder Schokolade noch Cognac ein? Wie unprofessionell. So bestehst du nie die Abschlussprüfung zum Bernhardiner-Rettungshund.«

»Ich habe mir überlegt, dass du ja nichts zu essen bräuchtest, solltest du erfroren sein, während Rosie bei Kräften bleiben müsste, schließlich würde sie dann deine Leiche zurück zum Resort ziehen müssen.«

»Ah, wohl durchdacht! Du bist also auf Skiern mit ihr los?«

»Ich verlass mich immer darauf, dass sie gut auf mich aufpasst. Ohne sie hätte ich das nicht geschafft.« Er spricht in sanftem Ton, während er mit seiner freien Hand durch ihr dichtes Fell streicht. Ich bringe kein Wort heraus. Also schlucke ich nur den dicken Kloß in meinem Hals hinunter und streichele ihre andere Flanke. Prompt dreht sie sich auf den Rücken.

»Verrücktes Mädchen«, sagt er und lacht. Sie schaut ihn an, lässt die lange Zunge aus dem Maul baumeln und scheint zurückzugrinsen. Auch ich muss lächeln, wenn ich uns drei hier so hocken sehe. Kaum spielt man mit einem Hund, noch dazu einem so lustigen Exemplar, schon sieht alles wieder irgendwie normaler aus. Unaufgeregter. Jetzt verstehe ich auch, warum es heißt, dass Hundebesitzer weniger stressanfällig seien.

»Zurück zum Hundefutter.«

»Mm?«

»Bedeutet das, wir versuchen lieber nicht, uns heute noch zum Resort durchzuschlagen?«, frage ich. Im Grunde habe ich gar nichts dagegen, mit ihm hier festzusitzen, aber es ist spät, und ich habe furchtbaren Hunger.

»Na ja, hier drin haben wir es zumindest warm und trocken.«

»Also trocken unterschreibe ich noch, aber wenn du das warm nennst, hast du zu lange wie ein Eskimo gelebt.«

»Austausch von Körperwärme hilft da beträchtlich. Man muss sich nur eng genug zusammenkuscheln.«

Fast wären mir die Augen aus dem Kopf gefallen. Hat Will tatsächlich gerade vorgeschlagen, sich aneinanderzukuscheln?

»Das geht aber jetzt ein bisschen zu weit, werter Herr. Ich kenne Sie doch kaum!«, erwidere ich. Es ist als Witz gemeint, aber warum ich es überhaupt sage, ist mir selbst nicht ganz klar. Wahrscheinlich um meine Unsicherheit zu überspielen.

»Ich meine natürlich an Rosie«, erklärt er lachend. Ich habe ihn noch nie so entspannt erlebt. »Aber bei Bedarf bin ich natürlich nur zu gern bereit, ein wenig Extrawärme beizusteuern.«

Ich kann sie bereits spüren. Obwohl die jetzt auch von meinem erwartungsvollen Körper stammen könnte. »Ausziehen tu ich mich aber nicht!«

»Gut!«, kontert er. Sein glucksendes Lachen macht mich ganz kirre. Wahrscheinlich handelt es sich hier um dieses Syndrom, bei dem man seinem Retter so dankbar ist, dass man ihn gleich total anhimmelt. Davon werde ich mich bestimmt wieder erholen, wenn ich zurück in der Zivilisation bin und vor meinem Festessen und meiner heißen Schokolade sitze. »Sonst müsste ich später irgendwie erklären, wie du erfrieren konntest, *nachdem* ich dich gefunden habe.«

»Ah ja. Gutes Argument. Ein durchaus heikles und möglicherweise belastendes Detail. Ich könnte auf diese Weise deinen anständigen Ruf ruinieren.«

»Ich wüsste zwar nicht, dass ich so einen besitze, aber trotzdem danke für die Rücksichtnahme.«

»Es ist Freitag, Wochenende, kurz vor Weihnachten, und ich verbringe den Abend gemeinsam mit einem Husky in einer winzigen Blockhütte.«

»Könnte schlimmer sein. Stell dir vor, du hättest es gar nicht bis zur Hütte geschafft.«

Sofort vergeht mir die Lust am Lamentieren.

»Ich möchte nicht noch jemanden in Gefahr bringen«, fährt Will fort. »Daher habe ich Jed eben eine SMS geschickt und vorgeschlagen, dass er gleich morgen früh mit einem Kanister Benzin hochkommt. Bis dahin wird sich der Schnee etwas gefestigt haben, und es wird sicherer sein.« Mein Magen grummelt. Unüberhörbar. »Dann sind wir zum Mittagessen auf jeden Fall wieder zurück. Ich kann dir ein paar Pancakes machen, wenn du möchtest.«

»Nicht über Essen reden! Das macht es nur noch schlimmer.« Das ist wie das Geräusch von laufendem Wasser, wenn man dringend pinkeln muss. Ganz ungünstig. »Wie wär's mit ein paar Weihnachtsliedern, um den Mut nicht zu verlieren?«

Er stöhnt auf und stützt den Kopf in die Hände, aber ich kann sehen, dass er lächelt. »Dann ruf ich lieber Jed an und sage ihm, dass es ein Notfall ist und ich ihm den doppelten Stundenlohn zahle.«

»Wage es nicht! Ist dir denn nicht bekannt, dass ich die Königin des Karaoke bin?«

»Hätte ich mir denken können.«

Eine Weile hocken wir in freundschaftlicher Stille zusammen. Bis er dem Frieden ein Ende bereiten muss.

»Warum hast du dein Handy zurückgelassen?«

»Das war ein Versehen. Ich habe nur vergessen, es einzustecken.«

Seine Augenbraue wandert nur ein kleines Stück in die Höhe.

Ich seufze. Wie kann ich ihn anlügen, wenn er gerade sein Leben riskiert hat, um nach mir zu suchen, und uns beiden eine Nacht auf engstem Raum gemeinsam mit einem Wolfshund bevorsteht? »Ich weiß, das war ziemlich dämlich, aber ich musste einfach mal raus.« Mein Handy ist für mich wie ein Teil meines Körpers. Wir sind unzertrennlich. Ich vergesse es nie. Ich habe es zurückgelassen, weil ich eine Weile wirklich allein sein wollte.

»Ach, Sarah.« Er nimmt mein Gesicht in seine großen, kräftigen Hände und holt tief Luft. »Warum um alles in der Welt? Was zum Teufel hat dich hier in die Wildnis getrieben?«

Ich sehe ihn an, und zum ersten Mal in meinem Leben möchte ich es jemandem erzählen. »Ich habe mich so einsam gefühlt.«

»Aber du bist doch nicht –«

»Ich bin hier die Einzige, die ganz ohne jemanden ist. Ich bin einfach nie gut genug gewesen. Am Ende lassen mich alle immer allein zurück.«

»Aber was ist denn mit diesem Callum? Ed meinte … Ich dachte …«

»Wir haben uns getrennt. Es ist vorbei. Wir sind nur noch Freunde. Er wäre sowieso bald abgehauen. Sobald er gemerkt hätte, dass es nicht passt. Ich habe Ed bloß in dem Glauben gelassen …«

»Komm her, du stehst noch unter Schock. Ich wärm dich auf.«

Er zieht mich in seine Arme.

»Wie kommst du denn auf den Gedanken, nicht gut genug zu sein?«, fragt er leise in mein Ohr. Damit hatte ich nicht gerechnet. Irgendwelche Floskeln hatte ich erwartet, dass er sagt, ich sei ja bescheuert, oder sonst irgendeine dieser hohlen Phrasen, die Menschen in solchen Situationen gerne benutzen.

Ich zucke mit den Schultern. Es ist kompliziert. Mir brummt der Schädel davon. Aus dem Grund bin ich allein hier rausgekommen.

»Erzähl mir, was damals hier geschehen ist, Sarah. Warum bist du tatsächlich zurückgekommen?«

»Ich bin gekommen, um für Ordnung zu sorgen.«

»Warum?«

»Weil ihr beide den Laden an die Wand fahrt, ihn ruiniert, und uns die Kunden –«

»Nach dir habe ich gefragt.« Er streckt die langen Beine aus, und sein schwerer Arm schlingt sich beruhigend um meine Schulter. Ich würde mich am liebsten ganz eng zusammenrollen und fest an ihn kuscheln. Am Daumen lutschen. Woher kam denn das jetzt wieder? Wie peinlich. Ich komme mir so albern vor. Und so verwundbar.

Mein Körper muss sich wohl versteift haben, denn er zieht mich plötzlich noch fester an sich.

»Lass uns über dich reden.«

»Oh, überleg dir das besser noch einmal«, antworte ich und stoße ein schwachsinniges schrilles Lachen aus, das in der Hütte widerhallt und alles noch peinlicher macht.

»Wir haben die ganze Nacht Zeit, und ich bin es leid, ständig nur zu hören, was bei mir alles schiefläuft. Jetzt bist du an der Reihe! Warum ist es so wichtig, dass hier wieder alles in Ordnung kommt? Oder würdest du die Sache lieber anhand von Excel-Tabellen erklären?« Er schlingt die Arme noch fester um mich und raunt in mein Ohr, dass es mir Gänsehaut bereitet: »Ich weiß allerdings nicht, ob ich zwei Stunden voller Excel-Tabellen überlebe, Sarah. Also rette mich, bitte.«

Dabei kitzelt sein Atem meinen Nacken, und er klingt so verzweifelt, dass ich lachen muss. Tante Lynn hat mich auch immer so fest in die Arm geschlossen und dann in mein Ohr geflüstert. Na ja, nicht ganz so, aber ich fühle mich jedenfalls ebenso sicher wie bei ihr. Ich habe Lust, mich aufzusetzen und an ihn zu lehnen und die Worte einfach hinausströmen zu lassen. Hier kann mir nichts passieren. Und es ist nur für diesen Augenblick, für diesen Ort. Sobald wir zurück im Resort sind, werden all die Worte verschwunden sein, und alles ist wieder normal.

»Ich glaube, es war Tante Lynns Idee, dass wir alle hier herkommen. Sie und meine Mum hatten nicht besonders viel Kontakt, weil ihre Leben sich so stark unterschieden. Sie waren wohl beide ein wenig hippiemäßig unterwegs, als sie jung waren. Lynn reiste um die ganze Welt, lebte eine Weile in Asien, Australien … ganz der freie, ungebundene Typ.« Ich hole tief Luft. »Mum war mehr so Stonehenge. Sie hatte einen alten, zum Wohnmobil umgebauten Kastenwagen und stand auf dieses ganze mystische Zeug. Wir haben damals viel Zeit in Cornwall verbracht.«

»Erinnerst du dich noch daran?«

»Woran?«

»An euren Bus, an Cornwall?«

Schon wieder bringt er es fertig, etwas ganz Unerwartetes zu fragen. Wenn mir jemand mit »Kannst du dich denn noch an deine Mum erinnern?« kommt, verkrampft sich mir sofort der Kiefer. Was soll ich denn bitte darauf antworten? Ich war noch ein kleines Kind. Sie hat mir nichts Greifbares hinterlassen, nur ein paar äußerst verschwommene Erinnerungen. Deshalb reagiere ich auf die Frage unweigerlich genervt und abweisend. Meine Therapeutin meinte, ich solle versuchen, mich zu öffnen, und meine Gefühle ungehemmt zum Ausdruck bringen. Prompt musste ich nachsitzen, weil ich Molly Parker einen Hang hinunterstieß, nachdem sie mich ein »beschissenes Waisenkind« genannt hatte. Und so habe ich schnell kapiert, dass es lediglich die positiven Gefühle sind, die man ungehemmt zum Ausdruck bringen soll. »Ich hasse euch alle, ihr habt doch keine Ahnung« zu brüllen und die Lehrerin zu treten, trifft als Ausdruck von Schmerz hingegen selten auf Verständnis.

Das war jedoch nicht die Frage, die Will gestellt hat. Stattdessen kann ich über unseren Bus reden. Was mir keine Probleme bereitet.

»Es hingen Traumfänger darin, rot-weiß karierte Wimpelketten, und alles lag voller Kissen«, fange ich an und presse die Augen zusammen, um diese dämlichen Tränen zu stoppen. »Ich habe diesen Camper mit all seinen hübschen Wimpeln und den vielen kleinen Kostbarkeiten wirklich geliebt. Es war, als würde man eine geheime Höhle entdecken, angefüllt mit den tollsten Sachen, die man sich als kleines Mädchen nur vorstellen kann. Fehlte nur noch ein Einhorn, dann wäre es absolut unschlagbar gewesen, das pure Märchenland. Es gab kleine Gläser voller Kristalle, die in sämtlichen Farben des Regenbogens leuchteten. Und sie ließ mich immer eins aussuchen, das mir am besten gefiel, und dann musste ich es ganz fest halten.«

Ich hatte die Kristalle vollkommen vergessen und auch, dass Mum mir erklärte, ich würde mich zu den Dingen, die ich am meisten im Leben brauchte, schon von selbst hingezogen fühlen. Alles, an was ich mich bislang erinnern konnte, an was ich eine Erinnerung zugelassen habe, war der Tag, an dem sie fortging. Die Tatsache, dass sie alles mitnahm, nur nicht mich.

»Da ist dieses Stühlchen gewesen, das Dad für mich gebaut hatte.« Ich schließe kurz die Augen und kann es vor mir sehen. Wenn ich die Hand ausstrecken würde, könnte ich das Holz fühlen. Das Schlucken fällt mir schwer. »Auf den Sitz hatte er einen Marienkäfer gemalt. Es war das Einzige, was er je für mich gebaut hat. Über den Marienkäfer musste ich immer lachen.« Ich hatte Dad geliebt. Damals. Wie er mich in die Arme schloss, ständig lustige Dinge machte und mich zum Lachen brachte.

»Wenn ich gut genug gewesen wäre, hätten sie mich nicht verlassen.«

»Es ging nie darum, ob du gut genug bist, Sarah. Es ging allein um die beiden.« Während er spricht, liegt sein Kinn auf meinem Kopf, und seine Worte vibrieren durch meinen Körper. »Ich denke, das ist etwas, das ich mit den Jahren endlich begriffen habe: Man selbst ist nie der alleinige Grund.«

»Aber Eltern sollten ihre Kinder doch lieben«, erwidere ich, und womöglich liegt gerade darin das Problem. »Wenn wir klein sind, sollten die Menschen, die sich um uns kümmern, doch auf alles eine Antwort wissen und ständig nur das Richtige tun. Sie sollten uns lieben, ohne wenn und aber.«

»Das sollten sie – und woher willst du wissen, dass sie es nicht getan haben?«

Zorn steigt in mir auf. Heiß und brodelnd sucht er sich ein Ventil.

»Man lässt doch nicht sein Kind im Stich, wenn man es liebt!«, stoße ich, jedes Wort bissig abhackend, aus. Mein Herz rast, mein Mund ist staubtrocken, und das vertraute Gefühl von Panik, das ich zu überwinden hoffte, ist wieder da. Ich atme tief durch und befolge den Rat der Therapeutin, mir dabei vorzustellen, Papiertüten aufzublasen, was mir jedoch wie gewöhnlich so albern erscheint, dass ich daran scheitere.

»Menschen machen Fehler, Sarah. Keiner von uns ist perfekt. Menschen laufen aus allen möglichen Gründen davon, selbst wenn es falsch ist.« Sein Arm packt mich fester, verspricht mir Halt, und seine bedächtigen, wohlüberlegten

Worte nehmen meinem Hass die Spitze. »Warum suchst du nicht nach ihnen und fragst sie selbst? Wäre es nicht an der Zeit?«

»Ich kann nicht«, antworte ich und ziehe die Knie hoch bis zur Brust. Ich schüttle seine Arme, die mich weiter festhalten, nicht ab. Noch nicht. Aber ich beginne, mich abzukapseln und in diesen Kokon zurückzuziehen, der mir seit Jahren Schutz gewährt.

Er drückt mich ganz leicht, nur um zu signalisieren, dass er sich nicht einfach abschütteln lassen wird. »Doch, du kannst, sofern –«

»Kein *sofern*. Einen Tag nachdem sie mich verlassen haben, ist meine Mutter umgekommen.«

»O Gott, das tut mir leid.« Es setzt eine lange Stille ein, die nur von Rosies leisem Hecheln unterbrochen wird. Am liebsten hätte ich mir die Ohren fest zugehalten, um auszublocken, was jetzt unweigerlich kommen muss. Aber ich tue es nicht. »Und dein Dad?«, fragt Will. »Der würde sich doch bestimmt –«

Ich spüre, wie die Galle meine Speiseröhre hochsteigt, würge den bitteren Geschmack hinunter und presse die Augen zusammen. Der Kloß in meinem Hals verhindert, dass ich es ausspreche, aber es muss sein. Ich habe diese Worte noch nie über die Lippen gebracht. Nicht gegenüber der Therapeutin. Nicht einmal gegenüber Tante Lynn.

»Er war schuld. Er hat sie umgebracht.«

Ich habe das fast mein ganzes Leben mit mir herumgeschleppt, tief in meinem Innern begraben, mein furchtbares Geheimnis. Und jetzt, da ich es ausgesprochen habe und es in der Welt ist, weiß ich gar nicht recht, welche Erwartungen ich damit verbinde. Eine dramatische Erleichterung, das Gefühl, von einer gewaltigen Last befreit zu sein, stellt sich jedenfalls nicht ein. Nur heiße Tränen, die meine Wangen hinablaufen, und ein gemeinsames Schweigen, das alles überzieht.

Zu Anfang hatten sie es noch einen Unfall genannt. Am ersten Tag, als Tante Lynn versuchen musste, mir zu erklären, dass meine Eltern nicht zurückkommen würden. Aber dann, als wir im neuen Jahr wieder nach Hause kamen, war aus meinem lustigen, stets herumkaspernden Dad ein Mörder geworden. Und ich war von nun an »das arme Kind«. Und obwohl ich so klein war, saugte ich jedes dieser Worte auf und verschloss sie tief in meinem Herzen. Später errichtete ich nach und nach eine Mauer um diese Worte, damit sie nie wieder nach außen dringen und mir wehtun konnten.

Aber Tante Lynn hatte recht. Offenbar brauchte es viel Zeit, und ich musste erst an diesem Ort landen, gemeinsam mit diesem Mann, der an seinen eigenen traumatischen Blessuren leidet, um zu erkennen, dass ein Neuanfang nur gelingen kann, wenn ich mich zuvor meiner Vergangenheit stelle. Ohne diesen Schritt kein frischer Start.

»Er wurde eingesperrt dafür, und ich hoffe, dass er aus dem verdammten Loch nie wieder rauskommt«, fauche ich mit zittriger Stimme. »Meine Mum hat mich verlassen, und dann hat mein Dad dafür gesorgt, dass sie nie wieder zurückkommt. Hätte er das nicht getan, wäre …«

All dieses Hätte und Wäre beschäftigt mich schon mein Leben lang. Wäre alles anders gekommen, wenn sie nicht gestorben wäre? Wäre sie zurückgekommen und hätte mir erklärt, warum sie gegangen war? Oder hätte sich im Grunde gar nichts geändert?

Der stete Rhythmus von Wills Atem dringt an mein Ohr, sein gleichmäßiger Herzschlag an meine Brust, und plötzlich sehne ich mich nach einem Körper, in den ich mich vergraben kann.

Ich schnelle herum und packe seine Jacke so heftig, dass ich den Stoff zwischen meinen Fäusten zerknülle. Im nächsten Moment bohrt sich mein Gesicht in seine Schulter, und ich heule Rotz und Wasser. Fette, glitschige Tränen tropfen mir vom Kinn und versauen die Jacke eines Mannes, den ich eigentlich kaum kenne. Er wiegt mich in den Armen. Mir schmerzen der Hals, der Brustkorb und meine Lippen, auf die ich mir ständig beiße. Mein Schädel dröhnt, und alle Knochen tun weh. Ich würde am liebsten mit der Faust zuschlagen, kralle mich aber stattdessen nur an diesem Mann fest, bis sich meine Fingernägel in die Handflächen bohren.

Endlich hört es auf. Der Speicher ist leer. Alle aufgestauten Emotionen sind verbraucht.

Das Zittern und Schlottern ebbt ab, und nur der Schmerz bleibt. Ich glühe, mein Gesicht fühlt sich nass und klebrig an, genau wie meine Haare. Ein absolutes Wrack, das sich an einen Mann klammert und Angst hat loszulassen.

Dann spüre ich etwas Neues, Warmes. Rosie leckt mir die Wangen ab. Ich drehe mich zu ihr um und sehe direkt in diese weisen, verständnisvollen Augen. Es macht fast den Eindruck, als würde sie versuchen, den Schmerz von mir zu nehmen.

Ein tiefer Atemzug. Noch einer. Ich entspanne meine Finger, öffne die Hände und lasse los.

Wie ich jetzt aus dieser Situation wieder herauskommen soll, ist mir allerdings selbst nicht ganz klar.

»Sorry«, bringe ich immerhin zustande, während ich bemüht bin, mich möglichst beiläufig von seiner Schulter zu lösen. Dann schlinge ich den Arm um Rosie, was als Fluchtweg gar nicht schlecht funktioniert.

»Kein Problem«, sagt Will. »Ein wahrer Gentleman hätte jetzt natürlich ein Taschentuch, das er anbieten könnte.« Ich hebe vorsichtig den Blick. Er wirkt weder überfließend vor Mitgefühl noch schockiert. Oder abgestoßen. Er betrachtet mich nur aufmerksam. Mit Augen, in denen eher Verständnis liegt als Mitleid.

»Kein Taschentuch?«, wiederhole ich und bekomme prompt einen Schluckauf, was den erhofften Coolness-Faktor natürlich ruiniert.

»Nicht mal eins aus Papier. Nichts. Nur Hundefutter.«

»Grauenhaft. Was sind Sie denn für ein Mann?« Ich lächle vorsichtig. Er lächelt vorsichtig zurück.

»Vermutlich einer, der sich noch stärker anstrengen sollte, diesem Resort wieder zu seinem alten Glanz zu verhelfen.«

»Nicht zu seinem alten Glanz«, widerspreche ich. »So schön es auch gewesen ist, anders ist schon in Ordnung.« Anders kann richtig gut sein.

»Aber in Wahrheit wärst du am liebsten gar nicht hier, habe ich recht?«, schiebe ich rasch nach. Ich möchte nicht, dass er sich danach erkundigt, was geschehen ist, weil mir die dafür nötigen Antworten fehlen. Und ich muss erst einmal für mich selbst klären, wie ich sie bekommen kann, sollte ich sie überhaupt haben wollen. Also ist es einfacher, ihn über sich auszufragen.

»Stimmt. Aber das Hauptproblem bleibt das Geld. Dank Ed sind wir beide inzwischen mehr oder weniger pleite.«

»Und meinetwegen ist jetzt auch noch das Schneemobil futsch«, füge ich hinzu. Wie konnte ich nur so egoistisch sein und ihm das antun? Er hat doch wirklich schon genug Probleme, da musste ich nicht noch für neue sorgen.

»Ich habe dir doch gesagt, vergiss es. Ich weiß, wo es steht. Außerdem ist es versichert.«

»Warum bist du dann so wütend gewesen, als du hier ankamst?«, frage ich und versuche, das leichte Stocken in meiner Stimme nicht zu beachten. Sein Auftreten hat mich mächtig in Verwirrung gestürzt, weshalb am Ende auch all diese Emotionen in einem unkontrollierbaren Schwall hervorbrachen. Wie bei einer Panikreaktion. Und mit denen kenne ich mich aus.

»War ich das?«

»Du bist richtig ausgerastet.«

Er wirkt peinlich berührt, und seine Wangen verfärben sich rötlich. In dieser Hinsicht ergeht es ihm also wie mir. Schön, hier nicht die Einzige zu sein.

»Man muss in den Bergen Respekt vor dem Wetter haben, vor dem Schnee«, antwortet er mit einem rauen Unterton, der durchaus sexy klingt. »Du würdest ja auch nicht bei Sturm surfen gehen, oder?«

»Na ja ...« Ich kann mir ein Grinsen nicht verkneifen. »Etwas wild und stürmisch mag ich's schon.« Sofort erfasst mich ein vertrautes Prickeln und verdrängt ein wenig den wummernden Schmerz.

»Du bist echt verrückt«, sagt er und grinst ebenfalls. »Mir gefällt es ja auch, wenn's richtig zur Sache geht. Das ist wie beim Fahren in tiefem Neuschnee. Du bist absolut allein da draußen, nur du und die Elemente.« Seine Stimme hat einen verträumten Klang angenommen, und sein Blick geht ins Leere, als wäre er für einen Moment in eine ganz eigene Welt eingetaucht.

Ich kann ihn verstehen. Für mich gibt es auch nichts Besseres, als draußen auf dem riesigen Ozean zu sein, nur dieses winzige, unbedeutende kleine Ich und die Elemente. Für mich ist das der Himmel auf Erden.

»Und was konkret hat dich nun um das einsame Pflügen durch unberührten Neuschnee gebracht?«, frage ich und bemühe mich, es möglichst zwanglos und unbeschwert klingen zu lassen. »Auf dem Idiotenhügel warst du vermutlich nicht unterwegs, wenn es dermaßen heftig gescheppert hat.«

Der schwache Anflug eines Lächelns umspielt seine Lippen, erreicht aber nicht seine Augen. »Gescheppert hat es tatsächlich. Es war beim Snowboarden, und ich hatte ganz schön Tempo drauf.«

»Genauso ein Geschwindigkeitsfanatiker wie Ed, was?«

»Und ob. Allerdings hat er nie eine Chance gegen mich gehabt. Ein kleiner Amateur, nichts weiter.«

Ich studiere ihn aufmerksam. Ed hat ihn den Golden Boy genannt. Jemand, dem alles gelingt, was er anpackt. Jemand, dem die Frauen nur so zufliegen. Zum eigentlichen Knackpunkt waren wir dann aber nicht mehr vorgedrungen, weil irgend so ein wild gewordener Hobbit mich von der Piste fegen wollte und der Unterhaltung damit ein Ende bereitete.

»Er schien mir auf dem Board gar keine schlechte Figur zu machen«, bemerke ich und hätte wahrheitsgemäß »während ich mich an ihn klammerte« hinzufügen müssen.

»Das ist ja sein Problem. Ihm geht es allein darum, gut auszusehen, nicht gut *zu sein*.«

»Und du wolltest immer unbedingt der Beste sein?«

»Ich wollte das Maximale aus meinem Potenzial rausholen. Das ist etwas anderes.«

»Warst du gut?«

»Zumindest nicht schlecht.«

»Und was gibt dein Potenzial heute maximal so her?«

»Das ist so unterirdisch, da könnte ich mir auch gleich die Kugel geben«, erwidert er reflexartig. Mir kommt die Reaktion zwar reichlich extrem vor, nachempfinden kann ich sie aber trotzdem. Auch in meinem Leben hat es Momente gegeben, in denen mir ein radikaler Bruch der einzig mögliche Ausweg schien.

»Das ist mein wahres Leben gewesen, Sarah. Für das hier bin ich nicht geschaffen.« Sein Arm unterstreicht die Worte mit einer so ausladenden Bewegung, dass Rosie instinktiv den Kopf einzieht, was mich zum Lachen bringt. Ihm gelingt es immerhin, den Mundwinkel zu einem schiefen Grinsen zu verziehen, während er der Hündin die Ohren krault. »In einem Skiresort den hinkenden Hotelmanager zu spielen, stand in meiner Lebensplanung sicherlich nicht obenan«, fährt er fort. »Ich bin früher ständig unterwegs gewesen, habe aus dem Rucksack gelebt. Im Sommer surfen, im Winter snowboarden.«

»Ein Nomade.« Es ist nicht als Frage gemeint.

»Exakt. Ein ruheloser Geist – heute hier, morgen dort.« Unsere Blicke begegnen sich. Es fühlt sich gut an. »Von einem Wettkampf zum nächsten. Das nenne ich leben, nicht bloß dieses Existieren hier. Ich brauche meine Freiheit.«

»Die Sache mit dem Aus-dem-Rucksack-Leben kann ich gut nachvollziehen. Das habe ich auch getan. Wenn ich etwas von meiner Mutter geerbt habe, dann die Ruhelosigkeit.« Diesmal ist der Stich, den mir die Erwähnung meiner Mum verursacht, viel schwächer als gewöhnlich, und so fahre ich nach kurzem Stocken fort: »Ich bin auch ständig rumgezogen, bis ein geklauter Roller, ein blaues Auge und ein gestohlener Pass dafür sorgten, dass Lynn mich einfing. Ich bin ihr nicht böse deshalb. Ich war damals noch sehr jung und …« Es hätte viel schlimmer enden können, das war mir selbst klar gewesen. Ich war damals einfach extrem leichtsinnig und ging fahrlässig mit meinem Leben um. »Sie wollte, dass ich begreife, wie kostbar das Leben ist, und dass ich es nicht bereits zerstöre, bevor ich auch nur gelernt habe, mich selbst ein wenig zu lieben.«

»Du kannst dich glücklich schätzen, so jemanden zu haben.«

»Das tue ich auch«, bestätige ich mit Nachdruck. »Und du hast Ed.«

Seine Augenbraue schießt so rasant hoch, dass ich lachen muss. Womöglich steigt mir auch die dünne Bergluft hier oben ein wenig zu Kopf. Ich sollte meine Gedanken mehr auf die Arbeit lenken und rasch wieder festen Boden unter die Füße bekommen. Und endlich aufhören, permanent den Mann anzustarren, der mich gerettet hat, und mich darüber zu wundern, wie ähnlich wir uns in manchen Dingen sind und wie grundverschieden in anderen. »Eins kapier ich noch immer nicht: Warum hast du dann das Shooting Star Resort überhaupt gekauft?«

»Habe ich doch gar nicht. Ursprünglich sollte der Laden allein Eds Projekt sein. Ich habe nur ein bisschen Geld investiert. Es wäre mir tausendmal lieber, nicht hier zu sein, Sarah. Alles erinnert mich ständig an mein altes Leben und an das, wozu ich nicht mehr in der Lage bin. Zurückgekommen bin ich bloß, weil er so verzweifelt gewesen ist.« Er fährt mit den Fingern durch seine dunkelblonden Locken. »So ein Blödmann. Als ob ich irgendwas tun kann, was er nicht auch selbst erledigen könnte. Ich bin schließlich kein Geschäftsmann. Ich bin – besser gesagt: war – von Beruf Sportler.«

Er wirkt so schrecklich traurig, dass mir schon wieder nach Weinen zumute ist. Daheim in England muss ich mir unbedingt eine neue Therapeutin suchen, die mir dabei hilft, weniger zu quasseln und die Schutzmauer um mich herum wieder hochzuziehen. Gibt es Leute, die auf so etwas spezialisiert sind?

»So ungeschickt stellst du dich nun auch wieder nicht an.«

»Nicht geschickt genug jedenfalls, das belegen die Bewertungen. Außerdem weißt du doch selbst ganz genau, wie katastrophal die Situation ist, Sarah! Und mit dem Sport dürfte es ebenfalls vorbei sein. Ich komme mir vor wie ein Tier, das man in einen Käfig gesperrt hat.« Sein Mundwinkel zuckt ansatzweise, aber ich glaube nicht, weil das Gesagte ihn amüsiert. »Wahrscheinlich verbringe ich deshalb so viel Zeit mit den Hunden. Ich habe übrigens auch bei ihnen nach dir gesucht, als ich dein Handy klingeln hörte.«

»Tut mir leid, aber die Gesellschaft von Rosie genügte in diesem Fall nicht«, erkläre ich, und da sie sofort den Kopf hebt, lege ich noch einmal den Arm um sie und flüstere in ihr Ohr: »Du weißt natürlich, dass ich dich am liebsten mitgenommen hätte.« Sie leckt meine Nase. Offenbar wurde mir verziehen.

»Schon klar«, bemerkt Will dazu nur. »Heute bin ich übrigens zum ersten Mal wieder auf Skiern unterwegs gewesen. Ich meine, seit es passiert ist. Ob das nun gut ist oder schlecht, weiß ich nicht.«

»Ach. Und was genau ist *es*? Was ist passiert?«

Er stößt einen schweren Seufzer aus, dem ein langes Schweigen folgt. Aber ich bin mir ziemlich sicher, dass er nur nachdenkt und nicht die Absicht hat, meine Frage zu übergehen. Was abweisende Körperhaltungen betrifft, verfüge ich über einen umfangreichen Erfahrungsschatz. Ich bin eine wahre Meisterin in Abwehrtechniken, und Will zeigt gerade eindeutig keine.

»Es war kurz vor Weihnachten. Ich bereitete mich auf einen Wettbewerb vor und hatte dazu ein paar neue Moves einstudiert, die ich noch ein letztes Mal durchgehen wollte.

Ich dachte, ich könnte die Elemente bezwingen und dem Wetter ein Schnippchen schlagen.« Er zuckt mit den Achseln. »Schlechte Witterung hatte mich bis dahin noch nie aufhalten können, es sei denn, die Bedingungen waren echt saumäßig. Ich bin also ganz rauf auf höhere Lagen und fand, dass der Schnee sich inzwischen ausreichend gesetzt hatte. Ich habe immer gerne die ersten Spuren durch den Neuschnee gezogen.«

»Aber er hatte sich nicht gesetzt?«

»Ich fuhr gerade an einer Felskante entlang, als sich ein Schneebrett löste. Die Lawine war nicht sonderlich groß, aber ich hatte keinerlei Ausweichmöglichkeiten. Und schneller als ich war sie auch. Also bin ich gesprungen.«

Ich spüre, wie mir das Kinn herunterklappt. »Von einem Berg?«

Er lacht. Ein aufrichtiges, herzliches Lachen, wie ich mit Freude feststelle.

»Das machen Snowboarder nun mal. Ich habe einen sauberen Dreier hingelegt, der echt irre war, so mit all dem unberührten Schnee um mich herum.«

»Was zum Teufel ist das nun wieder? Ein Dreier?«

»Eine 360-Grad-Drehung um die eigene Achse. Das einzige Problem an der Sache war, dass ich genau in einer Spalte landete, die man von oben nicht sehen konnte.«

»Und?«

»Die Landung misslang. Schluss mit Springen, Schluss mit Wettkampfsport, alles vorbei.«

»Immerhin hast du überlebt. Ist das nichts?«

Er lächelt traurig. »Überlebt hast du das, was dir passiert ist, doch auch, oder? War es deshalb irgendwie besser?«

»Schon richtig, aber …«

»Manchmal verlaufen Narben eben extrem tief. Ein Psychologe hat mir mal erklärt, dass ich erst auf den richtigen Moment für einen Neuanfang warten muss, dass ich ihn nicht erzwingen kann. Bloß weil meine Knochen wieder zusammengeflickt sind, hieße das noch lange nicht, dass ich auch im Kopf über die Sache hinweg bin.«

»Und was hast du dazu gesagt?«

»Dass er mich mal sonst was kann. Nichts als hirnverbrannter Schwachsinn.«

Ich muss lachen. »Der arme Psychologe.«

»Arm ist was anderes. Du hättest mal seine Rechnungen sehen sollen!« Plötzlich wird er ernst. »Ich möchte mich ja nicht einmischen, aber Ed, na ja, er ...«

»Lässt keine Chance ungenutzt?«, helfe ich weiter und kann mir ein Lächeln nicht verkneifen. »Oh, das ist mir auch schon aufgefallen. Mit ihm kann man aber Spaß haben.«

»Ja, Spaß«, erwidert er mit einer Stimme rau wie ein Reibeisen. »Ich wollte nur nicht ...« Ein vielsagender Blick. Bedeutungsschwer. Es dauert eine Weile, bis der Groschen bei mir fällt, dann ist mir klar, was das nun wieder soll. Schon komisch, die ganze Sache ähnelt einer Achterbahnfahrt. Erst bringt er mich zum Weinen, in der nächsten Sekunde zum Lachen, dann wird mir ganz warm und mein Herz rast und ich würde ihn am liebsten an mich ziehen. Das kenne ich sonst gar nicht von mir.

»Ich bin nicht auf Beziehungssuche, Will. Ich will Spaß, mehr nicht.«

»Und Callum?«

»Hat Spaß gemacht, aber wir haben uns getrennt. Unmittelbar vor meiner Abreise.«

»Tut mir leid.«

»Nicht nötig. Es begann einfach, zu viel Raum einzunehmen. Der ideale Zeitpunkt für eine Trennung. Süß war er allerdings schon.«

»Da bin ich mir sicher.«

»Und du?«

»Ich?«

»Keine Freundin?«, frage ich, und dabei will mir Eds Bemerkung nicht aus dem Kopf gehen, dass Will früher sämtliche Mädchen auf der Piste abbekommen hat.

»Nee. Nichts für mich. Ich liebe meine Freiheit.« Er lacht auf eine Weise, die ironisch klingt. »Mal abgesehen von diesem Mühlstein namens Shooting Star Resort, den ich am Hals habe. Und Ed.«

Wenn er noch einmal »frei« oder »Freiheit« sagt, werde ich ihn erwürgen müssen. Ich hab's ja kapiert. Keine Verpflichtungen. Kein Interesse. Allem megafeurigen Zungentanz zum Trotz.

»Vermisst du das Pistenleben nicht?«

»Das Leben geht weiter. Was bleibt einem schon anderes übrig? Außerdem war es ja auch nichts von Bedeutung. Bloß ein dämlicher Sport, ein bescheuerter Unfall. Kein Vergleich zu dem, was du durchmachen musstest.«

Ich weiß, dass es sehr wohl »von Bedeutung« ist. Immerhin war es sein Leben. Und dieses Kernstück wurde ihm ebenso brutal entrissen, wie man es mir entrissen hat.

»So unwichtig kann es nicht gewesen sein«, widerspreche ich daher. »Wenn du dir gerade das ausgesucht hast, muss es dir auch etwas bedeutet haben. Aber du hast recht: Das Leben geht weiter.« Es muss.

Wir sitzen eine Weile stumm nebeneinander und hängen unseren Gedanken nach. Ich stelle mir vor, wie er in diese

Spalte knallt und nie wieder tun kann, was er am meisten liebt. Und ich denke an Mum, wie sie ihre Hände um meine schließt, in denen einer ihrer Kristalle liegt.

»Wenn du die Hand suchend nach etwas ausstreckst, das dir hilft«, hatte sie gesagt, »dann wird es dich irgendwann zu dem hinziehen, was du wirklich brauchst.« Und ich überlege, was es wohl gewesen sein mag, wonach sie gesucht, was sie so dringend gebraucht hat – damals an jenem Tag, als sie mich verließ.

Und ich wünsche mir, sie wäre jetzt hier, um es mir zu erzählen.

Und dann muss ich wohl eingeschlafen sein.

# 21

Meine Armbanduhr zeigt kurz nach Mitternacht. Der linke Arm ist mir eingeschlafen. Taub wäre nicht das richtige Wort, da er kitzelt und wehtut.

Rosie schnarcht leise vor sich hin, während Will mich beobachtet.

»Du redest im Schlaf.«

»Besser als schnarchen.«

»Auch wahr. Na, geht's?«

Mir gefällt, dass er nicht gleich mit »Na, schon besser?« einsteigt. Mir gefällt überhaupt so einiges an Will.

»Etwas verspannt. Ich bin nicht mehr gewohnt, auf dem Boden zu schlafen. Muss eine Ewigkeit her sein, der letzte Zelturlaub.«

»Bei mir auch«, sagt er und dehnt sich. Wahrscheinlich schmerzt ihn sein lädiertes Bein.

»Und ich habe einen Riesenkohldampf. Eigentlich sind die Taschen an diesen Jacken monströs genug, um ein komplettes Picknick mitzunehmen. Warum hat bloß keiner von uns daran gedacht?«

»Picknick rangierte nicht unbedingt oben auf meiner Liste, als ich losgezogen bin.«

»Auf meiner auch nicht.« Wir lächeln einander an. Sehr angenehm. »Oh, Mist, jetzt fällt's mir wieder ein. Ich habe ja doch was eingesteckt. Ob es essbar ist, weiß ich aber nicht.«

Die Wahrscheinlichkeit ist gering, aber nachsehen kostet ja nichts.

»Was denn?«

»Ein Geschenk.«

»Im Ernst? Du hast Geschenke mitgenommen?«

»Nur eins. Tante Lynn hat es heimlich unter meinen Sachen versteckt und mir gestern am Telefon davon erzählt.«

»Aha. Sie hat angerufen.«

»Ja. Sie wollte hören, wie es mir geht. Sie haben schon früher Weihnachten gefeiert, deshalb wollten sie mir schon vorab ein frohes Fest wünschen.«

»Ganz schön viel früher! Weihnachten ist erst Montag.«

»Ich weiß«, sage ich nachdenklich. »Sie würde mit Ralph gleich zu einem kleinen Nostalgietrip im Wohnmobil aufbrechen, hat sie gemeint. Aber ich frage mich, ob er nicht in Wahrheit über Weihnachten ins Krankenhaus muss.«

Will nickt. Er versteht. Nach einem Moment der Stille füge ich hinzu: »Kann schon verdammt beschissen sein, das Leben, wie?«

»Das kann es. Aber auch schön.«

»Verdammt schön«, bestätige ich und hole lächelnd die kleine Schachtel aus einer meiner geräumigen Jackentaschen. »Ich wollte es hier draußen auspacken. Ganz allein. Weil wir uns immer ganz persönliche kleine Dinge schenken, die richtig etwas bedeuten, und wie du dir denken kannst …« Er nickt. So ein Geschenk im Beisein vieler fremder Leute – oder vielleicht sollte ich besser »vieler erst ganz neuer Freunde« sagen – zu öffnen, hätte sich falsch angefühlt. Auch wenn manche aus diesem Kreis noch so nett sein mögen.

Beigelegt ist ein Brief.

*Frohe Weihnachten, meine liebe Sarah,
ich hielt es für an der Zeit, diese Kette an dich weiterzugeben.
Deine Mutter hat sie mir geschenkt, als ich so alt war wie
du jetzt. Lisa liebte Edelsteine und Kristalle, daher weiß ich,
wie viel Bedeutung dieses Geschenk für sie hatte. Wir waren
Schwestern, und trotz all unserer Differenzen kannten wir
einander sehr genau, denn als Geschwister sind wir für alle
Zeit unzertrennlich. Aus diesem Grund werde ich auch in
Zukunft nie wirklich von ihr getrennt sein, ebenso wenig wie
ich von dir getrennt sein werde, selbst wenn ganze Kontinente
zwischen uns liegen.
Du bist das kostbarste Geschenk, das ich je bekommen habe.
Mir war nie bewusst gewesen, wie sehr mir eine Tochter ge-
fehlt hat, bis du in mein Leben kamst. Und ich bin meiner
Schwester aus tiefstem Herzen dankbar dafür, dass sie dich in
meine Obhut gab.
Denke immer daran: Sie hat dich nie verlassen. Sie hat dich
nie im Stich gelassen. Sie hat dich geliebt, und es war nie ihre
Absicht gewesen, dich zu verlassen. Sie hat stets vorgehabt,
nach diesem einen letzten Abenteuer zu dir zurückzukommen. Und denke auch daran, dass sie deinen Dad heiß und
innig geliebt hat. Er war ein ziemliches Raubein. Deshalb fiel
es auch leichter, ihn für alles, was schiefhief, verantwortlich
zu machen, statt sich einzugestehen, dass Lisa genauso wenig
perfekt war wie der Rest von uns.
Lebe dein Leben, Liebes. Und lebe deine Abenteuer. Niemand
kann sagen, ob das nächste nicht unser letztes ist.
Na ja, Ralph bereitet sich gerade auf dieses letzte vor, und
ich muss jetzt an seiner Seite sein, seine Hand halten, seinem
Herzen Kraft geben. Ich konnte unmöglich zulassen, dass
er diese Reise antritt, ohne dass ich bei ihm bin. In diesem*

*Punkt habe ich schon bei deiner Mutter versagt. Aber du, mein wundervolles Mädchen, durchlebst derweil dein erstes richtiges Solo-Abenteuer. Lerne, jede Sekunde zu schätzen, das Gute wie das Schlechte, das Fröhliche wie das Traurige, die traumhaft schönen Momente ebenso wie die, die dir vielleicht banal und eintönig vorkommen. Jeder einzelne Augenblick zählt, jeder hat seine Bedeutung und gehört zu deinem Leben. Jedes Stolpern, jedes Umkehren, jedes erfolglose Bemühen trägt ebenso zum Spektrum deines Ichs bei wie die Phasen, in denen dir alles gelingt und du dich glücklich fühlst. Trage die Kette und vergiss nie, dass deine Mum und ich immer bei dir sind.*
*Ein frohes Weihnachtsfest, mein Schatz. Lisa wäre unendlich stolz auf dich. Du bist in vielem wie sie – temperamentvoll, unerschrocken und selbstständig. Und ich hoffe, du hast unserem Mr. Scrooge inzwischen einen anständigen Tritt in die Christbaumkugeln verpasst und ihm gezeigt, wie man richtig Weihnachten feiert. Darüber hätte Lisa sich schiefgelacht!*
*Alles Liebe – jetzt und immer*
*L*

»Alles okay?«

Ich habe gar nicht bemerkt, wie fest ich den Brief umklammere, bis Will ganz vorsichtig versucht, das zerknüllte Papier aus meiner Faust zu ziehen. Er glättet den Bogen, faltet ihn sorgsam und steckt ihn in meine Tasche zurück. »Den willst du vielleicht später noch mal lesen.« Er streicht mir mit dem Daumen über die Wange und berührt dann das kleine, in pinkfarbenes Seidenpapier gewickelte Geschenk. »Jetzt oder verschieben?«

»Jetzt. Jetzt ist genau richtig.«

Mir ist sofort klar, um welchen Kristall es sich handelt. Ob daran nun wirklich mein Herz schuld ist oder eher der Einfluss meiner Mutter, spielt keine Rolle, jedenfalls fühlten wir uns beide stets besonders zu dieser Kristallart hingezogen.

»Das ist eine Sandrose.«

»Wunderschön«, sagt er und fährt mit den Fingerspitzen über die Ränder.

»Mum hatte nur eine davon. Sie meinte, nordamerikanische Sandrosen würden von den Ahnengeistern der Indianer geformt.«

»Oh.«

»Vermutlich ist es in Wahrheit eher ein Zusammenspiel von Wind, Sand und Wasser.« Ich halte den Stein einen Moment fest in meiner Hand.

»Komm, ich helf dir«, bietet er an, doch seine Finger sind zu groß für den winzigen Verschluss, und meine sperrige, dicke Kleidung kommt ihm ständig in den Weg.

»Verdammt«, schimpft er, als die Kette ihm fast entwischt und in meinen Ausschnitt gerutscht wäre. Aber dann gelingt es ihm, sie zu schließen. »Frohe Weihnachten, Sarah.«

»Frohe Weihnachten, Will«, erwidere ich, und wir müssen beide über unsere Verrücktheit lächeln. Dann sind wir eben viel zu früh dran, na und?!

Keine Ahnung, was mich dazu bringt, aber ich kann einfach nicht anders und streiche mit den Fingerkuppen über die Konturen seines Gesichts.

Plötzlich ergreift er meine Hand. Dann führt er sie ganz langsam und zielgerichtet an seinen Mund. Er küsst sie, Knöchel für Knöchel, und mir stockt der Atem. Das Gefühl ähnelt ein wenig dem, das in einem aufsteigt, wenn man etwas Warmes, hochprozentig Angereichertes trinkt. Mir wird plötzlich heiß und kribbelig, eine erregende Ungewissheit erfüllt mich. Er beugt sich noch näher, und meine Lippen öffnen sich.

Ich zwinge mich, die Augen offen zu halten, denn ich möchte ihn gern ansehen, wenn er mich küsst. Ich möchte sehen, was er dabei empfindet.

Das ist nicht mehr die ungezügelte Leidenschaft von eben. Jetzt ist es genüsslich ködernd und sexy, und ich will diesen Moment der Verzögerung auskosten, solange es nur geht. Und es geht eine ganze Weile. Ehrlich gesagt, fängt es schon an, mich kirre zu machen. Er reizt und lockt mich weiter und weiter, bis ich so angespannt bin, dass ich jeden Augenblick zu platzen drohe, was sicherlich eine ziemliche Sauerei gäbe. Jede seiner Bewegungen ist wohlüberlegt, und sein Blick bleibt fest auf mich gerichtet.

»Will!«, flehe ich zitternd und versuche, seinen Kopf zu meinem zu ziehen. Aber er widersteht und lächelt.

»Oh nein. Dieses eine Mal setzt du deinen Kopf nicht durch.« Kühle Luft dringt an meine Haut, als er mir die Jacke öffnet. Aber erst die sanften, schmetterlingsleichten Küsse, die langsam meinen Bauch hinabwandern, rauben mir den Atem, als meine Muskeln sich anspannen, und machen, dass ich mich winde, um mehr Kontakt zu erzwingen. »Ich glaube, ich weiß, was ich tue, und sollte dem nicht so sein ...« Er hält inne, zwinkert mir zu und sieht einfach nur unglaublich gut aus. »Dann kannst du mir ja beim nächsten Mal zeigen, wie es besser geht.«

Ich denke nicht, dass es daran etwas zu verbessern gibt.

Ich denke eher, dass ich auch glücklich wäre, wenn hiernach gar nichts anderes mehr kommen würde. Na gut, das vielleicht nicht. Aber wenn es aus irgendeinem Grund sein müsste, dann wäre das schon ein verdammt gelungener Abgang.

»Woran denkst du?«, fragt er.

»Das willst du lieber nicht wissen, glaub mir.«

»Wahrscheinlich hast du recht.«

»Definitiv.«

Er drückt mich fest an sich, dann schließt er die Jacke wieder und küsst mich auf die Nase.

Wir blicken uns ein paar endlose Sekunden lang in die Augen, küssen uns aber nicht. Dann schauen wir durch das Fenster zu den Sternen hinauf, die von einem pechschwarzen Himmel blinken. Ich lege die Hand auf meinen neuen Anhänger und rechne schon gar nicht mehr damit, noch einmal einschlafen zu können. Ich möchte hier nur ganz still sitzen, gemeinsam mit einem Mann und seinem Hund sowie dieser kleinen Verbindung zu den beiden Menschen, die mir am meisten bedeuten.

Vielleicht ist es mir ja tatsächlich gelungen, mit der Vergangenheit abzuschließen. Ich fühle mich jedenfalls bereit für einen Neuanfang.

## 22

»Was soll dieser Lärm?«, rufe ich, erbost über das laute Brummen. Es nervt. Wie soll ein Menschen bei dem Krach schlafen können? »Hätte gar nicht gedacht, dass ihr hier oben Bienen habt.«

»Haben wir auch nicht«, bemerkt Will amüsiert. »Verflucht wenig Pollen um diese Jahreszeit.« Er knufft mich in die Seite. »Klingelingeling, Zeit zum Aufstehen. Hört sich an, als wäre der Rettungstrupp eingetroffen.«

»Rettung?« Ach du Scheiße. In meinem Traum sind wir Hand in Hand aus der Hütte getanzt und zum Resort zurückgelaufen, wo unsere vorübergehende Abwesenheit überhaupt keinem aufgefallen war. Na ja, um ehrlich zu sein, habe ich geträumt, wie ich zusammen mit einem braun gebrannten Adonis surfe. Dass mein Surfpartner eine bemerkenswerte Ähnlichkeit mit Will aufwies, vergessen wir aber mal lieber schnell wieder, denn schließlich trennen sich unsere Wege, sobald mein Job hier erledigt ist.

»Meinetwegen. Ich bin bereit, vollständig bekleidet und eingemummelt wie ein Eskimo.«

»Sarah, wegen gestern, als ...«

Sieh an, der gewöhnlich so frisch von der Leber weg sprechende Will tut sich auf einmal schwer mit der Wortfindung.

»Vergiss es. Die ganze Situation war ganz schön emotional geladen, nichts weiter. Ganz im Ernst, denk einfach nicht mehr dran. Und kannst du das hier vielleicht alles gleich mit vergessen?« Ich vollführe eine wilde Armbewegung, und er muss sich ducken, um ein blaues Auge zu vermeiden. Währenddessen hat Rosie sich winselnd vor der Tür aufgebaut.

»Es ist bloß«, versucht Will es erneut, »ich kann nicht ...«

»Ich versteh schon, Will. Ganz ehrlich. Es war einfach nur ein Kuss, okay?«

»Bloß dass es nicht einfach nur ein Kuss war, oder?«, erwidert er. Wie konnte ich seine Augen nur jemals für stahlblau halten? Sie blicken forschend, nicht durchdringend. Sind einfühlsam, nicht hart. Und in diesem Moment wirken sie besorgt.

»Du lebst hier, ich in Großbritannien«, antworte ich. »Wir haben beide ein Geschäft zu führen, haben Familie ...« Mir versagt die Stimme, und gerade rechtzeitig platzt Jed durch die Tür. In der einen Hand hält er einen Kanister Benzin und in der anderen etwas, das ganz nach einem Stapel Schinkensandwichs aussieht.

Also, wenn ich »aussieht« sage, meine ich eigentlich »riecht«. Rosie ist sofort an meiner Seite, als ich mich auf ihn stürze, was zur Folge hat, dass wir alle zur Tür hinausstolpern und mit Freudengebell im Schnee landen. Genau gesagt, ist es natürlich nur Rosie, die bellt. Ich falle ihm lieber vor Freude um den Hals.

## 23

»Oje, jetzt sind auch noch die Teletubbies gekommen!«, entfährt es mir. Ich bin todmüde. Mein Kopf ist abwechselnd mit Will und Küssen oder mit Lynn und Mum beschäftigt und schwirrt mir inzwischen derart, dass ich kaum weiß, welcher Tag heute ist. So lautet meine Ausrede, und dabei bleibt's.

Im Näherkommen stelle ich allerdings fest, dass es zu viele sind. »Was ist los? Soll der Weihnachtsmann gleich eintreffen?« Eine kleine Menschenmenge hat sich draußen vor dem Eingang zum Empfang versammelt. Durchweg Menschen in knallbunten Schneeanzügen und Jacken. »Wir haben noch nicht einmal Heiligabend.« Selbst in meinem momentanen Zustand ist mir klar, dass Weihnachten nicht für jeden so früh kommt.

Sollten sie mit dem Erscheinen des großen Rauschebarts persönlich gerechnet haben, werden sie allerdings stark enttäuscht sein. Ich habe weder einen großen Sack dabei noch ein mächtiges »Ho, ho, ho« drauf, und außerdem sind wir nicht mit einem Schlitten unterwegs, sondern auf Schneemobilen.

Die Menge beginnt, zu hüpfen und zu winken. Rosie bellt.

Rasch wende ich mich um für den Fall, dass mir irgendwelche tief fliegenden Rentiere den Kopf abzurasieren drohen oder – was wahrscheinlicher ist – dass der Tross geräuschlos über den Schnee heransaust. Von Rudolf und seiner Gang über den Haufen getrampelt zu werden, würde ich gerne vermeiden.

Doch hinter uns ist keiner. Abgesehen von Jed.

»Schätze die Willkommensparty gilt dir«, flüstert Will mir ins Ohr.

»Mir? Kann nicht sein, ich habe doch nichts getan«, zische ich aus dem Mundwinkel zurück.

»Kurz vor Weihnachten nächtelang in den Bergen verschwinden? Das fällt schon auf.«

Da hat der Mann recht. Andererseits habe ich a) keine Angehörigen dabei, die mich vermissen könnten, und neige b) sowieso dazu, die meiste Zeit mein eigenes Ding zu machen, warum also sollte c) sich irgendjemand Sorgen machen?

»Oh nein.«

»Oh doch. Na los, bringen wir es hinter uns.«

»Sollten die Leute nicht eigentlich alle in ihren Hütten sein und Geschenke verpacken oder so?« Mensch, ist mir das peinlich. Extrem peinlich. Ich hatte gehofft, dass wir uns unbemerkt ins Haus schleichen können – wie man das nach einer auswärtig verbrachten Nacht eben so tut. Die anderen sollten jetzt damit beschäftigt sein, ein herzhaftes Frühstück zu verputzen oder irgendwelche Weihnachtsvorbereitungen zu erledigen. Ich meine, Lynn und ich hätten uns am Tag vor Heiligabend um diese Zeit bereits so viele Gläser Sekt mit Orangensaft hinter die Binde gegossen, dass ein Rudel Eisbären hätte einchecken können, ohne von uns bemerkt zu werden.

Und nirgends ein Zeichen von Ed. Offenbar ist der Kerl genauso unzuverlässig, wie Will immer sagt. Wahrscheinlich liegt er noch immer mit einem seiner Snowboardgroupies in der Koje.

Jetzt im Bett zu liegen fände ich allerdings auch nicht schlecht, denn die vergangene Nacht war ein wenig, nun ja, kräftezehrend. Sie hat mich reichlich ausgelaugt – neben ein paar anderen Dingen, über die ich nicht sprechen möchte –, und jetzt fühle ich mich schlapp und bräuchte eine Pause, um wieder in Form zu kommen.

»Sarah!«, kreischt es neben mir, und etwas Metallicblaues stürzt sich auf mich, sodass wir beide im Schnee vor Wills Füßen landen. »Oh, Sarah! Wo hast du denn gesteckt?« Mein Gesicht wird gepackt, meine Wangen abgeknutscht. Es kommt mir vor, als hätte sich ein riesiger Cartoonhund auf mich gestürzt.

Ich habe die Augen aus reinem Selbstschutz fest zusammengepresst und schiele jetzt vorsichtig unter einem Lid hindurch.

»Sam?«, sage ich ungläubig. »Sam!« Ich sehe erst zu Sam hoch, die rittlings auf mir hockt, und dann zu Will, dessen Mund nur stumm »Sorry, ganz vergessen« formt, was mir nicht sonderlich glaubwürdig erscheint.

»Ja! Ich bin hier!«, bestätigt sie grinsend, klatscht in die Hände und lässt sich ein wenig heftig auf mich zurücksinken, sodass mir für einen Moment alle Luft aus dem Körper weicht.

»Ich … ich …«, krächze ich nur.

»Da fehlen dir die Worte, wie? Hab doch gewusst, dass du dich freust! Überraschung!« Sie hüpft auf und ab, was mir fast den Rest gibt.

Ich bringe nicht einmal die Energie zu strampeln auf und piepse nur: »Keine Luft!«

»Oh, Entschuldigung«, sagt sie und rutscht kichernd ein Stück nach hinten. Nur gut, dass ich seit so vielen Stunden nichts mehr gegessen habe.

»Ich freu mich auch. Aber was machst du hier? Wie zum Teufel bist du überhaupt hergekommen?«

»Na, mit Taxi, Flugzeug und dann Minibus. Super, nicht?

Jetzt werden wir Weihnachten zusammen verbringen! Wir alle!«

Ihre Stimme jagt von einem Ausrufezeichen zum nächsten, so aufgedreht ist sie. Tatsächlich fängt sie bereits wieder mit der Hüpferei an. Ich rechne damit, dass mir jeden Augenblick ein paar Rippen brechen müssen, und danach würde ich zusammenklappen wie eins dieser Feldbetten, die ihr Scharnier in der Mitte haben.

»Sam, hör bitte mit der Hopserei auf«, sage ich, und sie hat zum Glück ein Einsehen. »Und was heißt ›Wir alle‹?«

»Überraschung!«

Etwas Pinkfarbenes beugt sich über meinen Kopf und blockt die Sonne, den Schnee, die ganze restliche Welt aus.

»Wir sind auch da, Süße!«, jauchzt die Gestalt, die in wirklich extrem grelles Pink gehüllt ist – ein Grad über Neonpink, mindestens – und sich eine mächtige Skibrille umgeschnallt hat. Dem ersten Eindruck nach ein extrapeinlicher Minion. »Ach, du meine Güte, hoppla!«, ruft das seltsame Wesen plötzlich wild herumschlitternd, kurz bevor sie endgültig das Gleichgewicht verliert und direkt neben meinem Kopf auf den Hintern knallt. »Herr im Himmel, warum sagt mir denn keiner, dass es so glatt hier draußen ist?«

»So ist Eis nun mal, Mum«, sagt Sam und verdreht die Augen.

»Das Eis hier ist aber ganz besonders glatt, mein Schatz.« Sie rudert mit den Armen, bis sie sich auf die Knie gekämpft hat, und dann gelingt es ihr tatsächlich, irgendwie auf die Beine zu kommen, wobei sie sich an allem und jedem festkrallt und ihre spitzen Schuhe einige meiner Körperteile nur um ein Haar verfehlten. Würde Sam mich nicht noch immer unbarmherzig fest zu Boden drücken, wäre ich schon längst schneller davongeschossen als ein vom Berg schießender Profi-Snowboarder. (Das Bild von Will, wie er das tut, geht mir einfach nicht aus dem Kopf.) »Bei uns zu Hause ist das Eis ganz anders!«, erklärt die Gestalt weiter. »Stellen die das hier irgendwie anders her, Samantha?« Sam schüttelt den Kopf. »Schon gut, ist ja nichts passiert. Wir sind's, Sarah! Wir alle!«

Sie macht einen Schritt nach hinten und donnert in Will rein, der wundersamerweise keine Spur ins Wanken gerät.

Es ist Ruth, Sam's Mutter.

Mir wird schwindlig. Das ist alles ein wenig zu viel. Nicht nur Ruth. All der unerwartete Besuch.

Ich brauche dringend eine heiße Dusche, eine Decke und ein großes Glas Wein. »Wolltest du nicht gerade irgendwo auf Löwenjagd sein oder so?«

»Machst du Witze? In Kanada gibts doch gar keine Löwen! Wir sind alle hier. Auch David! David, komm doch mal her und begrüße Sarah. Du weißt doch noch, wer Sarah ist, oder?« Sie zieht Sams Vater näher, damit er auf uns hinabstarren kann. Ich komme mir vor wie ein Ausstellungsobjekt. »Sarah ist eine Kollegin von Sam.« Ihre Füße fangen wieder an, unheilverkündend zu schlittern, und ich zucke bereits ängstlich zusammen, doch Will ergreift rechtzeitig einen ihrer Arme und David den anderen. Erleichtert atme ich auf.

»Das weiß ich doch, meine Liebe«, sagt David. »Wie geht es dir, Sarah? Schön, dich wiederzusehen. Wir haben uns schon ein wenig Sorgen gemacht, als du bei unserer Ankunft nicht da warst.« Glücklicherweise redet Sams Vater nicht ganz so viel wie ihre Mutter. Ausgesprochen sympathisch sind sie allerdings beide.

»Schhh, mein Guter. Jetzt reiß nicht gleich die ganze Unterhaltung an dich«, bremst Ruth ihn prompt. »Jake ist übrigens auch da, Sarah – Jake, komm und sag Hallo zu Sarah!« Jetzt bin ich komplett von Sams Familie umzingelt, und sie schauen alle auf uns beide herab, als würde sie irgendeine Zugabe erwarten. Sams neuer Freund Jake gibt mir ein Daumen-hoch-Zeichen. Er ist ein aufstrebender Nachwuchsschauspieler und dazu noch ein verdammt gut aussehender.

Mir fällt nichts ein, was ich sagen könnte.

»Ist das nicht wundervoll?«, sagt Ruth und strahlt mich erwartungsvoll an. Alle warten darauf, dass ich etwas sage.

Ich nicke nur. Sprachlos. Dann tue ich etwas, mit dem keiner gerechnet hat. Ich breche in Tränen aus.

Dieser Ort übt tatsächlich eine sehr merkwürdige Wirkung auf mich aus.

Vielleicht bin ich in Wahrheit ja in einer Lawine umgekommen. Oder halluziniere vor Kälte.

»Oh, Sarah, nicht weinen.« Sam macht den Eindruck, als würde sie auch gleich anfangen. »Ich dachte, du würdest dich freuen.«

»Tue ich doch. Absolut. Ich weine vor Freude.«

»Und jetzt alle mal Ameisenscheiße sagen oder sonst was, bevor ich mir hier noch den Arsch abfriere!«, mischt sich ein großer, schlaksiger Typ in einer Lederjacke ein, der mit seinem Outfit so gar nicht zu diesem Ort passt. Ich habe ihn noch nie hier gesehen und recke den Hals, um einen besseren Blick auf ihn zu bekommen.

»Wer ist …?«

»Na los, nimm die beiden Mädchen mal richtig in die Arme, Jake! So ist's gut.«

Ein Blitzlicht flammt blendend auf und hält meinen verwirrten Blick für die Ewigkeit fest. Zumindest sitzt nicht auch noch Ruth auf mir, was ein kleines Plus ist. Hoffentlich.

»Zieh Leine, Larry. Kannst du mich nicht fünf Minuten in Ruhe lassen?« Selbst wenn Jake sauer ist, hört man es ihm nicht an. Erst an Sams Miene kann ich ablesen, wie verärgert er ist. Sie versteht ihn. Zum Glück.

»In Ruhe lassen?«, wiederholt der Fotograf. »Wenn dich die Leute fünf Minuten in Ruhe lassen, mein Freund, dann weißt du, dass du weg bist vom Fenster. Bis morgen dann.«

»Chill, Jake«, sagt Sam und wirft ihm eine Kusshand zu. »Morgen wird er uns einfach nicht finden.« Zu mir gewandt, fügt sie hinzu: »Das ist ein Reporter, der uns vom Flughafen aus gefolgt ist.«

»Ah.«

»Die Agentin von Jake rät, zu allen Journalisten freundlich zu sein, dann würden sie nur ein paar Bilder machen und verschwinden.«

»Ahh.« Ich hatte gar nicht gewusst, dass Jake mittlerweile so berühmt ist. Allerdings haben die Aufnahmen von ihm mit nacktem Oberkörper an einem Strand in Cornwall tatsächlich für einigen Wirbel gesorgt.

»Was machst du da unten eigentlich, Sarah?«, reißt Ruth mich aus den Gedanken und stupst mich mit dem Fuß an. »Du erkältest dich noch. Es ist nämlich richtig frostig heute, weißt du. David, hilf dem armen Mädchen auf, sonst holt sie sich noch den Tod.«

Sam klettert von mir herunter, und Will zieht mich hoch, bevor Sams Dad eine Chance dazu hat.

»Mensch, Sarah, wir dachten schon, dir wäre etwas zugestoßen, als du bei unserer Ankunft nirgends zu finden warst«, erzählt Sam. »Ist denn alles bei dir in Ordnung? Ed hat erklärt, Will sei …« Sie bricht ab und starrt zu ihm hoch. »Ganz schön groß.«

»*Ganz schön groß?* Das hat Ed gesagt?«

»'Tschuldigung, ich war nur kurz abgelenkt. Er meinte, Will sei der Ein-Mann-Rettungstrupp.«

Ihre Mum starrt Will an und deutet dann mit dem Zeigefinger auf ihn. »Ach, du meine Güte, das da ist ja Will! Sie sind Will.« Sie zupft Sam am Arm. »Das ist dieser Will, von dem du mir das Foto gezeigt hast.«

O Gott, wie vielen Menschen mag sie das Foto noch gezeigt haben?

»Das ist doch dieser furchtbare Mann, der nichts von Weihnachten hält und keine Marshmallows hat.« Es gelingt ihr, in diesen wenigen Worten gleichermaßen Fassungslosigkeit wie Abscheu unterzubringen. Keine Frage, ihre schauspielerischen Fähigkeiten werden immer besser. »Und doch hat er sie gerettet. Also besteht bei ihm offenbar noch Hoffnung. Nicht wahr, mein Junge!« Sie tätschelt ihm den Arm. »Sie haben das Mädchen gerettet! David, hier steht ihr Retter!« Sie sieht mich an. »Du hast wenigstens einen Retter! David hat mich noch nie vor einer Lawine gerettet. Stimmt's, David?«

»Du bist auch noch nie von einer Lawine verschüttet worden, mein Schatz.«

»Es hat gar keine Lawine gegeben.«

Wir reden alle gleichzeitig, was Ruth keine Sekunde lang aus dem Konzept bringt. »Na, da bist du aber ein echtes Glückskind, Sarah. Ich finde, das sollten wir mit einer Runde Glühwein und Mince Pies feiern! Glühwein haben Sie doch wohl im Haus, William, oder? Maronen auch? Kennt man Maronen überhaupt in dieser Ecke der Welt?«

»Wir sind hier nicht auf dem Mars, Mum.« Sam verdreht die Augen. »Und für Glühwein ist es eigentlich noch ein wenig früh. Lass dir noch ein wenig Luft bist zum Abendessen.«

»Ach, Unsinn. Jetzt, da du wieder gesund und munter zurück bist, Sarah, werde ich mich aus diesem Outfit schälen und meine Après-Ski-Sachen anziehen. Allerdings sind wir heute noch gar nicht Ski gefahren, richtig? Was heißt denn ›vor‹ auf Französisch, Samantha? Ich muss Vor-Ski-Sachen anziehen. Du hattest doch Französisch in der Schule, Liebling, nun sag schon.«

»Ich hatte bloß eine Drei.«

»Na und? Im Grunde warst du viel besser. Du musst das doch wissen! Wie heißt das noch auf Französisch, David? Ach, du weißt das sowieso nicht!« Sie macht ein wegwerfende Handbewegung. »Ich wette, Edward kann mir das sagen. Das ist ein intelligenter Mensch. Ich werde mal sehen, ob ich Edward irgendwo finde, und der wird mir bestimmt auch gerne zu einem kleinen Gläschen Glühwein verhelfen. Nur zum Aufwärmen! Und dann legen wir die Geschenke unter den Baum!« Sie setzt die Brille ab. »Ist das hell hier draußen! Wie wäre es mit einem Foto von mir zusammen mit unserem Helden! Na, komm schon, nicht so schüchtern, mein Junge. Ich brauch unbedingt Bilder von meiner gesamten Skigarderobe. Sie glauben ja nicht, was das Zeug gekostet hat! Aber ich dachte mir, man weiß vorher nie, wem man womöglich auf der Piste begegnet, verstehen Sie? Ich meine, schließlich fahren auch viele Mitglieder der königlichen Familie Ski. Und einige richtig berühmte Leute auch. Dieser James-Bond-Typ zum Beispiel. Wie heißt er noch? Ach, ist ja auch egal, gleich fällt's mir wieder ein. Na auf, junger Mann. Ja, Sie!«

»Für Fotos bleibt nachher noch Zeit genug«, erklärt Will. »Jetzt wollen wir erst einmal reingehen. Sarah muss sich hinsetzen.« Diesen charmanten Ton hätte ich Will gar nicht zugetraut. Die Bestimmtheit, die ebenfalls darin liegt, kenne ich dagegen nur zu gut. Prompt spüre ich, wie ich rot werde.

»Sicher, sicher«, antwortet Ruth sofort. »Und dann müssen Sie mir alles erzählen, was da oben in dieser einsamen Hütte in den Bergen so passiert ist. Ich rede ja nur ungern über andere Leute, aber dieser Bruder von Ihnen, das ist ein ganz schöner Hallodri. Er nannte es eine verborgene Liebeslaube, mit Rosen und Champagner. Wie romantisch!« Ruth kichert kokett und fächelt sich mit der Hand Luft zu. »Sie sind genau, was unsere kleine Sarah braucht. Ein sympathischer Mann. Schließlich muss sie so langsam mal zur Ruhe kommen und sich was Festes suchen, und dieser Callum, mit dem sie zusammen war, na ja, was der mit den Gladiolen gemacht hat ...«

»Wie vielen Menschen hast du noch davon erzählt?«, zische ich Sam zu, während wir hinter den anderen hineingehen. Drinnen fühlt es sich so warm an, dass meine Nase zu kribbeln beginnt.

»Na, ihr ganz sicher nicht! Für wen hältst du mich? Ich habe es Jake erzählt, und sie muss es irgendwie mitbekommen haben. Wie du weißt, verfügt sie in dieser Hinsicht über geheime Ninja-Kräfte.«

Das stimmt. Ruth behauptet zwar stets, dass sie Klatsch und Tratsch verabscheut und Geheimnisse für sich behalten kann, aber der Wahrheit entspricht das beides nicht.

»Auf, lass uns reingehen und die Geschenke unter den Baum legen. Wir haben nur auf dich gewartet.«

Verdammt! Geschenke!

Ich schaue Sam an. »Ich habe nicht ein einziges Geschenk für euch. Gar nichts.« Meine Hand greift unwillkürlich zu der Stelle, an der ich den Anhänger unter der dicken Jacke spüre.

»Ich bin doch nicht für ein Geschenk gekommen. Ich bin gekommen, um dich zu sehen.« Sie schließt mich in die Arme, und erneut kann ich diese dämlichen Tränen nicht unterdrücken. Ich muss mir das unbedingt wieder abgewöhnen. »Du hast doch nichts dagegen, oder? Ich meine, dass wir alle gekommen sind?«

»Natürlich nicht. Es ist fantastisch. Eine bessere Idee hättest du nicht haben können.« Und es *ist* auch wundervoll, eine herrliche Weihnachtsüberraschung und das Netteste, was je jemand für mich getan hat – einmal abgesehen von Tante Lynn, versteht sich. Aber im Augenblick stehe ich noch ein wenig unter Schock nach dieser aufwühlenden Nacht mit Will, und ich hatte eigentlich damit gerechnet, etwas Zeit für mich allein zu haben, um in Ruhe nachzudenken. Und um mir zu überlegen, wie es jetzt weitergehen soll. Wie es mit Will weitergehen soll. Ich drücke Sam, so fest ich kann. Auf gar keinen Fall möchte ich den Eindruck erwecken, dass ich mich nicht darüber freue, sie hier zu sehen. »Aber wie seid ihr überhaupt auf die Idee gekommen?«

»Ach, irgendwie schien es nicht richtig, dass du hier so ganz allein hockst, ohne Lynn und nicht zu Hause in deiner gewohnten Umgebung. Und nachdem ich diese Kenia-Buchung vermasselt hatte, meinte Mum, dass sie in *Out of Africa* gesehen habe, wie staubig es da überall ist, und sie sowieso nicht mehr sicher sei, ob man an einen solchen Ort fahren soll, und dass auch Robert Redford vermutlich überhaupt nicht mehr da ist oder vielleicht sogar schon längst tot oder inzwischen nur noch seine Sauce und das Zeug verkauft.«

»Ist das nicht Paul Newman?«

»Egal. Jedenfalls stellte sie das ganze Ziel infrage. Und als ich ihr dann von Lynn und dir erzählte und von diesem Resort hier, war sie Feuer und Flamme und ist sofort losgezogen, um Après-Ski-Klamotten zu kaufen – und richtige Kleidung zum Skifahren, die aber wahrscheinlich nie eine Piste sehen werden. Tja, und dann haben wir gebucht!« Sie legt eine kurze Pause ein. »Ich habe doch hier keinen Mist gebaut, oder? Ich meine, wir platzen hier nicht mitten in irgendeine Geschichte, die zwischen euch beiden läuft, oder?«

»Da läuft keine ›Geschichte‹, und nein, natürlich stört ihr nicht. Es ist super! Toll! Eine bessere Freundin könnte ich mir nicht wünschen.«

»Na ja, so toll, wie du dich mir gegenüber nach dieser beschissenen Sache mit Liam verhalten hast … da bin ich dir doch noch etwas schuldig.«

»Echte Freundinnen verrechnen so etwas nicht. Sie tun's einfach.« Liam war Sams Ex, und er ist tatsächlich ein mieser Typ gewesen. Ein echt beschissener. Wenn es nach mir gegangen wäre, hätte man ihn ohne Rückfahrkarte an irgendeinen Gruselort voller Vogelspinnen und Clownsgesichter verbannt. Aber Sam ließ mir keine freie Hand, also tranken wir bloß massenhaft Wein, stopften Pizza in uns hinein und sahen uns romantische Komödien in Dauerschleife an, bis sie schließlich Jake begegnete.

»Ist also doch nicht so verkehrt, dieser Will, wie? Macht einen echt netten Eindruck und hat gar nichts von Mr. Griesgram. Ed haben wir bereits kennengelernt. Der ist echt *so* süß! Du hättest ihn mit Mum erleben müssen. Sie hat ihr anhimmelndes Lächeln überhaupt nicht mehr abstellen können, was zwar ein wenig peinlich war, aber auch irgendwie lustig. Auf jeden Fall hatte es den Vorteil, dass Dad rausgehen und in Ruhe seine Zigarre rauchen konnte. Und die Anlage ist wirklich ein Traum.«

Ich bin froh, dass sie die Frage nach Will rasch vergessen hat. »Ja, ehrlich?«

»Absolut. Ich habe sofort gewusst, dass du das schaffst! Das

Haus ist wundervoll, alles so einladend und gemütlich. Und unsere Blockhütten sind spitze. Ach, Sarah.« Sie umarmt mich erneut. »Du hast den Laden in wenigen Tagen vollkommen verwandelt. Jetzt ist die Zeit der schlechten Kritiken endgültig vorbei. Und die neue Website mit all den Videos und dem Schnee finde ich auch klasse.« Ihre Wangen glühen, und sie gerät ein wenig außer Atem. »Lynn wird begeistert sein! Dann wirst du gleich noch mal befördert.«

Ich lache. »Wie soll das denn gehen?« Meine Wangen glühen ebenfalls. Wahrscheinlich habe ich einfach noch nicht die Zeit gefunden, um einmal innezuhalten und mir in Ruhe anzusehen, was wir bislang erreicht haben. Tatsächlich macht alles einen viel besseren Eindruck. Ich würde sogar wagen zu behaupten, dass der Ort seinen Zauber zurückgewonnen hat.

»Es ist fantastisch. Du bist jetzt so eine Art Gesandter von *Making Memories*. Du reist in der Welt herum und sorgst dafür, dass all unsere Reiseziele noch besser werden, als sie eh schon sind!«

»Das habe ich nicht allein geschafft. Es war eine Teamleistung.« Ich möchte verhindern, dass sie die Sache überbewertet. Allerdings klingt die Idee von Tante Lynn, dass wir beide häufiger herumreisen und auch neue Ziele in Augenschein nehmen sollen, zugegebenermaßen immer reizvoller. Es hat mir einen Riesenspaß gemacht, mal aus der Agentur herauszukommen. Vor Ort mit anzupacken. Von Neuem beginnen zu können.

»Und Will scheint auch ganz in Ordnung zu sein«, fängt Sam doch wieder mit *dem* Thema an. »Halt so ein richtiger Outdoor-Typ. Passt gar nicht schlecht zu dir.«

»Sam!«

»Was denn? Wenn's doch stimmt. Bist du sicher, dass da gar nichts gewesen ist, du weißt schon …?«

»Er will keine feste Beziehung, und er will nirgends sesshaft werden. Aus diesem Grund gefällt es ihm hier auch nicht. Es ist einfach nicht sein Ding.«

»Na, genauso geht's dir doch auch. Klingt perfekt für eine kurze Romanze.«

Aus dieser Sicht habe ich das noch nicht betrachtet. An dem Argument ist was dran.

»Nun schau sich das einer an, ist das nicht herrlich?«, schallt uns Ruths Stimme entgegen. »Was meint ihr, Mädchen? Bezaubernd, nicht?«

Sams Mutter unterhält gestenreich von ihrem Platz am Kamin den Raum. Offensichtlich hat Jake ihr ein paar Bühnentipps gegeben. Allerdings macht es auf mich den Eindruck, als hätten er und Sam sie dabei ein wenig auf den Arm genommen, denn ihre überdrehten Gesten wirken doch etwas sehr melodramatisch, sodass man bisweilen denken könnte, sie würde gerade im Laientheater für eine Rolle in *Macbeth* vorsprechen. Aber sie ist glücklich dabei, und allein das zählt.

»Was für ein sympathischer junger Mann, den du da gefunden hast, Sarah. Komm, setz dich mal neben mich und erzähl mir alles über ihn.«

»Ich habe doch …«

»Spar dir die Mühe«, unterbricht mich Sam kopfschüttelnd. »Wenn du leugnest, verkuppelt sie dich bloß mit einem anderen. Obwohl … wow, wie ein Fehlgriff sieht der wirklich nicht aus.«

Will tritt gerade, ziemlich linkisch ein großes Tablett balancierend, durch die Tür. Jake folgt ihm mit einem zweiten Tablett und macht dabei einen erheblich lässigeren Eindruck. Er kann eben in jede Rolle schlüpfen, und den Kellner spielen, ist für ihn ein Klacks.

»Ich dachte, da ich nicht in der Lage gewesen bin, Sie alle mit einem kleinen Begrüßungstrunk willkommen zu heißen, hole ich das jetzt auf diese Weise nach«, verkündet Will und stellt die erste riesige Tasse vor mich. »Heiße Schokolade.«

»Ach, du lieber Himmel! Ist das dein Ernst? *Das* ist eine heiße Schokolade bei dir? Göttlich. Ich liebe dich. Also, nicht *dich* natürlich, sondern es, also was du … ich meine, die Schokolade, äh …«

Dann bereitet er meinem Stottern ein Ende.

Indem er meine Lippen mit seinen bedeckt.

Eine höchst effektive Methode, das muss man ihm lassen.

»Schön austrinken!«

»Heißt das, du flüchtest gar nicht?«

»Noch nicht«, antwortet er und nimmt grinsend neben mir Platz. Sam gesellt sich derweil zu Jake unter den Mistelzweig, um sich ihren Kuss abzuholen. »Vielleicht im Januar«, fügt Will hinzu.

»Wow.«

»Was? Die heiße Schokolade oder …?«

»Beides.« Die Schokolade hat wirklich alles: richtige Schokostückchen, Schlagsahne, Marshmallows … Ich brauche ein Foto, um den Traum überall zu posten. Ich brauche Instagram. Oder noch so einen Kuss. »War das eben mit Absicht?«

»Und ob. Wenn du willst, kann ich dich noch mal küssen, um es zu beweisen.«

»Klar!«, sage ich mit leicht belegter Stimme, was ihn zum Glück jedoch nicht zögern lässt.

»Seid ihr wirklich sicher, dass in dem Schuppen da oben nichts passiert ist?«, erkundigt sich Sam und lehnt sich zwischen uns mit der zufriedenen Miene einer Katze, die gerade den Sahnetopf geräubert hat. Buchstäblich – zumindest was die Sahne angeht. Ich wische ihr einen Kleks von der Oberlippe. Dabei bemerke ich erst den Mistelzweig, den sie in ihrer Hand hält.

»Hütte. Es war eine kleine Blockhütte, kein Schuppen. Und nun verzieh dich, Sam. Geh rüber und knutsch den guten Jake ab, der wird schon ganz unruhig. Und woher hast du überhaupt den Zweig?«

»Die hängen doch hier in Unmengen herum.«

Ich werfe Will einen fragenden Blick zu. »Ed«, sagt er. »Er ist regelrecht süchtig nach dem Zeug. Du verstehst schon – keine Gelegenheit auslassen.« Bei den letzten Worten wird seine Stimme rau wie ein Reibeisen und sehr sexy. Er sieht mir tief in die Augen. Er hat richtig schöne Augen.

Ich hätte gerne noch einen Kuss von ihm.

Vielleicht hat es deshalb mit Ed nicht geklappt. Vielleicht ist das der Grund, warum ich ihn nicht küssen konnte. Es lag weniger an den Gewissensbissen, Will im Stich zu lassen. Es lag an Will selbst.

Die Erklärung jagt mir einen kleinen Schreck ein, und ich senke den Blick, damit er mir nicht ansehen kann, was mir gerade durch den Kopf geht.

»Um Gottes willen! Was trägst du denn da? Das sehe ich ja jetzt erst.« Mein Lachen gerät vielleicht etwas hysterisch, aber der Anblick ist ja auch zum Schießen. Und als Ablenkung ist die Sache geradezu brillant.

»Meinen Weihnachtspullover. Ich dachte, du findest das gut. Du weißt schon, von wegen in die richtige Stimmung kommen und so. Hast du nicht gesagt, ich soll mich festlicher geben?«

»Ja, aber damit hatte ich nicht gerechnet. Er ist *scheußlich!* Mit anderen Worten: grandios.« Wir tauschen ein Lächeln aus, dass mir ganz anders dabei wird. »Als Weihnachtspullover echt der Burner.« Ich mache, was ich immer mache, wenn ich verlegen bin, und quassle einfach irgendwas.

»Burner?«

Ein gewaltiger Rentierkopf mit einer knallroten Plüschnase und einen Geweih, das bis in seine Achseln reicht, nimmt seine gesamte Brust ein.

»Drück auf die Nase.«

»Du willst bloß, dass ich dich anfasse.«

»Na ja, das auch, aber …«

Ich drücke, und das Geweih leuchtet auf. Ein Meer aus roten und grünen Lichtern strahlt von Wills Brustkorb. Mit einem verzückten Kreischen kommt Poppy angerast, springt auf seinen Schoß und beginnt, auf die Rentiernase einzutrommeln.

»Uff!«, stöhnt Will auf, und ich hoffe bloß, es ist, weil sie ihn im Magen getroffen hat, nicht ein Stück darunter. »Nicht so fest, du kleiner Teufel.«

»Ach, nun lass die Kleine«, kommentiere ich amüsiert. »Es macht ihr doch solchen Spaß.«

»Ich wette, du bist früher genauso gewesen, habe ich recht? Ich sehe es direkt vor mir, wie du als kleines Mädchen gewesen bist.«

»Was heißt denn bitte ›gewesen bist‹?«, sage ich und ziehe kurz meine beste beleidigte Miene auf, bevor ich mir mit Poppy einen Wettkampf liefere, wer Will am längsten leuchten lassen kann.

»Hört auf, ihr zwei!« Es gelingt ihm, uns beide zu Boden zu ringen und jeden mit einem Arm festzuhalten. Während Poppy ihre Angriffe noch eine Weile fortsetzt, stelle ich sie ein und betrachtet den Mann, mit dem ich die vergangene Nacht verbracht habe.

»Nicht ganz die erhoffte Wirkung«, bemerkt er trocken.

Doch seine Augen strahlen und sein Mund lächelt, als das kleine Mädchen erneut seine Brust bearbeitet und bei jedem Aufleuchten der Lämpchen begeistert aufkreischt. In puncto Weihnachtsüberraschungen hat er Tante Lynn damit womöglich sogar noch übertroffen.

»Mir gefällt's«, sage ich. Und das stimmt. Wer könnte einem Mann in einem potthässlichen Pullover widerstehen, der kurz vor Weihnachten einem völlig aufgekratzten Mädchen seinen Spaß lässt.

»Warum hast du mich nicht vorgewarnt, dass überraschender Besuch eingetroffen ist?«, frage ich ihn, da wir gerade beide auf dem Boden hocken und Poppy abgelenkt ist, uns also niemand überhören kann.

»Es war eine Last-Minute-Buchung, und mir wurde angedroht, dass man mir, sollte ich etwas verraten, Tannenzapfen in eine gewisse Körperöffnung stecken würde, von deren Vorhandensein ich bis dahin überhaupt nichts gewusst hatte.«

»Das hat Sam gesagt?«

»Nein, aber ihre Mum.«

»Würdest du dir gern mal meinen Schinken ansehen, Sarah?« Da dieses Angebot von Ruth und nicht von Will kommt, hält mein spontaner Jubel sich in Grenzen. »Ich habe einen in meinem Koffer«, fährt sie fort. »Einen ganz großen. Nur für den Fall, dass es nichts zu essen gibt.«

Wills Miene verfinstert sich. »Nichts zu essen?«

»Man kann nie vorsichtig genug sein, oder? Schließlich haben an Weihnachten alle Geschäfte geschlossen, und nachdem wir dieses schreckliche Video gesehen haben … Nicht dass ich das jemals für bare Münze gehalten hätte. Das ist doch alles bloß, um Aufmerksamkeit zu erregen, damit möglichst viele Leute die Seite anrufen.«

»Aufrufen«, wirft Sam ein.

»Walnüsse habe ich auch mitgebracht. Nüsseknacken gehört einfach zu Weihnachten, stimmt's, David?«

David spart sich eine Antwort.

»Und Datteln. Oh, nicht zu vergessen, ein anständiges Stück Stilton! Der einzig wahre Käse zu Weihnachten. Ich habe auch versucht, eine Flasche Bucks Fizz und leckere Brandy-Sahne miteinzuschmuggeln, aber dieser schreckliche Mann am Flughafen hat alles beschlagnahmt, selbst meine geliebte Cranberry-Sauce. Wetten, der gönnt sich jetzt zu Hause ein super leckeres Festtagsessen und trinkt meinen Sekt-Orange dazu?«

»Was meint sie mit Video?«, fragt Will mich.

»Das bei *Meine schrecklichsten Weihnachten,* von dem ich dir erzählt habe.«

»Aha. Sollte ich mir das anschauen?«

»Besser nicht. Schnee von gestern. Lieber in die Zukunft blicken und so. Wohin um alles in der Welt rennt sie denn jetzt schon wieder?«

Wir verfolgen beide, wie Ruth in großer Eile den Raum verlässt. »Ich hoffe nur, sie geht nicht ihren Riesenschinken holen.«

Tut sie nicht. Zwanzig Minuten später ist sie wieder zurück.

»Gefällt es dir, Sarah? Ist es nicht todschick?«

»Wirklich sehr, äh, rot«, antworte ich, und die Rede ist hier, wie gesagt, nicht von einem Schinken.

»Kirsch. So nennt man das, meine Liebe. Kirschfarben. Das ist mein Skianzug! Die freundliche Dame im Laden hat gemeint, da würden auf der Piste allen die Augen aus dem Kopf fallen.« Sie zieht sich ihre weiße Pudelmütze noch etwas tiefer in die Stirn. Wahrscheinlich wartet sie darauf, dass jemand von uns ein Foto macht. »Du darfst mich ruhig auf dieses Instant Gran setzen, wenn du magst.«

»Du meinst vermutlich Instagr-«

»Lass sie, als erster Versuch gar nicht schlecht«, bremst Sam mich sofort. Sie umarmt ihre Mutter und küsst sie auf die Wange. »Ach, Mum!«

Sams Mutter trägt einen knallroten Skianzug mit weißen Rennstreifen an der Seite und erinnert ein wenig an die schnittigen Mini Cooper aus dem Film *The Italian Job*.

»Also gut, Kinders! Schluss mit dem faulen Herumhocken. Wer kommt mit auf die Piste? *Slimming World* rät, vor dem Nachtmittagstee noch ein paar *Syns* abzuarbeiten!«

Keine Ahnung, welche *Syns* das sein sollen oder welchen Nachtmittagstee sie meint.

»Ich habe mir im Fernsehen bei *Ski Sunday* genau angesehen, wie's geht. Selbst kleine Kinder schaffen das, also kann es nicht so schwer sein. Na los, kommt schon.« Sie wirft sich die Skier über die Schulter, und die Kellnerin hinter ihr kann gerade noch ausweichen, wird aber beim Zurückpendeln dann doch erwischt.

Beschwingt von Glühwein, Whisky und einer abschließenden Dosis Sambuca reißt Ruth die Tür auf, bevor sie jemand bremsen kann. Wenige Sekunden später stapft sie draußen am Fenster vorbei.

»Was hast du in die heiße Schokolade getan?«

Will hebt abwehrend die Hände. »Damit habe ich nichts zu tun, ehrlich.«

»Vielleicht sollte sie besser jemand aufhalten.«

Jake und Will tauschen vielsagende Blicke aus. »Kein Grund zur Eile. In dem Tempo wird sie eine Weile brauchen.«

»Schon richtig, aber sie könnte gleich in einer Scheibe landen.«

Prompt ertönt draußen ein wilder Aufschrei, und alle laufen zum Fenster, wo sie noch sehen, wie Ruth auf dem Hintern den Weg hinabrutscht.

»Dabei hat sie noch nicht einmal ihre Skier an.«

Wenig später gelingt es Jake und Sam – nicht zuletzt mithilfe einer Flasche Port –, sie zu überreden, wieder ins Haus zu kommen, und Ed, den es vor Lachen kaum noch auf den Beinen hält, baut sich an der Tür auf, um einen erneuten Fluchtversuch zu verhindern.

Ich muss ins Bett. Allein. Und zwar sofort.

Ich sehe zu Will, aber der lockere Spruch, den ich mir zum Abgang überlegt hatte, kommt mir irgendwie nicht über die Lippen. Er starrt mich an. Mit diesem durchdringenden Blick. Und fragt: »Zeit für einen schnellen Rückzug?«

Schnell ist der Rückzug tatsächlich. Fast im Laufschritt legen wir die Strecke zu meiner Hütte zurück, und ich atme schwer, als wir eintreten und er die Tür fest hinter uns verriegelt.

»Ich denke, da wären noch ein paar Dinge, die wir zu Ende bringen sollten«, erklärt er in festem Ton. »Ich brauch dich ganz für mich allein. In einem Bett und ohne Hundegesellschaft. Ich will deinen wunderschönen Körper im Kerzenlicht betrachten. Und ich will dir zeigen, wie schön Weihnachten hier sein kann.« Er kniet sich vor mich, schiebt mein Top hoch und fährt mit den Lippen über meine Haut. »Auch ohne dass Christbaumkugeln oder Lametta dafür nötig sind.«

Mir zittern die Beine, Gänsehaut breitet sich über Arme und Rücken aus, und mein Körper wird von Empfindungen durchströmt, die ich so noch nie gefühlt habe. Ich fahre

Will mit der Hand durch die Haare, presse ihn an mich und schließe die Augen, um jede Sekunde auszukosten. Nur wir beide, er und ich.

Ich spüre, wie eine Veränderung in ihm vorgeht. Mit unverhohlenem Verlangen hebt er mich hoch und trägt mich zum Bett. Quälend langsam entkleidet er mich. Ich hätte am liebsten vor Ungeduld laut geschrien, tue es aber nicht. Und während ich beobachte, wie er seine Sachen auszieht, wird mir klar, dass dieser gemeinsame Moment mit Will hier an diesem Ort genau das ist, worauf ich all die Jahre gewartet habe.

Er hält kurz inne, und das Mondlicht huscht über seinen muskulösen Körper, akzentuiert den flachen Bauch und das starke Kinn. Behutsam sinkt er auf mich herab und raunt: »Sicher?«

Eine Antwort erübrigt sich. Ich verziehe die Lippen nur zu einem kurzen Lächeln, dann greife ich nach seinem Kopf und zieh ihn zu meinem.

## 24

Oh. Mein. Gott. Ich bin berühmt! Es ist wie in einem dieser Filme, wo es klingelt und die Hauptfigur nur mit einem strategisch geschickt platzierten Minihandtuch bekleidet, ungewaschen (der Star, nicht das Handtuch) und mit völlig wirrer Frisur die Tür öffnet, und draußen steht eine Horde fremder Menschen, die ihn anstarren, Fotos machen und irgendwelche Sachen brüllen.

Genauso ist es auch bei mir. Bloß dass ich nicht nackt bin, sondern dick verpackt, da die Temperaturen eisig sind, und dass ich geduscht habe und gerade zum Frühstück will.

Also nicht exakt das Gleiche, aber das mit der brüllenden, fotografierenden Horde stimmt genau. Warum habe ich nur vergessen, Make-up aufzulegen? Warum habe ich nicht mein heißestes Après-Ski-Outfit angezogen? Apropos warum. Warum das alles? Warum sind die alle hier?

»Sie haben sich in der Hütte geirrt. Das ist nicht die von Jake.«

Der Lärm bricht für einen Moment ab, dann antwortet eine Stimme: »Welcher Jake? Wir kommen deinetwegen, Schätzchen. Na los, einmal dein verführerischstes Lächeln, bitte.«

Geschmeichelt werfe ich mich in Pose. Sie sind meinetwegen hier! Ich fasse mir mit der Hand in die Haare, wie Sams Mutter es immer macht. Vollführe eine leichte Verbeugung.

»Kannst du mal in die Luft springen und ›Wuhuu‹ rufen!«

Die Aktion ruft ein wildes Geprassel der Auslöser hervor, vor allem, da ich prompt ausrutsche und auf dem Hinterteil lande. Für diese Meisterleistung erhalte ich sogar eine Runde Applaus und einige Daumen-hoch-Zeichen.

»Sieht aus, als wärst du genau sein Fall, wie?« Keine Ahnung, wer das gerufen hat, aber sie fangen alle an zu lachen.

»Liegt ihm förmlich zu Füßen, das schöne Kind«, ruft ein anderer. Das erregt noch lauteres Lachen. Alle sind betont freundlich und ungezwungen.

Ich rapple mich wieder auf. Begehrt zu sein, ist einfach. Und macht Spaß.

»Solange sie nicht der nächste Reinfall wird, wie?«

»Und einen hässlichen Sturz erlebt.« Sie scheinen sich alle Notizen zu machen.

»Auf der tückischen Schussfahrt nach unten?«

Die Sache nimmt eine Entwicklung an, die mir nicht mehr ganz so gut gefällt. Die Bitte, einmal für sie in die Luft zu springen, war offensichtlich ein fieser Trick gewesen. Sie hatten genau gewusst, dass ich auf meinem Allerwertesten landen würde.

»Verdammter …«

Will hatte gestern Abend darauf bestanden, mich nach Hause zu begleiten, um sicherzustellen, dass ich nicht wieder mit dem Schneemobil abhaue. Gesagt und getan hatte er dann aber noch eine Fülle anderer Dinge. Und um ganz auf Nummer sicher zu gehen, ist er gleich bei mir geblieben, in meinem Bett. Er ist eben äußerst gründlich in allem, was er tut.

Jetzt steht er hinter dem Eingang, zieht mich zurück ins Innere und schlägt die Tür sofort ins Schloss.

»Was soll denn das jetzt? Ich muss wirklich gehen, weil ich nämlich ganz dringend einen Kaffee brauche.« Ich versuche, die Tür wieder zu öffnen, was sein Fuß jedoch verhindert. Aber nicht einmal ein Rudel Eisbären könnte mich von meiner ersten Tasse Kaffee am Tag abhalten, und eine Schar hocherregter Herren schon gar nicht.

Obwohl ich den letzten Teil dieser Behauptung womöglich irgendwann einmal korrigieren muss.

Will fährt sich derweil so häufig mit der Hand durch die Haare, dass sie stärker abstehen als meine. Allerdings habe ich bewusst für diesen Style bezahlt, während er mit seinem eher darum bettelt, getröstet zu werden.

»Die Presse ist da!«

»Das sehe ich, aber warum?«, erwidere ich. Hatte sie vielleicht von meiner bravourösen Beherrschung des Schneemobils gehört und von unserem kleinen Stelldichein – das Wort habe ich immer mal benutzen wollen – in der Berghütte? Bin ich jetzt so etwas wie ein C-Promi? In diesem Fall sollte ich die Tür erst recht möglichst rasch wieder öffnen, da meine fünfzehn Minuten Berühmtheit gleich verbraucht sind.

»Sie sind hinter mir her, nicht hinter dir.«

»Oh.« Ein leichter Rückschlag, der jedoch nicht ganz unerwartet kommt. »Sicher?«

»Absolut.«

»Warum? Du bist doch wohl kein Serienkiller oder Drogenschmuggler oder so was?«

»Nein.« Ich hatte gehofft, mit dieser Nachfrage die Stimmung ein wenig auflockern zu können – obwohl ich den Punkt auch gerne geklärt haben wollte, da ich mich das schon vor meiner Abreise gefragt habe. Ein Lächeln umspielt seine Lippen, aber es ist durchmischt mit Verärgerung. Und die Verärgerung gewinnt letztlich die Oberhand. »Wie zum Teufel konnten die mich finden?«

»Was meinst du mit ›finden‹?«, frage ich. Wir starren einander eine Weile an. »Äh, könnte es mit den Bilden zu tun haben, die sie von Jake gemacht haben? Wir waren doch alle darauf zu sehen ...«

Sein Kiefer spannt sich an. Sein Mund zuckt. »Scheiße.«

»Deshalb hast du dich auch so kategorisch geweigert, in meinem Livestream aufzutauchen, habe ich recht?«

Er nickt.

»Und deshalb auch kein Foto von dir auf der Website?«

»Yep«, antwortet er abwesend. Sein Gesichtsausdruck ähnelt dem eines Gefangenen, der gerade Fluchtpläne schmiedet. Womit er tatsächlich beschäftigt sein dürfte.

»Aber warum –«

»Erklär ich dir später. Jetzt muss ich sie erst mal loswerden. Verdammt, das wird in sämtlichen Gazetten erscheinen. Alle werden davon erfahren.«

»Mir scheint eher, dass es sowieso schon alle wissen«, sage ich mit einem Nicken Richtung Tür.

»Das da, mein Schatz, sind längst nicht alle.«

Er hat mich »mein Schatz« genannt, und das kommt ihm bestimmt nicht leicht über die Lippen. Soll das etwa heißen, dass er endlich mal eine Weile Ruhe gibt mit diesem ständigen Freiheitsgequatsche und uns die Sache einfach genießen lässt?

»Was meinst du mit ›alle‹? Wer ist ›alle‹? Wer genau? Will, bleib hier. Was werden sie erfahren?« Da verbringt man eine reichlich intensive Nacht mit einem Mann und denkt, man würde ihn jetzt besser kennen, und im nächsten Moment spricht er schon wieder in Rätseln, und man kapiert nicht das Geringste.

»Später. Ich erklär's dir nachher. Erst mal muss ich hier weg.«

»Kannst du nicht hinten raus?«, frage ich. Von meinen fünfzehn Minuten habe ich erst geschätzte sechs verbraucht. Warum also diese einmalige Gelegenheit nicht richtig ausnutzen?

»Es gibt nur diese eine Tür.«

Das ist ein Argument. »Durch's Fenster?«

»Also, du gehst zum Frühstück, und ich warte hier, bis sie die Lust verlieren. Dir werden sie nicht folgen. Sie wissen gar nicht, wer du bist. Mit ein bisschen Glück werden sie denken, dass ich nicht hier bin.«

Ein wenig angesäuert bin ich schon. Allerdings klingt es ganz überzeugend, was er sagt. Offenbar genügt die Story von mir, wie ich auf seinem Schneemobil in die Abendsonne davonrausche, nicht, um es bis in die Klatschpresse zu schaffen.

Wie sich herausstellt, liegen wir beide falsch. Sie folgen mir nämlich doch.

»Wo habt ihr euch kennengelernt?«

»Wann ist Hochzeit?«

»Wie ist er so im Bett?«

»Wie lange seid ihr schon zusammen, Schätzchen?« Der »Schätzchen«-Spruch macht mich ein wenig fuchsig, was ein Fehler ist, wie ich schnell bemerke. Denn da haben alle meinen erboste Miene bereits für die Ewigkeit festgehalten. Mit diesem Gesichtsausdruck hatte ich eigentlich nicht berühmt werden wollen. Die Aufnahme dürfte etwa so vorteilhaft sein wie die gestern, als Ruth fast auf meinem Kopf gesessen hat. Vielleicht bin ich einfach nicht geschaffen für die Titelseite.

Moment mal. Hochzeit? Was reden die da für einen Quatsch?

»Wir sind nicht –«

Aber es hört überhaupt keiner zu. Sie fotografieren nur alle wie wild und fuchteln mit ihren Mikrofonen herum.

Soll ich jetzt eigentlich die Tür abschließen, womit ich Will womöglich einsperre? Oder lass ich sie auf und riskiere, dass die Presseleute hineinstürmen? Ich entscheide mich dafür abzuschließen. So wie er ausgesehen hat, ist es ihm bestimmt lieber, eingesperrt zu werden, als von einem Schwarm Journalisten bedrängt zu werden, die ihm ihre Kameras vor die Nase halten.

»Wie sehen eure gemeinsamen Pläne aus? Wird er wieder an Wettbewerben teilnehmen?«

»Ich plane jetzt erst mal, einen Kaffee zu mir zu nehmen. Und Pancakes.« Ich marschiere mitten hinein in die Meute, weil dort irgendwo der Weg sein muss.

Besser wäre es gewesen, sich seitlich vorbeizuschlängeln und durch den tiefen Schnee zu tapsen, denn hier ist alles festgetreten und gefroren. Unsicher schlittere ich vorwärts und kann einen Sturz nur vermeiden, indem ich immer wieder an irgendwelchen Jacken oder Unterarmen Halt suche. Das ähnelt ein wenig dem Hangeln entlang einer Seilbrücke und wirkt nicht unbedingt elegant, aber es funktioniert. Tollpatschig schwankend komme ich meinem Frühstück näher.

Ed grinst mir schon durch das Fenster der Rezeption entgegen. Der Mistkerl kommt zwar nicht heraus, um mich zu retten, lässt mich aber immerhin ins Haus – was ich schon fast bezweifelt habe – und schließt die Tür sofort hinter mir. Und verriegelt sie.

»Von welchen Wettbewerben reden die?«, frage ich, während ich mir den Schnee von den Schuhen stapfe.

»Wie bitte?«

»Einer wollte wissen, ob Will wieder an Wettbewerben teilnehmen wird.«

»Das soll er dir besser selbst erklären.«

»Raus damit!«

»Sorry, Sarah, aber er jagt mir doch ein wenig mehr Angst ein als du.« Er wuschelt mir durchs Haar. »Der wird jetzt bestimmt vor Wut kochen. Wo hast du ihn eigentlich gelassen?«

»Ich glaube, er wollte aus dem rückwärtigen Fenster klettern.«

»Na los, Sarah, zack, zack! Wir gehen alle Ski fahren.«

Heute strahlt Sams Mutter geradezu majestätisch. Von Kopf bis Fuß in glänzendes Purpur gehüllt, ist sie wohl nicht nur in meinen Augen eine im wahrsten Sinne blendende Erscheinung. Sie ist bereits zum Frühstück in voller Ausrüstung erschienen. Wie viele verfluchte Skianzüge besitzt diese Frau eigentlich?

»Ich habe nicht besonders viel Lust –«

»Ach, Unsinn. Das wird ein Riesenspaß!«

»Und ich brauche einen Kaffee.«

»Na, dann beeil dich. Wir wollen doch schließlich nicht den schönen Tag vertrödeln, wie? Wer weiß, wie lange der Schnee noch bleibt?«

»Ich schätze, daran wird noch eine Weile kein Mangel herrschen, Mum«, erklärt Sam und drückt mir einen Becher Kaffee in die Hand. Gleichzeitig versucht sie, ihre Mutter Richtung Tisch zu drängen, doch die weicht geschickt aus und fuchtelt dabei gefährlich mit ihren Skistöcken.

»Ich bin mir nicht sicher, ob ihr gerade jetzt gehen wollt. Da draußen ist alles voller Reporter –«

»Ehrlich? Reporter!« Ruth richtet automatisch ihre Frisur. »Oh, wie reizend. Jake, sie sind schon wieder da. Ich finde es toll, dass du einen so berühmten Freund hast, Samantha. Das ist so viel besser, als mit einem Langeweiler zusammenzuleben, der in der Bank arbeitet.«

Sam und ich verdrehen die Augen, während Ed und Jake nur grinsen.

»Diesmal sind sie gar nicht da wegen J–«

»Hast du Mum womöglich irgendwas in den Kaffee geschüttet?«, wendet sich Sam lachend an Ed.

»Nur einen winzig kleinen Schuss, um sie aufzuwärmen«, gesteht der und zeigt kurz einen Flachmann, bevor er ihn wieder in der Tasche verschwinden lässt.

»Ihr jungen Leute heutzutage habt überhaupt keinen Sinn mehr für Abenteuer. Als ich noch jung war …«

David stöhnt leise auf und murmelt etwas, das sehr nach »was wirklich lange her sein muss« klingt.

Er trägt keinen Skianzug, und unter dem Ärmel seines dicken Pullovers klemmt eine Zeitung. Das ist wohl auch besser so. Ich möchte mir gar nicht vorstellen, welches Pistenoutfit Ruth für ihn ausgewählt hätte. Ganz sicher nichts Dezentes in irgendwelchen Brauntönen, wie er es sonst bevorzugt.

»Ihr könntet alle durch die Küche gehen und so die Paparazzi vermeiden«, schlägt Ed vor.

Jake nickt erleichtert, und so trampeln wir alle quer durch die Küche, was vermutlich gegen sämtliche Hygiene- und Sicherheitsverordnungen verstößt. Ruth hat sich die Skier bereits angeschnallt, bevor sie richtig aus der Tür ist.

»Horrido, Kinder! Auf geht's!« Ruth scheint der Meinung, dass wir zum Jagen aufbrechen, während ich mir eher wie die Gejagte vorkomme. »Ist das nicht aufregend, Mädchen? Na los, Jake, nicht trödeln! Du kannst ihnen ruhig erzählen, dass ich deine Schwiegermutter bin und die nächste Dame Judi. Huch, wie lustig!« Ihre Füße bewegen sich in entgegengesetzte Richtungen, und Jake und Ed springen hinzu, um sie wieder zusammenzuschieben. Es ist, wie Bambi bei seinen ersten Schritte zu beobachten.

»Auf zum Skilift!«

Auf der Rückseite des Gebäudes ist es erstaunlich ruhig. Fast schon zu ruhig. Wenn Ruth nicht wäre, heißt das.

»Oh mein Gott, sieh nur, diese herrlichen Pisten!«, ruft sie aus, schüttelt Ed und Jake ab und eilt in bemerkenswertem Tempo davon.

»Ich dachte, sie kann nicht Ski fahren?«

Sam zuckt mit den Achseln. »Erinnerst du dich noch an Jess, meine beste Freundin in der Grundschule? Tja, also deren Mum, Juliet, war amtierende Dry-Slope-Meisterin beim alljährlichen Sommerfest in unserem Ort.«

»Dry Slope?«

»Eine Kunststoffpiste. Im Winter, wenn es richtigen Schnee hatte, war die Sache doch viel zu gefährlich. Jess und ich waren vielleicht sechs, als sie die Meisterschaft holte. Natürlich –«

»Stachelte das deine Mutter an, sie zu schlagen?« Ich hatte schon viel darüber gehört, wie die beiden Mütter sich gegenseitig ständig in allem übertrumpfen mussten, seit Jess als Dreijährige am ersten Tag des Kindergartenunterrichts überlegene Fähigkeiten im Umgang mit dem Bleistift demonstriert hatte. Sam selbst war dies nicht aufgefallen, da sie zu beschäftigt damit gewesen war, die Jungstoilette in Augenschein zu nehmen.

Jess und Sam hatten sich um die ewigen Vergleiche wenig gekümmert. Sie waren Freundinnen geworden, die sich untereinander nicht beweisen mussten, wer etwas besser konnte.

Diesen Wettstreit übernahmen dafür umso mehr ihre Mütter für sie.

»Genau. Dad musste sich aufs Fahrrad setzen und sie

Abend für Abend auf ihren Skiern durch den Park ziehen. Es war so peinlich. Beim nächsten Sommerfest ist sie dann den Hang in einem irren Tempo runtergeschossen, hat die Kontrolle verloren und ist zu guter Letzt in einem Stand mit Torten und selbst gemachter Marmelade gelandet. Sie sah aus wie das Opfer eines Massakers.«

»Es hätte schlimmer kommen können. Stell dir vor, sie wäre in den Kakteenstand gerast!«

Sam kichert. »Ach, die Buttercreme hat sie gar nicht so gestört. Aber sie meint, der Hund hätte zu Hause gar nicht mehr aufgehört, am Schritt ihrer Hose herumzulecken, was einen ganz hässlichen nassen Fleck hinterlassen hat.«

Ich verkneife mir ein Lachen.

Ruth ist schon halb den Anfängerhügel hoch und winkt uns ausgelassen zu. Wir winken zurück. Nur gut, dass aus der Safari nichts geworden ist, ich glaube nicht, dass die wilden Tiere dieser Versuchung hätten widerstehen können.

»Gehen wir?«, fragt Sam und nimmt ihre Skier in die Hand.

»Den Teufel werd ich tun. Du kannst gerne –«

»Da! Da sind sie!« Eine Gejohle bricht aus wie von einer Horde wilder Bestien, dann stürmt ein mächtiger Pulk Journalisten um die Ecke des Hauses.

»Ach, du meine Güte, auf wen haben die es jetzt schon wieder abgesehen?«, rufe ich aus. Entweder sie haben Will entdeckt und knöpfen ihn sich vor oder sie haben ein neues Opfer gefunden.

»Jake ist es jedenfalls nicht«, erklärt Sam und nickt in Richtung der rasenden Schar, die gerade Jake fast über den Haufen rennt. »Wie seine Agentin gesagt hat: Sei einen Tag nett zu ihnen, und schon lassen sie dich in Ruhe.«

»Es muss irgendjemand richtig Prominentes sein. Ich

meine, versteh mich nicht falsch.« Ich lächle Sam entschuldigend zu. »Natürlich ist Jake auch prominent, aber ...« Ich hole tief Luft. »Ich vermute, sie sind hier wegen –«

»Es muss eine echte Berühmtheit sein. Vielleicht Kit Harington. Der mag doch Schnee.«

»Ich glaube, so heißt bloß die Figur, die er spielt.« Wir wirbeln vorsichtshalber beide herum, aber da steht (leider) niemand, der auch nur eine entfernte Ähnlichkeit mit Jon Schnee hätte. Eigentlich steht da gar keiner. »Sam, ich glaube, sie sind hinter Will her.«

»Will?«

»Die ganze Meute hat heute Morgen vor meiner Hütte auf der Lauer gelegen.« Mein Hirn arbeitet auf Hochtouren. »Wie er mir erzählt hat, ist er früher Snowboard gefahren. Richtig wettkampfmäßig.« Ich rede langsam, denn nun fangen die Dinge an, Sinn zu ergeben. »Ed nannte ihn Golden Boy. Also war er vermutlich gar nicht schlecht ...«

»Du meinst ein echter Spitzensportler?«

»Kann sein. Dann hatte er einen schweren Unfall und –«

»Wo steckt der Kerl?«, fragt der Journalist, der vorneweg marschiert und schlitternd genau vor mir zu stehen kommt. Ich muss mich an Sam festhalten, um nicht aus dem Gleichgewicht zu geraten. »Du weißt doch bestimmt, wo der Bursche sich versteckt.«

»Wer?«, frage ich zurück und versuche, eine ahnungslose Miene aufzusetzen, was mir nicht schwerfällt.

»Wie ist er denn so als Liebhaber?«

Ich denke, darauf sollte ich nicht antworten, aber sie lassen mich sowieso nicht zu Wort kommen.

»Hast *du* ihn gesundgepflegt?«

»Nein, ich –«

»Wie aus Waschen Kuscheln wurde?«

»Hey, super Schlagzeile, Jason! Gefällt mir!«

Ich könnte genauso gut gar nicht da sein. Ihnen genügt es völlig, sich untereinander die Bälle zuzuwerfen und sich Antworten auszudenken. »Wenn ihr nicht zuhört, wie wollt ihr dann wissen, was tatsächlich passiert ist?«, frage ich.

»Was tatsächlich passiert ist, interessiert sie überhaupt nicht. Glaub mir, Schätzchen.«

Eine Frau, der ich in meinem Leben ganz sicher noch nie begegnet bin – andernfalls würde ich mich daran erinnern –, ist wie aus dem Nichts aufgetaucht, hat sich bei mir untergehakt und lächelt von einem Ohr zum anderen. Sie sieht erschreckend gut aus. Erheblich besser jedenfalls als ich.

»Wer zum Teufel ...?«

Aber sie ist bereits zu Jake weitergetänzelt und hat sich bei ihm eingehängt.

Sam knurrt.

»Das«, erklärt Ed und schüttelt bedächtig den Kopf, »ist Dominique.«

Dominique hat nicht nur einen französisch klingenden Namen, sie sieht auch französisch aus – schlank, gepflegt und mit dem Talent, in jedem Outfit auf zerzauste Weise sexy zu wirken.

Sie ist zudem umzingelt von Fotografen und Kameraleuten. Mir wird schlecht.

»Und was will sie ...?« Die Frage sollte ich vielleicht besser nicht stellen. Die Antwort könnte mir nicht gefallen. Daher breche ich vorsichtshalber ab.

Inzwischen hat sich die Zahl der Fotografen, die Jake gestern auf der Piste verfolgten, vervielfacht.

»Ich komme nur wegen Billy, Süße!«, antwortet Dominique

mit dieser sagenhaften rauchigen Stimme. Die Pressemeute bricht in ein kollektives Seufzen aus, dann nimmt das Knipsen kein Ende.

Wie konnte sie mich da drüben überhaupt hören? Und wer ist Billy?

»Hier gibt's keinen Billy.«

Ed flüstert mir ins Ohr: »Sie meint Will!«

»Will?«

»Als er noch gefahren ist, haben ihn alle nur Billy genannt.«

»Was meint sie damit, dass sie nur wegen ihm gekommen ist?«, zische ich direkt in Eds Ohr, damit Dominique mich nicht hört. Er zuckt zusammen.

»Sag schon!«, bohre ich nach und versetze ihm einen harten Stoß in die Rippen.

»Vielleicht will sie ihn ja zur—«

Ein Motor heult ganz in der Nähe auf. Das schwarze Schneemobil taucht auf und umkurvt die Menge so gefährlich dicht, dass es alle mit Schnee vollspritzt und einen Reporter fast über den Haufen fährt. Für den Bruchteil einer Sekunde habe ich das Gefühl, dass Will am Lenker sitzt. Mittlerweile ist mir die Form seines Körpers, die Art, wie er sich hält und bewegt, schon ziemlich vertraut. Allerdings ist mein bisschen Wissen über den Kerl damit offensichtlich auch bereits erschöpft.

Billy? Warum sagt mir keiner, dass er eigentlich ein Billy ist? Ein Billy, der eine Dominique hat. Eine Dominique, die zurück ist.

Dann ist er verschwunden. Einen Moment herrscht Stille.

Ich spüre die Übelkeit wieder.

»Hallo! Hier komm ich! Seht nur, Jungs!«

Tief in der Hocke wie Eddie the Eagle in seinen besten Zeiten saust Ruth auf uns zu.

»Ach, du meine Güte! Aus dem Weg, David! Aus dem Weg! Wie halt ich an, David? So schnell waren wir mit dem Rad nie!«

Ich wäre Sams Mutter am liebsten um den Hals gefallen, wie sie da heranrast und die Spitzen ihrer Stöcke nach vorn richtet, als wollte sie gleich eine Auswahl der Anwesenden aufspießen. Ihr selbst wäre es augenscheinlich jedoch lieber, wenn die Pressemeute sie auffangen würde.

Der Wunsch geht nicht in Erfüllung. Alle springen zur Seite. Ein letzter Rest gesunder Menschenverstand muss also noch vorhanden sein.

Ruth knallt in einen Schneebuckel, der ihre Skier abrupt zum Stehen bringt, und mit einem lauten Aufschrei legt sie eine gekonnte Bauchlandung hin. Jake und Sam eilen zu ihr, um sie auf die Beine zu ziehen, aber sie sinkt sofort wieder in den Schnee.

»Ein Arzt, Jake, hol einen Arzt«, ruft sie noch. »Oje, es ist aber auch anstrengend, einen Filmstar in der Familie zu haben.«

Vorübergehend lenkt sie mit ihrem Auftritt die Aufmerksamkeit der Presseleute tatsächlich ab, da einige erst klären müssen, wer denn dieser Filmstar ist und um wen es sich bei ihr handeln könnte.

»Wo ist Will?«

Ed schüttelt den Kopf. »Der wird in Deckung gegangen sein.«

»Und warum sind die alle hier. Ich meine …«

»Irgendjemand muss ihn auf einem der Fotos erkannt haben, die sie gestern von Jake gemacht haben.« Ed holt sein Handy heraus, während wir zurück ins Haus gehen, und ich werfe einen Blick darauf. Tweets. Sehr viele Tweets. Wir haben eine Lawine losgetreten.

Dazu das Bild von mir, wie ich völlig verdattert unter einem Berg von Freunden begraben daliege, mit Will als Zuschauer.

**Bei Billy brummt's bestens!**
**Rückkehr oder Rückzug?**
**Traumpaar wieder zusammen – oder steht tätowiertes Girl im Weg?**

Ed wischt sich durch die Tweets und hält an einem an. »Hast du wirklich einen riesigen Drachen auf dem Rücken tätowiert?«

»Habe ich nicht! Wie kommst du darauf, Ed?«

»In diesem Tweet steht, er würde sich mit der Farbe deiner Haare beißen!«

»Es ist eine Libelle, kein Drache. Also ehrlich! Und das Tattoo ist klein, richtig winzig. Wer hat ihnen denn das erzählt?«

»Darf ich das benutzen?«, sagt eine Reporterin, die sich hinter uns ins Haus geschoben hat. »Kommen Sie, Schätzchen, wir unterhalten uns einen Moment, und ich schreibe eine Story aus Ihrer Sicht. Sie wissen schon, wie Sie ihm wieder auf die Beine geholfen haben und all so'n Zeug.«

»Wovon reden Sie überhaupt?«

»Geld gibt's auch. Das Doppelte, wenn es Ihnen gelingt, ihn dazuzuholen.«

»Was meint sie mit ›wieder auf die Beine geholfen‹?«, will ich von Ed wissen, aber der verliert bereits die Lust an der Sache. Probleme und heikle Dingen meidet er einfach lieber.

»Warum sollte er ... Ich verstehe nicht ...«

Sie macht erst große Augen, dann lächelt sie unvermittelt. Besonders sympathisch ist das Lächeln nicht. Mehr Alligator als Weihnachtsmann.

»Sie wissen echt nicht viel über Billy, wie?«

»Billy? Er ist …«, fange ich an und wende mich Hilfe suchend an Ed, der meinem Blick ausweicht und mich bloß mit einem leichten Zupfen am Arm zum Gehen auffordert. Ich will aber nicht gehen. Ich möchte hören, was die Frau zu erzählen hat.

Eben habe ich einem Mann, der gar nicht so schrecklich zu sein scheint, wie vorab gedacht, noch mein Herz ausgeschüttet und habe gemeinsam mit ihm heiße Schokolade getrunken, nur um ein paar Stunden später festzustellen, dass ich im Grunde nichts über ihn weiß.

Er ist nicht einmal Will. Er ist Billy.

Er hat eine fantastisch aussehende Freundin, die scharf auf ihn ist.

Er ist eine Berühmtheit.

»Sie wissen echt nicht, mit wem Sie da in die Kiste steigen? Sie verarschen mich doch?«

»Ich verarsche hier niemanden«, antworte ich. Was sollen diese ständigen Anspielungen? »Und woher wollen Sie überhaupt wissen, mit wem ich …« Langsam hege ich die Vermutung, dass er als Snowboarder erheblich besser als nur »nicht schlecht« gewesen sein muss und dass er einige nicht ganz unwichtige Details ausgelassen hat.

»Das Foto sagt doch alles, Schätzchen. So sieht nur ein Verliebter aus, und den Teil werden wir auf jeden Fall drucken, ob Sie nun reden oder nicht. Und wenn Sie mit so einem scharfen Typen wirklich nicht die Hütte zum Wackeln gebracht haben, dann ist irgendwas Schwerwiegendes mit Ihnen nicht in Ordnung, Kleine. Ich meine, sehen Sie sich ihn doch nur an!«

Sie hält mir ein Foto vor die Nase, auf dem der Will, den ich kenne, aber gar nicht zu sehen ist. Es ist eine alte Aufnahme. Und sie kommt mir irgendwie bekannt vor. Dann fällt es mir wie Schuppen von den Augen: Genau auf dieses Foto bin ich wiederholt gestoßen, als ich mehr Informationen über Will googeln wollte, ihn aber noch mit Ed verwechselt habe.

Ich hatte nicht weiter darauf geachtet, weil der Kerl erstens Billy hieß und zweitens ganz anders aussah als der auf der Website des Resorts, bei dem es sich in Wirklichkeit ja auch um Ed handelte. Mein Schädel beginnt sich anzufühlen, als würde er jeden Augenblick platzen.

Vermutlich wird gleich sogar alles in mir explodieren.

»Wenn ich den in die –« Ein paar energische »Schh, schh« von Ed lassen mich abbrechen. Stattdessen erkläre ich nur betont beiläufig: »Ja, nettes Bild, echt. Aber er kann auch ganz schön mürrisch sein.«

»Seine Launen würden mich an deiner Stelle einen Scheiß interessieren, Kleine. In meinem Alter zählt nur noch: scharf oder nicht scharf. Und das, Schätzchen, ist *der* Billy Armstrong. Rattenscharfer Snowboarder, Siegertyp und auch sonst das Feinste vom Feinsten. Und das da –« Sie winkt Richtung Fenster, wo man sieht, wie Dominique sich weiter für die Fotografen in Szene setzt. »Das da ist die andere Hälfte des Supermodel-Traumpaars. Die beiden hatten's richtig drauf, da konnten Posh und Beckham einpacken. Nach seinem Crash ist Dominique dann ein wenig aus dem Rampenlicht verschwunden.« Ihr Blick besagt unmissverständlich, dass ich ihr nur leidtue.

»Und warum ist sie …?«

»Na ja«, sagt sie und dehnt die Worte wie ein Meisterdetektiv nach einer besonders scharfsinnigen Überlegung, »schätze, da er nun wieder zusammengeflickt ist, wird sie ihn zurückhaben wollen.« Sie verschränkt die Arme vor der Brust. »Also, wie sieht's nun aus? Bekomme ich das Bild von euch zwei Turteltäubchen unter dem Mistelzweig?«

»Nein.« Da ich nicht einmal weiß, wo er ist, fällt die Antwort darauf nicht schwer.

»Schön, dann wird's eben eine Story von todunglücklicher Trennung und tränenreicher Versöhnung. Irgendeine Chance für eine Dreier-Variante?« Sie sieht, wie mir die Hand zuckt, und fügt sofort hinzu: »Nein? Dachte ich mir fast.«

## 25

Will ist in seinem Büro und schreddert Papiere. Es macht den Eindruck, als würde er gerne noch viel mehr schreddern, daher bleibe ich lieber auf Distanz.

»Was machst du da?«

»Klar Schiff, bevor ich abhaue.«

»Wohin abhaust?«

»Irgendwohin. Wen kümmert's?«

»Mich vielleicht.«

Er lässt sich seufzend in seinen Stuhl fallen und knallt die Schuhe auf den Tisch. Will legt sonst nie die Füße auf den Schreibtisch. Mein Unbehagen wächst.

»Ach, Sarah.« Sein Ton trägt nicht zu meiner Beruhigung bei. Eher zum Gegenteil. »Herrgott, was für ein scheiß Chaos, das alles. Ich weiß, ich hätte niemals ...« Er sieht mir direkt in die Augen. »Das hast du nicht verdient. Ich habe dir ja gesagt, ich sollte nicht ...« Er massiert sich das Gesicht und wirkt furchtbar erschöpft. Wie gerne hätte ich ihn in die Arme geschlossen, aber dafür ist nun nicht der richtige Zeitpunkt. »Genau das ist der Grund, warum wir nicht ...« All die unvollendeten Sätze hängen in der Luft und trennen uns. »Ich halte es bei diesem Medienzirkus nicht aus, deshalb bin ich nach dem Unfall ja auch von der Bildfläche verschwunden.«

»Du bist davongelaufen, richtig? Hast dich in einem anderen Land versteckt, hinter einem anderen Leben?«

»Drastisch formuliert, aber durchaus zutreffend.« Er reibt an einem kaum sichtbaren Fleck auf seiner Hose.

»Jeder macht in seinem Leben irgendwelchen Scheiß durch, Will. Aber du kannst doch nicht einfach bloß dahocken und dein Leben davon bestimmen lassen. Ständig davonzurennen, hilft gar nichts. Biet ihm die Stirn, tritt ihn in den Arsch!«

Er schüttelt den Kopf. »Das geht nicht. Sarah. Manchmal liegen die Dinge eben komplizierter.« Er spricht leise, aber seine Stimme klingt entschlossener denn je.

»Und ob das geht. Man darf es nur nicht zu kompliziert machen.«

»Sagst ausgerechnet du?«

»Hör auf, so ein verdammter Dickschädel zu sein!«

»Sarah, du weißt genau, dass es nicht immer eine einfache Lösung gibt!«

»Komm mit mir nach Großbritannien und fang noch mal von vorn an«, rutscht es mir heraus, bevor ich darüber nachdenke. Wie es aussieht, habe ich nicht nur einen beruflichen Fünfjahresplan vor mir, sondern auch Lust auf einen festen Freund. Einen richtigen festen Freund.

»Ich kann nicht.«

Womit sich der letzte Punkt gleich wieder zerschlagen hätte, was wahrscheinlich aber auch ganz gut so ist. Ich habe mit allem Langfristigen, Verpflichtenden eben so meine Schwierigkeiten. »Warum nicht?« Upps, woher kam das denn?

»Das würde alles nur noch schlimmer machen. Wir wären beide ständig in den Nachrichten. Alles, was ich jemals getan habe, und alles, was du jemals getan hast, würde in den Zeitungen breitgetreten. Die Leute würden sich bis zum Erbrechen auf Twitter, dem dämlichen Instagram oder was weiß ich wo darüber auslassen. Willst du das vielleicht?«

Unwillkürlich muss ich an Callum mit seiner Gladiole denken, an Tante Lynn und mein herrlich ruhiges Zuhause.

»Nein, aber ...«

»*All* deine Geheimnisse!« Er sieht mich durchdringend an, und es ist klar, was uns beiden durch den Kopf geht. Mein Vater.

»Irgendwann werden sie müde und wenden sich anderen zu.«

»Irgendwann. Aber erst, wenn sie noch das kleinste Bröckchen tausendmal durchgekaut und wieder hochgewürgt haben, bis du dein eigenes Leben nicht mehr wiedererkennst. Ich muss von der Bildfläche verschwinden und mich eine Weile verkriechen, bis alles in Vergessenheit gerät. Die Sache noch anzuheizen, wäre jetzt genau das Falsche.«

»Ich könnte hierbleiben«, schlage ich vor, und wir beide wissen, warum ich plötzlich so zögerlich klinge.

»Nein, Sarah. Kannst du nicht.«

Stimmt. Wenn ich in Ruhe darüber nachdenke, sicherlich nicht. Ich habe zu Hause wundervolle Freunde, eine unersetzbare Lynn. Ich habe ein eigenes Geschäft. Dazu meine Reiselust und meine stete Unruhe – beides Gründe, weshalb ich immer mit Tante Lynn zusammenarbeiten wollte. Und als sie sagte, Sam und ich sollten mehr herumreisen und sie würde noch eine Aushilfe einstellen, ist mir zuerst gar nicht bewusst gewesen, was sie damit meint. Inzwischen schon.

Ich bin jetzt bereit, mich der Welt zu stellen, noch weitere Häuser aus unserem Angebot zu besuchen, neue Reiseziele zu erkunden und unsere bisherigen Partner zu ermuntern, sich immer weiter zu verbessern.

»Ich könnte es eine Weile versuchen.« Wir wissen beide, dass das Unsinn ist. Aber ich bin nicht bereit, mich so einfach geschlagen zu geben. Es muss einen anderen Weg aus diesem Dilemma geben, eine Lösung. »Du kannst nicht schon wieder davonlaufen, irgendwo den Kopf in den Sand stecken und in Selbstmitleid zerfließen.« Das mit dem Selbstmitleid hätte ich vielleicht nicht sagen oder – noch schlimmer – schreien sollen. Aber ich bin frustriert. Und das liegt allein an ihm.

»Hör endlich auf damit, mir zu erklären, wie ich mein Leben zu leben habe. Warum konzentrierst du dich zur Abwechslung nicht mal auf dein eigenes?«

»Weil das gerade jemand ziemlich auf den Kopf stellt.«

»Tut mir leid«, erwidert er merklich ruhiger und versinkt noch tiefer in seinem Schreibtischstuhl. »Ganz ehrlich, es tut mir leid. Ich hätte das nicht sagen sollen. Aber wenn du und deine Freunde –«

»Es ist alles meine Schuld, richtig?«

Er zuckt mit den Achseln.

»Wenn Jake nicht gekommen wäre«, fahre ich fort, »hätte es auch keine Reporter gegeben, die ihm an den Fersen kleben ...«

»Das konnte keiner wissen, und schließlich sind es deine Freunde.« Nach einer kurzen Pause fügt er hinzu: »Und es sind gute Freunde.«

»Aber wenn ich nicht hergekommen und mich eingemischt hätte ...«

Er stößt einen tief empfundenen Seufzer aus. »Wenn Ed den Laden nicht dermaßen gegen die Wand gefahren hätte oder wenn ich so vernünftig gewesen wäre, ihn dazu zu bringen, alles einfach zu verkaufen, dann hättest du gar nicht herkommen müssen.«

»Stimmt. Dann wäre ich jetzt nicht hier.«

Er starrt mich an. Diese strahlend blauen Augen lassen

mein Herz sofort schneller schlagen. Dann räuspert er sich. »Allerdings bin ich froh, dass es nicht so ist.« Er spricht leise, dennoch höre ich jedes seiner Worte genau.

»Ich auch.«

»Sicher hast du recht damit, dass ich mich nicht ewig verstecken kann.« Er knibbelt an einem Schildchen, das am Drucker klebt, und zieht es langsam ab. Sein Ton ist kraftlos. Kraftlos gefällt mir nicht. Es wühlt mich auf.

»Vor wem versteckst du dich eigentlich, Will? Vor Dominique?«

Das Lächeln auf seinem Gesicht ist ohne jede Heiterkeit. Es ist verkniffen, was bedeutet: Es schmerzt. Sie ist es, die diesen Schmerz verursacht. Was wiederum mich schmerzt.

»Soll das ein Witz sein?« Er lacht, offenbar ohne etwas daran lustig zu finden. »Einen Grund, sich vor Dom zu verstecken, gibt's ganz sicher nicht. Sie konnte damals gar nicht schnell genug das Weite suchen. Die Krankenschwester spielen ist nichts für sie.«

»So viel habe ich auch schon gesehen.«

Er fängt wieder an, Papier zu schreddern und meinem Blick dabei auszuweichen. Schlechtes Zeichen.

»Ihr galtet als Traumpaar.«

Er winkt ab. »Wir waren ein gefundenes Fressen für die Klatschpresse, und geschadet hat das ihrer Karriere zweifellos nicht.«

»Karriere als was?«

»Möchtegern-Star. Kennengelernt habe ich sie bei irgendwelchen Werbeaufnahmen.«

»Werbeaufnahmen?«

»Snowboardausrüstung, Klamotten, so was eben.«

»Du hast Werbung gemacht?«

Flüchtig huscht sein Blick zu mir, und er nickt kaum wahrnehmbar.

»Du warst Model?«, frage ich ungläubig nach, aber irgendwas sagt mir, dass ich an dieser Stelle nicht weiterbohren sollte. Er macht einen noch unglücklicheren Eindruck. »Sie ist Französin«, sage ich stattdessen, ohne wirklich zu wissen, warum. Es ist einfach nur das Erstbeste, was mir in den Sinn kommt.

»Woher weißt du überhaupt von ihr?«

»Sie ist hier. Eine Reporterin erwähnte –«

»Ach so, daher der Riesentrubel draußen an der Piste.«

»Warum dieses Versteckspiel? Was sollen sie dir schon groß antun? Wovor hast du Angst?«

»Vor der Niederlage?«, fragt er nachdenklich zurück und stößt ein kurzes hartes Lachen aus, bei dem sich mir die Eingeweide zusammenziehen. »Sie wollen bloß ihre Häme über mich ausschütten. Eigentlich brauche ich mich auch nicht vor irgendjemandem zu verstecken, weil sie mich alle sofort haben fallen lassen. Dom, die Presse, die Werbefirmen, die Agenturen, das Team ... Ich bin bloß ein verkrüppelter Ex-Dies-und-Das. Und Versager will keiner, richtig? Ich habe lediglich versucht, vor der Tatsache davonzulaufen, dass ich zu nichts mehr tauge. Aber mir diesen Absturz ständig von irgendwelchen Schundblättern vor Augen führen zu lassen, darauf kann ich nun wirklich verzichten.«

»Aber das stimmt doch nicht, dass du zu nichts mehr taugst. Du bist jetzt eben nur ein anderer.«

»Sarah.« Seine Augen funkeln. »Ich *will* aber kein anderer sein. Ich war gerne der, der ich war.«

»Sarah. Sarah?« Sam steckt den Kopf durch die Tür und lächelt uns an. »Oh, Gott sei Dank, da bist du ja. Wir haben dich schon überall gesucht. Lust auf einen Drink?«

»Gute Idee, du solltest mit ihr gehen«, sagt Will sofort. »Geh zurück zu deinen Freunden. Sie haben eine so weite Reise auf sich genommen, um mit dir zusammen zu sein.«

»Und du?«

»Ich habe noch allerlei zu erledigen. Geh nur. Wir treffen uns dann später.«

Also gehe ich, obwohl ich dabei ein schrecklich flaues Gefühl verspüre, das auch ein paar Witzeleien mit Sam nicht vertreiben können. Ich sollte ihn nicht allein lassen. Das ist nicht richtig. Wir müssen unbedingt reden, uns eine Lösung überlegen. Aber er lässt mir keine Wahl.

Ich kann nicht anders. Nach einem Glas mit Sam ziehe ich mich mit irgendeiner Ausrede in meine Hütte zurück. Dort verriegele ich die Tür hinter mir und steige auf einen Stuhl. Ich habe nämlich festgestellt, dass zwei Meter über Bodenniveau ein fast annehmbarer Internetzugang möglich ist, solange man seinen Mund auf eine ganz bestimmte Weise verzieht und betet. Dann google ich Will. Beziehungsweise Billy.

Schnell wird mir klar, wie wenig ich tatsächlich über ihn weiß.

Während ich ihm mein Herz ausgeschüttet habe, kamen von ihm nur wohldosierte Happen.

Mit Daumen und Zeigefinger vergrößere ich den Ausschnitt von zwei bildhübschen Menschen, die wahnsinnig verliebt wirken.

Aus den Augenwinkeln bemerke ich, wie sich draußen vor dem Fenster etwas bewegt.

Es sind die beiden.

Ich drehe mich auf dem Stuhl, um besser sehen zu können, und lasse das Handy sinken. Seine Hände liegen auf ihren

Schultern, ihre auf seiner Brust. Dann fahren ihre Hände langsam nach oben, die Finger greifen in sein Haar, und sie beugt sich vor, um ihn zu kü–

»Scheiße!« Ich habe glatt vergessen, dass ich auf einem Stuhl stehe. Im nächsten Moment liege ich auf dem Boden, und mein Ellbogen schmerzt. Meine Knie auch. Doch am meisten schmerzt es tief in mir drin. Dennoch muss ich unbedingt wissen, was sie treiben. Wie übel es tatsächlich um uns steht.

Auf allen vieren robbe ich bis zum Fenster und schiele vorsichtig über die Fensterbank. Alles, was ich sehen kann, ist Schnee. Sie sind weg. Spurlos verschwunden.

Ich versuche, um die Ecke zu spähen, und knalle mit der Stirn gegen die eisige Scheibe. Ich öffne sogar die Tür und strecke den Kopf nach draußen.

Vermutlich haben sie sich an einen etwas ungestörteren Ort zurückgezogen.

Ich hasse diese Frau. Ihn würde ich vor allem gern boxen.

Es ist Heiligabend. Ich sollte glücklich sein und mich amüsieren. Stattdessen fühle ich mich beschissen.

Warum hat er mir nicht erzählt, dass seine Leiden nicht nur auf ein paar gebrochenen Knochen beruhten, sondern auch auf einem gebrochenen Herzen?

Warum knutscht (oder womöglich sogar vögelt) er gerade mit der atemberaubenden Dominique herum?

Ich bin ja so was von blöd gewesen. Ich hätte ihn niemals küssen dürfen, geschweige denn was sonst noch passiert ist. Und vorgewarnt hat er mich zur Genüge, damit kann ich mich also auch nicht herausreden. Als er von seiner Freiheit sprach, habe ich bloß nicht kapiert, dass er damit die Freiheit meinte, eine andere vorzuziehen. Und auf gar keinen Fall hätte ich ihm mit so viel bereitwilliger Geschwätzigkeit auch noch meine tiefsten Geheimnisse anvertrauen sollen. Ich muss hier weg. Ich muss nach Hause.

Das Problem ist nur, dass Weihnachten ist und ich keinen Flug bekomme. Außerdem würde ich Sam und ihre gesamte Familie enttäuschen, nachdem die solche Anstrengungen unternommen hatten, um zu verhindern, dass ich allein feiern muss. Heimfahren ist keine Option.

Ich muss ihn sprechen. Muss das klären. So halt ich das jedenfalls nicht aus. Und da ich sowieso schon halb aus der Hütte bin, kann ich die Sache auch jetzt gleich hinter mich bringen.

Mit Pantoffeln durch den Schnee ist allerdings keine besonders clevere Idee. Wahrscheinlich frieren mir jedem Moment die Zehen ab. Zusammen mit meinen Titten, oder genauer gesagt, meinen Brustwarzen, die sich hart wie Eiswürfel anfühlen und auch bald die gleiche Temperatur haben dürften.

Einmal tief Luft holen, dann stürme ich ins Büro, bevor ich es mir anders überlegen kann.

»Hey, Frau meiner Träume!« Ed sitzt auf dem Drehstuhl, mit Bianca mehr oder weniger auf seinem Schoß. Wenn die Menschen richtig in Weihnachtsstimmung kommen, passiert so etwas schon mal. Na ja, normalerweise liegt dieser Stimmung vor allem ein fröhlich unbekümmertes Weihnachtsgefühl zugrunde. In diesem Jahr dürften jedoch der Glühwein und die heißen Grogs, die Ruth ständig bestellt und die Ed laufend macht, einen nicht unwesentlichen Anteil daran haben.

»Wo steckt er?«

»Wer?«

»Du weißt verdammt genau, wen ich meine! Sag's schon! Es sei denn, er liegt irgendwo mit ihr in der Kiste.«

Ed macht ein erstauntes Gesicht, gefolgt von einem breiten Grinsen. »Welche ihr?«

»Dominique. Aber wenn sie's gerade treiben, will ich's lieber gar nicht wissen.« Igitt, allein die Vorstellung schon – widerlich! »Nein, warte mal. So habe ich das nicht gemeint. Geh ihn einfach holen und sag ihm, dass ich ihn sprechen muss ... sobald er fertig damit ist.«

»Fertig womit?«

»Die Sache bereitet dir ein tierisches Vergnügen, habe ich recht?«

»Nun, ich find dich auf jeden Fall amüsant. Aber reg dich mal ab. Mit wem soll er's denn nun treiben?« Bei den letzten Worten zwinkert er Bianca zu, die ihm umgehend ins Ohr haucht: »Mmm, klingt nicht schlecht.«

»Aufhören! Schluss!«, schreie ich und halte mir die Ohren zu. Jetzt verstehe ich auch, warum Will bislang alles Weihnachtliche verbannt und nirgends Mistelzweige geduldet hat. »Na, mit ihr!«

»Meinst du Domi?« Scheiße, *Domi*. Ich hasse es, wenn Leute Kurzformen von Namen benutzen. Es verleiht schrecklichen Menschen, die ich unbedingt hassen möchte, sofort etwas Sympathisches und Beliebtes.

»Ja, genau die.« *Domi* kommt mir nicht über die Lippen. Nicht in diesem Leben.

»Die ist weg.«

»Sie ist doch eben noch ... Sie beiden haben sich ... Ich meine, Will und sie – sie haben rumgeknutscht – da!« Ich zeige nach draußen. »Vor meiner Hütte!«

»Knutschen würde mich wundern. Vielleicht ein Wangenküsschen zum Abschied? Aber, um ehrlich zu sein, glaube ich nicht, dass er auch nur das über sich bringen würde. Sie hat ihn schließlich absolut verarscht. Und jetzt ist sie weg, Sarah. Nach Hause. Abgereist.«

»Nach Hause?«, wiederhole ich ungläubig. »Nicht bei Will?« Er hat davon gesprochen, zu packen. Ist er womöglich mit ihr abgereist?

»Nee. Er hat Jed gebeten, sie zurück zum Flughafen zu bringen. Eigentlich eher angewiesen als gebeten. So habe ich ihn seit Ewigkeiten nicht mehr erlebt.«

»Und wo zum Teufel steckt er jetzt?«

»Bin ich vielleicht sein Aufpasser? Schätzchen, du weißt genau, dass ich das nicht bin. Irgendwo wird er sich schon verkrochen haben.«

»*Irgendwo* ist bei euch hier ein verdammt weiter Begriff.«

»Hast du es mal bei den Hunden versucht?«

Ich habe den Eindruck, dass er mich gerne loswerden möchte. »Stimmt, die Hunde.« Das ist eine Idee.

»Oder beim Holzlager? Er hat irgendwas von ›den ganzen Laden bis auf die Grundmauern abfackeln‹ vor sich hin gemurmelt. Würde also passen.« Ed grinst mich an.

»Und das findest du auch noch lustig?«

Vielleicht bin ich ungerecht. Vielleicht macht die heiße Eierlikördame ja nur irgendetwas unter dem Tisch, das ich nicht sehen kann. »Seine Fantasie anregen«, würde Tante Lynn das nennen. »Ach, nun komm schon, Sarah. Du weißt doch selbst, dass unser alter Saubermann so etwas nie tun würde. Er wäre viel zu besorgt, gegen Sicherheits- und Hygienevorschriften zu verstoßen. Soll ich dir Schneestiefel und Jacke leihen?«

Ich werfe einen Blick auf meine Füße. Um mich herum hat sich ein kleiner See gebildet, der Will gar nicht gefallen hätte.

»Du kannst meine haben, Süße«, sagt Bianca und erhebt sich.

»Äh, danke.« In diesem Fall ist es auch egal, dass ich darin bestimmt versinke, da Bianca einen Kopf größer ist als ich und eine gewaltige Oberweite besitzt. Ihre Monsterbrüste sind gewiss künstlich vergrößert, denn ich bin mir sicher, dass etwas derart Riesiges andernfalls unweigerlich Opfer der Erdanziehungskraft würde. Wenn diese Kraft schon das kleinste Äpfelchen bezwingt, hätten die beiden hier definitiv keine Chance.

Sie missversteht meine zögerliche Miene. »Die Jacke ist echt vom Feinsten, glaub mir. Die habe ich von meinem Joey, aber der hätte bestimmt nichts dagegen, wenn ich sie dir verleihe.«

Ich hätte sie schon fast darauf aufmerksam gemacht, dass es »ausleihen« heißen muss, aber das wäre fies gewesen, und ihr Angebot war ja nett gemeint.

»Joey?«

»Mein Verlobter. Ist stinkreich und kauft mir nur das Beste vom Besten.«

»Wie schön.«

Ed wirkt nicht im Geringsten überrascht, daher nehme ich an, dass ihm Joey bereits ein Begriff ist.

Erst verschwinden meine Arme langsam in zwei voluminösen Röhren, dann wird der Rest von mir verschluckt.

Jetzt bin ich wie das Kind, das am ersten Schultag die alten Sachen ihrer (viel) älteren und (viel) größeren Schwester tragen muss.

»Danke. Wirklich sehr freundlich.«

Sie beugt sich zu mir herunter, schließt die Jacke und tätschelt mir dann den Kopf. »Nicht der Rede wert. Zum Warmhalten habe ich ja Eddie.«

*Eddie* sieht ganz so aus, als würde er diese Aufgabe gerne sofort in Angriff nehmen, und nimmt kaum Notiz davon, dass ich mich watschelnd wie ein schwangerer Pinguin auf die Suche nach seinem Bruder mache.

## 26

Will ist also nicht mit Domi zusammen. So weit, so gut. Will wurde das Herz gebrochen. Das ist schlecht. Will hat sie geküsst. Auch schlecht. Will ist nicht bei seinen Hunden. Ganz schlecht. Will ist verschwunden. Noch schlechter.

Alles Schlechte scheint derzeit die Oberhand zu gewinnen. Wird Zeit für etwas Gutes.

Rosie jault und wedelt mit dem Schwanz. Ihr Blick wandert den hinter dem Zwinger verlaufenden Pfad hinauf.

Rauch ist nirgends zu entdecken, was dafür spricht, dass Will sein Abfackelprojekt noch nicht in Angriff genommen hat. Das ist gut. Wobei mir ausgerechnet zu dieser Jahreszeit Brandstiftung hier oben in den Bergen sowieso keine besonders intelligente Idee zu sein scheint. Für so ein Vorhaben muss man schon ziemlich bescheuert sein, und bescheuert ist er ganz sicher nicht.

Vom Holzlager führen Fußspuren hinauf zum Schuppen, in dem Geräte und Maschinen untergebracht sind. Gut! Glücklicherweise braucht es in diesen Breiten keinen Sherlock Holmes, um einen Fluchtweg zu erkennen. Daher dürfte die Kriminalitätsrate in der Gegend auch so niedrig sein. Wie soll man hier jemanden umbringen, die Leiche verstecken und abhauen, ohne dabei Spuren zu hinterlassen? Es sei denn, es gibt einen Blizzard. Man muss also nicht nur ein geistesgestörter Mörder sein, sondern gleichzeitig auch Meteorologe. Das verkompliziert die ganze Sache doch erheblich und lässt wenig Raum für das spontane Verbrechen aus Leidenschaft. Stattdessen sind Vorsatz und sorgfältige Planung gefordert.

»Sind alle wieder weg, ja?«, begrüßt Will mich. »Kommst du, um mir zu sagen, dass die Luft rein ist?«

Ich gehe mal davon aus, dass er die Presseleute meint. »Warum hast du mir nichts von Dominique erzählt?«

»Längst aus und vorbei.«

»Und warum hast du sie dann eben noch so leidenschaftlich geküsst?«, kontere ich. Es tut mir leid, aber ich kann einfach nicht anders. Was ich gesehen habe, muss raus – darüber nachdenken, kommt später. Außerdem tauen meine Brustwarzen unter der superdicken Thermojacke langsam auf und beginnen, nach dem zwischenzeitlichen Gefrieren zu brennen. Beides zusammen bringt mich meinem Explosionspunkt noch ein Stückchen näher.

»Habe ich nicht.«

»Und ob du das hast! Ich habe euch gesehen!«

»Du hast gesehen, was du sehen wolltest. Ich war nur auf höfliche Art bemüht, sie davon abzuhalten, mir an die Gurgel zu gehen. Darum die Hände auf ihren Schultern.«

»Sie hat ihren –«

»Können wir bitte mit dem Quatsch aufhören?«

Ich kann nicht. In meinem Innern brodelt es – und daran ist die Jacke nicht schuld. Dringender denn je muss ich erfahren, was passiert ist, als ich bereits vom Stuhl gefallen war. »Vor den Journalisten hat sie mit ihrem diamantenen Verlobungsring herumgefuchtelt!«

»Ach ja?«

»Wie soll dir der entgangen sein? Er war riesig! Ich habe schon Eisberge gesehen, die kleiner waren.«

»Bezieht sich das auch auf den Teil, den du nicht sehen kannst?«

»Wie bitte?«

»Den Teil unter Wasser.«

»Dann eben Eiswürfel«, rudere ich zurück, was bei ihm den Anflug eines Lächelns bewirkt. Worauf will ich hier überhaupt hinaus, frage ich mich plötzlich. Domi ist fort. Ist meine Unsicherheit wirklich dermaßen groß, dass mir diese Tatsache allein nicht genügt? Was immer sie ihm einmal bedeutet haben mag, es ist vorbei. Er hat sie fortgeschickt. Ed hat doch gesagt, er hat sie zum Flughafen bringen lassen.

»Wir waren nie verlobt, und davon ist auch nie die Rede gewesen.«

»Entschuldige, ich habe bloß gedacht, ich hätte gesehen ... und ...«

»Sie kam, weil überall diese Berichte auftauchten und weil irgendeine Redaktion sie anrief und eine Stellungnahme wollte«, sagt er und stockt kurz. Seine Augen werden hart. »Und sie kam, weil sie zwar nicht an einen Krüppel gebunden sein wollte, die Sache bei einem reichen Hoteleigner aber schon ganz anders aussieht. Zufrieden?«

»Du hast mich belogen! Wie soll ich dir jetzt noch etwas glauben?« Noch während ich die Worte ausspreche, wird mir klar, was ich hier tue. Ich schlage um mich, zwinge ihn zum Rückzug, genauso wie ich's bei allen anderen auch getan habe. Denn so ist es für mich leichter.

»Ich habe dich nie belogen.«

»Du hast behauptet, frei sein zu müssen. Das war doch ganz offenbar völliger Stuss, nur um mich besser loswerden zu können. Ein bisschen Spaß zusammen haben, sich dann wieder verpissen, und alles ist wunderbar, weil du's ja vorher geklärt hast.« Ich sollte dringend die Klappe halten. Langsam verliere ich komplett die Kontrolle. Aber ich kann mich einfach nicht dazu bringen.

Er starrt mir eindringlich in die Augen, aber ich kapiere einfach nicht, was in seinem Kopf vor sich geht. »Du kapierst aber auch rein gar nichts, habe ich recht?«

Volltreffer beim ersten Versuch. »Na, dann klär mich doch auf.«

»Weißt du was? Du hast recht. Ich muss wirklich frei sein. Ich muss so weit weg von diesem Ort, wie es nur geht. Und ganz ehrlich gesagt: Was spielt es dabei für eine Rolle, ob du mir glaubst oder nicht?«

Bevor ich noch reagieren kann, ist er an mir vorbeigeeilt und weg. Wobei ›vorbeigestampft‹ es besser trifft.

Ein wahrhaft dramatischer Abgang. Wie gut, dass ich so vehement nachgebohrt habe.

Nein, gut war das bestimmt nicht. Die Nachfragerei war eher das Dämlichste, was ich in meinem Leben je gemacht habe. Warum tue ich so etwas bloß? Was ist aus meinem Neuanfang geworden? Aus der neuen Sarah?

Wer hat noch behauptet, dass es niemals einfach sei, sich zu trennen? Den Schritt beherrschen Will und ich augenscheinlich perfekt.

## 27

»Alles in Ordnung mit ihm?«, erkundigt sich Sam, die an der Tür meiner Hütte stehen geblieben ist und am Nagelbett ihres Daumens knabbert.

»Ihm geht's gut.« Warum sagen wir das nur immer? »Also, eigentlich geht's ihm nicht gut. Er hasst mich. Er hasst es hier. Angeblich hasst er auch Dominique, obwohl ich mir sicher war, sie beim Küssen gesehen zu haben.«

Sam lässt sich neben mich auf den Teppich fallen und schaut mich mit bedrückter Miene an. »Verfluchter Mist, das ist alles nur meine Schuld.«

»Ach, hör auf!«

»Stimmt doch, wenn wir nicht gekommen wären ...«

»Dass ihr gekommen seid, war das Netteste, was mir je passiert ist.« Ich schließe sie in die Arme. »Was kannst du dafür, dass er vollkommen verkorkst ist und sich hier nur verstecken wollte. Ich meine, woher sollte einer von uns wissen, dass er auf der Flucht ist?«

»Immerhin ist damit klar, warum es nur die Aufnahme von Ed auf der Website gibt und du nichts über ihn in Erfahrung bringen konntest.«

»Stimmt.« Der Gedanke ist mir auch bereits gekommen und hat mir vor Augen geführt, dass die Hauptschuld bei mir liegt. Ich hätte die Dinge einfach akzeptieren sollen, wie sie sind, und mich nicht überall einmischen. Dann hätte ich mir auch verkniffen, diese Schnappschüsse von ihm zu machen, als er es nicht bemerkte, und ich hätte ihn vorgewarnt, dass Jake auf Fotolinsen eine chronische Anziehungskraft ausübt. Allerdings habe ich von Jakes Kommen ja gar nichts gewusst.

»Wenn man Billy Armstrong statt Will eingibt, erhält man die verrücktesten Treffer«, erklärt Sam und streckt mir zum Beweis ihr Handy entgegen.

»Ich weiß.« Mir geht's elend, und ich verstehe gar nicht, warum mich das alles so mitnimmt. Letztlich ist die Sache doch bloß ein kleiner Urlaubsflirt, sonst nichts, und meine eigentliche Aufgabe, den Laden wieder etwas auf Vordermann zu bringen, habe ich eigentlich ganz anständig erledigt. Ich sollte stolz sein auf das, was ich erreicht habe, und wieder nach Hause fahren. »Müsstest du nicht bei deiner Mum sein? Wie hat sie denn die Bruchlandung überstanden?«

»Ed hat ihr einen Tee angeboten, aber sie meinte nur, der würde ihrem Kopf schaden und ein heißer Grog wäre viel besser. Derzeit ist sie mit der Planung eines Spielenachmittags beschäftigt. Promis nachahmen und erraten. Sie möchte gerne mit ihren schauspielerischen Talenten prahlen. Kommst du mit rüber?«

»Vielleicht später«, weiche ich aus. Ich möchte sie ungern enttäuschen. Schließlich haben sie alle eine so lange Reise auf sich genommen, um mir Gesellschaft zu leisten.

»Hier, sieh's dir mal an!« Sam hält mir ihr Handy unter die Nase.

»Besser nicht. Beim letzten Mal hätte ich mir fast das Genick gebrochen.«

»Was?«

»Na ja, ich habe mich auf den Stuhl da gestellt, um einen

halbwegs passablen Empfang zu bekommen, und dann bin ich runtergefallen.«

»Keine Bange, ich habe die Sachen runtergeladen.«

»Mannomann, da hast du dich aber ganz schön ins Zeug gelegt.«

»Du hast das Gleiche für mich getan, als ich Jake kennengelernt habe. Du hast alles über ihn herausgefunden und mich dann ermutigt, es zu versuchen.«

»Du versuchst dich doch wohl nicht als Kupplerin? Wie gesagt, du fängst an, deiner Mum immer stärker zu ähneln.«

»Quatsch, ich will bloß helfen«, wiegelt sie in einem beiläufigen Ton ab, der verdächtig routiniert klingt.

»Hmm. Aber mit Jake und dir ist das kaum vergleichbar.«

»Du magst ihn doch. Will, meine ich.«

»Schon richtig.«

»Und in dieser Hütte in den Bergen seid ihr euch doch auch nähergekommen, oder?«

»Meine Thermounterwäsche wurde einer Begutachtung unterzogen, das stimmt.«

»Na bitte.«

Wir schauen uns die Aufnahmen von »Billy« an. Mit den funkelnden Augen und dem Lachgrübchen sieht er Ed plötzlich viel ähnlicher. Oft baumeln Medaillen um seinen Hals. Und auf einigen Fotos schlingt sich Dominique um den Rest seines Körpers. Sie wirkt wie ein Umhängetuch aus Kaschmir – elegant und eng anliegend.

»Ich wünschte, er hätte es mir gesagt.«

»Das mit ihr?«

»Nein, das mit dem Snowboarden. Mein Gott, wie peinlich ich gewesen bin. Ich dachte, er hätte die gleiche Angst vor Eis und Schnee wie ich.«

»Hat er doch auch.«

»Aber nur wegen des Unfalls. Und wirklich Angst hat er ja gar nicht.« Wir schauen uns die Berichte über Will im Krankenhaus an. Er ist großflächig bandagiert, an diversen Schienen festgeschnallt und mit Schläuchen an allen möglichen Geräten und Beuteln angeschlossen. Sein braun gebranntes Gesicht bildet einen scharfen Kontrast zu dem weißen Bettbezug.

Er macht einen hilflosen Eindruck, und ich hätte ihn gern in den Arm genommen.

»Mensch, er war sogar Weltmeister!«, ruft Sam aus. »Sieh dir das an!«

Aber Billy der Medaillengewinner interessiert mich nicht wirklich. Wer mir nicht mehr aus dem Kopf geht, ist der Will, den ich in der Halfway Cabin kennengelernt habe. Der Will, der mich hielt, der mir zuhörte und dem ich mich anvertraute. Der Will, bei dem ich mir mehr Mühe hätte geben sollen, ihn besser zu verstehen. Der Will, der zuließ, dass ich herkomme und ihn dazu überrede, sein Skiresort in ein Wintermärchen zu verwandeln. Der Mann, der an diesen Ort zurückkehrte, obwohl er keine Lust dazu hatte, nur um seinen lebenslustigen, aber nicht eben verantwortungsvollen Bruder vor dem Ruin zu retten.

»Sag mal, hältst du mich für eine echt beschissene, selbstsüchtige Freundin, wenn ich lieber losziehe, um ihn zu suchen, statt zum Spielenachmittag zu kommen?«

»Ich würde es nie jemandem zum Vorwurf machen, wenn er sich um Promi-Imitieren mit Mum drückt«, antwortet sie grinsend und nimmt mich in den Arm. »Und selbstsüchtig bist du schon mal gar nicht, Sarah.«

»Aber führe ich mich nicht extrem albern auf?« Ich bin noch nie in meinem Leben einem Kerl hinterhergelaufen. Ich meine, in diesem Sinne laufe ich ihm ja auch nicht hinterher. Ich möchte eben nur gerne ein paar Dinge klären. »Er ist einfach davongestürmt, als ich ihn im Schuppen traf.«

»Warum?«

Ich vollführe eine unbestimmte Handbewegung.

»Na, irgendwas muss er doch gesagt haben!«

»Es könnte sein, dass ich ihn beschuldigt habe, mich angelogen zu haben, und er dann behauptet hat, dass das nicht stimmt.«

»Angelogen worüber?«

»Wie er Dominique geküsst hat und solche Sachen.«

»Vielleicht war's tatsächlich nicht gelogen.«

»Aber er hat vieles nicht gesagt, was er mir hätte sagen sollen, und das ist genauso übel«, erwidere ich. Mir ist bewusst, wie kläglich dieser Verteidigungsversuch klingt.

»Er könnte seine Gründe dafür gehabt haben.«

»Mindestens drei heftige Streits auf zweimal knutschen und einmal vögeln. Ist doch nicht normal, oder?«

»Du bist ja auch nicht normal, Sarah. Normal hat dich noch nie interessiert.«

»Ich komm mir vor wie ein kleines Hündchen, das ihm ständig hinterherrennt, obwohl er es nicht mag, andauernd belästigt zu werden. Er möchte frei sein.«

»Ach, Sarah. Vielleicht schämt er sich bloß, oder ihn plagen Gewissensbisse oder irgendwas.«

In meinem Innern weiß ich, dass es dieses Irgendwas geben muss, denn mit Scham oder Gewissensbissen hat es nichts zu tun. Ich will nur mit ihm reden, *muss* unbedingt mit ihm reden, und das nicht, weil mir klar geworden ist, wie heiß ich mittlerweile auf ihn bin, sondern weil ich verhindern möchte, dass er so wird wie ich.

Ich möchte nicht, dass er sich abgelehnt und verstoßen fühlt. Ich möchte nicht, dass er glaubt, versagt oder jemanden im Stich gelassen zu haben. Ich möchte nicht, dass er immer noch weiter davonrennt.

Während meines Aufenthalts hier habe ich begriffen, dass ich genau das alles getan habe. Und es wird Zeit, damit aufzuhören.

Ich bin eine erwachsene Frau, die eigenständig entscheiden kann, wie sie ihr Leben leben will und in welchem Maße sie es erlaubt, dass andere Menschen und deren Verhalten einen Einfluss darauf haben, wer sie ist und was sie tut.

Eine Erkenntnis, die durchaus überwältigend und von einiger Tragweite ist.

»Na los, hau ab und geh ihn suchen«, reißt Sam mich aus meinen Gedanken. »Und wenn ihr gequatscht habt, kommst du direkt zu mir und erzählst mir alles. Mit sämtlichen Details, versteht sich.«

## 28

Draußen vor den Hundezwingern ist es eisig kalt. Wenn in einem Film in solchen Momenten eine Frau halbnackt in die Kälte hinausrennt, stößt sie unweigerlich auf den Helden, dessen brennendes Verlangen bei ihr umgehend Herz und andere Körperteile in Wallung bringt, und schon ist alles wunderbar. Warum ist das echte Leben verglichen damit bloß immer so profan?

Andererseits nahm an genau dieser Stelle schon einmal alles eine wahrhaft unheilvolle Wende. Genau hier haben sie mich damals verlassen. Ich hatte weder Gelegenheit, sie anzuflehen, zu bleiben, noch überhaupt zu begreifen, warum sie fortgehen wollten. Heute jedoch bin ich kein kleines Mädchen mehr. Heute kann ich darum kämpfen, jemanden nicht zu verlieren. Oder zumindest darum, *zu verstehen,* warum er gehen muss.

Verdammt! Was, wenn er bereits endgültig weg ist? Was, wenn ich zu spät komme?

»Ach, Rosie.« Aber es ist gar nicht Rosie, deren heißer Atem meine Fingerspitzen wärmt. Es ist ein anderer Hund.

Womit meine Frage beantwortet wäre. Endgültig weg ist er nicht. Denn wenn Rosie nicht im Zwinger ist, muss er sie mitgenommen haben.

Und ich weiß auch genau wohin.

Schnell laufe ich zurück in die Küche, wo ich mir die riesigen Jackentaschen, die genau dafür gemacht zu sein scheinen, mit Essen vollstopfe. Plötzlich steht Sam vor mir.

»Schon zurück! Also hast du ihn getroffen. Was hat er gesagt?« In diesem Moment bemerkt sie meine ausgebeulten Taschen. »Wohin willst du denn jetzt schon wieder? Dass du ein Picknick planst, hast du aber nicht erwähnt! Mensch, Sarah, es ist Heiligabend!« Sie versperrt mir mit einem Schürhaken in der Hand den Weg. »Du kannst doch nicht an Heiligabend einfach so abhauen! Wir haben Weihnachten! Hast du überhaupt mit Will gesprochen? Was hat er gesagt? Wir machen jetzt mit Poppy Promi-Raten, weil Mum ein Karaokegerät entdeckt hat und ...« Sie bricht ab. »Was ist los, Sarah?«

»Ich habe noch nicht mit ihm gesprochen«, beeile ich mich zu antworten. »Er ist weg.« Ich muss mich zusammenreißen, sie nicht zur Seite zu stoßen.

»Weg?«

»Ja, aber ich weiß wo.« Ich springe von einem Fuß auf den anderen, um nicht sofort loszusprinten.

»Und du willst jetzt auch raus?«, erwidert sie fassungslos. »An Heiligabend? Dann komme ich mit.«

»Nein«, entgegne ich und packe ihren Unterarm, um sie davon abzuhalten, sich rasch umziehen zu gehen. »Ich komme schon zurecht. Ehrlich. Ich weiß, wo er ist. Es wird nicht lange dauern. Und wenn doch, brauchst dir auch keine Sorgen zu machen.«

»Ach, komm her, du verrücktes Huhn. Wie um alles in der Welt soll ich mir um dich keine Sorgen machen?«

Es tut gut, von Sam in die Arme genommen zu werden. Selbst wenn sie einen aufgemalten Schnurrbart trägt, den wir dabei verschmieren und in ein unförmiges schwarzes Etwas verwandeln. Ihre Umarmung tut fast so gut wie die von Lynn. Wenn auch auf andere Art.

»Ich schaff das schon. Was soll eigentlich dieser Aufzug? Lass mich raten, du bist, äh …?«

»Ich bin«, sagt sie und senkt ihre Stimme, »Hercule Poirot!«

»Bei Karaoke?«

»Unsinn, du Spinnerin, wir spielen Promi-Raten.«

»Ah ja, und der Schürhaken?«

»Läuft der nicht immer mit Gehstock herum? Oder verwechsle ich das? Ist das jemand anderer?«

»Ich bin keine Expertin in Sachen Poirot. Da hättest du deine Mum fragen sollen.«

»Geht nicht, sie macht inzwischen ebenfalls mit. Du hättest sie als Cathy aus ›Wuthering Heights‹ erleben sollen! Jake musste auf allen vieren das Pferd spielen und sich von ihr reiten lassen.«

In jedem anderen Kontext hätte das unanständig geklungen. Aber wir reden hier über Ruth.

»Eigentlich bin ich ganz froh, dass ich leider nicht die Zeit dafür aufbringen konnte.«

»Du bleibst doch nicht lange weg, oder? Ed hat Glühwein gemacht. Und Bianca ist im Grunde echt lustig und nett, wie sich herausgestellt hat. Außerdem versteht sie es perfekt, Mum im Zaum und die Kinder bei Laune zu halten. Es gibt warme Sausage Rolls und so sogar ein paar Mince Pies von Marks & Spencer, die Mum am Zoll vorbeigeschmuggelt hat.«

»Keine Sorge, ich brauch nicht lange. Heb ein Mince Pie für mich auf.«

»Diesmal nimmst du aber dein Handy mit, ja?«

»Klar. Ich melde mich, sobald ich ihn gefunden habe.«

»Und gleich wieder zurückkommen, versprochen?«

Ich mache eine ausweichende Handbewegung. »Werd's versuchen. Ich danke euch auf jeden Fall fürs Kommen, Sarah. Es ist toll, dass ihr alle hier seid, aber ich muss einfach ...«

»Du musst ihn finden?«

»Als ich das letzte Mal hier war, habe ich mich nicht einmal richtig von Mum und Dad verabschieden können. Zumindest das möchte ich diesmal anders machen. Wenn er meint, dass er unbedingt gehen muss, kann ich ihn nicht davon abhalten, aber ...«

»Du kannst wenigstens dafür sorgen, dass es etwas gibt, das ihn für immer an dich erinnern wird«, ergänzt sie mit verschmitzt funkelnden Augen. Wir umarmen und küssen uns und wackeln dabei so albern, dass mir der Abschied doch schwerfällt.

»Du bist die Beste, Sam.«

Das ist sie wirklich. Und als ich mich aus der Umarmung löse und ihr in die Augen schaue, wird mir eins sonnenklar: Selbst wenn ich so dämlich sein sollte, mir einzubilden, dass die Sache mit Will mehr als ein bloßer Urlaubsflirt ist, werde ich niemals seinetwegen von zu Hause fortziehen. Und die vage Hoffnung, dass er mit mir nach England kommt, dürfte sich mittlerweile pulverisiert haben.

So fantastisch es hier auch ist, ich habe es selbst fantastisch mit Lynn, Sam und meinem Job. Meine Familie und meine Freunde sind das absolut Beste, was mein Leben zu bieten hat.

Eine Weile dachte ich, dass auch Will fantastisch wäre. Inzwischen bin ich mir da nicht mehr so sicher. Allem Anschein nach gibt es so viele Seiten an ihm, die mir unbekannt sind, dass ich mich frage, ob ich den ›wahren‹ Will überhaupt jemals zu Gesicht bekommen habe.

Der Will, den ich kenne, würde zum Beispiel nicht einfach davonlaufen, ohne sich zu verabschieden. Es sei denn, er hätte einen wirklich guten Grund dafür. Und was der ist, werde ich jetzt herausfinden.

## 29

Ed ist keineswegs mit dem Ausschenken von Glühwein beschäftigt. Ed steht dick eingepackt neben dem Schneemobil und macht den Eindruck, einen Ausflug unternehmen zu wollen. »Ich begleite dich.«

Vielleicht ist es doch ein wenig voreilig gewesen, ihm mangelndes Verantwortungsbewusstsein vorzuwerfen.

»Schon okay, ich finde ihn auch allein.« Dass Sam mitkommen will, überrascht mich nicht, aber Ed? Bei Ed gibt's sonst nur Ich-ich-ich.

»Ich muss selbst nachsehen, ob er da ist, Sarah. Er ist mein Bruder, und auch wenn er bisweilen ein Riesenarschloch sein kann, bleibt er immer noch mein Bruder. Außerdem ...« Er stockt einen Moment. »Bist du mir auch nicht ganz unsympathisch, und ich würde mir nie verzeihen, dich allein losfahren zu lassen. Du weißt ja selbst, was beim letzten Mal passiert ist.«

Die letzte Bemerkung könnte eine leichte Rötung meiner Wangen bewirkt haben. Ich weiß nur zu genau, was beim letzten Mal passiert ist. Aber wahrscheinlich meine ich damit nicht das Gleiche wie er.

»Na los. Wir nehmen beide Schneemobile.«

»Aber ...«

Bevor ich noch ein weiteres Wort herausbringe, hat er schon den Helm aufgesetzt und sich auf die Sitzbank geschwungen.

»Wenn er da ist und alles in Ordnung ist, werde ich sofort wieder verschwinden, das verspreche ich. Er wird überhaupt nicht merken, dass ich da gewesen bin.«

Ihm das abzunehmen, fällt allerdings schwer. Nicht zuletzt, da er eine Jacke trägt, auf deren Rückseite fett der Après-Ski-Slogan »Piste Again« aufgedruckt ist, und da er sich schon jetzt nicht verkneifen kann, mit dem Schneemobil ein paar ziemlich angeberische Pirouetten drehen zu müssen.

Mir scheint jedoch keine große Wahl zu bleiben. Gott, manchmal können diese beide Brüder schon ganz schön nervig sein!

Ed besteht darauf, vorneweg zu fahren. Er besteht zudem darauf, unglaublich langsam dahinzukriechen. Bei diesem Schneckentempo würde wir uns noch jeder achtzigjährige Schirmmützenträger auf seinem Senioren-Elektromobil überholen, wenn es so etwas hier gäbe.

Ob er das nun tut, weil er zu viel Glühwein abschmecken musste oder weil er bloß bei mir lieber übervorsichtig ist, um keinen Ärger zu bekommen, kann ich nicht sagen.

Normalerweise wäre das jetzt eine gute Gelegenheit, den herrlichen Ausblick zu genießen und im Zauber dieser märchenhaften Winterlandschaft zu schwelgen, aber heute interessiert mich nur, warum mein Schneemobil diesen verdammten Berg nicht schneller hochfahren darf.

»Einen Moment mal«, ruft Ed.

Wir halten an, was bei der Geschwindigkeit, mit der wir unterwegs sind, kein großes Problem darstellt. »Was ist denn jetzt schon wieder?«

»Sprit.« Er überprüft, ob genügend Benzin im Tank ist, und sieht noch hundert andere Sachen nach, die er früher nie beachtet hätte. »Okay, das geht so.«

Er scheint aufrichtig besorgt zu sein. Eine andere Erklärung fällt mir nicht ein.

In Zeitlupe kriechen wir weiter den Weg hinauf, der mir inzwischen schon ziemlich vertraut ist.

»Na endlich, Gott sei Dank«, stoße ich aus, als Halfway Cabin in Sicht kommt. Der Schnee vor dem Eingang scheint platt getreten zu sein, was ich als gutes Zeichen werte. Ed hält ein kleines Stück vor der Hütte.

»Von hier solltest du vielleicht besser allein weiter. Ich warte noch ab, ob du nicht direkt wieder herausgestürmt kommst.«

Ich erkenne Ed kaum wieder. Offenbar verfügt er doch über versteckte Qualitäten, die er nur ungern anderen gegenüber zeigt. Was wiederum darauf hindeuten würde, dass er und Will doch mehr miteinander verbindet, als die beiden wahrhaben wollen.

»Danke, Ed«, sage ich und drücke ihn. »Dreh ruhig um, es macht doch keinen Sinn …«

»Ich bleib noch 'ne Minute, nur um zu sehen, dass er da ist und du zurechtkommst.«

Dass er da ist, weiß ich genau. Ob ich zurechtkomme, bleibt abzuwarten. Aber manchmal muss man im Leben einfach etwas riskieren, richtig?

Und sollte mich gleich wieder jemand verlassen, in diesem Fall Will, wird mir das auf jeden Fall nicht mehr den Boden unter den Füßen wegziehen.

Ich würde ja gerne behaupten, ich wäre in die Hütte gesprungen, hätte »Surprise« gerufen und er wäre begeistert gewesen, mich zu sehen. Da ich jedoch am letzten Punkt große Zweifel hege, klopfe ich nur leise, öffne einen Spalt und schiebe mich vorsichtig hinein.

Rosie wedelt mit dem Schwanz und schaut mich mit leicht bedauerndem Ausdruck an, so als würde sie mich liebend gern herzlicher begrüßen, wüsste aber nicht, ob ein solches Verhalten erlaubt ist.

»Vor dir ist man wohl nirgends sicher, wie?«

»Ich weiß natürlich, dass dies bloß der Geheimcode für ›Freut mich, dich zu sehen‹ ist. Übrigens habe ich auch etwas zu essen dabei. Wohlgemerkt nicht nur Hundefutter.« Das ruft immerhin ein schwaches Lächeln hervor, gefolgt von einem Kopfschütteln. Ich signalisiere Ed unauffällig zu verschwinden und schließe die Tür.

In aller Ruhe leere ich meine Taschen. Dass er mir bislang noch nicht signalisiert hat, sofort wieder zu verschwinden, nehme ich einfach mal als positives Zeichen. Komplett die Flucht ergriffen, hat er ebenfalls nicht – ein weiteres Plus. »Mince Pies mit Cranberry-Sauce kenne ich gar nicht. Ist das eine britische Spezialität?«

Habe ich etwa behauptet, eine sorgfältig abgestimmte Speisenauswahl getroffen zu haben? Die Aktion ähnelte eher einer hektischen Regalplünderung kurz vor Ladenschluss im Supermarkt. »Schmeckt super! Noch nie davon gehört? Der letzte Schrei – Fusionküche.«

»Du spinnst.«

»Und das ist der Anfang, mein Freund.« Er verfolgt mit erschrockener Miene, wie ich nach dem Kragen greife, um meine Jacke aufzureißen. »Keine Bange. Ich bin darunter nicht nackt. Da müssten mir meine Brustwarzen ja völlig egal sein, wenn ich so etwas bei diesen Temperaturen auch nur in Erwägung ziehen würde.«

»Dass du nackt sein könntest, bereitet mir die geringsten Sorgen, sei sicher«, antwortet er, und ein lässiges Lächeln umspielt seine Lippen. Die Arme hält er mittlerweile nicht mehr verschränkt.

»Wie egoistisch.«

»Stimmt.«

»Das hier passt besser: Bernhardiner naht zur Rettung!«

Ich habe zwar kein Fässchen mit Rum umhängen, aber auf dem Flachmann mit Whisky, den Ed mir noch zugesteckt hat, ist tatsächlich ein Bernhardinerhund abgebildet.

»Besser würde ich nicht unbedingt sagen«, widerspricht Will. »Aber die Idee zählt zweifellos zu deinen anregenderen.«

»Und dazu noch das!«, rufe ich und packe auch die restlichen Mitbringsel aus meinen Taschen aus – darunter ein Stück Käse, das sich jetzt als Butterblock herausstellt (kein guter Anfang), ein paar hartgekochte Eier (die als Beilage zum Käse gedacht waren), eine Packung Schinken, bei der es sich in Wahrheit um gefüllte Räucherlachsröllchen handelt (Treffer!), und einige weihnachtliche Minipuddings, die verdächtig nach Rumtrüffel riechen. Zusammen mit den Mince Pies und der Cranberry-Sauce ist zudem noch etwas Kugelförmiges eingepackt, das ich nicht zu identifizieren vermag.

»Was ist denn das? Ich habe gedacht, es ist so ein Power-Ball-Zeugs oder wie man das nennt.«

»Power-Ball-Zeugs?«

»Na, so zum Energietanken. Genau, Energiebällchen! Du weißt schon, aus Nüssen, Obst, Kokosnuss und so.« Ich schnüffle daran. »Erdnussbutter, Energie.« Ich gebe auf. Bei näherem Betrachten wirkt der Ball ziemlich fettig und unappetitlich.

»Das ist ein Fettknödel«, erklärt Will und lacht dabei zu meiner Freude laut auf. »Für die Vögel. Die frieren wir auf Vorrat ein.«

»Aha. Also nicht besonders schmackhaft?«

»Wenn gar nichts anderes mehr übrig ist, sicherlich eine Notlösung. Aber nur, wenn absolut nichts anderes mehr da ist. Ansonsten dürfte darauf nicht einmal Rosie besonders scharf sein.«

Rosie bestätigt diese Einschätzung, indem sie es sich mit einem leisen Jaulen auf dem Boden gemütlich macht.

»Es ist Heiligabend, Sarah«, fährt er in sanfterem Ton fort. »Da solltest du besser bei den anderen sein und nicht hier auf einem Berg festsitzen mit – wie hat Ruth mich noch genannt? – diesem furchtbaren Mann, der nichts von Weihnachten hält!«

»Und keine Marshmallows hat.«

Wir sehen einander an. Jetzt, da das Ablenkungsmanöver mit den Lebensmitteln sich erschöpft hat, muss ich wohl Farbe bekennen und sagen, was ich zu sagen gekommen bin.

»Ich möchte aber gerne bei dir sein. Es tut mir leid, dass ich so dämlich reagiert habe. Ich hätte das alles nicht sagen sollen.« Selbst wenn es nur leise und kläglich über die Lippen kommt, es musste ausgesprochen werden.

Er streckt den Arm aus, und seine Finger schieben sich zwischen meine auf eine Weise, die mir zeigt, dass ich die richtige Entscheidung getroffen habe. Lametta, Weihnachtskugeln und heiße Schokolade wird es in diesem Resort auch noch im nächsten Jahr geben. Will womöglich nicht. Ein Fünfjahresplan hilft hier nicht weiter. Es zählt allein das Hier und Jetzt. »Ich darf einfach nicht zulassen, dass du dich plötzlich genauso in Luft auflöst und für immer unerreichbar bleibst, wie das bei meinen Eltern gewesen ist. Es muss wenigstens Gelegenheit sein, sich ›Alles Gute‹ zu wünschen.«

»Oh Sarah, bitte, entschuldige.« Der Seufzer ist schwer,

aber nicht beängstigend. Irgendetwas sagt mir, dass er diesmal nicht vor mir davonlaufen wird. »Ich hätte nicht wortlos verschwinden sollen, aber ich musste unbedingt mal raus da.« Er schaut mir offen in die Augen, und die letzten Spuren von Unsicherheit lösen sich auf. »Ich wäre auf jeden Fall zurückgekommen. Ich hätte mich nie aus dem Staub gemacht, ohne mich wenigstens zu verabschieden. Das weißt du doch, oder?«

Ich nicke. Im Herzen habe ich es gewusst, aber wirklich vertraut habe ich dieser tief in meinem Innern sitzenden Wahrheit nicht. Dafür lasten zu viele leidvolle Erfahrungen auf meiner Vergangenheit und Gegenwart.

Also drücke ich nur seine Hand und biete ihm eine Rumpraline an.

Er grinst.

»Magst du generell kein Weihnachten oder nur keinen Schnee?«

Er lacht. »Beides. Ich habe Weihnachten schon einmal die Schlagzeilen der Festtagsausgaben beherrscht. Das war, als Dominique via Twitter ausgerechnet an Heiligabend mit mir Schluss machen musste, wahrscheinlich, weil zu dieser Zeit eine vorteilhafte Nachrichtenflaute herrscht.«

»Sie hat an Heiligabend Schluss gemacht?«, wiederhole ich fassungslos. Dann kann seine Mr.-Scrooge-Haltung natürlich kaum verwundern. Um so etwas zu überstehen und dennoch für diese ganze *Den-Menschen-ein-Wohlgefallen*-Stimmung offenzubleiben, muss man schon ein beinharter Weihnachtsfan sein – so wie ich. »Aber damals hast du doch noch im Krankenhaus gelegen, oder nicht?«

»Und ob, mit allem Drum und Dran. Fuß in der Luft baumelnd, Schläuche an Stellen, an denen sie nun wirklich nichts verloren hatten, dazu eine Halskrause.«

»Scheiße, was für eine blöde Kuh!«

»Ich konnte mich nicht einmal weit genug aufrichten, um das Handy richtig gegen die Wand zu pfeffern. Mir blieb gerade noch genügend Kraft, den Bildschirm einzudrücken.«

»Ach Will.«

»Über Nacht ist aus der großen Nummer ein Nobody geworden. Der Witz ist, dass mir all der Hype, das ständige Posen und Modeln sowieso keinen Spaß gemacht hat. Aber wenn man plötzlich derart fallen gelassen wird, trifft es einen schon hart. Für mich selbst hat sich im Grunde genommen überhaupt keiner interessiert. Alle waren nur an meinen Erfolgen interessiert, von denen sie einen Teil abhaben wollten. Sogar die Art, wie Domi Schluss machte, zielte allein auf maximale Wirkung ab: Sie teilte es nämlich über Twitter gleichzeitig mir und der ganzen Welt mit und pappte einen Haufen Emojis dazu.«

»Und sie dachte wirklich, jetzt einfach wieder so in dein Leben zurückkehren zu können?«, wundere ich mich. Die Frau hat echt Nerven, auch wenn mir Selbstbewusstsein gepaart mit Herrschsüchtigkeit nicht besonders sympathisch ist.

»Es geht nur darum, Aufmerksamkeit zu erregen, und sie ist auch bloß gekommen, weil ihre Karriere inzwischen im Sinkflug ist. Mit den ganz jungen Mädchen kann sie nicht mehr mithalten, und davon, wie man in Würde altert, hat sie keinen Schimmer. So giert sie einfach nach Schlagzeilen. Modeln ist als Beruf genauso brutal wie Sport.«

»Dass jetzt sofort all die Presseleute aufgetaucht sind, zeigt aber doch auch, wie beliebt du bist.«

»Sie sind bloß hier, weil ich so lange vom Radar verschwunden war und es jetzt auf einmal hieß, ich würde wieder fahren. Außerdem hat Domi ihnen erzählt, dass sie ebenfalls hier sei.

Offenbar haben sie gedacht, wir wären wieder zusammen und ich nach einer wundersamen Heilung zurück auf dem Board. Tolle Weihnachtsstory, was?«

»Oh.«

Er schlingt einen Arm um meine Schulter, zieht mich zu sich und legt das Kinn sanft auf meinen Kopf. »Ich habe damals viele Menschen im Stich gelassen, Sarah. Dass ich aus dem Rampenlicht geriet, war nicht schlimm. Nicht einmal, dass ich mit den Wettkämpfen aufhören musste, obwohl mir das schon zu schaffen machte. Mir wurde klar, dass Domi mich nie geliebt hatte, und ich wusste auch, dass mit den Werbeverträgen Schluss ist, sobald man nicht mehr zu den Besten zählt. All das ist irgendwie in Ordnung, kein großes Problem. Aber es gibt Menschen, die ich mit meinem Verhalten enttäuscht habe. Und das ist allein mein dämlicher Fehler. Wäre ich nicht so von mir eingenommen gewesen ...«

»Aber muss man in so einem Sport nicht extrem überzeugt von sich sein? Allein der Wille entscheidet, heiß es doch immer.«

»Irgendwie schon. Man muss mental stark sein. Aber ich war nur dämlich. Meine Eltern hatten nie viel Geld, und sie gaben seinerzeit in England alles auf, um hierhin überzusiedeln.«

»Du bist in England geboren?«

»Ja, aber ich habe kaum Erinnerungen an damals. Ich war noch ein Kind, als wir weggezogen sind, und hier hat mich dann die Liebe zum Wintersport gepackt. Meine Eltern haben alles in ihrer Macht Stehende getan, um mich zu unterstützen. Jeden Penny und jede freie Minute, die sie erübrigen konnten, steckten sie in mein Training. Sie haben nicht weniger für meinen Sport gelebt wie ich. Und dann bumm! Alles weg. Von einem Tag auf den anderen. Alles, wozu ich etwas tauge. Ich kann nichts anderes. Snowboarden war mein Leben.«

»So etwas tun Eltern nun mal«, sage ich und muss schlucken. »Für ihre Kinder tun sie, was sie können.« Meist jedenfalls. Und vielleicht haben es meine ja auch getan, auf ihre ganz eigene Art. Allerdings ist der Versuch bei ihnen gründlich in die Hose gegangen.

»Ich muss die Sache endlich ins Reine bringen, findest du nicht?«, fährt er fort, und ich nicke. »Ich muss aufhören, ständig davonzurennen, und muss mit meinen Eltern in aller Offenheit reden. Ich glaube, das ist mir im Grunde immer schon klar gewesen, ich wollte es mir nur nie selbst eingestehen. Deshalb habe ich wohl auch sofort auf Eds Hilferuf reagiert und bin hergekommen.« Er seufzt erneut. »Auf die Presse habe ich allerdings weiterhin keine große Lust. Zumindest nicht jetzt. Oder in nächster Zukunft.«

»Soweit ich weiß, sind alle weg. Gerüchten zufolge sollen sich einige Mitglieder der königlichen Familie mit der Queen zerstritten haben und hier im Wintersport sein.«

»Im Ernst?«

»Ich halte es eher für ein Gerücht, das Jake's Agent in die Welt gesetzt hat. Wie dem auch sei, sie sind alle abgehauen.«

»Gott sei Dank.«

»Können wir nicht einfach hier übernachten?«, frage ich. Der Gedanke ist mir während unserer Unterhaltung gekommen und lässt mich seitdem nicht mehr los.

»Dann verpasst du aber den ganzen Weihnachtsspaß heute Abend. Was ist mit dem gemeinsamen Singen von Weihnachtsliedern, dem Glühwein und all den Sachen, von denen du mir ständig vorgeschwärmt hast? Und was wird aus deinem Livestream?«

Er grinst und stößt mich neckend in die Rippen. Lachfältchen kräuseln sich um seine Augenwinkel, und neben seinen verlockenden Lippen bildet sich ein Grübchen. Mir wird wärmer und wärmer. »Ich glaube, ich würde lieber mit dir hier sein hier. Nur wir beide, ein gewaltiger Himmel voller Sterne und eine schnarchende Hündin. Das kann kein Weihnachtsflitter toppen.«

»Da könntest du recht haben.«

»Oh, und dazu ein herrlich zermantschtes Picknick. Können wir nicht behaupten, wir wären eingeschneit worden? Wir erzählen allen, der Neuschnee hätte uns den Rückweg versperrt.«

»Schon wieder?«

»Keine gute Idee?«

»Selbst Sams Mutter dürfte bemerkt haben, dass es heute nicht geschneit hat.«

»Keiner wird es uns übel nehmen. Sam wird's schon irgendwie erklären. Okay?«

Ich habe noch nie Heiligabend in einer spartanischen Blockhütte auf einem verschneiten Berghang verbracht, ohne irgendwas im entferntesten Sinne Kommerzielles, dafür in Gesellschaft eines irre attraktiven Mannes. Ein Versäumnis, das es dringend nachzuholen gilt. Will hatte recht gehabt. Warum überhaupt herkommen, wenn man die einmalige Schönheit dieses Orts dann nicht richtig auskostet?

Das mitgebrachte Essen schmeckt überraschend gut, obwohl wir am Ende auf den Fettknödel doch lieber verzichten. Die Zeit vergeht, wir unterhalten uns, tauschen Weihnachtsgeschichten aus, reden über Surfen und Wintersport, über Träume und Verlust, über Verzeihen, Vergessen und Neuanfänge. Und plötzlich ist Mitternacht.

»Frohe Weihnachten!«, rufe ich. Offenbar muss irgendeine innere Uhr mir genau im richtigen Moment ein Zeichen gegeben haben.

»Frohe Weihnachten, Sarah.« Will beugt sich zu mir und haucht mir einen unendlich zärtlichen Kuss auf die Lippen.

»Also Tante Lynn und ich wünschen uns immer so früh wie möglich ›Frohe Weihnachten‹ und dann umarmen wir uns. Diese Regel ist unverzichtbar.«

»Na, in dem Fall freut es mich, für sie in diesem Jahr einspringen zu dürfen.«

»Mich auch«, sage ich und lächle irgendwie scheu. Nicht aus Verlegenheit, eher aus einem stillen Glück heraus, mit dem ich ganz für mich auskosten möchte, wie dieser Mann sich zu mir dreht und mir die beste Umarmung aller Zeiten verpasst. Ich liebe es wirklich, wenn Tante Lynn mich umarmt, aber das hier ist einfach gigantisch und prickelnd und, na ja, männlich eben. Und der Kuss entspricht natürlich auch in keinster Weise denen von Tante Lynn. Zum Glück, denn ansonsten wäre das schon ziemlich schräg.

»Lass uns dieses Weihnachten in vollen Zügen genießen, einverstanden?«, schlägt er vor und reicht mir den Whisky. Doch die unausgesprochenen Worte, dass wir dieses Weihnachten nämlich nutzen müssen, weil es ein nächstes für uns nicht gibt, machen mich traurig.

Ich blinzle das plötzliche Brennen in meinen Augen weg.

Seinen Finger streichen meine Wange hinab und bleiben auf meinen Lippen liegen. »Wir werden uns wiedersehen. Etwas anderes lassen wir einfach nicht zu. Du kannst zum Surfen rüberkommen oder ich komme und schau mir die Reize des Mutterlands noch einmal genauer an.«

»So hat das noch nie jemand genannt«, erwidere ich und

schaue auf meine Brust herab. Er folgt meinem Blick und lacht. »Wir bekommen das hin, okay?«, versichert er.

»Klar.« Wer weiß das schon? Die Welt ist groß. Er hat sein Leben hier, ich habe meine Arbeit, meine Familie und meine Freunde. »Aber darüber wollen wir uns jetzt keine Gedanken machen, ja?«

»In Ordnung.«

Der Whisky brennt mir in der Kehle und verschleiert perfekt, warum ich mit rauer Stimme spreche. »Ein letzter Mince Pie?«

»Gerne. Aber bitte ohne Cranberry-Sauce. Die Kombination ist echt zu gruselig. Und anschließend zeigst du mir endlich deinen Drachen, meine tätowierte Schöne?«

»Es ist bloß eine Libelle, habe ich dir doch schon gesagt. Wenn du einen großen Drachen erwartest, wirst du mächtig enttäuscht sein.«

»Nichts an dir wird mich je enttäuschen, Sarah.«

»Eine Sache muss ich allerdings vorher noch erledigen.«

Außerdem muss ich kurz mein Gesicht verbergen, denn seine Worte gehören zweifellos zum Schönsten, was mir jemals ein Mensch gesagt hat. Ich schicke Tante Lynn eine Nachricht und wünsche ihr ›Frohe Weihnachten‹, obwohl ich die Vermutung nicht loswerde, dass sie derzeit gar nicht auf ihr Handy schaut, sondern in einem Krankenhaus sitzt und Ralph die Hand hält. Dann schreibe ich Sam, dass alles in Ordnung ist (obwohl Ed das gewiss schon ausgerichtet hat), und schalte mein Handy ab, allerdings erst als ihre Antwort eintrifft. Sie amüsiert sich über die lustig umhertanzenden Elfen, die ich ihr geschickt habe, und ich muss über ihre beiden Rentiere lachen, die Dinge tun, die ich Rudolph gar nicht zugetraut hätte.

Dann hebe ich den Kopf, und mein Lachen ebbt ab, sobald

sich unsere Blicke begegnen. Er streckt den Arm aus, fährt mit einer warmen Fingerspitze unfassbar sanft meine Wange hinab, und ich schließe die Augen, spüre, wie sein Atem meine Haut umspielt. Meine Lippen kribbeln erwartungsvoll und sehnen den Weihnachtskuss herbei, der jetzt kommen muss.

## 30

»Da bist du ja wieder!«, ruft Sam, stürmt durch den Raum und nimmt mich in die Arme »Frohe Weihnachten! Und Will ist auch dabei!«

Wir haben Rosie in den Zwinger gebracht und einen kurzen Zwischenstopp in meiner Hütte eingelegt, um uns frisch zu machen, dann sind wir zum Hauptgebäude gegangen.

Ich wollte zuerst unbedingt im Speisesaal kontrollieren, ob Ed auch wirklich nicht vergessen hat, dass Weihnachten ist, und alle Tische entsprechend eingedeckt sind.

»Ich kann doch Weihnachten nicht verpassen!«, sagt Will und drückt meine Hand. »Das würde mir Sarah nie verzeihen.« Ich denke, er hat sich inzwischen so allerlei Dinge von der Seele geredet, und obwohl ich mir nicht ganz sicher bin, ob ich meinen Eltern wirklich je verzeihen kann, bin auch ich über so Manches hinweg. So weiß ich jetzt, dass ihr Weggehen nichts mit mir zu tun gehabt haben kann, mit meinen Unzulänglichkeiten oder weil ich es nicht verdiene, geliebt zu werden.

Will hat mir das klar gemacht. Er hat mir zudem versichert, dass er sich in solchen Dingen niemals irrt, also glaube ich ihm ganz einfach.

»Kein Mensch darf Weihnachten verpassen!«, unterstreiche ich, während mir ein vertrauter Duft in die Nase steigt. Ich schaue mich um und sehe mir den Raum zum ersten Mal richtig an. »Wow, da ist ja absolut spitzenmäßig geworden!«

Sam grinst. »Wir haben alle mitgeholfen, aber den Löwenanteil haben Bianca und Ed erledigt. Bianca kann sogar aus Servietten Tiere falten, ist das nicht irre? Gut, nicht?« In der Tat. Mehr als nur gut. Der Raum ist perfekt geschmückt für ein festliches Weihnachtsessen.

Lichterketten erhellen den Raum, die Tische sind mit weißen Tischtüchern und rot-goldenen Tischläufern eingedeckt, die im Licht der Kerzen glitzern. Wo ich auch hinsehe, überall Stechpalmenzweige, Beeren, Tannenzapfen und prächtige Girlanden. Dazu dieser herrlich weihnachtliche Duft nach Zimt, Nelken und frischen Tannenzweigen, der in der Luft liegt.

»Das ist toll«, schwärme ich. »Und zugleich so edel!« Ich selbst scheitere für gewöhnlich daran, so viel zusammengewürfelte Dinge zu einem stimmigen Ganzen zu fügen.

»Kommt schon, seht euch mal die Lounge an, wo wir alle gerade unsere Aperitifs nehmen!«, fordert Sam uns auf und packt mich bei der Hand, sodass uns nichts anderes übrig bleibt, als mitzukommen, obwohl mich das alles ein wenig überwältigt.

Bei unserem Eintritt brechen alle in Jubel aus, was mir ganz schön peinlich ist.

Im Kamin prasselt ein Feuer, allerdings ist eher der berührend warme Empfang die Ursache für den dicken Kloß, der mir plötzlich im Hals sitzt.

Ich schaue zu Will hoch. »Das ist fantastisch!«

»Natürlich ist es das, was hast du denn erwartet?«, ruft Ed aus und reicht uns zwei Gläser Sekt. Er macht einen äußerst selbstzufriedenen Eindruck.

»Du hast das alles gemacht?«, frage ich zurück, ohne den ungläubigen Unterton in meiner Stimme unterdrücken zu können.

»Klar doch. Na ja, mit ein wenig Hilfe hier und da vielleicht.«

Bianca ist ihm nachgeschwebt und hakt sich bei ihm unter. Ich habe noch nie jemanden gesehen, der sich derart geschmeidig auf fünfzehn Zentimeter hohen Stöckelabsätzen bewegt. Sie muss wohl ein spezielles High-Heel-Mädcheninternat besucht haben. Die beiden wirken wie ein eingespieltes Paar. Will macht ein erstauntes Gesicht, sagt aber nichts.

»Genau der richtige Zeitpunkt, um den Truthahn zu servieren«, erklärt Bianca und lächelt.

»Brauchst du womöglich noch, äh, das hier?«, frage ich und bringe das Glas Cranberry-Sauce zum Vorschein, das zu keinem Bestandteil unseres Picknicks so wirklich gepasst hat.

»Super! Auf geht's, mein Schatz. Zeit, das Messer zu wetzen.« Sie dirigiert Ed mit einem Tempo in Richtung Küche, der uns beide verblüfft.

»Wie's scheint, hat Ed doch noch jemanden gefunden, der zu ihm passt«, sage ich zu Will. »Und der vor allem weiß, wie man ihn zum Arbeiten bekommt!«

Ich würde jetzt nicht sagen, es ist das beste Weihnachten aller Zeiten, schließlich ist Lynn nicht dabei. Aber es kommt dem schon verdammt nahe. Der Speisesaal ist voll besetzt. Alle sind zusammen. Poppy läuft herum und führt jedem ihr Feenkostüm vor, Jack verfolgt die Szene amüsiert glucksend, und selbst Tina macht endlich einen entspannten Eindruck.

»Ta dah!«

Keine Ahnung, wo sie eine Platte in der passenden Größe aufgetrieben haben, aber der gigantische Truthahn ist so schwer, dass Jed und Ed ihn nur mit Mühe ausbalancieren können, bevor sie ihn auf der Anrichte abstellen. Ringsum klatschen die Anwesenden Beifall, zum einen wohl aus Erleichterung darüber, dass der Festtagsbraten es unbeschadet überstanden hat, zum anderen weil er wirklich bilderbuchhaft aussieht.

»Was für ein Riesentruthahn, Ed!«

»In der Küche ist noch einer von der Sorte. Für alle Fälle. So!« Er reibt sich die Hände. »Dann lass uns das gute Stück mal tranchieren, Brüderchen.«

»Ich habe gar nicht gewusst, dass es so große Truthähne überhaupt gibt«, wirft Ruth ein und steht auf, um ihn aus der Nähe zu betrachten. »Seid ihr sicher, dass es nicht ein Emu ist?«

»Ich glaube nicht, dass es in dieser Gegend Emus gibt, Ruth«, merkt David an.

»Ach, ich Dummerchen. Jetzt habe ich das doch glatt mit unserer Reise nach Kenia verwechselt.«

»Emus leben in Australien, Schatz«, erklärt David und schiebt diskret Ruths Weinglas ein wenig zur Seite, woraufhin sie demonstrativ danach greift und einen weiteren Schluck trinkt.

»Also, ich muss schon sagen«, fährt sie umgehend fort. »Das ist alles ungeheuer hübsch gemacht und viel besser, als ich es befürchtet hatte. Ich meine, wir kennen doch alle das Video vom vergangenen Jahr, oder nicht? Wie fies von denen, dieses missratene Dinner ins Netz zu stellen, Will. Ich bin sicher, dass es nicht dein Fehler war.«

»War es auch nicht. Ich war gar nicht hier.«

Sie ignoriert seine Bemerkung. »Und diesmal habt ihr es ja auch viel besser hinbekommen. Ich wollte schon vorsichtshalber selbst einen Truthahn mitbringen, aber dann hätte ich für Übergepäck zahlen müssen, und so viel Aufhebens zu machen, ist mir einfach fremd. Nicht wahr, David? Und schau dir mal den Rosenkohl an! Wie riesig die Röschen sind!«

»Das sind Alligatoren-Eier, eine lokale Weihnachtsspezialität«, erklärt Ed, dem es trotz des kräftigen Ellbogenstupsers von Bianca gelingt, seine ernste Miene beizubehalten.

»Im Ernst? Wie spannend! David, David, mach doch mal schnell ein Foto für dieses Insta-Granny. Juliet wird ganz schön staunen, wenn ich ihr davon erzähle. Sie hätte es mir nämlich bestimmt schon unter die Nase gerieben, wenn sie Alligatoren-Eier gegessen hätte. Kaum zu glauben, dass sie eine derartige Ähnlichkeit mit Rosenkohl aufweisen! Wahrscheinlich dient das der besseren Tarnung!«

»Du musst unbedingt auch noch Eisbär probieren, bevor du abreist, Ruth«, empfiehlt Ed.

»Ach nein, nein, das bringe ich nicht übers Herz. Die sind einfach zu knuddelig.« Sie trinkt einen weiteren Schluck Wein. »Und wahrscheinlich auch ein wenig zäh, könnte ich mir vorstellen.«

»Wahrscheinlich.«

David schießt kein Foto. Ich dagegen schon, zusammen mit einem kurzen Video. Wer so etwas im Internet sieht, bucht bestimmt sofort einen Urlaub hier. Allerdings könnte diese Einschätzung auch mit dem berauschenden Gefühl zusammenhängen, das derzeit meinen ganzen Körper durchflutet und das seinen Ausgang eindeutig von meinem linken Oberschenkel nimmt – exakt von dort, wo Wills Hand gerade liegt.

»Ach Gott, ist das wieder einer dieser Schnäpse, die man vor dem Trinken in Brand setzt?«

»Nein, Mum. Das ist bloß eine Kelle Weinbrand, um den Pudding zu flambieren.«

Es fühlt sich komisch an, Tante Lynn nicht an meiner Seite

zu haben, aber irgendwie auch gut. Ich habe es zuvor nie wirklich zu schätzen gewusst, wie groß der Kreis meiner erweiterten Familie ist, der Kreis von Menschen, die für mich da sind, wenn ich sie brauche. Im Grunde bin ich nie allein gewesen, ich habe mich bloß manchmal ein wenig einsam gefühlt. Heute ist mir klar geworden, dass man bisweilen einfach in der Gegenwart leben und den Moment auskosten muss. Was vergangen ist, kann ich nicht ändern, und was geschehen wird, nicht vorhersagen. Aber das Heute kann ich mit allen Sinnen genießen, und es dann meiner Liste der wundervollsten Erinnerungen hinzufügen.

»Alles okay?«, flüstert Will mir sanft ins Ohr.

»Alles perfekt.«

# Teil 3

# Heimkehr

## 31

»Bei mir zu Hause ist jemand, mit dem du reden solltest, finde ich.«

»Autsch!« Genau das passiert, wenn man vollkommen erschöpft den Kopf auf der Suche nach irgendwelchen essbaren Resten tief in den Kühlschrank steckt und die eigene Tante sich heimlich von hinten anschleicht.

»Die Hintertür war nicht abgeschlossen, Liebes.«

Ich bin eben erst vom Flughafen zurück. Meine Klamotten sehen aus, als hätte ich darin geschlafen – was ja auch den Tatsachen entspricht –, und ich habe einen Mordshunger. Außerdem vermisse ich Will schon jetzt wie verrückt, weshalb ich Essen für eine gute Idee hielt. Ich brauche Kohlenhydrate.

Will und ich haben das Beste aus unseren letzten gemeinsamen Tagen in Kanada gemacht, aber uns beiden war klar, dass ich am Ende zu meinen Freunden, meiner Familie und der Arbeit, die ich liebe, zurückkehre. Wir haben einander versprochen, uns wiederzusehen. Er hat vor, im Frühjahr die Jagd nach guten Wellen aufzunehmen, und Tante Lynn wird sicherlich nichts dagegen haben, wenn ich mir zur selben Zeit mögliche Surf-Angebote für unser Programm anschaue. Bei dieser Gelegenheit können Will und ich dann klären, ob an der Sache mehr dran ist oder ob es nur ein Urlaubsflirt zu Weihnachten war. Vielleicht blicken wir dann ja eher durch und arbeiten irgendeinen hochkomplexen Zeitplan aus, wann und wo wir uns in Zukunft treffen können.

Ein Haufen Planung scheint unvermeidlich, aber jetzt gerade vermisse ich ihn einfach nur wahnsinnig, und bis zum Frühjahr ist es noch eine Ewigkeit.

In Momenten wie diesen wünsche ich mir, einer dieser perfekt durchorganisierten Menschen zu sein, die beispielsweise vor der Abreise Lebensmittel mit entsprechend langer Haltbarkeit auf Vorrat kaufen. Dann würde ich jetzt mit einem Glas Wein in der Hand träge auf dem Sofa vor der Glotze hocken, während im Ofen eine Pizza aufbäckt – statt ständig an einen Snowboarder zu denken, der es irgendwie geschafft haben muss, mitten in mein Herz zu springen.

»Ich habe dir ein paar Mince Pies mitgebracht, Liebes. Sie waren runtergesetzt, sollen aber noch bis Ende Januar gut sein. Ein echtes Schnäppchen, was?« Lynns Worte bringen mich in die Realität zurück. »Alles in Ordnung mit dir?«

»Prima, prima«, versichere ich. »Alles super.« Manche Menschen gäben wahrscheinlich zu bedenken, dass Mince Pies, die über einen Monat haltbar sind, voller Konservierungsmittel stecken müssen. Mich kümmert das nicht. Mein Körper ist keine Weihestätte. Derzeit ähnelt er mehr einer entkernten Häuserfassade, die dringend ein paar Stützen braucht, um nicht zusammenzustürzen. Außerdem besagt die lange Haltbarkeit wahrscheinlich nur, dass ein Extraschuss Brandy drin ist.

Lynn setzt Teewasser auf, wirft das Päckchen Mince Pies

auf den Tisch und wartet. Ihre Miene ist ungewöhnlich ernst. Mich beschleicht das unbestimmte Gefühl, in Unannehmlichkeiten zu stecken, obwohl bislang weder Ralph noch Will oder die Tatsache, dass ich meine dreckigen Slips noch nicht ausgepackt habe, zur Sprache gekommen ist.

»Ist, äh, Ralph mit dir zurückgekommen?«
»Nein, Liebes. Es geht nicht um Ralph.«
»Hast du jemanden kennengelernt?«
Sie schüttelt den Kopf.
»Erzähl mir nicht, die Presse hat bereits …?«
»Es ist dein Vater, Sarah.«
Ich starre sie an. Das flaue Gefühl in der Magengegend lässt mich schwindeln, aber diesmal ist nicht der Hunger schuld. Der ist mir vergangen.

»Dein Dad«, sagt sie bedächtig und mustert mich dabei aufmerksam. »Er hat mit mir sprechen wollen.«
»Aber er …«
»Ich denke, du solltest ihn treffen, solltest dir anhören, was er zu sagen hat.«
»Dad?«
»Ich kann dich natürlich zu nichts zwingen, Liebes, es bleibt deine freie Entscheidung. Aber dann müsstest du mit dem ständigen Gefühl weiterleben, diese Chance für ein Gespräch nicht genutzt zu haben. Er hat mir ein paar Dinge erzählt, die ich so nicht gewusst habe, doch du solltest sie direkt aus seinem Mund hören. Ich denke, du solltest ihn treffen, ihm Auge in Auge gegenüberstehen. Wenigstens dieses eine Mal. Tu es für mich. Ich fürchte …« Sie stockt, was merkwürdig ist, da Tante Lynn sonst immer genau weiß, was sie sagen will. Mein Unwohlsein verstärkt sich noch. »Ich fürchte, dass wir nie die volle Wahrheit erfahren haben und ein paar Dinge

in ganz falschem Licht gesehen haben. Oh, Sarah, es tut mir so schrecklich leid, aber du musst ihn unbedingt treffen, Liebes.« Ihre Hände krampfen sich ineinander. »Ich habe stets ihm allein die Schuld gegeben. Alle haben das getan. Aber ich glaube aufrichtig ...« Ihre Stimme bricht ab. »Bitte, sei so gut, ihn zu treffen und ihn anzuhören.«

Es ist seltsam. Irgendwie habe ich das Gefühl, all meine verbliebene Wut, all meine verbliebenen Tränen in Kanada bei Will ausgeschüttet zu haben. Ganz offenbar hat dies eine gravierende Veränderung bewirkt, denn ich spüre nicht mehr den lodernden Zorn, den eine solche Nachricht vor ein paar Wochen noch mit Sicherheit in mir erregt hätte. Bevor ich Will begegnet bin.

Stattdessen spüre ich eine erstaunliche Gelassenheit. Das sichere Vertrauen, mit jeder Situation klarzukommen.

Was natürlich nicht heißt, dass ich ihm verzeihen und vergeben werde. Die Annahme wäre albern und völlig verlogen. Doch ich bin inzwischen tatsächlich in der Lage, ihm gegenüberzutreten. Dem Mann, der vor vielen Jahren an Weihnachten aufhörte, mein heiß geliebter Vater zu sein, und der für den Tod meiner Mutter verantwortlich ist.

»Ich treffe mich mit ihm, aber an einem neutralen Ort.« Ich will ihm nicht in meinem persönlichen Umfeld begegnen. Lieber irgendwo in der Öffentlichkeit, wo die Gefahr geringer ist, dass ich ihn anschreie oder zu weinen beginne oder ihm eine Szene mache. Nur für den Fall, dass ich doch nicht so weit darüber hinweg bin, wie ich glaube.

»Ach, komm schon, Liebes. Trink deinen Tee, und dann fahren wir zu mir. Ich bin mit dem Auto hier. Rede mit ihm bei mir zu Hause. Ich finde, solche Dinge regelt man besser nicht in aller Öffentlichkeit.«

Er steht am Fenster, als ich mit einem Tablett in der Hand das Zimmer betrete. Mein Dad. Er schaut in den Garten hinaus. Er ist deutlich älter, als ich ihn in Erinnerung habe, aber bei unserer letzten Begegnung war er ja auch nur unwesentlich älter, als ich jetzt bin.

Dennoch hätte ich ihn auf der Straße jederzeit erkannt. Sofort. Auch wenn so viele Jahre vergangen sind, und wir beide uns verändert haben. Er dreht sich um, und da ist etwas, das ich früher nie an ihm bemerkt habe. Ein unsicheres Zögern und ein ängstlicher Ausdruck in seinem Blick.

»Hi.« Ich bin froh, dass Tante Lynn darauf bestanden hat, uns beiden erst noch einen Kaffee zu machen. So wissen meine Hände, was sie zu tun haben. Das Tablett abstellen. Die Becher verteilen. Einen Stuhl heranziehen. Die Kekse in die Mitte des Tischs schieben.

Seine Verkrampfung löst sich ein klein wenig, und mir wird klar, dass seine Angst dem gilt, was ich womöglich sagen oder tun werde. Es erfordert Mut von ihm, mir direkt in die Augen zu sehen. Und ich möchte inzwischen wirklich wissen, was er mir zu sagen hat.

»Das ist nicht einfach«, fängt er an und betrachtet dabei seine Hände. Dann hebt er den Kopf, und unsere Blicke begegnen sich. Ich kenne ihn gut, diesen Blick, und einen Moment lang raubt es mir den Atem. Mein Dad. »Wie Lynn mir erzählte, hast du mich eigentlich nicht sehen wollen, und das kann ich gut verstehen. Ich verstehe auch, dass du auf die Briefe, in denen ich dich darum gebeten habe, nie geantwortet hast.«

»Ich habe keinen dieser Briefe je gelesen.«

»Oh.« Es tritt ein langes Schweigen ein.

»Ich habe sie bekommen, aber nicht gelesen.«

»Das habe ich nicht gewusst.«

»Ich habe sie weggeschmissen.«

»Vermutlich hätte ich an deiner Stelle genauso reagiert. Also ... ich ... äh, du bist ja inzwischen eine richtige Berühmtheit.« Er hebt sofort die Hände, um einen Verdacht abzuwehren, den ich überhaupt nicht äußern wollte. »Ich bin nicht hier, um irgendwie daraus Profit schlagen zu wollen. Es ist toll, ich freue mich für dich, bin stolz auf dich.«

»Ich bin nicht berühmt.«

»Immerhin sieht man dich mit diesem jungen Filmstar zusammen, und jetzt auch noch mit diesem Snowboarder. Na ja, jedenfalls dachte ich, es wäre besser vorbeizukommen.«

»Wegen Will? Beziehungsweise Billy?«

Er massiert sich mit den Händen das Gesicht, und ich frage mich, warum mir diese Geste so vertraut vorkommt. Dann fällt mir ein, wo ich sie schon so oft gesehen habe. Im Spiegel. Wir haben dieselben Angewohnheiten. Wie wir zu Boden schauen, als wollten wir für unsere Anwesenheit um Entschuldigung bitten. Und wie wir lächeln, um die Anspannung zu lösen. »Ja, man sieht dein Bild überall in den Zeitungen und im Internet. Darauf wollte ich noch zu sprechen kommen.« Er starrt in seinen Kaffee. »Genau. Dafür muss das alles auf den Tisch kommen, aber zuerst möchte ich, dass du weißt, was für ein einzigartiger Mensch deine Mutter gewesen ist. Niemand war je liebenswerter. Sie war bezaubernd schön und herzensgut und liebte dich mehr als alles in der Welt. Okay?«

Ich nicke und versuche, zu schlucken.

»Sie hat dich gar nicht verlassen wollen. Keiner von uns wollte das. Wir wollten nur noch mal kurz unser altes, wildes Leben genießen und ein paar Dinge regeln, bevor wir uns sesshaft machen und diesem ganzen Erwachsenenzeugs eine richtige Chance geben.«

Seine Wortwahl bringt mich zum Lächeln. »Sesshaft machen?«

»Yeah, ein neues Jahr, ein neues Leben.« Er verzieht das Gesicht. »Wir hatten das Wohnmobil zum Verkauf angeboten. Ein Kumpel hat sich darum gekümmert, als wir nach Kanada gingen, und innerhalb weniger Tage ein Superangebot bekommen. Das Geld sollte unter anderem als Mietkaution für eine Wohnung dienen, damit du ganz normal zur Schule gehen und feste Freunde haben kannst. Dieses ständige Herumreisen war einfach nicht fair gegenüber einem Kind. Dir gegenüber.«

»Ihr wolltet mich wieder abholen?«

»Natürlich wollten wir dich wieder abholen!«, versichert er entrüstet, und ich kann seiner verwunderten Miene ablesen, dass sie ganz gewiss niemals vorhatten, mich im Stich zu lassen, und dass alles, was dann kam, doch nicht meine Schuld war, nicht daran lag, dass ich es nicht wert bin. »Wie kommst du denn darauf, dass es nicht so sein könnte?«

Heiße Tränen brennen mir in den Augen.

»Verdammte Scheiße! Dachtest du etwa, wir würden dich bei Lynn lassen? Für immer?«

Ich nicke und beiße mir auf die Unterlippe.

»Aber Tante Lynn musste Mum ausdrücklich versprechen, sich um mich zu kümmern. Das hätte sie doch nicht von ihr verlangt, wenn sie nicht gehen wollte!«

»Wir haben nie irgendwas testamentarisch verfügt oder so, daher war das bloß ihre übervorsichtige Für-alle-Fälle-Ader, sollte doch ...« Seine Stimme wird immer leiser. »... etwas passieren.« Er schließt die Augen. »Ich erzähle dir das alles nur, weil es sonst jemand anderes tun wird, und ich möchte, dass du es von mir erfährst. Wenn du mich anschließend noch immer hasst, wäre das auch nachvollziehbar.« Er wirft noch mehr Zucker in seinen Tee und rührt ihn ein. »Da ist dieser Typ. Sein Name ist Adam. Er hat bei mir angerufen, nachdem er dich auf einem Zeitungsfoto wiedererkannt hat. Er hat gesagt, wenn ich nicht mit dir rede, würde er es tun.«

»Und worüber?«, bohre ich nach und frage mich, wofür diese Journalisten wohl noch alles verantwortlich sind.

»Über deine Mum und den Unfall.«

»Aber ich weiß doch schon ...«

»Ich meine, wie es tatsächlich war.« Seine Stimme klingt erschöpft und widerstrebend, als würde ihm das Aussprechen jedes einzelnen Worts große Anstrengung kosten.

»Und was hat dieser Adam damit zu tun?«

Er sieht mir offen ins Gesicht, und in seinen Augen liegt eine unendliche Traurigkeit, die mich fast zum Weinen bringt. »Er hat uns als Letzter gesehen«, bringt er zögernd hervor. »Wir hatten uns mit ihm unterhalten in dieser Kneipe. Er sah, wie wir davonfuhren.« Er hält einen Moment inne, und sein Blick beginnt zu flattern. »Das ändert nicht das Geringste, Sarah, das musst du mir glauben. Deine Mutter war einsame Spitze.«

Ich warte. Noch nie habe ich so lange gewartet.

»Er hat gesehen, dass Lisa gefahren ist, nicht ich. Er wollte damit zur Polizei gehen und sagte, das wäre meine letzte Chance, es dir selbst zu erzählen, bevor du es von anderen erfahren würdest.«

Wir sitzen eine Weile schweigend da. Es dauert ziemlich lange, bis ich die Worte verstehe und mir ihre Bedeutung zu Bewusstsein kommt.

»Mum ist gefahren? Aber du bist doch ... sie ... ihr ......«

»Als der erste Helfer am Unfallort auftauchte, habe ich sofort gesagt, dass ich schuld bin. Was ja auch stimmt. Aber sie haben natürlich gedacht, ich meinte damit, dass ich gefahren bin, und das schien mir dann auch die beste Lösung. Sie würde wieder gesund werden, würde sich um dich kümmern können, und auch der Junge, den wir angefahren hatten, würde wieder auf die Beine kommen. Aber als dann … Es war plötzlich alles egal. Ich hatte sie verloren, und ich wusste, dass du besser ohne mich zurechtkommen würdest. Ich wusste, dass du bei Lynn in besten Händen warst.«

»Du bist gar nicht gefahren? Den Unfall hast nicht du verursacht?«

Er schüttelt den Kopf.

»Du bist nicht für ihren Tod verantwortlich.«

»Das schon.« Seine Stimme hat auf einmal einen harten Unterton, dessen Schärfe schmerzt. »Wir hatten uns die Maschine ausgeliehen, und ich hätte sie niemals damit fahren lassen dürfen. Das Modell war viel zu schwer für sie, hatte viel zu viel Power, aber sie liebte es einfach, Motorrad zu fahren. Ich hatte etwas getrunken, höchstens ein, zwei Gläser, und fühlte mich müde. Ich hätte darauf bestehen sollen, dass wir dort übernachten. Wir waren schon lange genug unterwegs gewesen. Ich hätte es verhindern müssen.« Er presst seine Augen zusammen, und ehe ich weiß, was ich tue, habe ich meine Hand auf seine gelegt. »Sie ärgerte sich darüber, dass wir dich allein gelassen hatten, und wollte rasch weiter, um keine Zeit zu verlieren. Sie wollte es einfach so schnell wie möglich hinter sich bringen, zu dir zurückkehren und mit unserem neuen Leben beginnen. Aber das Pflaster war rutschig, wir waren beide wahnsinnig erschöpft, und dann tauchte plötzlich diese Gestalt wie aus dem Nichts vor uns auf, lief direkt auf die

Straße. Wir versuchten auszuweichen, zu bremsen und verloren schließlich die Kontrolle.«

»*Sie* verlor die Kontrolle«, verbessere ich leise, ohne dass er es in seinem Schmerz hören würde.

»Wir wurden beide aus dem Sitz geschleudert. Ich dachte, Lisa wäre nicht schwer verletzt. Und auch, dass der Junge es schaffen würde. Herrgott, hätte ich sie doch nur nicht fahren lassen!«

»Es ist doch ihre freie Entscheidung gewesen, Dad.« Das Wort »Dad« kommt mir ganz natürlich von den Lippen und schwebt eine Weile zwischen uns in der Luft. Nie hätte ich geglaubt, dieses Wort noch einmal auszusprechen. Mir ist klar, wie leise ich es gesagt habe. Aber ich weiß auch, dass er es genau gehört hat.

»Es war meine Schuld. Ich habe gleich erklärt, dass es meine Schuld gewesen ist.«

»Und sie dachten alle, du meinst den Unfall.«

»Das stimmt ja auch.«

»Aber du bist doch gar nicht gefahren.«

»Ich hätte es verhindern müssen. Herrgott noch mal, ich bin doch der Mann gewesen und hätte auf sie aufpassen müssen. Euch beide zu beschützen, wäre meine Pflicht gewesen. Wir hätten einfach in dem Ort übernachten sollen.« Er weint jetzt fast, und ich weiß nicht, was ich tun soll. »Ich wollte vermeiden, dass du schlecht von ihr denkst, Sarah. Sie redete noch mit mir, als sie da auf der Straße lag. Sie sagte, es tue so weh, und ich versicherte ihr, dass alles wieder in Ordnung kommen würde. Und davon war ich auch überzeugt. Sie hat überhaupt nicht geblutet, und ich dachte, es wird wieder. Ich hatte keine Ahnung …«

Mittlerweile blickt er nicht mehr zu mir, sondern aus dem

Fenster. Ich bin näher an ihr herangerutscht und bemerke auf einmal, dass ich meine Arme um den Mann gelegt habe, den ich letztlich doch kaum kenne.

»Ich habe mir geirrt. Ich habe mich in fast allem geirrt. Und dann dieser arme Junge. Sie hat ihn überhaupt nicht getroffen, weißt du. Sie war das gar nicht. Es war das Motorrad. Es schleuderte in die eine Richtung, und wir flogen in die andere.«

Lange Zeit sitzen wir nur da. Denken nach. Dann beginnt er wieder, zu reden.

»Seinen Freunden hat er damals offenbar erzählt, dass er sich das Leben nehmen will, aber seine Angehörigen hielten das für Unsinn. Er habe lediglich ein paar Gläser getrunken, sei ein leicht gefühlsduseliger Teenager gewesen und habe nicht auf den Verkehr geachtet. Aber er ist uns wirklich direkt in den Weg gesprungen. Lief direkt auf uns zu.«

»Und Adam?«

»Der Junge lag eine Weile im Koma, saß dann im Rollstuhl und ist vor ein paar Wochen gestorben. Seiner Mum hat er noch erzählt, dass er sich tatsächlich umbringen wollte, und bei dieser Gelegenheit war auch eine Krankenschwester anwesend, die alles mitbekommen hat. Diese Krankenschwester wiederum kennt Adam – es ist halt eine kleine Stadt –, und sie haben sich darüber unterhalten.« Er zuckt mit den Achseln. »Sie haben dich beide in der Zeitung gesehen, woraufhin Adam mich ausfindig gemacht hat. Er meinte, es sei an der Zeit, reinen Tisch zu machen und allen die Wahrheit zu erzählen. Als ich ihm erklärte, dass ich seit meiner Entlassung keinerlei Kontakt zu dir gehabt habe, nannte er mich ein ›dämliches Arschloch‹. Und als ich ihm von den Briefen erzählte, meinte er nur, dass Schreiben in solchen Fällen sowieso

Quatsch ist und dass ich dich persönlich aufsuchen muss. Ich solle es dir offen ins Gesicht sagen, andernfalls würde die Polizei das für mich erledigen, und das hätte mich natürlich erst recht wie einen armseligen Feigling dastehen lassen.«

»Du bist doch kein Feigling, Dad.«

»Vielleicht kein Feigling, aber ein ziemlicher Idiot. Ein entsetzlicher Depp, der so manches Leben ruiniert hat.«

Das lasse ich einstweilen unwidersprochen. »Wo wolltet ihr beide denn überhaupt ihn?«

Er seufzt. »Wir hatten uns bei einem Naturschutzprojekt in der Gegend engagiert und mussten jetzt noch ein paar Sachen regeln und den Leuten klarmachen, dass wir aussteigen.«

Ich mustere ihn aufmerksam. Mein Dad, der ewige Freigeist. Ein Suchender mit einem Wohnmobil, einer Frau, die er abgöttisch liebt, einer kleinen Tochter und einer riesig großen Welt, die es ihn zu entdecken treibt.

»Die Haft muss schrecklich für dich gewesen sein.«

Er winkt ab. »Nicht unbedingt prickelnd, aber das ist lange vorbei. Und ich erwarte auch nicht, dass du mir verzeihst, Sarah. Ich hätte für dich da sein sollen.«

»Ich wünschte nur, ich hätte Bescheid gewusst. Über alles.«

»Ich möchte gern, dass du deine Mum so in Erinnerung behältst, wie sie tatsächlich war. Eine wundervolle Mutter. Und nicht so, wie es jetzt erscheinen mag. Das ist alles unwichtig, Sarah. Das sagt nichts über sie aus. Ich dachte damals, alles würde in Ordnung kommen, dass sie meinen Führerschein für eine Weile einkassieren und ich dann zurückkommen und dich abholen kann. Aber irgendein Zeuge hat offenbar gesehen, wie wir losfuhren, und angegeben, wir seien viel zu schnell gefahren und hätten uns vorher auch noch gestritten. Aber das hatten wir nicht, Sarah. Wir haben nur versucht, zu klären, wie es weitergehen soll, und sie war – wie gesagt – über den Zeitverlust verärgert. Es war ein Unfall, sie traf keine Schuld.«

Ich stelle mir vor, wie das Motorrad ins Schleudern gerät und kippt. Und ich sehe vor mir, wie Will den Hang herunterrast und über die Kante schießt. Ich denke an all den Hass, die Enttäuschung, Angst und Wut. Aber Tränen steigen mir erst in die Augen, als ich an all die Liebe denke.

Dreht es sich im Grunde nicht genau darum? Man liebt so stark, dass der erste Gedanke sofort lautet: Du hast die anderen enttäuscht und im Stich gelassen. Und man liebt sich selbst zu wenig, um zu merken, dass dem gar nicht so ist. Man geht fort aus Liebe, weil man der Ansicht ist, dass es so am besten ist. Und dann kehrt man zurück aus Liebe, um offen einzugestehen, dass man einen Fehler gemacht hat.

Er drückt mir die Hand und wischt die Träne mit seinem Daumen fort.

»Es tut mir leid, Sarah.«

»Mir auch. Ich dachte, ihr hättet mich verlassen, hättet mich nicht mehr gewollt.«

»Ich könnte dich nie im Leben verlassen, Liebling. Und deine Mutter habe ich bis heute nicht verlassen. Sie lebt genau hier, in meinem Herzen.«

»Es war blöd von mir, die Briefe nicht zu lesen.«

»Vermutlich hätte das auch nichts geändert.«

»Aber ich habe dich so furchtbar lange gehasst.«

»Ist mir recht geschehen.«

»Ist es nicht, Dad.«

Wir blicken einander an und müssen beide den feuchten Schleier in unseren Augen wegblinzeln. Er gewinnt die Fassung als Erster wieder zurück, allerdings klingt seine Stimme noch immer ein wenig belegt. »Und wo steckt dein Snowboard-Freund nun?«

»Will? In Kanada. Es war bloß ein kleiner Urlaubs-«

»Urlaub?«

»Eigentlich war ich aus beruflichen Gründen da. Und jetzt bin ich eben wieder zurück.« Ich zucke betont gleichgültig mit den Achseln.

»Blödsinn! Mag sein, dass du dir diesen Unfug selbst erfolgreich einredest, aber bei mir gelingt dir das nicht. Auf diesen Fotos siehst du ihn haargenauso an, wie deine Mum mich früher angesehen hat. Und jetzt hör mir mal zu, mein Liebes. Ich bin gewiss ein vollkommen beschissener Vater gewesen, aber was es heißt, jemanden aus eigener Dummheit zu verlieren, weiß ich nur zu gut. Zweimal ist mir das gelungen. Bei deiner Mum und bei dir.«

Ich stehe auf. Ich brauche Zeit zum Nachdenken.

»Wenn du ihn liebst«, fährt er fort, »dann tu alles dafür, dass du ihn nicht verlierst.«

»Das werde ich«, versichere ich. An der Tür drehe ich mich noch einmal um. »Und du hast nur einen Menschen verloren, Dad. Wir können uns gerne wiedersehen, wenn du magst.«

»Wie wäre es, wenn ich dir einen neuen Marienkäfer-Stuhl baue? Diesmal natürlich in Groß.« Er lächelt mich an, und ich weiß, dass es zwischen uns funktionieren wird. »Ich kann dir auch ein paar Fotos schicken, auf denen wir alle zusammen sind. Sofern es dir recht ist?«

Ich nicke. »Das wäre super. Danke.«

Ich gehe hoch in mein altes Zimmer und höre, wie er sich unten von Lynn verabschiedet. Die Haustür fällt leise ins Schloss, dann steigt jemand langsam die Stufen hinauf.

Lynn legt sich neben mich aufs Bett, wie sie es häufig getan hat, als ich noch ein kleines Mädchen war.

»Alles in Ordnung, Liebes?«

»Hast du gewusst, was tatsächlich geschehen ist?«

»Ich habe es gestern von ihm erfahren, als er auf der Suche nach dir vorbeikam. Er war ziemlich verstört, als er dich nicht antraf. Offenbar hatte er sich schon genau zurechtgelegt, was er dir sagen wollte.«

»Warum hatte keiner von uns eine Ahnung?«

Sie seufzt. »Vielleicht war der Schmerz einfach zu groß, und es fiel leichter, der Version zu glauben, die er erzählte und die das Gericht später festhielt. Zudem hatte er immer etwas Verwegenes, Gefährliches an sich. Ein Zug, den deine Mum ja gerade so an ihm geliebt hat. Da lag es einfach nahe, an seine Schuld zu glauben, und als die Anklage dann all die Punkte aufzählte …«

»Sie haben sich wirklich sehr geliebt, was?«

»Oh ja, wahnsinnig. Wobei ich mir bei ihr da immer sicher gewesen bin, während ich bei ihm meine kleinen Zweifel hatte. Bis gestern. Er hätte alles für sie getan. Aber so ist das eben, wenn man jemanden wirklich liebt, habe ich recht? Hier.« Sie legt einen dicken Umschlag zwischen uns aufs Bett. »Die habe ich für dich aufbewahrt.«

Ich verstehe sofort. Die Briefe, die ich weggeworfen hatte.

Und ebenso schnell ist mir klar, wo und mit wem ich sie lesen möchte.

»Ich sollte Will treffen, richtig? Noch vor dem Frühjahr.«

»Ich denke, das solltest du, Liebes.«

»Aber du brauchst mich doch hier. Es ist so viel Arbeit liegen geblieben. Und eigentlich wäre es viel praktischer, ihn zu treffen, wenn ich mir gleichzeitig ein paar neue Objekte ansehen kann, wofür wir aber derzeit viel zu viel zu tun haben.«

»So schlimm ist es nun auch wieder nicht, Sarah. Und du hast eine Pause dringend nötig. Über Geschäftsreisen und die Suche nach neuen Angeboten können wir später immer noch reden. Und noch eins ...« Sie nimmt meine Hand. »Solltest du irgendwann einmal etwas anderes tun wollen, an einem anderen Ort leben wollen, dann würde ich dich nie daran zu hindern versuchen, das weißt du doch, oder?«

»Das weiß ich. Aber ich möchte gerne bei dir bleiben.«

»Ich wünschte, ich hätte mehr Zeit mit Ralph verbracht, mein Schatz. In ein Leben passen mehr Menschen, als man denkt, weißt du, und du wirst stets bei mir sein, egal wo du bist. Und wenn du Hilfe brauchst, werde ich so oder so immer für dich da sein. Reise ein Jahr mit Will um die Welt und entdecke viele neue Orte, wenn es das ist, was du tun musst.«

»Ich weiß noch nicht, was ich tun muss«, antworte ich nur. Ich bin schrecklich müde und möchte bloß den Kopf im Kissen vergraben. »Ich möchte Dad gerne wiedersehen, so viel weiß ich. Und Will natürlich. Und bei dir sein.«

»Schon klar, Sarah. Schon klar. Hast du übrigens erkannt, was für ein Kristall das ist an der Halskette deiner Mutter?«

»Ja, eine Sandrose. Mums Lieblingskristall.«

»Und weißt du auch, wofür er steht? Er bedeutet, dass alles möglich ist, und hilft, alle Zwänge und Dinge, die einen zurückhalten, abzuschütteln und allein der Stimme des eigenen Herzens zu folgen. Er wird dir helfen, deinen eigenen Weg im Leben zu finden, mein Schatz.« Sie streicht mir eine Haarsträhne aus dem Gesicht. »Und deshalb ist jetzt der richtige Zeitpunkt gewesen, ihn dir zu schenken. Deine Mum hätte sich gewünscht, dass du kühn und entschlossen deinen Träumen nachjagst, und ich würde versagen in dem, was ich ihr versprochen habe, wenn ich dich nicht dazu ermutigen kann.«

»Sie hat ihren Träumen nachgejagt.«

»Das hat sie zweifellos. Und jetzt ist die Reihe an dir. Aber erst einmal schläfst du dich aus. Bis morgen wird die Sache ja wohl Zeit haben, nicht?« Sie steht vom Bett auf, deckt mich zu und schließt die Vorhänge. Ich kann ihr vertrautes Parfüm riechen, als sie mich auf die Stirn küsst, und plötzlich bin ich wieder das kleine Mädchen, sicher beschützt in seinem Zimmer.

## 32

Ihm zu schreiben, hat so ein bisschen was von Déjà-vu. Außerdem schwanke ich, wie ich es am besten formuliere. Einerseits soll es locker und ungezwungen klingen, andererseits entgeht ihm womöglich das Wesentliche, wenn es zu neckisch und salopp gerät. Aber wenn es zu ernst rüberkommt, denkt er vielleicht, ich würde irgendein verbindliches Bekenntnis einfordern, wie wir es beide in diesem Stadium eigentlich eher vermeiden wollen. Es ist eben irre kompliziert. Ich meine, wie fragt man ganz locker und ungezwungen: Kann ich kommen und dich sehen, weil ich dich nämlich schrecklich vermisse und weil mein Dad hier gewesen ist und mir Dinge erzählt hat, die alles auf den Kopf stellen, und Lynn meint, dass ich eine Pause brauche, obwohl mir selbst gar nicht klar ist, was ich überhaupt will?

So hänge ich nun schon eine beträchtliche Weile bei »Lieber Will« fest, und in diesem Tempo wird es sowieso Frühjahr, bis ich ein paar sinnvolle Sätze zusammen habe.

Ein kurzes Klopfen unten an der Haustür unterbricht meine Grübeleien. Dann klopft es lauter. »Verfluchter Mist, lasst mich gefälligst in Ruhe!« Die Tür fliegt krachend auf. Ach, du Scheiße. Einbrecher! Die kann ich gerade gar nicht gebrauchen. Es sei denn, sie sind wortgewandt und können witzig formulieren. Dann würde es sich vielleicht lohnen, sie zu bitten, mir erst beim Verfassen dieses Briefs behilflich zu sein, bevor sie mich überwältigen, knebeln und in den Schrank sperren.

Die Tür fällt wieder ins Schloss, was mir für Einbrecher eher untypisch erscheint. Die würden vermutlich einfach reinstürmen und schnell wieder abhauen. Oh verdammt – Sam! Ich hatte ja vollkommen vergessen, dass ich Sam gebeten hatte vorbeizuschauen. Wir wollten all unsere Fotos und Videos durchgehen und entscheiden, welche wir am besten auf die Website machen. Ich wünschte, ich könnte sie bitten, mir bei dieser E-Mail zu helfen, aber die ist doch zu persönlich. »Bin gleich unten. Setz schon mal Wasser auf!«

»Wo ist der Kessel?«

Das ist definitiv nicht Sams Stimme. Vielleicht doch ein Einbrecher? Ich halte kurz erschrocken die Luft an, dann knalle ich entschlossen das Laptop zu, springe vom Bett und rutsche auf dem Geländer nach unten. Solche Tricks verlernt man einfach nie.

Er steht am Fuß der Treppe, fängt mich auf und wirbelt mich so heftig herum, dass er ins Torkeln gerät. Dazu lacht er schallend.

»Was zum Teufel?«

»Wie ich gehört habe, soll es hier eine hübsche kleine Gegend namens Cornwall geben, in der man ganz passabel surfen kann.«

»Cornwall liegt aber ganz woanders, Will.«

»Ach, komm. Ein Inselchen von dieser Größe? Da ist doch nichts weit entfernt!«

»Aber was …? Wann …? Wie kommst du überhaupt her?«

»Lynn hat mich am Flughafen abgeholt und gerade vor der Tür abgesetzt.« Seine Augen strahlen, und viele bezaubernde Lachfältchen bilden sich an den Winkeln. Ich möchte ihn gern in die Arme nehmen. Ich muss ihn in die Arme nehmen. Also tue ich es einfach.

»Lynn hat dich abgeholt?«, wiederhole ich und bin kaum zu hören, da mein Gesicht in seiner Jacke begraben ist. Also löse ich mich ein Stück, was er dazu nutzt, mich zu küssen. Nette Idee!

Er hält inne und erklärt: »Ich hatte ihr eine Mail geschickt.«

»Warum?«

»Ich habe dich so vermisst. Bis zu irgendeinem Treffen im Frühjahr zu warten, war einfach unmöglich. Ich musste dich gleich sehen. Ich möchte nichts unversucht lassen, dass aus dieser Sache was wird, Sarah. Habe ich damit etwas falsch gemacht?« Er hält mich fragend auf Armlänge von sich, obwohl ich viel lieber auf Kussweite bleiben würde.

»Nein«, antworte ich leise, fast flüsternd. »Ich war selbst gerade dabei, dir zu schreiben, um zu fragen, ob wir uns nicht früher treffen können, ob ich nicht vielleicht rüberkommen kann oder sonst irgendwas.«

»Sonst irgendwas?«

»Na ja, ich dachte, du hättest zu viel mit dem Resort zu tun, um ...«

»Weißt du was? Ich werde da überhaupt nicht mehr gebraucht. Meine Aufgabe hat sich erledigt! Bianca hat alles im Griff!«

»Bianca?«

»Kurz nach eurer Abreise hat sie alles gestanden. Ich habe schon die ganze Zeit gedacht, dass irgendwas mit ihr nicht stimmt. Für eine gewöhnliche Urlauberin hatte sie viel zu viel Ahnung vom Geschäft, war viel zu geschickt in allem. Und warum verbrachte sie Weihnachten allein, wenn sie doch einen reichen Freund hatte?«

»Joey?«

»Yeah, Joey. Bloß dass dieser Joey gar nicht existiert. Er gehörte lediglich zu ihrer Tarnung und sollte dazu dienen, Ed auf Distanz zu halten, was allerdings gründlich misslang.«

»Welche Tarnung?«

»Eigentlich arbeitet sie für eine große Hotelkette. Oder hat gearbeitet. Dort dachte man offenbar, wir sind reif für eine Übernahme, und sie sollte heimlich überprüfen, wie verzweifelt unsere Lage tatsächlich ist. Wie tief wir uns beim Preis letztlich drücken lassen würden. Sie ist echt ein cleveres Mädchen, das muss man ihr lassen.«

»Hat gearbeitet?«

»Sie hat ihre Kündigung eingereicht. Sieht ganz so aus, als wäre Ed tatsächlich so unwiderstehlich, wie er ständig behauptet.« Selbst seiner Stimme ist anzuhören, wie sehr ihn das Ganze amüsiert.

»Aber er ...«

»Ihn hat's nicht weniger erwischt. Sie ist die erste Frau, von der er sich gerne sagen lässt, was zu tun ist. Ihr folgt er plötzlich wie ein braves Hündchen. Mein kleiner Bruder hat endlich jemanden gefunden, der zu ihm passt. Jemand, der hart in der Sache sein kann und selbst noch härter zu arbeiten bereit ist. Ob es wirklich funktioniert, weiß ich auch nicht, aber ich wünsche es ihnen von Herzen. Auf jeden Fall werde ich dort derzeit definitiv nicht benötigt und so ... bin ich hier!«

»Ach, Will. Ich freu mich so, dich zu sehen.« Prompt nehmen wir wieder Tuchfühlung auf, und als die sich eine ganze Weile später wieder ein Stück weit lockert, weiß ich, dass es jetzt so weit ist. Ich muss etwas hinter mich bringen. »Würdest du mit mir irgendwohin fahren, Will?«

»Wohin du willst.«

»Es ist eine ziemlich lange Fahrt, und du bist bestimmt hundemüde und –«

»Wohin du willst, habe ich gesagt, und das meine ich auch so.«

»Ich pack schnell was zu essen ein.«

»Aber bitte keine Mince Pies mit Cranberrys Sauce.«

»Sie wissen einfach nicht, was gut ist, Will Armstrong.«

Viele Meilen später biegen wir von der Straße ab und parken. Ich nehme seine Hand und führe ihn einen schmalen Fußweg hinunter, den ich vor vielen Jahren oft im Sommer mit Tante Lynn gelaufen bin. In Kanada hatten Lynn und ich unser erstes gemeinsames Weihnachten verbracht, eine bittersüße Erfahrung. Hier dagegen unseren ersten gemeinsamen Sommer. Ein Neuanfang für uns beide. Genau der passende Ort für Will und mich. Jetzt, da wir die vielen schmerzlich traurigen Facetten unserer Leben miteinander geteilt haben, wird es Zeit für die glücklichen. Hier, am besten Ort für Neuanfänge.

Der Wind fährt durch unsere Kleidung und bläst uns den Sand direkt ins Gesicht, aber wir müssen nicht weit laufen, um eine geschützte Stelle zu finden, an der Will seine Jacke ausbreitet und wir uns niederlassen.

Ich hole das Bündel Papier, das tief unten in meiner großen Stofftasche liegt, heraus. Geborgen hinter einem mächtigen Felsen, rücken wir an diesem windumtosten Strand dicht zusammen, und hier endlich komme ich dazu, meine Briefe zu lesen. Die Briefe eines Vaters an seine Tochter.

Sobald ich einen gelesen habe, lasse ich ihn los und verfolge, wie der Wind ihn davonreißt und er durch die Lüfte flattert, bis er schließlich im Meer landet, wo die Wellen noch kurz mit ihm spielen, bevor er für immer versinkt.

Ich bin endgültig von meiner Vergangenheit befreit.

»Jetzt bin ich bereit für den nächsten Schritt.«

»Trifft sich gut«, sagt er, schließt seine großen Hände um mein Gesicht und küsst unfassbar zärtlich meine Lippen, meine Nase, meine Augenlider. Er lässt sich viel Zeit, zieht mich ganz behutsam aus und betrachtet meinen Körper. »Damit sind wir schon zwei.«

Vorsichtig streicht er mit einem Finger über mein winziges Tattoo. »Warum eine Libelle?«

»Haben wir alle in der Familie. Lynn hat eine. Mum hatte eine. Libellen sind schön und grazil. Sie symbolisieren Reinheit ...« Wir müssen beide lächeln. »Und Kraft. Sie leben ihr Leben so intensiv wie möglich, verschenken keinen Augenblick.«

»Perfekt.« Seine Lippen finden die Stelle, wandern heiß und mit wachsendem Begehren über meinen Körper, und es fühlt sich genau richtig an, hier jetzt an diesem wilden Ort zu sein. Nur wir beide, die Wellen und der Wind.

# Nachbemerkung

Vielen Dank dafür, dass Ihre Wahl auf dieses Buch gefallen ist. Ich hoffe, die Lektüre bringt Sie zum Lächeln, zum Lachen, vielleicht sogar dazu, eine Träne zu vergießen, und lässt sie am Ende mit diesem wunderbar warmen, leicht berauschenden Festtagsgefühl zurück.

Wie Sarah in dieser Geschichte liebe ich einfach alles an Weihnachten, aber mit Abstand am besten gefällt mir daran immer, dass ich diese Zeit gemeinsam mit meiner Familie und meinen Freunden verlebe. Zwar gibt es stets diesen traurigen Moment, in dem mir all jene in den Sinn kommen, die nicht länger da sind, um ihn mit uns zu feiern, aber das führt mir zugleich auch sofort wieder vor Augen, wie glücklich ich mich schätzen kann, von so vielen großartigen Menschen umgeben zu sein.

Wo auch immer Sie sind, mit wem auch immer Sie feiern mögen – ich wünsche Ihnen ein ganz wundervolles Weihnachten.

Zara

# Danksagung

Viele hilfsbereite, inspirierende, wunderbare Menschen haben zur Entstehung dieses Buchs beigetragen:

Meine fantastische Agentin Amanda Preston, so humorvoll, intelligent und weise und immer zur Stelle, wenn ich Aufmunterung oder Unterstützung brauche.

Das hervorragende Team bei HarperImpulse/HarperCollins, mit einem ganz besonderen Dank an die sagenhafte Charlotte Ledger, die Weitsicht und untrügliches kommerzielles Gespür besitzt, und dazu eine brillante Lektorin und ein grundsympathischer Mensch ist, an die exzellente Lektorin Emily Ruston, die stets weiß, was ich zu vermitteln suche, und mir hilft, es in Worte zu fassen, sowie an Kim Young, der es zuverlässig gelingt, mich zu motivieren und zu neuen Ideen anzuregen.

Dank auch an Eloisa Clegg und Claire Fenby, außerdem an die fabelhaften Cover-Gestalter, die das perfekte Bild für die Geschichte entworfen haben.

Meine wundervollen Autorenkolleginnen Mandy und Jane, die mir über die Tage hinweghelfen, an denen die Worte einfach nicht fließen wollen, und die sich mit mir freuen, wenn es dann doch wieder läuft.

Sarah, Nicky, Wendy – mit niemandem kann man besser zusammen lachen, leben, Cocktails schlürfen und gute Zeiten genießen, und zugleich seid ihr eine grandiose Stütze, sobald es mal weniger rosig aussieht. Kurz gesagt, dank euch ist das Leben um so vieles besser.

Alex, der tapfer alle Höhen und Tiefen erträgt, mir mit dem richtigen Wort aushilft, wenn mir mal wieder nur der Anfangsbuchstabe einfällt und dass es »ungefähr so viel bedeutet wie«, und ich es unbedingt sofort wissen muss, aber gerade nicht darauf komme, und der zudem ein ausgezeichneter Geschichtenerzähler ist, der mich das Leben aus ganz anderen Perspektiven betrachten lässt. Darüber hinaus versorgt er mich mit ganz hervorragenden Grafiken, wenn ich sie wie gewöhnlich »am besten heute noch« brauche.

Paul, der dafür sorgt, dass ich wenigstens von Zeit zu Zeit meinen Schreibtisch verlasse, und der es versteht, mir ungeheuer inspirierende Orte zu zeigen, und mir immer wieder vor Augen führt, wie viel Zauberhaftes und Romantisches uns doch umgibt.

Meine Eltern, die mich stets ermutigt, mir zugehört und liebevoll zur Seite gestanden haben.

Und *last, but definitely not least,* ein herzlicher Dank an alle, die meine Bücher lesen und die mir so wunderbare Nachrichten schicken. Ohne diesen Rückhalt wäre dieses Buch nie geschrieben worden. ☺

# Sue Watson

**Lass dich entführen in das gemütliche kleine Dorf Appledore auf eine heiße Schokolade und eine zweite Chance für die Liebe**

978-3-453-42330-5

Leseprobe unter **www.heyne.de**

**HEYNE <**

# Debbie Johnson

## So herzerwärmend wie eine Tasse heiße Schokolade

978-3-453-42106-6

978-3-453-58060-2

Leseproben unter **www.heyne.de**

**HEYNE**